爷的荣誉

THE
HONOR
OF
FATHERS

王松 著

南方出版传媒
花城出版社
中国·广州

图书在版编目（ＣＩＰ）数据

爷的荣誉 ／ 王松著. -- 广州 ： 花城出版社，
2019. 6
　ISBN 978-7-5360-8899-3

　Ⅰ．①爷… Ⅱ．①王… Ⅲ．①长篇小说－中国－当代
Ⅳ．①I247.5

中国版本图书馆CIP数据核字(2019)第081071号

出 版 人：肖延兵
策划编辑：张　懿
责任编辑：陈诗泳
技术编辑：凌春梅
封面设计：苏艾设计

书　　名　爷的荣誉
　　　　　YE DE RONGYU
出版发行　花城出版社
　　　　　（广州市环市东路水荫路 11 号）
经　　销　全国新华书店
印　　刷　佛山市迎高彩印有限公司
　　　　　（佛山市顺德区陈村镇广隆工业区兴业七路 9 号）
开　　本　880 毫米×1230 毫米　32 开
印　　张　10. 75　3 插页
字　　数　235,000 字
版　　次　2019 年 6 月第 1 版　2019 年 6 月第 1 次印刷
定　　价　42. 00 元

如发现印装质量问题，请直接与印刷厂联系调换。
购书热线：020－37604658　37602954
花城出版社网站：http://www.fcph.com.cn

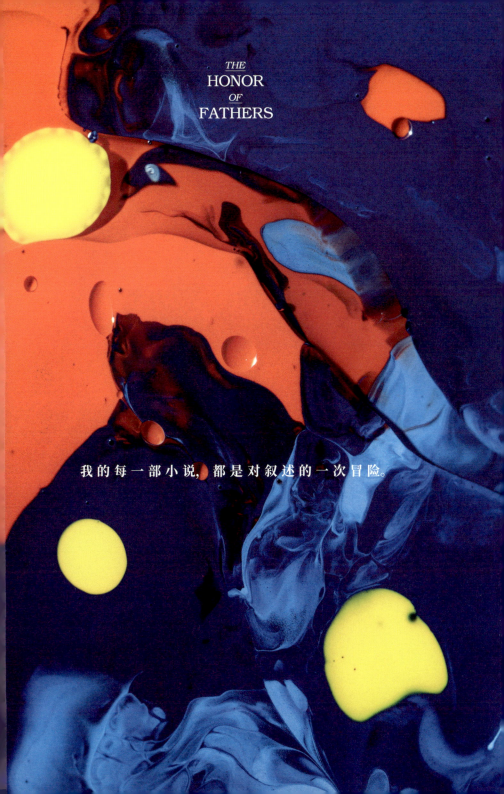

THE
HONOR
OF
FATHERS

我 的 每 一 部 小 说， 都 是 对 叙 述 的 一 次 冒 险。

王 松

祖籍北京，现居天津。中国作协全委会委员，天津市作协副主席，享受国务院特殊津贴。曾在农村插队，1982年毕业于天津师范大学数学系。

曾在国内各大文学期刊发表大量长、中、短篇小说。长篇小说《寻爱记》获首届"中国文学好书奖"，《流淌在刀尖的月光》获"金盾文学奖"。中篇小说《天才罗曼》《双驴记》《红汞》等，短篇小说《穷人皮顺子》《雪色花》等，在国内获多种文学奖项。部分作品被改编成影视作品并译介到海外。

1

　　旺福十六岁那年，我太爷决定送他去北京读书。送他去北京，是因为一个夜壶。开始也不是为这夜壶，是为一吊子叫车前子的草药。那年的五月初五，旺福的娘，也就是我太奶泻肚。我太奶胃肠不好，经常泻肚。但这回不同，拉的不光稀，还有红有白，出屎的地方像坠个秤砣，往下拽，仿佛大肠头儿都要给拽出来。于是让人去村里把大夫请来。大夫姓秦，原是个游方郎中，自然见多识广。来了提鼻子一闻，没摸脉，先要看屎。一看就说，是赤白痢，白的是脓，赤的是血。当即开了一味车前子，让煎四淋，蜂蜜送下。可这车前子不光止痢，也利尿。我太奶喝了当晚要起夜。这一起夜就出事了。我太奶有两个夜壶，一个钧瓷，一个青花，都是她娘家陪送的。我太奶是亳州人，当初娘家是做药材生意的。做药材生意分两种，一是买，一是卖。做卖的不买，做买的不卖。买是收，宁夏收枸杞，湖南收杜仲，吉林收老参，收了供医家。医家也就是卖家。行医的有药铺，开药铺的也行医，回春堂、济生堂或杏林堂。我太奶的娘家就是杏林堂，据说往北到京城，往南到江浙，都有她家的分号。当年给我太奶陪送的这两个夜壶，也就可想而知。本来这两个夜壶，我太奶一直倒着用。可几天前身边的丫头不小心，把钧瓷的这个打了。打了又不敢说，就偷偷扔了。这丫头叫杏春，挺有主意，想着我太奶起夜不睁眼，要了夜壶就往被窝里一塞，先捱过一天是一天。可这天夜里一要夜壶，才发现另一个也没了。没了夜壶，我太奶就急了。先找个粗瓷的凑合用了，才问，怎么回事？杏春跪下了，说，钧瓷的打了，另一个青花的没了。我太奶一听没的是青花，更急了。这青花夜壶不光起夜用，也是我太奶的心爱之物。我太奶有洁癖，平时换个里边的小衣裳都要打胰子洗手，唯这青花夜壶，不嫌脏，每回用完了，让杏春浇着开水烫了，没事的时候就坐的炕上抱着玩儿。这青花夜壶也好看，白里透青，温润细滑，且鼓鼓囊囊，抱的怀里就像抱着一头小猪。这时虽是半夜，我太奶当即命人把家里的前后大门都插了，叫起上上下下的人，挨着个儿地仔细盘查。这一查也就查出来，是二少爷拿走了。

二少爷，也就是我二爷旺福。

两个夜壶都没了，事情自然很大。但更大的是这青花夜壶竟然追到我二爷旺福的身上。我太爷这时也被惊动了，一听是这事，就命人把旺福叫到后面的梨树小院。命他跪在当屋，问夜壶哪去了。旺福跪得挺直，但并不在意，说，卖了。

问，卖谁了。

说，卖给滹沱河上一个跑船儿的了。

又问，卖多少钱。

说，五十大洋。

我太爷一听就泄气了。倘卖给串村的贩子，或卖到镇上的天宝阁，想想办法也许还能追回来，滹沱河上跑船儿的都是没根儿的人，这就没处去追了。可这夜壶是个青花，且是明永乐的青花，别说五十大洋，就是五百大洋也不给他。让我太爷泄气的还不光是这夜壶，也是跪在眼前的这个老二旺福。当时我家像这夜壶，或比这夜壶更值钱的物件儿比比皆是。我太爷想，有了这么个败家子儿，也就等于家里装了个漏斗儿，有多少好东西都得漏出去。

这时，我太爷已为我爷和三爷备了车马，准备好盘缠，打算送他们去北平读书，正要择日启程。我太爷一咬牙，当即决定，让这老二旺福也一起去。

让他去不为别的，只为图个心净，眼也净。

2

我太爷最早有三个儿子。本想再使使劲，凑四个，但我太奶生不出来了。您那时常读《管子》，为这三个儿子取名，就排着"礼、义、廉、耻"。我爷行大，名炳礼，小名长贵。二爷炳义，小名旺福。三爷炳廉，小名云财。到第四个"耻"没了，只好空缺。这兄弟三人的大名和小名似乎有些怪，怎么想，都不挨着。但我太爷说，挨不挨着不在想，在看。

他这话，多年以后果然成谶。

这就是后话了。

我太爷六十大寿这年，出于优生考虑，娶了一个结实清秀的农户姑娘做姨太太。这姨太太的娘家是上游柳集的，转年又生了个儿子，终于凑足四个。倘还排着"礼、义、廉、耻"，该叫"炳耻"，不好听，也没道理，于是就叫炳张，小名四维。我这个叫四维的四爷比他大哥，也就是我爷长贵小三十来岁，几乎隔辈。所以当年的很多事，我都是从他口中得知的。

据我四爷说，我太爷的父亲，也就是我老太爷，当年是朝廷命官，供文职。晚年告老，在河北的乡下置田产，建起一座庄园。这庄园有多大，很难形容。据说当年有个盗贼，深夜潜来我家行窃。待搜罗了细软，打个包袱斜背在身上，却怎么也找不到来时的路了。东撞一头西撞一头，只觉着到处都是月亮门儿。就这样直到天亮，被我家的家人发现时，还像个老鼠似的到处乱转。当时我老太爷听说此事，命人把这盗贼带来。打量了一下还算面善，是个敦厚相，就没让绑去见官，索性留下看宅护院，取名王槐。就这样，直到多年以后，这个王槐老死在我家，仍还没弄清这庄园的整个地形。后来几经战乱，又土改，这个庄园已面目全非。渐渐成了一个村庄，也就是河北饶阳一带远近闻名的官宅庄。

我四爷说，所谓"官宅"，当年指的就是我家。后来我老太爷谢世，官宅虽还撑着旧日门面，却已大不如前。当时我家有个家人，叫祁发，是我老太爷当年从京城带回的贴身侍从。家里每有客人，这祁发还要穿上差衣，立在一旁像模像样地伺候。就连廊下的八哥也会说，"小发，泡茶！"但客人一走，小发立刻换下这身穿戴，掂了铡刀去牲口棚铡草。

我太爷行三。怎么行的三，大和二在哪儿，我四爷也说不上来。只知道您在当时很有名，是滹沱河边人尽皆知的"三公子"。平日游手好闲，肩不能担，手不能提，功名二字也不上心，每天只在后面的梨树小院喝喝茶，或翻翻闲书，日子过得闲云野鹤。但对膝下的三子却管教极严。我爷长贵从小老成，也持重。三爷云财聪明，透着机灵，人一机灵也就招人喜欢。唯这老二旺福，最让我太爷闹心。旺福从小有个怪癖，不睡上房，一放到细软的麻席炕上就大哭不止。但只要抱他去牲口棚，往腥臊恶臭的干草堆里一扔，立刻就酣然入睡。后来抱他的老妈子偷懒，也图省事，干脆就背着我太爷总让他去睡草堆。一来二去，他也就养成了习惯，一辈子只睡干草。据我四爷说，多年以后，我二爷来北平办事，这时已是享受国家待遇的干部，晚上来我四爷的家里住，还向他要干草。我四爷对他说，这是京城，不是牲口棚，你见过往席梦思上铺干草的吗？我二爷闻听大怒，立刻拍了桌子，说我四爷还像当年的王家人，瞧不上他。一气之下也没住，带上跟来的人就前呼后拥地走了；但后来，在牲口棚睡干草这事，还是被我太爷发现了。一天，老妈子抱着旺福从他跟前过，见这孩子的身上净是疙瘩，小的像疹子，大的像草莓。我太爷心细，一看就知道，这不是一般蚊虫咬的。一般蚊虫咬的疙瘩是一个一个的，可这孩子身上的疙瘩却是一串一串的，这应该是跳蚤。但我家上房没跳蚤。我太奶是个极爱干净的人，屋里别说跳蚤，连个苍蝇也不能有。这一下问题就来了，上房没跳蚤，一个怀抱儿的孩子，这身疙瘩又是哪儿来的。叫过老妈子一逼问，才说出来，是在草堆里睡的。接着也才说出，这孩子离了草堆不睡觉。我太爷听了很意外。不光意外，也有些吃惊，就没好气地说了一句，真不知是哪儿来的种。不料这竟是一句招欠的话。当然，倘细想，这个话也确实经不住推敲。我太奶当即不干了。不干也不敢冲我太爷发作，就扭脸冲着身边的杏春说，哪儿来的种，自己的庄稼种歪了，倒问别人。

我太爷情知说走了嘴，打个嗨声，就讪讪地回后面去了。

我四爷说，这以后，我太爷就得出个结论，这老二旺福命贱。但命贱跟命贱也不一样。一种命贱，是命贱，人也贱，就像芦干子。滹沱河里有一种芦板鱼，四寸多长，三寸多宽，打上来用井盐码了，腌透晒干，就叫芦干子。说一个人是芦干子命，也就是说，一辈子休想翻身。还一种命贱，是命贱，但人不贱。这就事在人为了，正所谓三十年河东三十年河西。

我太爷每说起这老二旺福就摇头叹息，想不出他这命贱，是哪种贱。

3

旺福十六岁时，已显出与众不同。我爷长贵是瘦，三爷云财是矮。唯他，虎背熊腰，高高大大，已壮得像一筒石碑。且头如麦斗，脑门上还顶着一个凸起的鹅包。这鹅包疙疙瘩瘩，像个巨大的四喜丸子。多年以后，就因为他这鹅包，在滹沱河边的绰号叫"王大脑袋"；但他在下人中人缘儿却极好。白天吃饭，晚上睡觉，干脆就长在牲口棚里，跟长工们一起说笑打闹，其乐融融。不知内情的人来我家，都不信这个穿着脏布小褂儿的少年是官宅二少爷。

我太爷自然看不惯。看不惯，又不好说，心里也就憋着气。

一次我太爷的一个朋友送他一头雪花儿青骡子。这骡子很漂亮，腿长蹄子大，身架儿也好。但来到我家不知怎么回事，一直不吃不喝。我太爷急得坐立不安。想起底下有个长工懂点兽医，就让人去叫。工夫不大，却见旺福也跟着来了。我太爷一见他浑身上下汗脏的衣裳，半茬子头上还顶着几根草棍儿，脸就耷拉下来。旺福倒不在意，围着这骡子转了一圈儿，又转了一圈儿，忽然哈哈地笑起来。一边笑，一边用手指这骡子的嘴，指完了又笑。原来这朋友也是好意，怕骡子刚来认生，就给它嘴里勒了嚼子。一勒嚼子，自然也就无法吃喝了。这时旁边的下人也都捂着嘴偷笑。我太爷登时面红耳赤，觉得失了体统。他觉得失体统的还不光是旺福的这个笑，也不光是自己没看出这骡子勒着嚼子。旺福身为官宅二少爷，竟也像个粗使长工一样熟稔牲口的事，我太爷认为，这是有辱门风。但旺福这时并没注意我太爷的脸色，越笑越恣肆，一边笑还一边拍屁股。我太爷实在忍无可忍了，脸色煞白地过来，抡起细嫩的手掌啪地掴在他的脸上。

这大概是旺福第一次显示出他的个性。我太爷的这一掌落在他脸上，唯一的作用是止住了他的笑。但他睁大两眼，直盯盯地瞪着我太爷，脑门上的鹅包也一下一下抖着。这一来无疑是火上浇油。据我四爷说，我太爷打了人都是要求对方立刻跪下，不管谁，不要说挨打，就是挨几句训斥也要赶紧低下头。而旺福这时的反应，分明是在与我太爷对峙。我太爷的脾气很大，不光大，也较劲。您当然不能容忍这种忤逆的对峙，于是又在他另一边的脸上补了一掌。接着又一掌，一掌接一掌。旺福却始终扬着他脑门上的鹅包，不动声色，任凭自己的脸上发出噼噼啪啪的爆响，神情也由怒目圆睁渐渐变成一丝冷笑。这一来也就更激怒了我太爷。可愍的手掌毕竟细嫩，大概自己也疼了，就命家人来打。还不解气，干脆就用赶牲口的鞭子蘸了凉水打。旺福先还直挺挺地站着，后来终于挺不住了，像半节木桩似的咕隆倒在地上，但鞭子落到身上，仍然若无其事。就这样一直被打得昏死过去。

这看来就有点小题大做了。只为一头雪花儿青骡子，我太爷就命人用蘸了凉水的鞭子往死里打，且上上下下没人敢劝，谁劝罚谁，这似乎不太合情理。但在当时，只有我太奶的心里明白，我太爷这火儿是为的另一件事，雪花儿青骡子不过是个引子。

这就要说到我二爷旺福的性情了。他的情性用两个字概括，就是好色。据我四爷说，旺福的好色从一断奶就开始了。到三四岁时，已对女人的身体有了兴趣。起初老妈子们也觉着好玩儿，就拿自己的身子逗他。但渐渐就觉出不是这么回事了，旺福的反应竟然像个真正的男人，逗急了就要动真的。有一回，吓得一个年轻的小老妈臊红着脸抱头鼠窜，旺福还不依不饶，在后面紧追不舍。这以后，我太爷就在家里立下规矩，底下的女人无论谁，在二少爷面前都要持重，不准再有任何嬉戏，更不准有轻佻的举动。

我太奶的身边本来有两个丫头，一个杏春，一个梅春。梅春当初来我家，是村里秦大夫做的保人。秦大夫也是亳州人，家里不卖药，只行医。到秦大夫这一辈，行医越来越难。后来才明白，亳州是药都，在药都行医也就如同在饭馆儿里卖火烧，便出来做了游方郎中。到滹沱河边不想再走了，就在这儿落下来。我太奶的娘家也是亳州，一次来我家出诊，无意中一说，就论了老乡。我太奶自然了解行医的人，觉着这一行的人都善，人善心也就不会歪，又是老乡，就挺信服这秦大夫。一次秦大夫来给我太奶看病，说起滹沱河对岸有户姓张的人家，先是男的病死了，后来女的也死了，只扔下个十多岁的闺女，叫小翠，没依没靠挺可怜，说官宅倘还用人，让她来试试行不行。当时我太奶身边只有杏春，赶上有事还真忙不过来。这秦大夫又可靠，就让带来看看。来了一看，模样挺周正，低眉顺眼，也挺懂事，就让留下了，取名梅春。这梅春比杏春小三岁，心却比杏春大。心大的女孩儿都早熟，早熟也就有心计。刚来时不显，渐渐熟了，就活泛起来，眼里也有事儿，挺招我太奶喜欢。但后来就不是这么回事了。杏春和梅春，一个管里，一个管外。杏春平时不出上房，只在我太奶的跟前伺候，去厨房或别的事都是梅春。这时旺福早已听说，我太奶的屋里又来一个丫头，也是好奇，就一直留意。后来发现，这梅春不光模样周正，人也爱笑，一走路还蹦蹦跳跳。再见她来前边厨房时，就总是没话找话儿地跟她搭讪。梅春也看出来了，这二少爷喜欢自己，要搭话也就搭话。梅春的心虽大，毕竟还不谙世事。她想的是，这二少爷如果真喜欢自己当然再好不过，就算自己是个丫头，将来有一天，倘能去他的房里伺候，这辈子好歹也就有了归宿。这么想了，旺福再拿话撩她，她虽不搭腔，也就总是用笑回应。可在这官宅，有两件事她并不清楚。一是她想的这个归宿没这么简单，也不是这么回事。二是她还不知这二少爷的脾气，他不会只拿话撩她，撩来撩去就要动真的了。头一次，梅春挡住了，只让亲个嘴儿。第二次，又挡住了，又只让亲个嘴儿。这梅春年纪虽小，想事也简单，但很有主见。这以后，就给二少爷立下规矩，亲嘴儿可以，摸摸也可以，但只能隔着衣裳，别的一概不行。

但也就是这个不行，后来还是出事了。一天下午，我太奶饿了。平时上房有点心，可这回点心没了。我太奶就打发梅春去前面的厨房，让厨子给做碗莲子粥。但梅春去了却迟迟不见回来。我太奶早就发现，梅春去前面办事，经常半天不回。有几次回来了，脸还涨得通红，问她话，也回得着三不着两。我太奶毕竟是过来人，心里已经有几分猜测。这时就多了个心眼儿，先打发杏春去前面看看，想了想，又叫住她，就自己朝前面来。从我太奶的上房去厨房要经过两道月亮门儿。第一道是我爷长贵住的，一间卧房，一间花厅，旁边是他的书房。院当中有个荷花池，池边种了些竹子。经过一个回廊，是第二道月亮门儿。这个月亮门儿一出来是个更大的院子，我二爷旺福和三爷云财就住这儿。院里有一片果林。果林的后头是一座用怪石堆的假山。我太奶经过这片果林时，听到假山后面有动静。站住细听，听出是梅春在吭哧。我太奶一耳朵就听出来，这吭哧不是好吭哧。转过来一看，果然是旺福正抱着梅春亲嘴儿，一边亲，两手还在她身上乱摸。我太奶咳了一声，两人才发现。梅春立刻挣开旺福跑了。旺福也要走，我太奶把他叫住了。但叫住想了想，一时又想不出该怎么说。我太奶是个大松心的人，平时遇什么事都不给自己找气生。这时就挥挥手，让旺福也走了。可旺福走了，我太奶又想，这事也不能就这么撂下。回到上房，先把杏春支开，这才叫过梅春细问怎么回事。梅春这时已吓得说不出话，只是哭。再问才说，二少爷这么缠磨她已不是一天两天了。我太奶到了这时也就只能敞开问，让二少爷这样了没有，那样了没有。梅春虽还是这样的年纪，男女的事也已懂了一些，又跟二少爷厮磨了这些日子，不懂的也就全懂了。这时就告诉我太奶，没这样，也没那样，只让他亲个嘴，或在身上摸摸，摸也是在外面摸，只能隔着衣裳。我太奶听了，心里暗暗吃惊。她吃惊的还不光是老二旺福，刚十几岁就已懂得跟女人这样那样，也是这个梅春。这梅春小小年纪，竟就有这样的心术，懂得把男人掌控在一道线上，线这边随便，线那边别想。倘再大一点儿，真把这老二旺福唬弄住，这官宅还不得让她搅得天翻地覆。我太奶这一想，在心里倒吸了一口凉气。当晚就跟我太爷说了。

我太爷听了也很意外。

但我太爷毕竟是男人。男人有男人的想法。我太爷知道，这老二的脾气跟那兄弟俩不一样。老大是温，老三是精，唯这老二，浑不论。这个梅春留是不能再留了。可这事刚被我太奶撞见，倘立刻打发她走，老二旺福肯定不干。他再犯起浑来，不管不顾地一闹，这事上上下下就全知道了。我太爷还要顾及官宅的脸面。这么想了，就跟我太奶说，这事先放一放。后来又过了些日子，梅春见没动静，以为这事过去了。一天，又在厨房偷嘴，让厨子老胡看见了。这厨子老胡也总想在梅春的身上摸一把，但梅春一直不让。这回，老胡就把这事告诉了我太奶。当初梅春来时，保人是村里的秦大夫。我太奶就叫来秦大夫，让他把梅春领走了。

梅春走了，事情也过去了，但我太爷的心里还一直没过去。这回这头雪花儿青骡子的事，也就成了一个引子。我太爷终于借这个茬儿，把心里的这股毒火儿发作出来。

4

　　据我四爷说，我爷长贵去北京读书之前，曾跟我太爷顶过一次。我太爷是个很固执的人。长贵虽持重，也一根筋。一个持重且一根筋的人跟一个固执的人顶，可以想象，不会顶得把事情闹起来，但肯定很较劲。缘起是长贵临走前，我太爷要给他说一个女人。这个缘起看似简单，其实也并不简单。我太爷要给他说一个女人当然不是只为说个女人，而是想让他在北京学成之后还回来。长贵也正是看出这一点，才断然拒绝。

　　长贵一直跟我太爷不和。不光面不和，心也不和。我太爷也明白，这老大跟自己有二心。可这二到底出在哪儿，却一直想不明白。总想把他叫来说说，毕竟是亲父子爷儿俩，应该没有说不开的话。可试了几次，不行，说不开就是说不开。有几次不说还好，一说反倒更拧了。我太爷脾气也倔，索性不说了。心想，你吃着我的喝着我的，毛儿还没长全，就先学会跟我甩脸子，拽咧子。爷儿俩再见面，也就更都没有好脸色。

　　长贵爱游泳。他游泳是真正的游泳。小时也在水坑里扑腾。大点儿就不行了，读了书，知道水坑不卫生，就去滹沱河。滹沱河一到夏季涨水，南来北往的船就多起来，有对槽、河拨，也有商船。对岸是桥头镇。桥头镇是个大镇，很繁华，河边有码头。过往的商船经过这里都要停一下。长贵游到对岸，也常跟船上的人说话。船上的人天南地北都有，脾气也不一样，有爱说话的，也有不爱说话的。他就专找爱说话的说话。有一条从镇江过来的商船，去北京不走运河，却总走滹沱河。赶上顺风顺水，来去七天，北京卸货装货两天，九天回来，就又经过这里。去时装着镇江香醋和丝绸茶叶，回来捎的是北京的南路烧酒、六必居咸菜和王志和臭豆腐。一个月在这河上来回两趟，也有三趟的时候，回回都在对岸的码头停靠。一来二去，长贵就跟船上的人熟了。船上都是江苏人，说话侬嘎侬嘎的，不好懂。唯有一个叫"小面人儿"的，二十多岁，说一口北京话。长贵虽比他小几岁，也算年龄相仿，两人就挺说得上来。回回船一到，他游到对岸，就爬上船去。有时也去镇上捎点儿吃的。两人或喝茶，或喝酒，能一直聊到天黑。跑船儿的都是小个儿，短腿，这样站的船上才稳，两腿一叉像个板凳。这"小面人儿"却是个细高挑儿，且面皮白嫩，眉清目秀，看着像个书生。长贵跟他开玩笑，说他不像跑船儿的。起先"小面人儿"笑而不答。后来关系近了，才说，他就不是跑船儿的。这"小面人儿"本名叫唐书怀，北京人，过去家里是开冥衣铺的。冥衣铺是专为死人做纸人纸马的，一楼二库四杠箱，也有车轿纸船，在北京叫"烧活"。老北平的冥衣铺有个规矩，铺子的门面也用烧活扎，为的是做了太大的车船楼轿出不去，能把门面拆了。"小面人儿"家的铺子很大，门面的烧活也大。一年除夕，街上的小孩子放炮仗，把他家门面的烧活引着了。这一着也就连里面都烧起来。烧活是纸的，又有油彩，这样就越烧越旺，一下烧了半条街。"小面人儿"家的铺子烧了不说，剩下的一点家底儿也都赔了街坊。"小面儿人"没学糊烧活，学的是响器。冥衣铺跟响器班儿同道同业，赶上哪儿有丧事，就跟着去吹唢呐。没事的时候也常去天桥看玩艺儿，最喜听相声。家里这一败，索性就下海学艺，在天桥儿叩了一个叫"老面人儿"的艺人，跟着学了相声。师父给取个艺名，叫"小面人儿"。天桥儿有句话，"生书熟戏，听不腻的相声"。相声这行看着简单，有个嘴就能说，可真把人说乐了也不是容易的事。老北京的俗话，说一个行业半了咯叽，叫好汉子不爱干，赖汉子还干不了。可相声不行，有的好汉子就是爱干，也未必干得了。"小面人儿"过去总来天桥听相声，一些段子早已烂熟于心，心眼儿又灵，嘴皮子也利索，师父一说一教，稍加点拨就入了门儿。这"老面人儿"性子面，人也面，只是使活的那一会儿精神，一下来就蔫了。还有个嗜好，老北京叫有口子累，爱抽大烟。师父教徒弟，行话叫"说活"，每回给"小面人儿"说活，得先过足大烟瘾。"小面人儿"虽在冥衣铺长大，也是本分人家儿出来的，从小没见过邪的歪的。这时一见师父整天佝偻在榻上抽大烟，虽说活儿是真好，在天桥一带也算个有名有姓的腕儿，说、学、逗、唱无一不精，心里也就越来越烦他。这"老面人儿"的老婆叫"小黑翠儿"，本来也是他徒弟。行里师父教徒弟说一段相声，叫过一块活。这"老面人儿"给"小黑翠儿"过着过着活，也就过到了一块儿。这样论起来，这"小黑翠儿"就不光是"小面人儿"的师娘，也是师姐。"小黑翠儿"自打跟了这"老面人儿"也就不再出去撂地儿，整天闷的家里，又让大烟熏着，心里也烦。"小面人儿"一来，又是个干干净净的后生，心里就挺高兴。后来她给"小面人儿"立个规矩，当着师父叫师娘，背着师父就叫师姐。这师姐也挺疼这个小师弟，"老面人儿"出去撂地儿，偶尔没带"小面人儿"，师姐就在家给他炒俩鸡蛋，再烙一张白面饼。一天晚上"老面人儿"撂地儿回来，半道儿大烟瘾犯了，等不及回家，就钻进街边的烟馆，只让"小面人儿"给师娘捎回句话，说晚上不用给他留门了。"小面人儿"回来，师姐一听，就又给他炒鸡蛋，且这回不是两个，是四个，炒的时候还俏了点儿虾米皮，又烫了一壶二锅头。"小面人儿"是头回喝酒，又是跟这样一个俊俏体贴的师姐一块儿喝，一下就喝大了。喝大了，也就上了师姐的床。但他就忘了，这师姐虽比他大不了几岁，可不光是师姐，还是师娘。上师姐的床已经不好说，上师娘的床可就是欺师灭祖了。这一夜，"小面人儿"是第一次跟女人干这种事，也是喝大了，加上师娘早已是过来人，很会调理他，两人就折腾得昏天黑地。这一昏天黑地也就累了，一觉睡到天亮。天亮时，"老面人儿"也过足了大烟瘾，回来一进门，立刻蜡住了。接着就左右开弓，抡圆了扇自己的嘴巴。"小面儿人"搂着师娘睡得正香，一下被这噼噼啪啪的声音惊醒了。跟着"小黑翠儿"也醒了。两人在被窝里一抬头，见"老面人儿"正站在床前一下一下地扇自己，一边扇还一边骂，说自己前世造了多少孽，才遭这种把插杆子引回家来的王八报应。"小黑翠儿"到底是江湖人，这时倒沉得住气，让"老面人儿"先出去，俩人好穿衣裳。"老面人儿"就扭身出去了。"小黑翠儿"一边穿着衣裳，眼泪就流下来，对"小面人儿"说，咱姐弟俩，看来也就是这一夜的缘分，你在这行还浅，有的事不懂，这事儿一闹出来，你在这一行的饭也就吃到头儿了。说完，拿出几块大洋塞给他，又抱着他亲了一下说，快走吧，走得越远越好，这地界儿，以后没你的事了。"小面人儿"把脸一捂，就从师父的家里出来了。

这以后，"小面人儿"也就离开了天桥儿。后来也是偶然上了这条船，本想远走高飞，搭这商船去南方闯一闯。可上了船才发现，这跑船儿也是个挺好的事，不光有吃有住，还能一路欣赏两岸风景。跟船老大一说，还就同意了。从此也就落在这船上。"小面人儿"说着，又叹了口气，其实，礼义廉耻谁都懂，当初这一段儿，现在细想想，也确实不像话，师娘再怎么说也是师娘，嘴上虽叫师姐，心里也明白，不过是叫给自己听的，为的是让心里过得去。可一样的话，也得分两面儿说。相声这行拜师叫叩门儿，就算叩了门儿，师父也不是随便叫的。你担着师父的名，就得有师父的德，能耐再大，倘有能无德，也难让人敬重。"小面人儿"说，"老面人儿"后来让人捎过话来，说要把他这"小面人儿"的艺名收回去。但他跟捎话的人说，这名字就像烙在牲口屁股上的号牌儿，抠是抠不掉了。眼下既然已经恩断义绝，他这"小面人儿"，也就不再是过去的"小面人儿"，跟"老面人儿"已是两河水儿，谁跟谁也不挨着了。

"小面人儿"的这番话虽然说的是自己，长贵听了却恍然醒悟。"小面人儿"说他师父，既然担着师父的名，就得有师父的德，否则能耐再大，倘有能无德也难让人敬重。长贵由此就想到我太爷。我太爷看似为人清雅，道貌岸然，在院里咳嗽一声连落在房檐儿上的鸟都要抖愣一下翅膀。可长贵就是跟您和不来。现在明白了，和不来，也是因为您这为人。您从早到晚耷拉着脸，要求几个儿子这样那样，可您自己又怎么样呢，整天游手好闲，也就是个甩手掌柜的。这辈子别说胸无大志，简直就是不学无术。长贵在怹面前低头，也就因为他是爹。说到敬重，也只是敬而不重。这么一想，也就觉着跟这"小面人儿"更说得上来了。

这"小面人儿"也喜欢我爷长贵。"小面人儿"这几年走南闯北，可以说是阅人无数。但眼前这年轻人，却觉着挺生色，虽然长在滹沱河边，看得出很有心志，将来不像池中之物。俩人聊天时，也就常跟他说一些外面的见闻。长贵确实是个有心志的人。但心志和心志也不一样。有人有心志，心志其实是心计，总憋着将来有一天要怎样怎样，为达到这个目的就想尽一切办法，甚至不择手段。长贵的心志，却是志向。可这个志向是什么，具体在哪儿，还一直没想明白。现在跟这"小面人儿"一说一聊，渐渐也就清楚了。虽然志向还不清晰，但至少明白该往哪儿走了。于是回来，就跟我太爷提出，想去北平读书。

他这一提，倒也正中我太爷的下怀。

我太爷在心里摆弄这三个儿子，就像摆弄三个棋子。这老大长贵从小老成，为人也持重，虽跟自己不一心，可从长远考虑，也该是当家的材料。老三云财聪明，人也灵透，眼里心里都有事儿，有事儿，也就会来事儿。那时我家在北京前门的大栅栏儿开着一个绸缎庄，还有一爿货栈，以后可以让他去打理。唯老二旺福，我太爷尚举棋不定。

这时，长贵一说要去北京读书，我太爷也就同意了。

可同意之后一椷磨，又觉着不对。我太爷早看出这老大心大，将来不像是能在家里呆得住的。这一放出去，也就如同放了鸽子，将来回得来回不来就说不定了。我太爷想来想去，这才想出这么个主意，去北平之前，先在家里给他说个女人。

5

我太爷要说的这女人叫甘草，也是亳州人，跟我太奶是远房亲戚，论着叫姑。这甘草的家里原也是做药材生意的。后来有一回，甘草的爹看走眼，从甘肃进了一批假药材。她家本来是小本生意，这一下全砸在手里，也就无法翻身了。这时我太奶的身边已经只有杏春。过去只有杏春，忙不过来也就忙不过来。可后来又有了梅春，已经两个人惯了。梅春一走就觉着折手。正这时，甘草来投奔我太奶，也就半主半仆地留在身边。

这也是长贵对我太爷不满的地方。

长贵不同意这门亲事，还不光是因为已决定出外读书。换句话说，就算先在家里成了亲，再出外读书也不是不可以；官宅再怎么说也是官宅，在外人眼里，该是个知书达理的人家儿。弄个远房亲戚的姑娘放在我太奶身边，半主半仆地对待人家已经有些说不过去，现在又要拿人家当根绳子拴住自己的儿子。长贵虽没问，也知道，我太爷当然不会让这甘草当官宅的大少奶奶。可人家就算小门小户出来的，毕竟也是正经人家儿的姑娘，论着又是我太奶的侄女，倘真说亲也该明媒正娶，总不能这么轻看人家。

这次甘草的事，也让我太爷的心里更不痛快。

据我四爷说，他们兄弟三个动身的头天晚上，我太爷曾把云财叫到后面的梨树小院。当时跟他说了什么，没人知道。直到多年以后，云财又跟我四爷提起当年的事，才把这事说出来。那天晚上，我太爷交待给他四件事。第一件，我太爷说，在他们兄弟三个里虽然他最小，可只有他最可信。老大是迂，书呆子，遇事又一根筋。老二是浑，没约束，到了北京只怕就更没管束。所以，我太爷说，你们三个可就看你了，到了外面真正的主心骨儿是你，遇事拿大主意的也是你。第二件，是让他盯住大哥长贵，在北京的学堂读书，见好儿就收，差不多了就催他赶紧回来。第三件，是盯住二哥旺福，看着他，别让他在外面惹是生非。最后一件事，我太爷叮嘱云财，别管老大还是老二，倘真遇上事，千万别跟他们硬拧，这俩人一个比一个犟，你就是真拧也拧不过他们，赶紧往家捎封信。我太爷说，只要往家捎了信，别的就不用管了，他们去哪儿，你只要跟紧了，一直盯着就行了。

我四爷说，我太爷确实了解他这三个儿子。他交待的这几件事，他们一到北京就应验了。那时我家在北京的西四牌楼还有个老宅，具体是王家祖业，还是我老太爷当年为官时的府第，我四爷也说不清楚。我太爷只是冬天偶尔过来住一住。这次他们兄弟三个到北京，具体住哪儿，就出现了分歧。云财牢记我太爷的叮嘱，当然主张住老宅，这样稳妥，也保险。但长贵要去燕京大学读书，想离那边近一点。旺福一看这西四牌楼的老宅高墙大院儿，比家里的官宅还憋闷，先就烦了，一心想在繁华热闹的地方找个住处。这一下就不好办了，三个人，二比一，都不想住老宅。云财毕竟有心计。他这次来北京说是和长贵一起读书，其实我太爷是让他来前门大栅栏儿，到我家的绸缎庄学做生意，老北京话叫学买卖。于是就不动声色地说，既然住处定不下来，就先别定，先去大栅栏儿的铺子看看。长贵不知他的心思，旺福更没这心眼儿，三个人就来到前门大栅栏儿的绸缎庄。绸缎庄的掌柜姓何，是河间人。河间出太监，明末的魏忠贤，清朝的安德海、李莲英、小德张，都是河间人。但这何掌柜却生得五大三粗，一脸络腮胡子，看着像个杀猪的。买卖人都细皮嫩肉，身形也瘦，一看就透着机灵。其实这样的买卖人算不上真正的买卖人。真正的买卖人看不出是做买卖的，偏偏又极精，能算到骨头里，也就是何掌柜这样的。老北平有句玩笑话，叫贼人傻相。何掌柜早已得着消息，这时一见三个少东家来了，一边张罗着就赶紧准备接风洗尘，问他们想去外面饭庄，还是叫菜在家吃。这时就又出现了分歧。长贵喜静，来北京一看街上的车来人往，已经烦了，主张叫菜在家吃。旺福爱热闹，又头次来北京，到前门大栅栏儿时已是傍晚，见街两边灯红酒绿，买卖铺面一家挨一家，早已兴奋起来，就嚷着要出去吃。云财来这里已经揣着心思，于是说，这次就听大哥的，还是叫菜回来吃吧。这一下三个人，又是二比一，旺福虽不高兴也就无话可说了。何掌柜当然听几个少东家的，赶紧打发伙计去饭庄叫菜。这何掌柜看着粗，心却很细，一边吃着饭已让人把后面的几间闲房收拾出来。吃完了饭，对他们三个说，咱这铺子后面地方宽绰，几位少东家刚到，先住下，日后怎么打算再说。这一下也就正合了云财的心思。他竭力主张先来大栅栏儿的绸缎庄，其实也就是这么盘算的。兄弟三个去后面安顿了。何掌柜又说，今晚铺子没事儿，我陪几位少东家去街上转转，这前门大栅栏儿不比东城的隆福寺，隆福寺是白天比晚上热闹，大栅栏儿是白天热闹，晚上更热闹。旺福早已等不及，立刻嚷着就要走。长贵虽没多大兴趣，也只好跟出来。

从绸缎庄出来，往南走不远，再往西一拐就是八大胡同。八大胡同叫八大胡同，其实不止八条胡同，不过是一片地界儿。这种地界儿自然跟别处不一样，老远一看，就能看出是怎么回事。何掌柜当然不能带几个少东家去逛八大胡同，远远的就赶紧往东拐。但旺福还是已经看出来，一边走着，回头朝那边看着问，那边净是挂灯笼的，咋回事？

何掌柜只好说，那是八大胡同。

旺福问，就是常说的八大胡同？

何掌柜说，是。

旺福虽没来过北京，也听说过八大胡同。何掌柜这一说，就记在心里了。接着又随口问了一句，这八大胡同，哪条最热闹？何掌柜既然已经说了，也就只好又说，王寡妇斜街。

旺福听了，就又记在心里了。

他们兄弟三个来北京，长贵是老大，手里管钱。但钱不能放在手边，就存在绸缎庄的柜上，用时长贵说话，用多少再拿。这时长贵已埋头读书，准备去学堂。云财也开始跟着何掌柜学买卖。唯旺福还没事做。其实他这次来北京，本来也没事可做。进学堂当然不行。他在家时就没好好儿念过书，念个《百家姓》都笨笨磕磕。我太爷打发他出来，只是为那个夜壶，想着他不在跟前，眼不见为净。但我太爷还是想错了。也不是想错，是小看他了。旺福看着粗粗拉拉，其实是个很有主意的人。刚来北京时，长贵每人给了五块大洋。想着有吃有住，这几块大洋也就是个零花，应该够了。可过了些天，旺福在这大栅栏儿转过向来了，就揣着这几块大洋去了八大胡同。这时不光我太爷，大概家里也没几个人知道，旺福虽然只有十六岁，在女人的事上却早已是老手。他来到八大胡同，先去王寡妇斜街转了一遭，又从石头胡同遛到李纱帽胡同，等来到胭脂巷，也就明白这地界儿是怎么回事了。他的这段经历，后来没对任何人说过，所以我四爷也不太清楚。我想，他当时来这种地方，好色还只是一方面，更多的应该是好奇。可以想象，一个十几岁的半大小子，生得头如麦斗，虎背熊腰，独自走在这八大胡同里，一边走还一边东瞅西看是怎样一种奇异的情形。据我四爷说，关于这件事，他只知道一些细枝末节，但没说是听谁说的。旺福来了几次，就发现，王寡妇斜街只是热闹，石头胡同是便宜，真正好玩儿的还是胭脂巷。这以后，他也就只去胭脂巷。胭脂巷的姐儿们都是见过大棒槌的，三教九流五行八作，可唯独没见过这么一副身形相貌的小爷，独自大模大样地来玩儿八大胡同。旺福毕竟是官宅的少爷，人虽粗，身上就带着一股说不出的劲儿。也就是这股劲儿，让胭脂巷的姐儿们看出来，这小爷应该不是个一般的爷。不是一般的爷不是说身份，而是说人，说得再好懂一点儿，也就是这个爷不是省油的灯。

去胭脂巷，几块大洋也就打个水漂儿。没过多少日子，旺福就又找长贵要钱。长贵是当大哥的，这时又出门在外，不想让兄弟受委屈，要钱也就给。可给了几次，慢慢就觉出不对了。长贵这时已去燕京大学读书，平时住校，只是隔三差五地来一下绸缎庄这边。来也是不放心，看看旺福和云财，再看一下有没有家里捎来的书信。他来几次，每次旺福都要钱，且一次比一次要得多。这时，长贵才留意了，问何掌柜，旺福经常去哪儿，每天在做什么事。其实何掌柜这时已听说了，二少东家去过八大胡同。何掌柜起初也没在意，想着小孩子刚来北京，哪哪儿都新鲜，那种地方，去看看也就去看看。后来旺福又开始找他要钱。要也不说要，只说借，说等他大哥来了再还柜上。何掌柜一听赶紧说，要用钱只管用就是，你是二少东家，这买卖都是你家的，用也是用你自己的钱。但何掌柜给了旺福几次，发现后来越要越多，就觉着不是这么回事了。心里也纳闷儿，不知二少东家要这么多钱干什么用。于是也就留意了。这一留意，才发现，敢情是经常去钻八大胡同。这时长贵一问，何掌柜又不好明说，也就含糊着答，每天忙铺子里的事，二少东家去哪儿，还真没留心。又说，只知道他经常去天桥儿，认识了一伙耍把式的，经常跟那些人混一块儿。又对长贵说，家里的老东家也让人捎信来，说这二少东家，也不指望他学出什么，只要看住了，别在这边招灾惹祸也就行了。何掌柜又笑着说，不过看这二少东家，现在还真像个练家子了，一次去天桥儿办事，看见他正跟几个人耍枪，还真耍得有模有样。长贵一听，想着旺福在这边已有了朋友，有朋友也就得交往，挑费自然会大一些。旺福再要钱，也就给他。

但后来出了一件事，旺福就在北京待不下去了。

6

这就又要说到云财了。

他们兄弟三个临出来时，我太爷曾对云财有过详细的交待。旺福在大栅栏儿的这段日子整天混天桥儿，钻八大胡同，倘云财及时发现，及时按我太爷交待的捎封书信回去，也许就不会有后来的事了。但云财知不知道这些事呢，当然知道。可他知道是知道，这时却已经顾不上了。顾不上，是因为发现了比旺福这边更要紧的事。

要说人小心大，真正人小心大的还是云财。他比旺福还小一岁，但在三个兄弟里心计最深，且天生就是做买卖的。他这次来绸缎庄，虽然刚学买卖上的事，却很快就看出了问题。还不光是铺子里的问题，也是这个何掌柜的问题。

这何掌柜看着每天在铺子忙里忙外，还总拉晚儿，经常上了板儿还在账房算账，却并不在铺子里住，无论多晚都回去。云财知道何掌柜在外面另有住处，也问过他，这么晚了还回去，住得远不远。云财问得像是有口无心，何掌柜答得也就像有口无心，说远倒不远，不过是租的房子，挺窄憋，毕竟上了点儿年纪，家里睡惯了，择席。说着又补了一句，要不是地方窄憋，忒寒酸，就请几位少东家去家里吃个饭。云财听了也就没再说什么。一天下雨，到了晚上还没停歇的意思。何掌柜在账房算完了账，又要回去。云财在旁边一直拿眼溜着，见何掌柜叫了一辆洋车走了，也叫了辆洋车，随后远远地跟上去。这一跟才发现，何掌柜果然没说实话。他住的不是不远，而是很远。这个晚上，云财一直跟到东城的宽街儿，又到了北兵马司，才拐进府学胡同。云财来北京是学买卖的，既然学买卖，对地理人情也就得了解。他这时已知道，老北平有句话，叫"东富西贵"，西城住的多是做官的，东城则多是有钱的生意人。这个晚上，云财让洋车跟进府学胡同，走了一段往北一拐，又进了文丞相胡同。这文丞相胡同很窄，也黑，云财就下了洋车，贴着墙根儿跟过来。这时何掌柜已进了一个院子。他也跟进这个院子。这才发现，这院子虽不大，却别有洞天。一个月亮门儿的里面是一个规规整整的四合院儿，旁边还有一个草木葱茏的花园。显然，这样的宅子不会是租着住的，应该是一份产业。倘是产业，问题也就来了，这何掌柜虽在我家的绸缎庄当了二十几年掌柜的，可再怎么说也就是个掌柜的。只当二十几年绸缎庄掌柜的就能挣下这么大一份产业，还不算有没有别的。云财那时还不懂有"巨额财产来源不明"这种说法，可再怎么想，也觉着这事儿有些想不过去。但他毕竟人小心大。人小心大的人分两种，一种心大是大在心上，也就是野心，将来想当什么样的人，或干什么样的事；还有一种心大则是大在城府上，别管遇到多大的事都能装下，喜怒不形于色。云财也就是这后一种。他这天晚上回到绸缎庄已是半夜，身上也浇透了。可回来没歇着，换了件衣裳就来到后面的账房，把管账先生叫来。管账先生姓向，六十多岁，是山西祁县人，铺子里都叫他向先生。这向先生眼神儿不好，不光花，还总长眵模糊，看账本都要趴在桌上。他这时已经睡下了，一听三少东家叫就赶紧起来，以为有事。云财说，倒没啥大事，就是想着来铺子这些日子了，外面柜上的事已明白得差不多了，这个晚上，想跟向先生学学记账。其实记账的事不用学，云财一来铺子，最下心思的就是先学记账，心眼儿又灵，账上这点事早都明白了。向先生已是上年纪的人，又睡得迷迷糊糊，一听少东家要学账，只好把账本都搬出来。这时账房里灯光昏暗，向先生眼神儿又不好，就趴在桌上一边翻账本，一项一项地给云财讲。云财年轻，眼又尖，早都看清了。这一看清也就真看出了问题。云财平时一直留意铺子里的流水，这时就发现，每天的流水跟账本对不上。这个晚上看到后半夜，见向先生已困得熬不住了，才让他回去歇了。云财回到自己房里，却一夜没睡。他这时再想铺子的事，也就越想越明白了。何掌柜还有个三十来岁的儿子，叫何连升，在铺子里当二掌柜。云财就想，我家在这铺子东边还有个货栈，倘这两个铺子就这么交给这何家父子打理下去，再过几年，兴许就都改姓何了。

这么想着，就觉得这事得赶紧告诉我太爷。

也就在这时，我旺福出事了。

旺福这时在天桥儿结交了一伙打把式卖艺的。为首的是个沧州人，叫黄蝈蝈儿，手下带着一帮徒弟。其中有个徒弟叫"五贝勒"。这五贝勒不是真贝勒，就是个汉人，只是平时爱模仿旗人做派，穿装打扮儿也学旗人，手上戴个扳指儿，腰上挂些小玩艺儿，不撂地儿的时候也提个鸟笼子去泡茶馆儿。他在黄蝈蝈儿的徒弟里排行老五，天桥儿的人就都叫他五贝勒。这五贝勒也爱逛八大胡同。一天去胭脂巷的一个茶室打茶围。茶室叫茶室，其实就是窑子，叫茶室只是为的好听。五贝勒常来的这个茶室叫水仙院，院里有个姐儿叫小白桃儿。这小白桃儿不光模样长得鲜亮，心眼儿也活泛，一见五贝勒这做派，又听都叫他五贝勒，还真当他是个贝勒，每回来了也就伺候得熨熨帖帖。日子一长，这五贝勒再来水仙院，也就真拿自己当个贝勒了。这天下午，一个哈巴腿儿的瘦黄脸儿也带几个人来到水仙院，点名要小白桃儿。小白桃儿每次一接五贝勒，就把别的客人都回了。这时就让老鸨出来说，身子不舒坦。可老鸨出来没敢这么说，怕得罪人，干脆就明着告诉这瘦黄脸儿，一位贝勒爷正在里面。没想到这瘦黄脸儿是个真贝勒。他也是听人说，这水仙院有个叫小白桃儿的姐儿怎么怎么好，长得如何如何俊，这才慕名来的。这时一听鸨儿说，小白桃儿正在里边伺候一位贝勒爷，拿脚就进来了，想看看这是哪儿的贝勒爷。五贝勒跟小白桃儿喝酒喝得正高兴，一见闯进个黄脸儿的瘦子，正要发作，这瘦黄脸儿先说了一句话。瘦黄脸儿说的是一句满语。五贝勒在北京土生土长，也听懂这是一句满语，意思是问他是哪个府上的。可他只会听，不会说，一下就愣住了。这时瘦黄脸儿已看出来，这个自称贝勒爷的并不是真贝勒，连满人也不是。头也没回，只朝身后一招手，跟来的几个人就如狼似虎地扑上来，把五贝勒连踢带打地暴揍了一顿。五贝勒在天桥儿是打把式卖艺的，本来有身手，可双拳难敌四脚，更何况对方是五六个人，一下就给打成了一堆烂布。最后让人家从水仙院里提了出来，扔在外面的当街。

这个下午，五贝勒连滚带爬地回到天桥儿。当时黄蝈蝈儿不在，跟几个朋友喝酒去了。旺福正跟几个人聊天儿，一见他这鼻青脸肿的样子就知道是让人打了，立刻问，是谁。五贝勒平时挺牛，看谁都不拿正眼，说话也不撩眼皮。可这时已经怂了，一边哭着就把在胭脂巷挨打的事说了。旺福一听就急了，抄过立在旁边的一杆大枪，回身朝一个板凳上一砸，这枪杆立刻折成两节儿。他拎着这半截枪杆儿，带上几个人就直奔胭脂巷的水仙院来。这大概是旺福第一次显示出他的仗义性格。这水仙院的小白桃儿，他也认识。这个下午来到这里，一闯进来，见小白桃儿还在陪着那个瘦黄脸儿的真贝勒爷喝酒，几个手下都在外面屋里的一桌，也让几个姐儿陪着。小白桃儿一见旺福进来这架势，脸色就变了。她当然知道这个大脑袋小爷的厉害。旺福来到里边的当屋儿，回头问五贝勒，就是这几个人？

五贝勒点头说，是。

又问，哪个打的你？

一指外面，那几个。

问，谁是头儿？

五贝勒没说话，用手指指坐在桌前的瘦黄脸儿。这瘦黄脸儿是满人，又是个贝勒，这时已经看明白了。又见这为首的大脑袋手里拎着半截棍子，棍子还是个破碴儿，看着挺锋利，突然一提身就从桌子跟前蹦起来。他这一蹦足有三尺多高，两腿缩在胯骨两边。可刚往下一落，旺福上去就是一脚。这一脚正蹬在他小肚子上。瘦黄脸儿的两脚还没沾地，被这一蹬，人立刻就出去了，一下给蹬出一丈多远。这时外面的人已经闻声进来，一见瘦黄脸儿挨打了，立刻动起手来。但旺福带来的这几个人都是天桥儿的练家子，瘦黄脸儿的人自然不是对手，三两下就全给打在地上。这时旺福来到瘦黄脸儿的跟前。瘦黄脸儿刚爬起来，旺福手里的半截棍子也到了。其实旺福是在乡下长大，来北京不过一年多，在天桥儿的这些日子虽跟黄蝈蝈儿这伙人混，拳脚也未必练得怎么样。可他胆儿大，脾气也暴，这两样加起来出手就黑，一般人见了不用过招儿，先就怵了。旺福这时已看出来，这瘦黄脸儿确实有些身手，但他这点身手在天桥儿这伙人的跟前根本不算事，也就不想再跟他费劲，抢起这半截棍子就像打狗似的抽打起来。这瘦黄脸儿本来已支起门户，拉开架式，让旺福这没脑袋没屁股地一打，头上身上立刻发出一阵噼噼啪啪的爆响。他疼得两手抱头晃了晃就倒在地上，一边嘶嘶地叫着滚来滚去。旺福这么打了一阵，回头问五贝勒，出气了吗？五贝勒不说话，看样子还没把气全出来。旺福就把这半截棍子扔给他说，我歇会儿，想打你接着打。这五贝勒也是没受过这样的委屈，还窝着一肚子毒火儿，接过棍子就又接着打这瘦黄脸儿。后来越打越来气，干脆用这半截儿棍子的破碴儿朝他肚子扎过去。旁边的人一见要出人命，才赶紧把他拦住了。

　　这个下午回到天桥儿，旺福买了十斤牛腱子，十斤羊杂碎，又买了一坛子南路烧酒。一是为五贝勒压惊，二来也是犒劳大家，这次去胭脂巷的水仙院大获全胜，总算给五贝勒出了这口恶气。这时黄蝈蝈儿也从外面喝酒回来了，一听这事的前前后后，就知道旺福闯祸了。那胭脂巷虽是个下处，水也很深，听就能听出来，这场事闹得这么凶，肯定已把水仙院给砸了。况且打的又是个贝勒，人家肯定不会善罢甘休。果然，这里正吃着喝着，就见一伙人拎着家伙来了。为首的正是那个瘦黄脸儿。瘦黄脸儿这时看着比五贝勒伤得还重，但都是皮外伤，顶着一脑门子的大疙瘩。这瘦黄脸儿到底是个贝勒，天桥儿不是一般的地界儿，敢带着人来这里找打把式卖艺的寻仇，也得有一定胆量。黄蝈蝈儿毕竟是江湖人，凡事多一事不如少一事，一见这阵势就想大事化小，赶紧上前拱手说，几位辛苦，有事好商量，先坐下喝一杯，咱喝着聊。不料这瘦黄脸儿不知黄蝈蝈儿是谁，也不懂天桥儿规矩，上来冲着黄蝈蝈儿就是一拳。黄蝈蝈儿没料到这瘦黄脸儿会来这么一下，但毕竟是习武的人，一闪头躲开了。可拳头躲开了，手腕还是蹭着了耳朵，耳轮一破，血就下来了。这一下黄蝈蝈儿的这伙徒弟不干了，酒碗一扔都跳起来，顺手就抄起了家伙。天桥儿打架不像别的地方，平时看着都挺客气，可一打架就是死架，动辄出人命。这里闹闹腾腾的一拉开架式，来逛天桥儿的人们本来就好事，立刻围个里三层外三层。但一个地方也有一个地方的规矩。这天桥儿就像一口大锅，"金、皮、彩、挂"，"弹、耍、变、练"，五行八作各种唱玩艺儿卖艺的都在这里撂地儿，要指着这口大锅吃饭。这两边的人一动起家伙，也就全乱了。这时已有人跑去请来个"大了"。"大了"，也就是这一带有些威望的人。这"大了"六十多岁，绰号叫"爬趴儿"，是个瘫子。虽是瘫子，说话却占地方，哪行哪业都得给点儿面子。这"爬趴儿"歪在一块木排子上，让几个人抬着过来。他一过来，黄蝈蝈儿这边的人立刻就都住手了。这时瘦黄脸儿也已看出来，这木排子上的瘫老头儿应该不是个一般人物儿，于是也让自己的人停下手。这"爬趴儿"虽上些年纪，说话却细声细气，先听了事情的前后经过，又回头问，这"王大脑袋"是哪个门儿的。当时旺福在天桥儿，绰号叫"王大脑袋"。"爬趴儿"问是哪个门儿的，意思是问他在天桥儿练的哪一行。可瘦黄脸儿来之前，旺福有事已先走了。黄蝈蝈儿当然也是仗义之人，知道这"王大脑袋"是大栅栏儿"洪德仁绸缎庄"的二少东家，却摇头说，跟他不熟，不知是哪个门儿的。底下的这帮徒弟也都说不知道。"爬趴儿"听了看看众人，点头说，事情虽是这么个事情，可常言道，打盆儿说盆儿打碗儿说碗儿，是谁的事儿该去找谁，你们在这儿这么不管不顾地一打一闹，就如同是人家已经做好的一锅饭，你们往锅里扬了一把沙子，这就说不过去了。说着又转脸对瘦黄脸儿说，既然是"王大脑袋"惹了你，他又不是天桥儿的人，你来天桥儿就没道理了。然后又朝看热闹的众人摆摆手说，都散了吧，接着看玩艺儿。

说罢，就让人抬着木排子走了。

这瘦黄脸儿虽是个贝勒，也是在街上混的，这时已看明白是怎么回事。既然"爬趴儿"这么说了，也不好再跟黄蝈蝈儿这伙人纠缠，只好带上人走了。

7

这个下午，旺福确实有事。

前门大栅栏儿有二十几家绸缎庄。在我家的斜对面还有一家"正和兴"，老板姓麻，叫麻广泰，是甘肃天水人。这麻老板有个毛病，生性多疑，除了自己连老婆孩子也不信。他这绸缎庄换了几任掌柜，也就都没干长。再后来就没人敢来了，一听是麻广泰的买卖立刻都摆手摇头。麻广泰找不着合适的掌柜，索性就自己掌柜。这一下倒好了，出货进货，收账盘账，从每天的流水到月底的大账都亲自过手，也就放心了。旺福这个下午提前走，就是为这麻广泰的事。前一天上午，旺福正要出门，听见何掌柜跟儿子连升高一声低一声地矫情。本来是人家父子说话，旺福也就没在意。可他一只脚已迈出铺子，还是听了一耳朵。就听何掌柜打个嗨声说，这事说小不小，说大也不大，咱爷们儿自己认倒霉算了，只是别让二少东家知道，他那脾气，知道了又得闹出麻烦。旺福听了一愣。他虽是鲁莽性子，心里也有分寸，这时想想，这何家父子说的显然是跟铺子有关的事，但既然何掌柜这么说了，倘现在去问，他肯定不会告诉自己。就先把这事记在心里了。中午回来，何掌柜带着云财出去收账了，铺子里只有连升。旺福就把连升叫到后面，问怎么回事。连升先还不肯说。旺福的脸就黑下来，对连升说，早晨你们爷儿俩说的话我都听见了，倘是你家的事，我当然不问，可跟铺子有关的事就不能不问了，别忘了，我可是少东家。连升虽比旺福大十几岁，已是成年人，也知道这二少东家的脾气，心里一直有些惧他。这时又犹豫了犹豫，才吭哧着把事情说出来。说的就是"正和兴"麻老板的事。这麻老板有个小舅子，叫杜二奎，也是做生意的，在牛街开个牛肉铺子。半年多前，见街上的洋车生意挺好，也想开个车行。自己凑了四百多大洋，还差四百怎么也凑不上了，就来找姐夫麻老板。麻老板一听要借四百大洋，有心不借，又怕老婆那边不干。借又不放心，知道这小舅子干事没谱儿，只怕借了有去无回。想了一夜就想出个主意，对这杜二奎说，借能借，别说四百，八百也行，只是生意道儿上有句话，亲兄弟明算账，你得找个保家，且人保不行，得是铺保，光铺保还不行，得铺保加银保，银保要三成。杜二奎一听就明白了，姐夫这是有意刁难自己。四百大洋找铺保已经不容易，还得让这铺保出三成保银，三成就是一百二十块大洋，找这样的铺保得多大交情。可事情到了这一步已不能再拖。虎坊桥儿有一家洋车行，老板正打算出手。杜二奎去谈了几次，老板先开价八百五十块大洋，也是急等用钱，最后降到八百。这么低的价钱倘不抓紧，只怕就被别人抢了。杜二奎想来想去，就想到了"洪德仁绸缎庄"的二掌柜何连升。他跟何连升有交情，交情虽说不上太深，可俩人一块儿做过生意，一做生意也就难说深浅了。于是来找何连升商量，答应事成之后，等开了车行再重重谢他。何连升一听先有些犹豫。给杜二奎做铺保，自然要用"洪德仁绸缎庄"，且三成保银要一百二十块大洋，也得从铺子里出，这么大的事，就有点儿含糊。可架不住杜二奎一再央求，只好说，先回去商量一下。何掌柜一听，毕竟大家都在一条街上做买卖，不看这杜二奎也得看麻老板，况且杜二奎是向他姐夫借钱，没外卖，想想也就答应了。当时说好，杜二奎向麻老板借四百大洋，借期半年，不收息钱，由"洪德仁绸缎庄"做铺保，且出三成保银。麻老板特意让人在契约上写明，虽不计息，但到期拖延一个月，扣保银一半，两个月，保银全部抵扣。当时何连升对这一条也没在意，想着杜二奎跟麻老板是姐夫小舅儿的关系，麻老板不过是做事嘀咕才弄得这么麻烦，杜二奎到期还钱应该不成问题。可没想到，杜二奎拿了这四百大洋就不露面了。半年后到期，何连升来"正和兴"拿那三成保银。麻老板却耷拉着脸告诉他，杜二奎一直没还钱。何连升一听就急了，杜二奎是麻老板的小舅子，他们之间自然是跑得了和尚跑不了庙。可问题是他的庙跑不了，自己这三成保银弄不好就要跑了。于是赶紧去虎坊桥儿找杜二奎。一去才知道，虎坊桥儿确实有一家"大通利洋车行"，可老板不姓杜，姓常。再问，人家这车行已开了三年多，从没说过要倒手。何连升这才明白了，敢情这杜二奎借了钱没开车行，是干了别的。可干别的也没关系，问题是到期得还钱。他不还钱，自己这三成保银也就拿不回来。按当初契约上写的，迟一个月保银扣一半，两个月这笔保银就得全抵扣了。而更严重的是，"洪德仁绸缎庄"还做着铺保，倘这四百大洋真打了水漂儿，麻老板一翻脸，后面可就不光是这三成保银的事了。何连升越想越急，赶紧又去牛街。到了牛街才知道，杜二奎这牛肉铺子也早已兑出去了，现在是一个姓赫的锡伯人开的酱货店，专卖黄羊杂碎和骆驼肉。这以后，何连升就四处寻找杜二奎。可这人就像一股烟儿似的没了。何连升苦着脸对旺福说，当初定的还钱期限，到昨天已拖满两个月，"正和兴"的麻老板已经让人捎过话来，那笔保银的事，就按契约办了。

　　旺福虽念书不多，但这点事一听就明白了。显然，这何家父子是办了一件混蛋事。旺福知道这麻老板，在街上也经常照面儿，可从第一眼就看出这人不行。旺福看人是看面相，面相看的是眼角。旺福十岁时，我家的厨子老胡出去采买，曾在街上叫住个相面先生。当时旺福也在旁边。这相面先生给老胡看完了，旺福也要看。相面先生摇头说，小孩儿不上相，看了也不准。又小声说，倒是你家这厨子，面相不好。旺福一听，觉着这相面先生挺神，没问就知道老胡是个厨子，于是问，他面相怎么不好？这相面先生说，眼角耷拉的人，心思都重，不光重，也阴狠，这样的人得小心。这以后，这相面先生的话旺福也就记在心里了。这麻广泰麻老板不光眼角耷拉，一张脸也整天像门帘子似的耷拉着，浑身冒阴气。旺福虽在街上经常碰面，又是斜对门的买卖，也就没跟他过过话。何家父子这回办的这事，混蛋就混蛋在里外不分，用句天桥儿的话说是"鼻涕倒流"。杜二奎是这麻老板的小舅子，他找麻老板借钱，本来是人家姐夫小舅儿之间的事，"洪德仁绸缎庄"夹在中间做铺保算怎么回事，且还给人家出三成保银，这就更不挨着了。旺福指着连升的鼻子说，你混蛋也就算了，你爹可是这大栅栏儿的老买卖人，也干这种混蛋事，我真没法儿说你们爷儿俩了。

说完就扭头出来了。

旺福在这个中午又回到天桥儿。天桥儿有个卖狗皮膏药的，叫"哈巴儿"，跟旺福是朋友。这哈巴儿比旺福大一岁，是个罗圈儿腿，走道哈巴哈巴儿的，可整天哪儿都去，外面认识的人也多。旺福回天桥儿找到这哈巴儿，让他去给打听一下，这杜二奎眼下在哪儿。哈巴儿知道"正和兴绸缎庄"的麻老板，也听说过这个叫杜二奎的小舅子，就说，你甭管了。

这个下午，旺福带人去胭脂巷砸了水仙院回来，正跟大伙儿吃肉喝酒，哈巴儿来送信儿，说打听到了，这杜二奎眼下在隆福寺的鸟枪胡同开了个汤锅，早晨卖豆汁儿炒肝儿，中午晚上是羊杂牛杂汤和卤煮火烧。旺福一听扔下黄蝈蝈儿的这伙徒弟，让他们先吃着喝着，自己就奔隆福寺来。哈巴儿说得很详细，杜二奎这汤锅叫"奎记"，在鸟枪胡同的北口儿，旺福一来就找着了。汤锅生意挺好，里边都是人。旺福进来先环顾一下，突然扯开嗓子吼了一声，杜二奎，出来！就这一嗓子，他又是这么一副身形相貌，一下把铺子里的人都吓住了，胆小的赶紧夺门往外走。杜二奎正在后面一个人喝酒，一听前边乱，就走出来。出来一看是旺福，脸上立刻变了颜色。他知道这是"洪德仁绸缎庄"的二少东家，绰号"王大脑袋"，是个不要命的主儿。这时一看他这来头儿，心里也就明白了。旺福一见他，二话没说就扑上来。旺福虽比这杜二奎小十来岁，可个头儿不比他矮，身材也更魁梧。这时一把褥住他的脖领子往旁边一拽，又使劲一按，就按到卤煮火烧的锅沿儿上。锅里的肉汤还在嘎嗒嘎嗒的开着，杜二奎让热气嘘着已经吓得脸色煞白，嘴里连声说着，有话你说，你说。旺福说，你现在跟我说实话，让我家的铺子做铺保，到底怎么回事？说假了一句，我把你扔的这汤锅里跟火烧一块儿炖了！说完松开手，让杜二奎起来。杜二奎赶紧拉旺福来到后面，这才说，这事儿都是麻广泰的主意，想的就是敲何连升一笔钱。可这何连升的爹滑得像条泥鳅，一抓一出溜，麻广泰这才想出这么个办法，从"洪德仁绸缎庄"下手。杜二奎耷拉着脑袋说，他要开车行这事儿是假的，找麻广泰借四百大洋也是假的，都只是这么一说，为的就是要那一百二十块大洋的保银。接着又说，这两天，麻广泰正跟他商量，这事儿还想接着往下干，只说那借的四百大洋还不上了，"洪德仁绸缎庄"是铺保，要拿这铺保说事儿，让"洪德仁"赔。旺福一听更来气了，这麻广泰也忒歹毒了，已经坑了"洪德仁绸缎庄"一百二十大洋，还要赶尽杀绝。这么想着，又一把揪住杜二奎的脖领子，拽他出来叫了辆洋车，就直奔大栅栏儿来。

这时已是傍晚，"正和兴绸缎庄"还没上板儿。旺福揪着杜二奎跳下洋车，来到铺了里。站柜的伙计一见这阵势赶紧飞奔进去叫麻广泰。麻广泰出来一看，先愣了愣，接着就呵呵笑了，说，是"洪德仁"的二少东家啊，我这小舅子怎么惹着你了，告状也别来我这儿，找他爹妈去。旺福拽着杜二奎过来，突然腾出另一只手，又一把揪住麻广泰的脖领子。但这麻广泰不是杜二奎，立刻变颜变色地挣扎着说，姓王的，我知道你整天在天桥儿混，可这是大栅栏儿，你敢耍浑我可叫巡警！旺福没说话，抓住他两人突然往一块儿一撞，两个脑袋登时撞得砰的一声。接着来到墙边，把他俩按到一张长凳上，又对杜二奎说，你把刚才的话，再说一遍。麻广泰这时已给撞蒙了，但一听这话就明白了，把眼皮翻了翻说，不用说了，不就是一百二十块大洋吗？还你。说完挣开旺福的手，让伙计去后面的账房拿了一百二十块大洋，装在个粗布兜子里，给提出来。旺福接过兜子，又冲他一伸手，保单。麻广泰犹豫了一下，只好转身进去了。一会儿又出来，把当初铺保和银保的保单都交给旺福。旺福接过保单，三把两把扯烂了，扔在地上，又看一眼麻广泰和杜二奎，就转身出来了。

这个傍晚，旺福提着这兜大洋正往回走，见天桥儿的五贝勒迎面慌慌地过来。五贝勒一见旺福赶紧用手比画着，意思是让他进旁边的胡同。旺福进了胡同，五贝勒也跟过来，朝左右看看才凑近说，你先别回去了。

旺福问，怎么回事。

五贝勒说，那瘦黄脸儿的贝勒吃了亏，咽不下这口气，又回胭脂巷的水仙院去问小白桃儿。小白桃儿知道打他的这"王大脑袋"是大栅栏儿"洪德仁绸缎庄"的二少东家，就告诉了瘦黄脸儿。五贝勒说，他一得着消息就赶紧来送信儿，刚才去了绸缎庄，听何掌柜说，就这一会儿的工夫，已经来了两伙人，一伙是胭脂巷的，另一伙就是那瘦黄脸儿的贝勒。两伙人都撂下话，说知道这"王大脑袋"是"洪德仁绸缎庄"的少东家就好办了，正应了那句话，跑得了和尚跑不了庙，这事儿到底怎么着，让他自己寻思，寻思好了过来，他们等着。

旺福一听乐了，说好啊，我这和尚不会念经，也不会跑，可一沾打架连后脑勺儿都乐了，今天累了，明儿再去找他们，挨着个儿地找。

五贝勒赶紧说，我比你大几岁，讨个大叫你声兄弟，这回这事儿，说到底是由我引起的，兄弟你也是为我才惹了这一场麻烦。可你来的日子还浅，尤其这天桥儿和八大胡同，水深了去了，没你想的这么简单，我看还是先避避。

旺福又哈哈一笑说，你只管把心放肚子里，没事儿。

说完就回绸缎庄去了。

8

事情到这一步，就要说到云财了。

云财自从那个晚上发现了何掌柜在东城文丞相胡同的宅子，回来又看了铺子的账本，心里就一直寻思。他这时毕竟才十几岁，再怎么有城府，心也浅，还装不下太大的事。长贵偶尔从学堂过来，也想跟大哥商量一下。可商量了两回，发现不行，大哥脑子里都是学堂的事，心思根本不在这儿。云财就明白了，唯一的办法只有赶紧回趟家，把铺子的这些事都跟我太爷当面说一说。其实这时候，何家父子拿绸缎庄去做铺保的事，云财还丝毫不知情。他不知情，是因为何家父子瞒得很严。何掌柜毕竟是买卖人，已经看出来，这三少东家虽在他们兄弟三个里年纪最小，却最有心路，且对铺子里的事也最上心。心里也就早有提防，觉着是老东家不放心，才派这小儿子来铺子里探底。后来又听账房的向先生说，三少东家一天夜里突然要跟他学账，把铺子里的账本全搬出来，心里也就更明白了。这三少东家来铺子没几天，账上的事就已全懂了，他大半夜要看账本当然不会是学记账。何掌柜从此也就更加小心。这次出了这铺保的事，何掌柜一再叮嘱儿子连升，那一百二十块大洋先从家里拿，给账房补上，后面的事后面再说，只是不能让二少东家知道，三少东家就更不能让他知道。

所以，云财对这事也就一直浑然不知。

在这个傍晚，铺子里突然来了两伙人。这两伙人都要找旺福。云财一看这些人的来头儿就知道，肯定是二哥旺福又在外面惹了事，且这回惹的还不会是小事。但这也正是个机会。云财想了一夜，第二天就跟旺福商量，别等把事闹大了，头天傍晚来的这两伙人，看样子都不是善茬儿，北京毕竟不比乡下，倘真闹起来，让人家把铺子砸了，回去没法儿跟爹交待。旺福在天桥儿混了这些日子，嘴上虽硬，也已知道深浅。想想这京城也没啥好玩儿的了，心里也还一直惦记着家里那边的事，就答应云财，收拾东西回乡下。

这个上午，何掌柜一听二少东家要回乡下，还挺高兴。心想这是个祸头，在这儿待着不光一点正经事没有，还整天惹是生非，走了也就心净了。可一听三少东家要送他回去，心一下子又提起来。何掌柜已听儿子连升说了，二少东家问过铺保的事，也都已告诉他了。就在这个中午，"正和兴"的麻老板让人送信儿来，说要请吃饭。何掌柜一听心里直犯寻思。这麻老板请人吃饭可是少有的事。他小舅子杜二奎曾在街上说，这辈子能喝他姐夫一碗豆汁儿，死了都值！但这个中午，何掌柜想来想去，最后还是去了。去了也才知道，麻老板是服软儿了。麻老板虽然没说一句服软儿的话，可一顿饭又敬酒，又夹菜，意思一直是在赔礼。但赔礼是赔礼，又不提那笔保银的事，直到吃完了饭出来，这事也没提。何掌柜回来的路上把这事的前前后后又想了一遍，就明白了。麻老板这突然窝个对头弯儿的态度，应该跟二少东家有关。凭二少东家的脾气，他从连升这里知道了这事儿，肯定不会善罢甘休。不善罢甘休，也就会去找杜二奎。杜二奎当然不好找，可"正和兴绸缎庄"就在斜对门，找麻老板一抬脚儿就去了。二少东家很可能已去找过麻老板。麻老板是吓着了，所以这个中午才这样赔礼。可保银的事，何掌柜还是想不明白。这麻老板既然礼都赔了，那一百二十块大洋怎么还不拿出来呢？何掌柜想到最后，只有一种可能，这一百二十块大洋应该已让二少东家拿去了。何掌柜了解这二少东家，大洋到了他手里，也就如同一块坛子肉到了狗嘴里，再让吐出来是万万不可能了。但何掌柜转念一想，这也未尝不是好事。这一百二十块大洋到了二少东家手里，自己不问，他当然不会说。他在京城不说，回去了在老东家的面前也就更不会说。如此一来，铺保这事也就瞒下了。可现在，三少东家也要跟着一块儿回去，这又让何掌柜不踏实了。三少东家眼下虽还不知道这事，可不敢保证二少东家哪天一溜嘴，告诉他。倘三少东家知道了，麻烦可就大了。况且这三少东家还翻过铺子的账本，他到底知道多少事，回去又怎么跟老东家说，这就难说了。何掌柜这一天没干别的，心里一直在盘算这事。

到了晚上，就想好了。这次，跟两个少东家一块儿回去。

9

何掌柜没估计错。他们这次回乡下，还没到家，云财就已知道铺保的事了。

旺福来北京之前就已学会了喝酒。但在家时，在我太爷跟前，还有个收敛儿。到北京没人管了，又整天去天桥儿，跟黄蝈蝈儿那伙人混在一块儿，也就越喝越大。从北京回来是坐船，路上得走三天。呆在船上没事，云财和何掌柜各想各的心事，旺福就坐的船尾巴上，一边喝酒，跟撑船的船工聊天儿。船工也都爱跟他聊，觉着这"大脑袋"说话挺哏儿。这个中午，旺福也是喝得有点大，就从船尾溜达到船头来。云财见何掌柜歪在舱里困盹儿，也钻出来。云财平时不爱跟二哥聊天儿，觉着他这人没正形，聊也是瞎聊。这时来到旺福跟前，就随口说，其实这趟回去，不光为送你，也有事要跟爹说。

旺福正坐的船头欣赏两岸风景，没回头说了一句，何掌柜这爷儿俩，我早看出不地道。

云财听了很意外。他平时只见这二哥出去胡闹，却没想到，对铺子里的事竟然也有心数。旺福这时心情挺好，也是喝得有点儿大，坐在船头让风一冲，酒上来了，于是就借着酒劲儿把何家父子做铺保的事说了。但只说了铺保，那一百二十块大洋的事没说。可只这一件事，云财听了已暗暗吃惊。这何家父子再怎么说也只是绸缎庄的掌柜，不跟东家打招呼，就敢拿铺子去给人家做铺保，他们的胆子也忒大了。云财毕竟比旺福更有心路，立刻意识到，倘这事是真的，就不会只这一件事，背后肯定还有别的事。

这次到家，我太爷一见何掌柜来了，让厨房备下酒席。晚上吃了饭，何掌柜就来到后面的梨树小院，先把三个少东家在北京的情况大概说了一下。自然是报喜不报忧，大少东家一直在学堂念书，眼看着越来越出息；二少东家虽没念书，也学了一身武艺；三少东家学买卖最有长进，别人学徒得三年，可他只一年多，铺子的事就已经里里外外都拿得起、放得下，再有两年就可撑起门面了。然后就又说到绸缎庄的生意。这几年世道不太平，大栅栏儿的"八大祥"日子都不好过。不过"洪德仁绸缎庄"的生意虽已不如先前，也还说得过去。我太爷听了，一边喝着茶，又跟何掌柜聊了一会儿，就让他去歇了。

这时，才让人把云财叫来。

这个晚上，云财一见我太爷，就把北京的事都说了。先说旺福。旺福这次回来，是在北京惹了事。怎么惹的事，惹的什么事，前前后后都说了一遍。我太爷听了倒没感到意外。这老二去北京，惹事是正常的，不惹事反倒不正常了。这次能这么囫囵着回来，且没捅出更大的娄子，已经不错了。我太爷只是没想到，他这样的年纪竟就学会去钻八大胡同，且跟那些乌七八糟的人缠头裹脑地搅在一块儿，还弄出这么多事来。接着，云财就又说了何掌柜父子拿绸缎庄去为"正和兴"做铺保的事。我太爷听了一惊，这就不是小事了。何掌柜在我家的铺子当掌柜已经这些年，做买卖也这些年，替人做铺保，这种事有多大分量，他应该掂得出来。我太爷摇头说，这可不像何掌柜做的事。云财说，他也是听旺福说的，据旺福说，是何掌柜的儿子何连升亲口告诉他的。旺福说，他已经去找过"正和兴"的麻老板，确有此事。我太爷听了嗯一声，没再说话。这时，云财就又说了绸缎庄账上的事，说铺子每天的流水，跟账本对不上。我太爷问，差多少。云财说，看每天的账，差不太大，但总有差。接着就又说了何掌柜在东城文丞相胡同的那个宅子。

我太爷听了沉吟片刻，问云财，你觉着这事，该咋办？云财说，这一档子一档子的事，何掌柜照这么干，以后还用不用他，是不是得另说了。

我太爷又沉了沉，说，天下熙熙皆为利来，天下攘攘皆为利往。

说完看看云财，这话你懂吗？

云财想了想，似懂非懂。

我太爷说，你先去吧。

何掌柜只住两天就要回去了，说铺子事儿多，心里放不下。我太爷也没留。走的这天早晨，我太爷又让人把云财叫到后面的梨树小院。据我四爷说，直到很多年后，我云财又跟他说起当年这个早晨的事，仍很感慨。他说，他没想到，我太爷会跟他说这样一番话。当时我太爷告诉他，人为财死，鸟为食亡，其实世上的一切事皆是买卖。但买卖跟买卖也不一样。有的买卖是有买有卖，买用钱，卖用货。也有的买卖是你来我往，我给你利，你让我得的也是利。前者的买卖看是买卖，但只是小买卖。真正的买卖是后者。只是心里得有数，你给出的利再大，只要得到的利更大也就行了。我太爷说到这里，就又说到何掌柜。

我太爷问，这何掌柜，是咱的亲戚吗？

云财想了想，摇头说，不是。

又问，是故交？

云财说，也不是。

我太爷说，他一个河间人，跟咱非亲非故，撇家撇业的带着儿子跑去北京大栅栏儿给咱的铺子当掌柜，且起早贪黑，一干就是二十几年，他图的什么？

云财懂了，说，赚钱。

我太爷点头，你不让他赚着钱，他凭啥为你赚钱。又说，你看不看那账本其实都一样，倘每天的流水跟账本对得严丝合缝儿，那就真有毛病了，说不定还是大毛病。接着，就又说到何掌柜在东城文丞相胡同的那个宅子。我太爷说，这何掌柜在咱的铺子当了二十几年掌柜的，挣下这样一个宅子，他总不能再挣一个，真这么干，那就不叫人了，不过看他，也还不像是这号人。可如果真把他换了，走了何掌柜，再来个李掌柜，李掌柜又得从头儿这么干，再换张掌柜，还得这么干，说不定后面这些人挣的宅子一个比一个大。我太爷说到这儿，就提到一个叫花老五的人。这花老五当年是滹沱河边一个杀人不眨眼的土匪，虽然打家劫舍，却也杀富济贫。后来官府设计把他抓到了。当时方圆百里的百姓都来为他请愿。官府不敢轻易杀他，就想出一个办法。当时正是夏天，让人把他的衣裳剥了，用绳子绑在滹沱河的大堤上，说只要他能挺过三天，就放人。百姓不明就里，一听还挺高兴，都来给他喂水喂吃食。但官府在这大堤上还放了个衙役。每过一个时辰，这衙役就过来用扇子给花老五的身上扇一扇。花老五被扒光了衣裳，在大堤上一眨眼的工夫就落了一身蚊子。衙役一扇，蚊子都飞了。可这一个时辰，这一身的蚊子都已吸血吸得通红，扇子轰走了，转眼又落一层，再轰走，再落一层。就这样没等三天，只两天，这花老五就让蚊子吸干了，死得像个蔫萝卜。

我太爷说，蚊子落的身上，最好的办法，就是让它这么落着。

云财点头说，明白了。

云财还不知道，这个早晨，我太爷也已问过旺福。我太爷有去滹沱河边遛早儿的习惯。他在前面走，让人牵着那头雪花儿青骡子跟在后头，遛早儿也是遛骡子。等走累了，再骑上骡子回来。这个早晨，我太爷遛早儿回来，让人去牲口棚拴骡子时把二少爷叫来。旺福还在草堆里睡觉，一听我太爷叫，才爬起来。我太爷等在花园的水边，见他过来，让他在跟前的石头上坐下。旺福犹豫了一下没敢坐。旺福性子虽粗，也能想到，自己在北京的这一年多惹出这些事，这次回来，就是何掌柜不说，云财也得说。再想倒也无所谓，大不了又是一顿蘸凉水的鞭子，心一横也就不在乎了。但我太爷倒没有要责罚的意思，只是问，在北京这段日子，注没注意过绸缎庄的事。旺福不傻，一听就明白了，应该是云财回来说了何掌柜父子做铺保的事。于是不等问，就把这事说了。旺福在船上时，只对云财说了个大概，这时一说就详细了。但他也有心路，为避开那一百二十块大洋，就把这事说得绕了一下。只是说，杜二奎怎么向"正和兴"的麻老板借四百大洋，又怎么哄着何掌柜的儿子何连升，让他拿"洪德仁绸缎庄"做铺保，答应事成之后重重谢他。后来旺福得知此事，又怎么去找杜二奎，才知道是这姐夫小舅儿事先做的套儿，想用这铺保坑"洪德仁"一笔钱。最后旺福又是怎么褥着杜二奎来找麻老板对质，逼他拿出保单，当面撕了。我太爷听了没说话，心里倒有几分欣慰。这老二旺福看着不成器，平时胡作胡反，真到事儿上还行。显然，他这样逼着那麻老板交出保单，当面撕了，这事也就过去了。否则铺保这事儿，后面还真有扯不清的麻烦。

在这个早晨，我太爷对云财说，他的估计是对的，这何家父子别的事都好说，只是为"正和兴"做铺保这事，恐怕没这么简单。叮嘱他，回到北京，还要留意。

10

我太爷是个心里有事，脸上不挂的人。这时家里上上下下还没人知道，我太奶已跟我太爷闹起来了。我太奶是个绵性子，搭着惧我太爷，平时有事也不挂脸上。即使挂，一半天也就过去了。可这次却连着几天闷在房里。然后就提出来，要回娘家。我太奶自从嫁到我家，这些年还一直没回过娘家，按说回去看看也正常。但亳州前一年刚发了大水，据说城里全泡了，做药材生意的大户人家都已迁走。我太奶的娘家开的是杏林堂，在浙江诸暨有个分号，也已搬到诸暨去了。我太奶这时却要回亳州。据我太奶说，她娘家在亳州还有亲戚，娘舅和娘姨都在这边。可她出嫁这些年，第一次回娘家，不去诸暨看爹妈，却要去亳州看亲戚，这就有些说不通。我太爷没说同意，也没说不同意。我太奶心里明白，我太爷不说同意也不说不同意，意思就是不同意。但我太爷不明说，我太奶也就不明着问，俩人就这么犟上了。又犟了些天，我太爷让人把丫头杏春叫来，问她，这究竟是怎么回事，怎么一下就成了这样。杏春先还不敢说，再问，才吭哧着说，是为我太奶那个叫甘草的远房侄女。

这甘草是个本分女孩儿。本分的女孩儿都心实。一年多前，我太爷曾要把她说给长贵。有了这个想法，自然要跟我太奶商量。甘草毕竟是我太奶这边的侄女，要说这门亲，得我太奶先点头。我太奶倒也没不点头。甘草挺稳重，模样也端正，说给长贵挺合适。我太奶也明白，我太爷这么做，不过是想拿甘草拴住长贵，将来不一定让她当正房。但正房不正房是以后的事，先说眼下，甘草总算有了归宿。甘草的爹是我太奶的亲叔伯兄弟，俩人是一个老太爷，关系论起来还不算太远，从小又一块儿长起来的，也就有些感情。后来甘草的爹出事了，进药材让人坑了，自己一气一急瘫在床上，这才让甘草来投奔我太奶。我太奶虽把她半主半仆地留在身边，可心里还当是个侄女。一听我太爷这样说，心里当然也高兴，想着亲上加亲，这样也对得起甘草的爹了。跟甘草一商量，甘草自然更没有不愿意的道理，只低着头说，姑姑做主就是了。甘草跟这大表哥长贵没怎么说过话，自从听我太奶说了，就偷偷仔细观察了一下。长贵的样子一看就像个书生，跟旺福正相反，有些文弱。甘草的家里虽是卖药的，也行医，从小就懂得敬重读书人，对这大表哥也就很满意。但长贵马上要去北京读书，甘草并不知道。我太爷心里是怎么打算的，她更不知道。后来一见他们兄弟三个去了北京，就有些意外，意外又不敢问，也不好意思问，只是自己心里别扭。再后来实在忍不住了，就试探着问我太奶，他们兄弟三个去北京怎么样了。过了些日子又问，二表哥没进学堂，三表哥也是在铺子里学买卖，大表哥这个暑假回来时，他们三个是不是一块儿回来。我太奶的心里明白，甘草是走心思了。她问二表哥和三表哥，其实真想问的还是大表哥。这时我太奶已经听说了，长贵临走时跟我太爷怄了气。怄气，也就是为甘草这事，他不同意这门亲事。但事已至此，我太奶又不好跟甘草明说，也就只能先走一步看一步。

　　这年夏天，长贵没回来。只给家里捎了封信，说在学校结了社，叫"爱莲社"，暑期要和社里的同学去济南，在大明湖边有个重要活动。我太爷看了信，让人给我太奶送过来。我太奶看了犹豫两天，还是没告诉甘草。可不告诉也不是办法，甘草嘴上不问了，脸上还是总带着。这时我太奶还不知道，甘草早已知道长贵不回来了。

　　甘草也是个一根筋的女孩儿。倘我太爷没动过这心思，我太奶也没说过，她自己当然不会往这上想。可现在既然提了，也说了，她就当真了。这一当真，再细一看这大表哥，确实一表人才，也就真喜欢上了。但这甘草一根筋，也并不糊涂。当初在家时，每到春秋两季，亳州的药材市场开市，都要连着唱几天大戏。亳州人最爱听的是亳州梆子。说书唱戏，讲的是书文戏理，甘草从这些戏里也就懂了一些男女的情事。既然是情事，自然是两头儿的，剃头挑子一头儿热不行，一头儿热只能叫单相思。甘草在心里寻思了些日子，就想探一探这大表哥，看他到底是怎么个心思。这时家里常有人去北京大栅栏儿的铺子。铺子那边也常过来人。甘草就让人给长贵捎去一封信。头一次在信里说话，也就是寒暄，说大表哥在外面读书很辛苦，要注意身体，照顾好自己。没过多久，长贵的信就回来了。信上也很简单，只是谢谢甘草的关心，又说了几句在学堂读书的事。但信虽简单，甘草还是挺高兴，书信这一来一往，也就算联系上了。这以后每过一段，甘草就往北京写一封信。信都不长，寒暄之外渐渐也说些闲话，滹沱河水又涨了，河上的船也多了；院子里的"大麦熟"开花儿了，招来好多蝴蝶；荷花池里的蛤蟆越来越多，夜里叫得人睡不着。长贵回信却越来越简短，起初还说几句学堂的事，后来学堂的事也不说了，就说信收到了，自己一切都好。长贵也是心细的人。从家里出来之前，我太爷曾要把甘草说给他，尽管他当时就回绝了，可现在甘草忽然左一封信右一封信地捎来，他也就明白甘草的心思了。这种事既然已经想定，也就不能拖泥带水。拖泥带水不是对自己不好，是对甘草不好。正这时，何掌柜的儿子连升从乡下回来，又捎来一封甘草的信。甘草在信上问，这个夏天还有多久放暑假，说她还记得，大表哥最爱吃自己家里腌的芦干子，他回来之前，她让厨子老胡去滹沱河边多买些刚打上来的新鲜芦板鱼，用盐码上。又说，这芦干子不能腌太长时间，腌长了肉会发死，最好十天左右，所以大表哥大概哪天回来，她提前算好日子。长贵也就借这机会，又给甘草回了一封信。这封信就写得比每回都长了。长贵先说，这个暑假不打算回去了，不回去还不光是因为学堂有事，也是不想回去了。然后索性就明确说，不光这次不回去，以后也不打算回去了。长贵说，将来从学堂出来去哪儿，这辈子干什么，现在还没想好，但有一点已经想好了，他不会再回滹沱河边了。他在这封信里，没提一句他和甘草的事。其实甘草写了这么多信，也从没提过他俩的事。所以长贵写完这封信，也有些犹豫，不知该不该给甘草捎回去。他担心自己冒失了。尽管这封信里对和甘草的事只字没提，可其实句句说的都是这事。长贵毕竟是男人，又是个读书人，好面子。倘甘草再回一封信，洒脱且若无其事地说，她也赞成大表哥不回去了，有出息的男人就该在外面闯一闯。长贵反倒尴尬了，好像自己自作多情似的。

但长贵还是想错了。可这事又得反着说，如果他没想错就好了，后面也就省事了。正因为想错了，反倒更麻烦了。其实麻烦倒也不麻烦，甘草毕竟是个通情达理的女孩儿。话说回来，这本来也是个还没影儿的事，当初只是我太爷这么一想，我太奶又跟她这么一说，从长贵这里没给过她任何承诺。家里给安排这样一门亲事，倘是女孩儿，自然是父母之命，媒妁之言。但长贵就未必了。他本来就可以答应，也可以不答应，答应不答应都说得过去。甘草正是明白这个理，也就没有怨这大表哥的意思。其实甘草跟长贵书信往来这些日子，心里不是没有感觉。那戏文里唱的一男一女相慕相恋，鸿雁传书是怎么个传法儿，她跟这大表哥又是怎么个传法儿，开始的一两封信也许是局着面子，可总这么写，也就已明白是什么意思了。甘草一直觉着，跟大表哥通信这件事就像一条大船，而这条船从一开始就只是自己一个人在拖着往前走，大表哥不光不往前使一点劲，还总有往后坠的意思，自己也就越拖越累。这时，接到这样一封信，也就没感到意外。可不意外不等于不别扭，且这种别扭还不同于别的别扭。甘草是一根筋，但一根筋在这里，倘换个说法也就是痴情。可是痴情跟痴情又不一样。有的痴情是一厢情愿，自己怎么想，也就想当然地认为对方也怎么想，然后自己再怎么想，再把对方想的也这么想，这样想来想去也就越想越觉着是这么回事。这种痴情，也就是所谓的花痴。还一种痴情是不管对方怎么想。对方怎么想，好像跟自己也没关系，自己该怎么想还照样怎么想，就这么不管不顾一门心思地想，一条道儿跑到黑地想。这种痴情也就是单相思。还一种痴情就不一样了，是心里都明白；常说旁观者清，当事者迷，可这时的当事者比旁观者看得还清，想得也清，怎么来怎么去，怎么前因怎么后果不光分析得头头是道儿，也都想得明明白白。但再怎么头头是道儿，再怎么明明白白，心里就是放不下。放不下，也就跟自己较劲。甘草就属于这一种。甘草是在亳州长大的。亳州虽不算大地方，但毕竟也是有名的药都，南来北往，五方杂处，也就有些见识。甘草当然明白，大表哥是个有心志的人。也知道他写这封信不完全冲自己，也是冲他的心志。但知道是知道，心里还是过不去。过不去，一别扭，脸上也就难免带出来。这时，我太奶从长贵写给家里的这封信也已看出来，他这个夏天不回来是成心，就是想用这种方式告诉家里，他不同意这门婚事。

我太奶又想了几天，就还是把这事告诉甘草了。当然是装着不经意说的，好像只是话赶话儿。这天吃了晚饭，回到房里，甘草说，今年雨水大，滹沱河已经平了河堤。我太奶就说，是啊，河水大了，水路也比往年顺畅，可偏偏大少爷，我太奶刚说到这儿，甘草就把话接过去，是啊，偏偏大表哥这个夏天不回来了。甘草这一说，我太奶倒有些意外了。我太爷让人送来的这封信一直在我太奶手里，信的内容，也只有我太爷和太奶看过，可甘草怎么会知道长贵这个夏天不回来了呢。关键是甘草说这话时的神情。

我太奶毕竟是过来人，也就明白了。

甘草平时就不爱说话，这些日子，话也就越来越少。我太奶在房里没事的时候，喜欢有个人陪着说闲话。但说闲话也不是随便说的。一种说闲话是唠家常，唠别人家的事，或自己家的事。还一种说闲话是说有意思的事。杏春跟了我太奶这些年，虽已摸透我太奶的脾气，但没读过书，这些年又一直闷在我太奶的房里，跟我太奶说闲话，也就只能说一些从厨房的厨子老胡或底下老妈子那里听来的事。我太奶也就没多大兴趣。自从甘草来了，我太奶就高兴了。甘草从小跟着她爹背《四百味汤头歌》，也就学会了识字，平时不光看药书，也看些闲书，又有见识，我太奶就爱听她说话聊天儿。可这一阵，甘草没事的时候就一个人坐的旁边，总愣神儿。她一愣神儿，我太奶也就没兴致了。这时，我太奶又想起一件事。听杏春说，家里常有表小姐的书信。我太奶一直以为是亳州那边给甘草捎来的家信。这时叫过杏春一细问，才知道，信是从北京捎来的。这一下就全明白了。我太奶知道，甘草是个聪明人，跟聪明人说话，自然不用把话挑得太开。我太奶就只对甘草说了一句话，人跟人的事，自古戏文里唱的都说成是缘分，其实哪有那么多的缘分。甘草听了，痴痴地接了一句，是啊，人跟人就像这滹沱河里的两条鱼，迎面游过来，也许只碰这一次面，这辈子就再也碰不见了。

她这一说，我太奶倒没话了。

当天晚上，我太奶还是把这事跟我太爷说了。我太奶是有些担心。我太奶的娘家也是医家，自然懂情伤肺的道理。甘草正是这个年纪，倘这么下去恐怕不看好。我太奶担心的是，甘草真在我家有个好歹，跟她爹没法儿交待。

但这时，我太爷的心思却没在这儿。

我太爷刚又接到云财从北京捎来的信，说的也是长贵的事。当初他们兄弟三个去北京之前，我太爷曾交待云财，看他大哥读书差不多了，见好儿就收，赶紧劝他回来。可云财这回在信上说，他刚知道，大哥在北京这一年多，读的只是预科，本以为再有个一年半载就读出来了，可现在看，少说还得四五年，且后面还不知会怎么样，照这样恐怕就没有回去的日子了。我太爷这时才意识到，长贵这一走，看来根本就没打算再回来。正这时，我太奶来说甘草的事，您也就不耐烦地挥挥手说，现在顾不上这些不当紧的事。

也就是我太爷的这句话，把我太奶给气了。甘草是我太奶娘家这边的侄女，虽不算近，可也不算远，甘草的事怎么就是不当紧的事？我太奶认为，我太爷拿她娘家这边的亲戚不当回事，也就是拿她娘家不当回事，拿她娘家不当回事也就是拿她不当回事。

我太奶没再说话，扭身就出来了。

这时，我太爷一听杏春说，才明白是这么回事。我太奶这些天不出房，也不见人，现在又说要回娘家，敢情毛病在这儿。毛病找着了，我太爷当即让杏春去把甘草叫来。这个晚上，甘草来到后面的梨树小院。我太爷跟她说了什么，怎么说的，没人知道。她回来之后，只对我太奶说了一句话，她说，姑父不愧是读书人，有见识。

11

我太爷这些天心思不整，还因为一件事。

几天前，桥头镇"天宝阁"的于老板让人捎话来。这于老板叫于清庠，五十多岁，是定州人，跟我太爷也算朋友。于老板的"天宝阁"不光买卖文玩字画，也收瓷器。平时见了有点意思又吃不准的东西，也拿来请我太爷过过手。我太爷虽跟这于老板论朋友，却没太深的交情。我太爷也爱玩儿这类东西，但只是玩儿，一上柜台，一论价儿，就觉着没意思了。况且是指着这行吃饭的人，我太爷也就不想深交。于老板这回捎话来，说是刚收了一个青花，看着是明永乐的，可这么好的东西又不敢信，有点儿拿不准。我太爷一听是明永乐的青花，心里一动，就问来人，是个什么物件儿。来人说，听于老板说，好像是个夜壶。我太爷听了心里又咯噔一下，就对来人说，你回去告诉于老板，我这两天都有空儿，他几时过来都行。来人得了话回去。当天下午，于老板就过来了。于老板这次带着这夜壶来见我太爷，真正的目的并不是想让我太爷过手。于老板在桥头镇开"天宝阁"已不是一年两年，这滹沱河边怎么回事心里早都一清二楚。现在到手的这个青花夜壶，一看就是明代永乐年间的东西，没假。可这东西在这一带，只能是官宅出来的。于老板是担心来路不正，以后真出点事自己沾包儿，所以才拿来先让我太爷过目。倘我太爷看了没反应，就只说是让您过过手。而如果有反应，或一看就炸了，再另说。这个下午，我太爷来到前面花厅，一看于老板放在茶几上的这个青花夜壶立刻愣住了。这正是我太奶的那个夜壶。但没动声色，只是问，这东西哪儿来的。于老板做的是这行生意，一看我太爷的脸色，心里已经有数了，就说，是"祥和号"马掌柜拿来的。我太爷一听就明白了，"祥和号"是桥头镇的一家当铺。于老板又说，马掌柜说，当主儿一来就说了，是死当，以后不赎，可他搁着也没用，这么娇贵的东西放哪儿也费神，就来跟我商量，想倒给我。我太爷一直不想跟这于老板走近，也就是不喜他这买卖人的习气，说话虚头巴脑，还一肚子心眼儿。他这时虽还摸不清这夜壶的来历，也已看出我太爷的意思，又扯出个马掌柜，不过是想往上抬价儿。可这夜壶既然已回来了，自然不能让它再走。于老板说的这个马掌柜，我太爷也认识。这马掌柜是个结巴，一口颠三倒四的山西话别说商量事儿，听着都费劲。倘去跟他说这夜壶，还不如现在直接跟于老板说。这时，我太爷的心里又有些纳闷儿，旺福当初偷这夜壶，已是一年多前的事。当时据他说，是五十块大洋卖给滹沱河上一个跑船儿的了。可现在，这夜壶怎么又跑到桥头镇，且到了"祥和号"马掌柜的手里？

我太爷把这夜壶放到茶几上，对于老板说，我明白你拿来的意思了，实话说，这东西确实是我官宅的。于老板一听就笑了，点头说，想到了，一般的人家儿出不来这东西。

我太爷问，马掌柜倒给你，要多少？

于老板两眼眨了眨，六百大洋。

我太爷说，我给你六百五十。

于老板刚要再说话，我太爷摆摆手，不过你得告诉我，去"祥和号"当这东西的人是谁。于老板犹豫了一下，笑着摇摇头说，一行有一行的规矩，这您应该是知道的。我太爷说，这东西本来是我官宅的，现在却跑的当铺去了，马掌柜怎么跟你倒的手，倒多少，那是你们之间的事，现在让我看见了，我没按赃物追究，反花高价再买回来，可以了吧？

我太爷这话听着心平气和，其实也说得挺重。

于老板又吭哧了一下，只好说，是冯寡妇。

我太爷一听冯寡妇，虽没动声色，心里更诧异了。这冯寡妇原是村里的一个孤女。十多岁时，她爹在滹沱河上打鱼，翻船淹死了。后来她娘也跟着个串村卖豆腐的走了。冯寡妇十几岁时，嫁了一个从北边跑船儿过来的男人。这男人是个麻子，爱喝酒，喝了酒就打冯寡妇，说他出去跑船时，冯寡妇在家招野男人。后来这麻子在船上喝醉了，跌的河里淹死了。冯寡妇过了一年又嫁了个男人，也是个跑船儿的。这男人是个罗锅儿，倒挺疼冯寡妇。但总觉着冯寡妇模样太俊，出去跑船不放心，一回来就从早到晚没命地干冯寡妇，想着把她干饱了，再出去才放心。就这样没干两年，自己累得吐血死了。再后来冯寡妇又找了个劁猪的，家不远，是深泽的。可这劁猪的在家有老婆，也已养了一窝儿孩子。劁猪的就两头儿跑，在冯寡妇这边住几天，再回深泽去住几天。冯寡妇起初不知道。后来发现了，敢情这劁猪的只拿自己当个外宅，一下就闹起来，把劁猪的脸都抓花了。但后来再想，也就想开了，外宅不外宅倒也没啥要紧，只要这劁猪的能养着自己，有饭吃也就行了。冯寡妇这一想开，也就全想开了，许这劁猪的每过几天回深泽，为啥就不许自己再找别的男人。于是赶着劁猪的不在，冯寡妇也开始找男人。找男人当然就不为吃饭了，只为挣钱。冯寡妇的模样俊，找男人也好找。这以后，劁猪的这里给饭吃，别的男人给钱花，冯寡妇的日子也就开始松快了。这劁猪的整天出外，见得多，懂得也多，很快就发现冯寡妇不对了，不光身上总有钱，屋里也经常有不认识的东西。但这劁猪的毕竟在深泽有家，骗冯寡妇在先，自己也觉着理亏，发现不对了也不敢明着问。可一天晚上在冯寡妇这里喝大了，突然呜呜地哭起来，一边哭还一边扇自己的嘴巴。冯寡妇先以为劁猪的撒酒疯，后来仔细听了一会儿，才明白了。这一明白也就大吃一惊。原来这劁猪的有个祖传秘诀。他劁猪可以用刀，也可以不用刀。劁公猪用刀，劁母猪可以不用刀。在母猪的肚子上，靠近后腿腋窝儿的地方有一个穴眼，只要用大拇指按一下，也就算是劁了。这劁猪的在跟冯寡妇睡觉时，担心她再怀上孩子。他在深泽那边已经养了一窝，两头儿跑已累得越来越吃不住劲，倘这边再养就养不起了。所以一边跟冯寡妇干着事，就偷偷用手指把她给劁了。冯寡妇当时正闭着眼在云里雾里，也就没觉出来。劁猪的这时扇自己，是后悔这么干了。他这时才突然意识到，自己偷偷把冯寡妇劁了，反倒是帮了她。这一来，她跟自己睡觉不会有事，再跟别的男人睡觉也就不会有事了。冯寡妇这一听，立刻惊出一身冷汗。想想这劁猪的也忒歹毒了，就算拿自己当个外宅，也不至于下这样的狠手。一怒之下，半夜就把这劁猪的光着屁股轰出去了。把衣裳拽的他脸上时说，以后再敢回来，她不劁他，直接就把他当口猪杀了。这劁猪的浑身是劲，能弄得住一头猪，却弄不住冯寡妇。这个夜里就连滚带爬地回深泽去了。赶走了劁猪的，冯寡妇倒也自在了。当初有这劁猪的在，在家里招男人还遮遮掩掩，这以后也就彻底放开了。据上过这冯寡妇炕的男人出来说，这女人不光模样俊，炕上的功夫也很了得。她虽然生在滹沱河边，身上的肉皮不光细滑，还白得耀眼，且做起事来浑身上下软得像一条蛇，每根骨头都能打弯儿。这时这冯寡妇也才意识到，当初劁猪的劁了她，也真是帮了她，现在也就可以放心大胆地四敞大开了。但冯寡妇也不是乱来的人，给自己设了门槛儿。她有三不接，一是种庄稼的不接，嫌身上有味儿，呛鼻子。二是钱少的不接，倒不是嫌钱少，而是钱少的人，钱都来得不易，她不想再赚这种凭苦大力挣来的辛苦钱。三是本村的不接，一个村住着，整天低头不见抬头见，抹不开这脸面。这一来，剩下的也就只有宽门大户的阔主儿或外面做买卖的生意人了。滹沱河一入夏，过往的商船就多起来。这冯寡妇一来二去名声在外，渐渐地也就有了回头客。

我太爷一听，去"祥和号"当这夜壶的是冯寡妇，心里又忽悠一下。冯寡妇是什么女人，我太爷心里当然有数。这夜壶到她手里，应该只有两种可能。一是去她家玩儿的男人给她的。可这就又有了两个问题，首先是这夜壶怎么到的这男人手里。其次，去她家玩儿的男人不会不知道这夜壶虽是个夜壶，但不是普通物件儿，别说去冯寡妇家玩儿一次，就是玩儿一年也远不值这个夜壶。就这么给了冯寡妇，应该不太可能；另外还一种可能，是不是旺福给的冯寡妇？倘真是这样，也就说明，旺福也有瓜葛。我太爷觉得，这就比这夜壶的事更严重了。这个下午，我太爷没再多说，让于老板先把这夜壶留下，说改天派人把钱送的"天宝阁"去，就叫管家把于老板送走了。送走于老板，我太爷又拿着这夜壶端详了一会儿。这时，我太爷想的已不是这个夜壶，而是老二旺福。旺福这次从北平回来，我太爷一直很少见他。这时想了想，就让人去把祁顺儿叫来。

这就要说到祁顺儿这个人了。

祁顺儿是祁发的儿子。祁发，也就是当年那个连我家廊下的八哥儿都会支使去泡茶的"小发"。我老太爷去世前，念这祁发跟了自己这些年，就从下人里挑了一个模样顺溜的小老妈配了他。后来也就有了祁顺儿。所以这祁顺儿是在官宅长大的，从小又淘，撒尿和泥，放屁崩坑儿，旺福就挺喜欢他，俩人也能玩儿到一块儿。后来再大，旺福走在前面，祁顺儿也就总跟的屁股后头。这祁顺儿比旺福大两岁，一看就透着机灵，性情也刁钻。他不知从哪儿学来一句话："惟二少爷的马首是瞻"，平时就总挂在嘴上。旺福是鲁莽性子，话从嘴里总是横着出来，气儿也横着出，遇事就都是这祁顺儿在旁边给出馊主意。我太爷也知道，旺福是狼，这祁顺儿就是狈，夜壶的事祁顺儿不会不清楚。这个下午，旺福和祁顺儿刚从外面回来。俩人带回一包驴板肠儿，正坐在牲口棚里喝酒。祁顺儿一听我太爷叫他，心里就有些嘀咕。我太爷如果没有特别的事，平时从没叫过他。于是先提醒二少爷，千万小心，等他的消息，然后就跟着来人小心地来到后面荷花池旁边的花厅。祁顺儿心眼儿灵，眼也贼，一进花厅，一眼看见放在茶几上的那个夜壶，心里就明白了。但脸上不敢带出来，先到我太爷的跟前请了安，然后就垂手低头立在旁边，等着问话。祁顺儿是在我家长大的，我太爷当然清楚他的脾气秉性，倘直接问，这小子肯定油打滑蹭，不会说实话。于是就故意绕了一个弯子，问他，这些天，是不是跟二少爷在一块儿？这样一问，祁顺儿就无法否认了，家里上上下下的人都知道，他整天跟二少爷腻在一块儿，如果连这都不承认，那就真要找打了。

于是说，是在一块儿。

我太爷点头，又问，二少爷从北京回来的这些日子，是不是也一直在一块儿？

祁顺儿只好承认，又说，是，一直在一块儿。

这时，我太爷就问，他去北京之前呢，也整天在一块儿吗？

祁顺儿这才明白我太爷这样问的用意。但已经晚了，既然前面都承认了，也就只能硬着头皮继续承认，说是，二少爷去北京之前，也总在一块儿。其实这时，我太爷心里已经有数了。这祁顺儿再怎么机灵，小猴儿还是斗不过老猴儿。我太爷把这夜壶放在花厅迎门的茶几上，是故意的，就想看一看祁顺儿的反应。果然，祁顺儿进来时，朝夜壶这边睃了一眼。但只这一眼，也没逃过我太爷的眼睛。我太爷一看他的眼神就明白了。这时，用手指了指茶几上的夜壶，问祁顺儿，认识吗？祁顺儿知道，今天这顿打是肯定逃不过去了。既然刚才已经承认，从二少爷去北京之前，就一直跟他在一块儿，这个夜壶的事自己也就有脱不开的干系。但事情到了这一步，说认识这夜壶也是打，说不认识也是打，倘死活咬住，兴许还有一线生机，说不定也能把自己洗出去一些。于是心一横，摇头说，不认识。

我太爷看着他，又问了一句，你看好了，认识吗？

祁顺儿还是摇头答，不认识。

我太爷再问，不认识？

祁顺儿已豁出去了，眼一闭说，不认识。

这时，立在旁边的家人就都已看明白了。我太爷问谁话，肯定是心里已经有数，所以从不问第二遍。倘问第二遍，这事就大了。可这时，已经连着问了三遍，而这个祁顺儿又铁嘴钢牙，三遍都不承认。祁顺儿整天跟二少爷黏的一块儿。当初上房的这个夜壶丢了，半夜把全家上上下下的人都砸起来，一直查到天亮，这事所有的人还都记得。这时，一见这夜壶就摆在茶几上，再看我太爷，脸上冷得能掉下冰碴儿，就知道，祁顺儿这回是在劫难逃了。

我太爷看着祁顺儿，又说，难怪你跟着二少爷。

祁顺儿低着头，不说话了。

我太爷看一眼旁边的家人。

祁顺儿就被带到院子里。荷花池的水边有一棵歪脖儿树。祁顺儿被带到这棵树下，一见家人拎着绳子过来，自己把两个手腕一合，就伸出来。手腕绑紧了，绳子的一头儿搭在歪脖树的树杈儿上。两个壮实的家人使劲往起一拉，祁顺儿就晃晃悠悠地被吊起来。我太爷朝歪脖儿树这边看一眼，转身回花厅去了。水边立刻响起一阵噼噼啪啪的声音。一会儿，一个家人拎着半截打断的藤杆儿进来，给我太爷回话说，祁顺儿说，有话要跟老爷说。

我太爷说，带他进来。

祁顺儿就被带进来了。

我太爷摇头说，你的咬劲儿，可不如二少爷。

祁顺儿哭着答，疼，咬不住了。

我太爷起身说，让他过来。

说罢，就回后面的梨树小院了。

12

祁顺儿是聪明人，聪明人都识时务，识时务倘换个说法儿也就是不吃眼前亏。在这个下午，祁顺儿本想在众人面前显示一下爷们儿气概，也让大家看一看自己对二少爷的忠心，绑他的时候也就满不在乎，往树上吊时，还歪起一个嘴角笑了笑。

可真吊起来了，才发现这滋味儿不是一般的不好受，浑身的骨头节儿都要拔开了，两个手腕也嘎巴嘎巴直响，好像随时要勒断了。这时一个家人拎着藤杆儿走过来。这家人叫陈胖子，不光五大三粗，还一脸的横肉。他平时就看这祁顺儿不顺眼，整天给二少爷出坏主意，在外面不干好事，这回可逮着机会了。来到跟前，二话不说，抡起藤杆子就噼噼啪啪地抽打起来。祁顺儿没想到挨打这么疼，立刻哇哇地叫起来。可他一边叫，心里还明白，就忍着疼赶紧对这陈胖子小声说，桥头镇有刚来的旱烟叶儿，明天给你买一包。这陈胖子平时爱抽旱烟，可自己又舍不得买，总抽人家的又抹不开面子，就经常扛烟刀。这时听了祁顺儿的话，瞄他一眼同样小声地说，一般的我可不要。祁顺儿赶紧说，上好的，保证是上好的，搭了三场露水儿，正宗的关东红。陈胖子哼一声，好像没听见，抡着藤杆儿又继续打。祁顺儿立刻又像杀猪似的叫起来。就在这时，陈胖子抡圆了又打了一藤杆儿。这一藤杆儿看着是打在祁顺儿的身上，其实却是打在树上。喀的一声，藤杆儿折了。祁顺儿立刻明白了，赶紧嚷着说，我要见老爷！要见老爷！

陈胖子看他一眼，就转身拎着这半截藤杆儿去花厅回话。

一会儿又出来，把祁顺儿从树上放下来了。

这个下午，祁顺儿一来到后面的梨树小院就全招了。祁顺儿说，这夜壶确实是二少爷给冯寡妇的，当初偷这夜壶，也就是给冯寡妇偷的。

我太爷听了暗暗吃惊，但脸上没动声色。

祁顺儿说，这事是从两年前起的。两年前的八月十五，他跟着二少爷去对岸的桥头镇。镇上有一家"兔儿芳斋"，专做

"百果月饼"。可这家的"百果月饼"跟别处不同，吃着月饼能就烧酒，单一个味儿。俩人这天下午在"兔儿芳斋"就着烧酒吃完了月饼，又在镇上闲逛了一会儿就往回走。过河时，在摆渡上听几个人说话，说晚上要去"红门儿"喝酒，又商量着这酒如何如何喝。后来说着说着就不说了，只是凑的一块儿小声嘀咕，一边嘀咕还嘻嘻嘿嘿地乐。旺福看出这几个人不是好乐，过了河一边往岸坡上走，就问祁顺儿，刚才这几个人说的"红门儿"是哪。祁顺儿也听见了，正寻思这事儿，就说，没听说过。想想又说，这好办，去问问那撑船的，他整天在这河上，这一带的事应该都清楚。旺福想想也对，俩人就又回来了。这撑船的姓朱，常在这儿过河的人都叫他摆渡老朱。摆渡老朱正坐在河边抽烟，一见旺福和祁顺儿回来了，知道他俩是官宅的，就问，还有啥事？祁顺儿先扔给他一块月饼，然后说，刚才那几个过河的说，晚上要去"红门儿"喝酒，这"红门儿"是个啥地方。摆渡老朱一听乐了，看看他俩，都不过十几岁，就说，小孩子，别打听这个。听摆渡老朱这一说，旺福就有点明白了，问，这"红门儿"在哪儿。摆渡老朱抬手一指说，往北一里地，村边儿就是。旺福听了扭头就走。祁顺儿赶紧跟在后面。上了大堤，旺福说，你去看看，回来告诉我。祁顺儿这时也已明白了。当天晚上就去了村里。一去才知道，果然像摆渡老朱说的，远远就看见村边有座坏屋。这坏屋虽是坏的，却很干净，也挺格矩。最引人注意的是那两扇门。这两扇门刷得通红，老远一看很打眼。这时，坏屋里灯火通明，还传出男人的说笑声。祁顺儿没敢往前凑，想了想，又去村里转了一遭。这一转，这坏屋里的事也就全知道了。

祁顺儿说着，就有点站不住了。刚才陈胖子有几藤杆儿打在他腿上，这会儿腿上的肉直突突。我太爷让人给他拿过一个板凳。祁顺儿不敢坐，只是蹲下来，用两手扶着。这时，他低着头，忽然呜呜地哭起来。我太爷咳一声。他立刻不敢哭了。

他说，我说的，全是实话。

我太爷说，你接着说。

祁顺儿还是没对我太爷全说实话。他说跟旺福去镇上的"兔儿芳斋"就着烧酒吃月饼，这是真的；回来时，在船上听那几个人说，晚上要去"红门儿"喝酒，也是真的。但后面就全是撒谎了。当时那几个人说话，旺福确实听见了。但他们后来并没去问摆渡老朱。祁顺儿常去旁边的村里给旺福买粉肠儿，当然知道这"红门儿"是怎么回事。这时，祁顺儿正有事求着旺福。祁顺儿看上了一个小老妈儿，叫春来。这春来的爹是我家的花匠，她也就整天跟在后面花园莳弄花草。一次祁顺儿和旺福喝酒，忽然想吃蛤蟆，两人就溜进后面的花园。来到水边，正看见这春来帮她爹给树打枝。春来个儿不高，但身材很好，细腰儿大屁股，看着像个葫芦。祁顺儿一眼就喜欢上了。可祁顺儿没事不能来后面，喜欢这春来，却摸不着说话。就央求旺福，让他去跟管家说，把春来调到前面来，厨房或打米房都行，这样他也就有机会跟她搭话了。但说了两回，旺福都不上心。其实旺福也不是不上心。旺福看着粗，该细的地方也细。他知道家里的规矩，倘有一天我太爷发话，要把这春来许配给祁顺儿，那是另一回事。可现在祁顺儿想偷着，这就不行了，不光事情弄不成，也许还会害了这春来，就像当初我太奶房里的丫头梅春。这时旺福跟梅春的事已经闹出来。虽然事后我太奶没再提，我太爷也没问，但旺福心里清楚，这事儿肯定完不了，把梅春打发走只是迟早的事。可他的这些担心，又不好对祁顺儿明说。祁顺儿也就急得抓耳挠腮。祁顺儿整天跟着旺福，知道二少爷的喜好。这天下午在河上，一听这几个人说去"红门儿"喝酒，心里突然灵机一动。当天晚上，就一个人去了村里。来到冯寡妇家的门口听了听，里面的人正喝酒，且已经喝乱了，一边说笑着还大呼小叫。祁顺儿虽比旺福大两岁，但这种事懂得还是少。他想的是，这几个男人酒已喝成这样，再一会儿也就差不多了。可他却不知道，酒差不多了，接下来还有别的事。这个晚上，祁顺儿回来就对旺福说，又找到一个喝酒的好地方。旺福这时已在草堆里躺下了，一听喝酒，以为又去镇上，就不想动了。祁顺儿说，不是镇上，就在村里。又说，是"红门儿"。旺福一听"红门儿"，想起下午船上那几个人说的话，就慢慢坐起来。他虽不知这"红门儿"是怎么回事，也能觉出来，这应该是个有点儿意思的地方。

这个晚上，祁顺儿带着旺福来到"红门儿"。到门口听了听，里面已没动静。祁顺儿以为喝酒的人都走了，推门进来，才发现这几个男人都喝大了，正东倒西歪地躺在炕上。炕桌上还堆着鸡骨头鱼刺，旁边扔个空酒坛子。冯寡妇坐在炕里边，见祁顺儿和旺福进来，先是一愣。再看看旺福，忽然扑哧笑了，一边笑，又用手摸了摸自己的脑门儿。旺福进来时，一见炕上这女人这么俊俏，心里挺高兴。这时她一笑，又见她用手摸脑门儿，就明白了，她是在笑自己的鹅包。旺福的这个鹅包还从来没人敢笑，更没人敢当着他这么肆无忌惮地笑。旺福的脾气一下上来了，突然抓住炕桌的一条腿，横着一抡就摔在地上。

冯寡妇一下惊住了。她以为这个相貌怪异的大脑袋不过是个十几岁的半大小子，这一怒才看出来，是个爷们儿。这时炕上躺的几个男人都醒了。一个胖子迷迷糊糊地抬头说，哪儿来的在这儿撒野，出去！旺福抄起立在旁边的顶门杠，上去就给了他一下。这胖子酒还没醒，又挨了这一下，头一歪又躺下了。旺福抓住他的一条腿使劲往炕外一拉。但这胖子太胖了，足有两百多斤，旺福抓住他的另一条腿又一拉。祁顺儿过来，揪住他的脑袋，俩人就这么搭出去，咕嚓扔的外面了。旺福回来，又抓起炕上的一个瘦子，也拎出去扔了。这时，另两个男人酒都醒了，一见这阵势，赶紧从炕上出溜下来，趿上鞋就一溜烟儿地走了。冯寡妇到底是见过世面的。一看旺福这气派，心里就有几分明白了，扭头对祁顺儿说，往东不远儿，有个官宅。

祁顺儿点头说，这是二少爷。

冯寡妇就从炕上下来了，对祁顺儿说，帮我收拾一下。

屋里收拾了，小桌又放的炕上。冯寡妇手脚挺麻利，灶屋烧着火，炒了个葱花儿鸡蛋，又端出一碟芦干子，一碟小河虾，一碟煮花生。旺福坐的炕上，脸还一直沉着。冯寡妇又搬出一坛酒，温了一壶，筛在酒盅里，端起来说，二少爷，给您赔罪了。

说完，就一口喝了。

其实这晚上，旺福也有点失态。旺福的脾气大，动辄发火，可在女人面前从不发火。这天下午也是刚在对岸的"兔儿芳斋"喝了酒。虽然"兔儿芳斋"的佟掌柜一再说，月饼就酒，没饱没醉。可旺福就着几块月饼喝了半斤"浮河老烧"，到晚上，这酒劲儿还没完全过去。这会儿一见冯寡妇这么忙里忙外，又敬酒赔罪，心里的气也就消了。

这时，旺福一边喝着酒，一直在端详这冯寡妇。

旺福天生喜欢漂亮女人。漂亮女人哪个男人都喜欢，但喜欢和喜欢也不一样。有的男人喜欢漂亮女人，可不漂亮的，只要模样说得过去也能凑合。还一种男人是只喜欢漂亮的，不漂亮的绝不凑合。滹沱河边有句话，宁吃鲜桃一口，不啃烂杏一筐。旺福这时虽只有十几岁，也是这后一种男人。这个晚上，他一边喝着酒，看着坐在自己对面的冯寡妇，怎么看怎么觉着好看。喝到半夜时，就把酒盅放下了，对祁顺儿说，你回去跟王辰儿说一声，今晚别留门了。旺福说的王辰儿，是我家的管家。祁顺儿一听愣了一下，看看旺福，又看看冯寡妇，没敢多嘴就出来了。祁顺儿一边往回走着心想，自己可能惹祸了。这个晚上带二少爷来"红门儿"，本来想的是，这冯寡妇模样儿俊，二少爷也正喜欢这种女人，带他来这儿喝酒，他肯定高兴，一高兴，自己求他跟管家王辰儿说的事，也许就答应了。可这时才突然意识到，这冯寡妇不光模样儿俊，还是个卖大炕的。更要命的是，这天是八月十五，下午去对岸的"兔儿芳斋"喝酒吃月饼，二少爷已经误了家里的晚饭。回来时，管家王辰儿已提醒二少爷，说晚上吃饭时，老爷问过几次，怎么没见二少爷。王辰儿说，好在二少爷经常不来吃饭，都让端的牲口棚去，这事儿才在老爷跟前混过去了。祁顺儿就想，倘二少爷这一宿再不回去，弄不好事儿就大了。这么想着，就有点后悔。一路上先在心里编排好了瞎话，回来见了王辰儿，就说，二少爷在镇上的驴汤锅喝大了，自己一个人弄不回来，让他先在外面忍一宿，等天亮酒醒了再回来，就别给留门儿了。王辰儿听了倒也没多问。其实旺福每晚在哪儿，回不回来，只要我太爷不问，家里上上下下也就没人在意。管家王辰儿只是叮嘱祁顺儿，明天早回，别让老爷再问。祁顺儿应了一声就赶紧出来了。

这个晚上，祁顺儿再回来时，冯寡妇的屋里已经黑了灯。祁顺儿没敢再叫，好在正是不凉不热的季节，就在院里找个背静的地方蹲下来。

这一夜，冯寡妇才真正领教了这官宅的二少爷。本以为他刚十几岁，再怎么着也就是个青杏子。可一上身儿才知道，青杏子是青杏子，竟也是个真正的男人。旺福这一夜就像匹刚上套的儿马子，虽还理不清头绪，却浑身是劲，也就尥着蹶子乱顶乱撞。冯寡妇倒也会调理，忙而不乱，稍加点拨，让旺福一入巷，满腔满谷的劲儿也就都顺到这里来。冯寡妇平时已见惯了掏虚的男人，一个个儿都像糠心儿萝卜，哪经过这种阵势。旺福没几下就大呼小叫起来，震得窗户纸沙沙直颤，就这样高一声低一声地叫了一夜，到天快亮时，嗓子都哑了。

13

冯寡妇还是不了解这官宅二少爷。本以为过了这一夜，他回去得歇两天。不料第二天又来了，且一来又拉开一宿的架势。来了当然也就来了，冯寡妇虽意外，也满心高兴。既然做的是这个营生，张三来是来，李四来也是来，只要把钱撂下，谁上这炕都是上。况且别的男人上，也就是一场买卖，你买我卖，冯寡妇虽也大呼小叫，可那样的叫只是叫给身上男人听的，为的是让人家觉着这钱花得值。这官宅二少爷就不一样了，冯寡妇是从心里叫的。她从十几岁让男人上身儿，这些年了才第一次知道，敢情男人在身上是这样的滋味儿。有这滋味儿，又有钱，冯寡妇当然宁愿让这官宅二少爷上自己的炕。

可连着上了些日子，渐渐就觉出不对了。

冯寡妇发现，这二少爷太独。男人在女人身上都独。可独跟独也不一样。老婆是自己的女人，男人当然得独，就是小老婆姨太太也得独，不独就戴了绿帽子；外面找的女人，倘是外宅，也得独，一个坑里只能栽一个萝卜，再多这坑就烂了。可卖大炕的女人就另说了。这样的坑一次当然也只能栽一个萝卜，但不可能只栽一个萝卜，拔了这个萝卜还得栽别的萝卜。倘只栽一个萝卜，坑当然好，人就得饿死。这官宅二少爷自从八月十五以后，几乎天天来。天天来不一定天天住，可哪一夜没住，第二天一早就来掏窝儿。冯寡妇指这个吃饭，当然不能在一棵树上吊死，总得有几个熟家儿，这样张三不来李四来，才能截长补短儿地总有生意。可自从有了这官宅二少爷，张三不来了，李四也不来了，倘这二少爷不来，也就没人来了。冯寡妇起初不知怎么回事，后来才明白，敢情二少爷每次跟她在屋里，就让祁顺儿守在外面。只要别的男人来了，一到门口，祁顺儿就挡过来，黑着脸只说一句，以后再敢来，打断你腿！来这里玩儿的男人大都亏着心，一见祁顺儿这意思，就知道在屋里的不是一般人，也不敢多嘴，赶紧就扭头走了。但也有不省事的，见门口有人挡，就想说道说道，这"红门儿"不是私宅，许你进就许别人进，谁出的钱多谁就进。祁顺儿毕竟跟了旺福这些年，在旺福跟前软，外人面前却不软，不光不软，性子一上来也是暴脾气。遇上这样的二话不说，上去就是一下子。有敢还手的，就揪到旁边的林子里，这一次打得别说下回，下辈子也不敢再来了。一天旺福正在屋里跟冯寡妇喝酒，听见外面有动静。冯寡妇不知怎么回事，也就没在意。旺福没说话就出来了。出来一看，是个长得像刀螂似的细高个儿正跟祁顺儿撕巴。旺福没说话，从地上抄起一块土坯走过去，啪的一下就拍在这刀螂的头顶上。刀螂没吭声就瘫在地上，过了一会儿才摇摇晃晃地爬起来，底下已经尿了裤子。旺福一直站在旁边看着，这时见他要走，才说，你下次再敢来，不光让你尿裤子，连屎也给你拍出来！

说着上去一脚，这刀螂一个趔趄就出去了。

冯寡妇后来知道了二少爷用土坯把刀螂拍出尿的事，气得半天说不出话来。这刀螂是对岸"祥和号"当铺的少东家，来冯寡妇这里已不是一天两天了，平时手也大，赶上冯寡妇淡季，炕上人少，全靠这刀螂关照。可现在这官宅二少爷没来几天，就一土坯把人家拍尿了。冯寡妇想了几天，觉着这么下去不行。要说这官宅二少爷人是没挑儿，要钱有钱，要炕上功夫有炕上功夫，脾气虽暴躁，也知道心疼人。但毕竟比自己小十来岁，又是官宅的少爷，长久之计是指不上的。还别说长久之计，眼下说不定哪天来徐了，玩儿腻了，也许就把自己当块烂布扔的一边儿了。这么一想，有的话也就不能再藏着掖着，只能跟他挑明了。这天晚上，旺福来时，冯寡妇备了一桌酒菜。旺福一看乐了，说，今晚要唱的哪一出这是？冯寡妇面无表情，先让他坐下，然后说，今儿这一桌酒菜，连我的身子，都算是请二少爷的。旺福的脾气粗，直来直去，可嚷行，一这样说话，反倒不会说了。看看冯寡妇问，到底要咋？冯寡妇这才说，从八月节的那天晚上你来，到今天，咱俩也算一场缘分，我知道你人好，要说这几年，我见过的男人不少，可还没见过你这么好的人，可一样的话，也得两样儿说。

旺福看着冯寡妇，你说。

冯寡妇说，咱俩不一样。

旺福乐了，当然不一样。

冯寡妇说，我的意思是，你是官宅二少爷，可我，就是个卖大炕的。

旺福一听就要急，瞪起眼说，屁话有用吗？你犯不着这么糟践自己。

冯寡妇说，不是糟践，我是想让你知道，我跟你比不了。

又问，咱俩在一块儿，图的啥？

不等旺福答，又说，你图开心，我图的，是养活自己。

旺福性子粗，也听得懂话，冯寡妇这一说，心里就已经明白了。

冯寡妇接着说，这些日子，你搅我的生意，轰我的人，这我都不怨你，咱俩也这些日子了，你的为人我知道，说良心话，你一晚上撂下的，比我两天三天挣的都多。可话不是这么说，你再怎么撂，咱俩也就是一场买卖，既然是买卖，也不过是你买，我卖，可许你买，也就许别人买，你把我的人都轰走，这就没道理了，也对不住我。

旺福没料到，冯寡妇竟说出这样一番话。知道她这些话句句在理，可嘴笨，脸一下憋得通红，鹅包上的青筋也暴起来。冯寡妇一看，知道自己的话说重了，也有点儿心疼，就筛上一盅酒说，喝酒吧，咱喝着说。旺福闷头把酒喝了。冯寡妇又筛上一盅，端起来又喝了。再筛，又喝了。冯寡妇看着他连喝了三盅酒，一咬牙，又说，今天既然话说到这儿了，咱索性就都说明白，你是官宅二少爷，还别说小我十来岁，就是我比你小十来岁，咱俩也没以后，我也从没想过要图你的以后，我图的就是眼面前儿的这个你，你真想独占我，行，打现在起我谁也不见了，从早到晚等着你，就伺候你二少爷一个人，我不图富贵，不图钱，只要让我吃饱穿暖，别饿着冻着就行了。冯寡妇说着，又给旺福筛上一盅酒，自己也筛了一盅，不过得这么说，你要是连这点儿也做不到，咱该怎么买卖就还是怎么买卖，我这炕是卖的，咱一回一结，结清了你走你的，我接着卖我的，你下回来之前，这炕上有谁没谁，都没你的事。

旺福闷头沉了一会儿，把酒喝了，就下炕走了。

第二天一早，冯寡妇听见外面有动静。出来一看，愣住了。原来两扇通红的屋门，已变成了黑的，显然是用掺了锅底灰的鱼油刷的，还没干透，一股呛鼻子的鱼腥味儿。旺福站在当院，见冯寡妇出来，回头看一眼。祁顺儿就拉着一辆排子车过来。车上是几袋粮食，还有些吃食。祁顺儿一样一样都搬到堂屋。旺福进来，掏出几块大洋放到迎门桌上，对冯寡妇说，打现在起，别管我在不在，祁顺儿几天过来一趟，钱花完了，缺啥，冲他说。

说完插上门，把冯寡妇一抱就扔的炕上。

这以后，冯寡妇也就闭门谢客了。刀螂又带着人来过两回，来不是找冯寡妇，是找旺福。他这时已听说，这个"大脑袋"是官宅二少爷。但官宅二少爷他也不怕。刀螂在镇上还没吃过这样的亏，非要跟这官宅二少爷再说道说道。但来两回，都没碰上。第三回来时，冯寡妇就从屋里出来了。冯寡妇说，我答应过二少爷，这门除了他，以后别的男人都不能进，咱就院儿里说吧。说着，又指指身后的两扇门，你看看这个，就该明白了。

刀螂看看这两扇黑漆漆的屋门，没说话就带上人走了。

14

这个晚上，我太爷终于明白了。原来这老二旺福早已跟冯寡妇搅的一块儿，偷这夜壶也是给她偷的。可又想了想，还是不明白，旺福既然要从家里给这冯寡妇往外偷，偷钱就是了，别的值钱物件儿也有的是，怎么单看上了这个夜壶？

问祁顺儿，祁顺儿也说不上来。

祁顺儿确实不知这事的底细。当初想要这夜壶，是冯寡妇说的。冯寡妇一开始也不是说的这个夜壶，只说想要个夜壶。冯寡妇有个毛病，鼻子尖，最怕闻尿骚味儿。夜里又爱起夜，起夜就得用尿桶。尿桶里尿了尿，只能先放在炕跟前的地上，天亮时再拎出去。可这一夜弄个尿桶在跟前，尿骚味儿也就熏得难受。一天夜里就跟旺福说，让祁顺儿去镇上买个夜壶。旺福一听夜壶，就想起我太奶的那个青花夜壶。旺福没见过这个夜壶，可听我太奶房里的丫头梅春说过。一次梅春说，她长这么大，还从没见过这么好看的夜壶，听杏春说，叫青花，冬天用手摸着也不凉，是温的，这么好的夜壶盛尿可惜了，沏茶都行。这时旺福一高兴，就把这夜壶的事跟冯寡妇说了。冯寡妇听了也没在意，这事就过去了。但过了些天，冯寡妇又提起这夜壶。这回说，知道不是容易的事，可要是能想出办法，就让旺福把这夜壶拿来，她喜欢。旺福听了，也就含糊地答应了。冯寡妇这时还没跟旺福彻底摊牌。旺福并不知道，他不来时，那个刀螂偶尔也来。冯寡妇虽不懂瓷器，但刀螂懂。一次刀螂来时，冯寡妇就把这青花夜壶的事跟他说了。刀螂家里是开当铺的，一听这夜壶是青花，就说，倘是真青花，可是个值钱的好东西。冯寡妇问，值多少。刀螂说，值多少不好说，不一样的东西就差大了，不过五百大洋是肯定值的。冯寡妇一听这东西这么值钱，就记在心里了。这时跟旺福一说，看出他有点含糊。再想，人家来自己这里不过是玩儿的，这么贵重的东西，也就没敢再张嘴。入冬以后，冯寡妇再起夜就得从热被窝里出来。这时已经跟了旺福，说话也就能说了。旺福再来，又提起这夜壶的事。旺福当初说这夜壶，也就是随口一说。现在一见冯寡妇当真了，才意识到，这确实不是个容易的事。自从旺福跟梅春的事闹出来，虽然我太奶没再提，我太爷也没问，但旺福就不敢再轻易去我太奶的上房院儿了。梅春曾说过，这青花夜壶是我太奶的心爱之物，我太奶白天坐在炕上，没事的时候经常把它抱的怀里玩儿。这样的物件儿，不可能轻易偷出来，真偷，兴许就偷炸了。但既然冯寡妇已说过几次，旺福又好脸面，就还是决定想想办法。旺福先跟祁顺儿商量。这时旺福已跟管家王辰儿说了，把那个叫春来的小老妈儿调到前面的打米房。祁顺儿虽还没跟这春来搭上话，心里也很感激，对二少爷的事也就更豁得出去。祁顺儿想来想去，就想出一个办法。这时连着下了几场大雪，屋顶的积雪已有一尺多厚。管家王辰儿就安排几个身强力壮的家人，每天上房去扫雪。祁顺儿整天跟着二少爷，本来可以不去，这时却主动提出，也跟着去房上扫雪。王辰儿知道这祁顺儿平时又好又滑，整天在二少爷跟前出坏主意。这时一见他也要上房扫雪，摸不透揣的什么心思。但既然已提出来，也就答应了。祁顺儿上了房顶，站得高，就一边扫雪，一直瞄着我太奶的上房院儿。这样瞄了两天，就看明白了。我太奶房里的丫头杏春是每天早晨出来倒夜壶。倒完了，把这夜壶放在窗根儿底下，再去前面的厨房拎开水。拎来开水把这夜壶烫了，再晾一会儿，等散了味儿就拿进去。祁顺儿发现，杏春去厨房拎开水的时间短。但烫完了这夜壶，放在窗根底下散味儿的时间长，这应该是个机会。一天早晨，就找了一根细长的棉绳儿，一头儿拴了一根三寸多长的秫秸棍儿，事先等在我太奶上房院儿的屋顶上。看着杏春把这夜壶烫完了，又放在窗根底下了，再看一看院里没人，就把这细棉绳儿放下来。先让这秫秸棍儿从夜壶口儿里进去。秫秸棍儿进去是竖着的，到了里边把细棉绳儿一提，秫秸棍儿就横过来，正卡在夜壶口儿上。祁顺儿就不慌不忙地把这夜壶提到房顶上来。夜壶揣的怀里，却不急着走，蹲在房顶上等着看。一会儿，就见杏春从上房出来，到窗根底下一看，愣住了。接着在四周转了一遭，急急地找了一阵。又站在院里，好像想了想，就回去了。祁顺儿等在房上，就是想看这杏春的反应。倘她一见夜壶没了，立刻大嚷大叫，这事儿就发了。事情一发，这夜壶也就拿不走了，得赶紧想个办法再搁回去。现在见这杏春没声张，也就放心了。

我太爷问祁顺儿，后来这夜壶，怎么又到了"祥和号"马掌柜的手里。祁顺儿说，这他真不清楚，不过，估计应该是这么回事，这夜壶的事闹出来以后，二少爷去了北京。他一去北京，冯寡妇也就把这夜壶拿去"祥和号"当了。

我太爷想想，觉得祁顺儿说得也有道理。

但祁顺儿这次又没完全说实话。他当然不敢告诉我太爷，旺福后来已把这冯寡妇养起来，隔三差五地让他去给送钱送粮。这夜壶确实是冯寡妇拿去镇上"祥和号"当的。但冯寡妇当这夜壶，是因为旺福去北京之后，又发生了一件意外的事。

那个晚上，我太奶发现这夜壶没了，把全家的人都砸起来，到天亮就查出是让二少爷旺福偷去了。其实这样查，是查不出来的，就是查出来东西已不在旺福手上，也没有真凭实据。这事最后还是旺福自己说的。他这样说，是担心查到祁顺儿身上，再把冯寡妇的事扯出来。况且祁顺儿是为自己偷的这夜壶，自己也该把事情揽过来。但让旺福没想到的是，他这一揽，我太爷没罚他，却让他去北京读书。这一下旺福傻了。他这时正跟冯寡妇打得火热，几天不见都难受。现在去北京，这一走不知什么时候才能回来，心里实在舍不下。这天晚上，他来到冯寡妇家里，一说这事，冯寡妇也傻了。可冯寡妇毕竟比旺福大十几岁，心里有主见，只傻了一下就说，二少爷放心，既然咱都把话说明白了，也已经说定了，我现在就是你的人，你走多少日子，我都等，我这炕就是你一个人的，你一天不回来，这炕就一天给你留着。旺福心粗，可在女人的面前也细，一听冯寡妇这话，心里也挺难受，就说，你只管踏实等我，我走时都给祁顺儿安排好，他隔些天就过来一回，不会让你受委屈。

但旺福并不知道，这夜壶前前后后的事，还有一个人的心里清楚，就是我家的管家王辰儿。当初祁顺儿突然提出要上房扫雪，王辰儿就多了个心眼儿，知道这小子馋懒奸猾，一肚子歪主意，这时突然要上房扫雪肯定有事。那几天，也就一直在暗中盯着他。这一盯就发现，祁顺儿在房上果然无心扫雪，只是一直瞄着我太奶的上房院儿。王辰儿心里纳闷儿，不知这祁顺儿打的什么主意。直到那天早晨，见他用一根细棉绳儿把上房院儿窗根底下的那个夜壶钓到房顶上去了，才明白是怎么回事。但这王辰儿已经五十多岁，在我家当管家也当了三十多年，早已老谋深算。他这时看明白这事，却并没立刻声张。王辰儿知道，这事应该没这么简单。这祁顺儿再怎么刁钻奸猾，也不过是个十几岁的孩子，要说手黏，在府里小偷小摸也难免。可先说去房上扫雪，又一直瞄着上房院儿，这就相当于盗贼"踩道"了。等把道踩好，再用这么跷蹊的办法把这个夜壶钓走，这可就不是一般的小偷小摸了。王辰儿想的是，祁顺儿偷这夜壶，倘是给自己偷的，是一个说法儿，可如果身后还另有其人，那就是另一个说法儿了。王辰儿是府上的管家，二少爷经常夜不归宿，他心里最清楚。这之前没留意，可有了这夜壶的事，就开始留意了。当天下午，见祁顺儿又跟着二少爷嘀嘀咕咕着出去，就让一个心腹跟在后面。这心腹一直跟到冯寡妇家。回来一说，王辰儿就明白了。这一明白，也就全明白了。王辰儿早就看着这祁顺儿不顺眼。王辰儿毕竟是个管家，下面的家人老妈子都恭敬他，唯这祁顺儿，仗着是二少爷身边的人，不把他放眼里。王辰儿本来想的是，祁顺儿偷这夜壶，倘是给自己偷的，这就是个难得的机会了，惹这么大的事，这回不整死他也得把他从官宅轰出去。而如果身后还有别人，这人就应该是

二少爷。倘果真如此，就不能轻举妄动了。现在看，果然猜对
了，祁顺儿偷这夜壶是给二少爷偷的，而二少爷是要拿去给冯
寡妇。王辰儿当然知道二少爷的脾气。倘这事从自己这里捅出
去，老爷再把祁顺儿责罚了，二少爷的浑劲儿一上来肯定饶不
了自己，这样自己这管家也就当到头儿了。这么一想，也就把
这事先在心里按下了。当天夜里，这夜壶的事在我太奶房里发
了。果然，二少爷都揽到自己身上。王辰儿一看暗自庆幸，没
把祁顺儿说出来，自己算逃过一劫。

可接下来的事却让王辰儿没想到，老爷竟让二少爷跟着一
起去北京，这一下收拾祁顺儿的机会就来了。当时我家有一座
砖瓦窑，虽不大，但在滹沱河边很有名，叫王家窑。这王家窑
只烧砖瓦，开始是为官宅自己修房砌墙用的，后来烧多了，也
卖。于是旺福前脚走，王辰儿后脚就打发祁顺儿去了王家窑。
祁顺儿当然知道这王家窑是怎么回事，一听就有点儿要急，自
己一直是二少爷身边的人，现在却让他去烧窑，打狗还得看主
人。有心想不去，可这时二少爷已去了北京，没人替自己说话
了。也知道，这王辰儿就因为二少爷走了，才敢这么干。这时
王辰儿又不阴不阳地说，那个夜壶的事，既然二少爷都已揽到
自己身上，也就揽了，可到底怎么回事，你心里应该最清楚。
祁顺儿一听，摸不清这王辰儿到底知道多少，也就不敢再多说，
只好乖乖地去了窑上。

但王辰儿并不知道，他治了祁顺儿一个人，也就等于治了
两个人。旺福走后，祁顺儿每过些天就要去一趟冯寡妇的家，
给她送吃的烧的。这冯寡妇也真是个说到做到的女人，旺福一
走，也就关起门踏踏实实地过日子。开了春，门前渐渐的已长

出荒草。但又过了些日子，祁顺儿突然不来了。冯寡妇先还能支撑，后来烧的没了，吃的也没了，就撑不下去了。冯寡妇并不知道祁顺儿已去了王家窑，可既然已答应二少爷，不能食言。眼看实在没办法了，就想到这个夜壶。当初旺福把这夜壶拿来，冯寡妇虽不懂行，也能看出真是个好东西。想想就说，这样的物件儿，拿它撒尿，我可没长这么值钱的屁股，先留着吧，让祁顺儿去镇上买个粗瓷的。这以后，这个青花夜壶也就留起来。冯寡妇虽是操持这种营生的女人，可也有情，且这样的女人一旦动情就不是一般的情。二少爷把这夜壶偷出来，后来官宅的事，祁顺儿也跟她说过。冯寡妇也就更加珍惜，真把这夜壶当成了二少爷。可这时已没办法，得先说吃饭。

冯寡妇只好拿着这夜壶去了对岸的"祥和号"当铺。当铺的马掌柜也知道冯寡妇，一见她拿来这么个东西，一时吃不准。吃不准倒不是断不出这东西的真假，是吃不准这东西的来路。保险起见，就让伙计把少东家请出来。少东家也就是那个让旺福一土坯拍出尿来的刀螂。刀螂出来一看是冯寡妇，再看这夜壶，就笑了，说好啊，看来这官宅二少爷对你还真是有情有义，这么值钱的东西说给就给你了。冯寡妇听出刀螂这话不像好话，脸一抹说，我当这东西，是死当，以后不赎，你就看着给吧。刀螂拿着这夜壶翻来翻去地看了一会儿，又去后面跟马掌柜商量了一下，出来说，话是这么说，你是外行，我价钱出多出少，你也不懂，出多了你不会谢我，出少了你也不会骂我，就给你个实实在在的价钱，四百大洋，实话说，东西是好东西，可换了别人拿来，我最多也就给三百八十。冯寡妇还记得，这刀螂曾说过，倘这夜壶是真青花，少说也值五百大洋。有心争竞一下，再想也就算了，有了这四百大洋，至少冯寡妇后面的日子先不用愁了。刀螂送冯寡妇出来时说，有句俗话，画虎画皮难画骨，知人知面不知心。冯寡妇听了看看刀螂，不知他这话要往哪头儿说。刀螂说，这话听着难听，其实也是好话，这以前，我还真不知你是这样的女人。说着，从伙计手里接过一个食盒儿，递给冯寡妇。冯寡妇看看这食盒儿，又看看刀螂。

刀螂说，拿着吧，一点儿小意思。

15

祁顺儿在我太爷的面前虽没完全说实话，但就是撒谎，也总得把谎圆下来，说的也就半真半假。半真半假，也就是有真有假。他说无关紧要的事是真，但说到关键的地方是假；得把先后事情连起来的地方是真，涉及自己的地方是假。这也就难为他，想洗出自己，还不能把事情都推到二少爷身上，这夜壶又连着冯寡妇，还扯出"祥和号"当铺的刀螂和马掌柜，前前后后的头绪就乱得像一团麻。他还得用实话和瞎话搅的一块儿把这些事重新捋顺了，编圆了，倘换了别人还真做不到。我太爷心里自然有数，这小子刁钻鬼精，说的话不能全信。可听他说完再想想，大概也就清楚了。老二旺福是为冯寡妇偷的这夜壶。后来他去了北平，冯寡妇就把这夜壶拿到"祥和号"当了。"祥和号"的马掌柜不知为什么先把这夜壶搁了些日子，后来才倒手给"天宝阁"的于老板。看来马掌柜倒手时，没把所有的实情都告诉于老板。所以于老板才对这夜壶的来路不放心。这样，这夜壶也才又回到官宅。

我太爷想明白这一切，也就对祁顺儿没话说了。这祁顺儿打也打了，罚也罚了，于是告诫他，现在二少爷回来了，以后跟在二少爷身边，不光不许再出坏主意，还得看着他点儿，倘有什么事赶紧告诉家里。祁顺儿这回已经给打怕了，连连点头，小心应着，就一瘸一拐地退出来了。我太爷打发走祁顺儿，就把管家王辰儿叫来，问他，二少爷从北京回来的这些日子，怎么一直不见人。王辰儿当然知道，旺福一回来，就一头扎进冯寡妇的家里不出来了。可不敢跟我太爷这么说，只是含糊地答，这一阵家里上上下下的事情太多，没注意。

又说，不过听说，二少爷最近好像又要去北京。

我太爷有些意外，问，又去北京干什么？

王辰儿答，不清楚。

我太爷说，叫他来。

王辰儿应了一声就赶紧退出来了。

我太爷并不知道，旺福这次回来，险些又闹出一场事。他一回来就先找祁顺儿。找了一圈儿没见人，才听说祁顺儿已去了王家窑。旺福奇怪，家里这么多家人，让谁去烧窑也轮不到祁顺儿。于是赶紧又来到冯寡妇家。冯寡妇自从去"祥和号"当了那夜壶，日子是不愁了。可过去有祁顺儿，隔三差五过来，家里的一些事他就干了。现在祁顺儿不来了，冯寡妇就得自己干。这个傍晚，旺福来时，冯寡妇没在家。等了一会儿，才见她背着一捆柴禾回来了。旺福一见冯寡妇自己背柴禾就急了，细一问才知道，他走没几天，祁顺儿就不来了。这时旺福就明白了，看来是管家王辰儿故意搞鬼。王辰儿曾偷着把打米房的一头驴卖了，只说是自己溜缰跑了。后来祁顺儿去镇上的驴汤锅给旺福买驴杂碎，无意中听伙计说，刚从官宅的管家手里买了一头驴。祁顺儿回来问王辰儿。王辰儿吓坏了，赶紧塞给祁顺儿一块大洋。可这以后，心里也就恨上了祁顺儿。这次，肯定是王辰儿趁旺福去北京，就把他弄去烧窑了。旺福立刻来到王家窑。王家窑是在滹沱河边，守着一片榆树林子，这样用水用柴都方便。旺福来时，正赶上出窑，一个人正用独轮儿车往外推砖，浑身上下成了一个土人儿，只有两只眼还一眨一眨的能动。旺福叫住他问，祁顺儿在哪儿？这土人儿站住了，瞪着旺福看了看，突然一咧嘴哇地大哭起来。鼻涕眼泪一绺子一绺子地往下流，把脸流成了花瓜。一边哭着说，二少爷，我就是祁顺儿啊，你认不出我啦？旺福细一看，跟前这土人儿果然是祁顺儿。心里登时更来气了，问，你怎么成了这样儿？祁顺儿就把车放下了，摇着头说，一言难尽，一言难尽啊。旺福说，你跟我来。祁顺儿不敢，回头看看说，还有大半窑砖没出呢。旺福一把揪住他的胳膊就拉出来。又在窑上找个人说，去把管家王辰儿给我叫来，就说，我在这儿等他。窑上的人一听去叫管家王辰儿，还让他来这儿，不敢去。旺福眼一瞪说，快去！就说我要请他喝酒！窑上的人知道这二少爷的脾气，赶紧转身去了。这个下午，王辰儿正在自己房里喝茶，一听窑上来人说，二少爷叫他去，心里立刻咯噔一下。又听说，要请他喝酒，就知道这酒肯定不是好酒。想了想，又不敢不去，只好硬着头皮去了。这时祁顺儿已泡在河里，正洗澡。旺福一见王辰儿来了，用脚踢了踢堆在地上的脏衣裳，对王辰儿说，先去给他找身干净的。王辰儿已看出来，这个下午自己要有大麻烦了，赶紧吩咐窑上的人，去给祁顺儿找了身干净衣裳。旺福又说，祁顺儿的脚崴了，还剩大半窑砖。王辰儿赶紧说，脚崴了就别干了，我在窑上再找俩人，把剩下的砖推出来就行了。

旺福说，不用找人，你替他推。

王辰儿一听愣住了，没想到二少爷竟会这么干。自己再怎么说也是官宅的大管家，现在跑的窑上来替祁顺儿推砖，这要传出去，以后官宅上上下下的人谁还听自己的。吭哧了一下说，二少爷不用急，这半窑砖不叫个事儿，就是搁个三两天也行。旺福眼一瞪说，甭搁三两天，你现在就给我干！这时王辰儿肚里的火儿就已拱了脑门子。心想，你二少爷也太不给我留面子了，当着窑上的人就这么逼我，看来这回是存心要跟我过不去了。有心倚老卖老，要硬顶一下，但想了想，还是不行，这二少爷的浑劲儿一上来神鬼不怕，连老爷都拿他没辙，倘再这么纠缠下去，只会让自己更难看。于是一咬牙，把长衫的下摆撩起来系在腰上，就推着独轮儿车进了窑。王辰儿年轻时也干过力气活儿，可这些年当管家，只是支使底下的人，整天动嘴不动手，哪还受过这样的累，又已是这把年纪，只推了几趟就跌跌撞撞，浑身上下也已脏得像个土人儿。旺福一直在旁边看着。这时祁顺儿已从河里爬上来，身上也换了干净衣裳。旺福回头看一眼祁顺儿，才对王辰儿说，行了。

王辰儿扔下独轮儿车，一屁股就坐的地上。

这个晚上，王辰儿从后面的梨树小院出来，本想打发个底下的人去叫二少爷。自从那次窑上回来，王辰儿就再也不想见这二少爷。不光是怕他，也腻歪，一见他就又想起窑上的事儿，心里像堵个大疙瘩。可这个晚上，王辰儿已看出来，老爷终于把这夜壶的事捯腾清楚了，一捯腾清楚，就不光是夜壶的事了，还扯出了冯寡妇。王辰儿在我家干了这些年，深知我太爷的脾气，您把规矩看得比钱重，面子又比规矩重。堂堂的官宅二少爷，跑的外面去跟冯寡妇这种女人搅在一块儿，这要传出去官宅的脸面就丢尽了。王辰儿也就明白了，老爷这时叫二少爷来，不会只问这夜壶的事，肯定还得问冯寡妇。一问到冯寡妇就要大动肝火了，最好是动家法，把这二少爷打残了、打废了，打得再也爬不起来，王辰儿的心里才解气。这么一想，也就不能让底下的人去叫二少爷。底下的人腿都懒，去牲口棚转一圈儿，一见没人也就回来了。王辰儿不能让二少爷逃过今晚这一劫。他得亲自去，即使二少爷不在，他也知道怎么找，就是去冯寡妇家的炕上，也得把他掏回来。王辰儿想着就来到牲口棚。旺福正好在，正跷着二郎腿，躺在草堆上跟几个长工聊天。一听王辰儿说，我太爷叫他去，又见王辰儿一脸的皮松肉紧，眯着眼似笑非笑，就知道没好事。他这时已听说祁顺儿刚在后面的荷花池边挨了打，也知道是夜壶的事彻底发了，倒也不在乎，起身就跟着来到后面。

据我四爷说，我太爷有个习惯，您听一件事，从来不听原委，而是从这原委里找出自己想要的东西。也许您想要的在这件事里并不重要，但您认为重要。我四爷说，我太爷的这个习惯后来也影响了他们兄弟几个。很多年后，旺福曾对他说过一句话。旺福这时已从部队转业，一次来北京治病，我四爷去医院看他。两人在病房聊天时，旺福对他说，也许因为同父异母，咱兄弟几个里，只有你不像我们，你随你妈。显然，旺福的性格几十年后还一直没改。他这话说得，有点儿让人上不来下不去。他说我四爷的脾气秉性随他妈，给人的感觉就不光是脾气秉性了。我四爷的母亲是我太爷的姨太太，这话不该这么说。但我四爷说，旺福这辈子就这样，嘴没把门儿的，想说什么拿过嘴来就说，不管对方爱不爱听。他这辈子倒霉也倒在这张嘴上，所以这些年才一直是个铁帽子团长，到晚年虽有待遇，级别却始终没上去。

我四爷说，其实旺福还是说错了，他这些年也一直是这个习惯，听一件事不听原委，只在这原委里寻找自己想要的东西。那次我四爷和他在病房聊天时，说起当年的事，他告诉我四爷，那个晚上，他被叫去后面的梨树小院时已经有心理准备。他知道，这次应该不是一般的鞭子蘸凉水了，大概要动家法。但他来到后面，我太爷并没提那个夜壶的事，也没提冯寡妇。当时我太爷让旁边的人都退下了，然后问旺福，他回来曾让管家王辰儿去窑上推砖，这是怎么回事。旺福没想到我太爷竟也知道了这事。其实我太爷知道这事，就是听下面的人说别的事时，从中发现的。我太爷爱吃自己厨房暴腌儿的小河虾。所谓暴腌儿，是把小河虾活着用盐码上，上午腌，晚上吃，这样不仅入味儿，也清口。一天晚上吃饭，我太爷见桌上没有小河虾，就让人把厨子老胡叫来，问怎么回事。厨子老胡说，管家王辰儿病了，没顾上派人去河边买虾。我太爷当时没说话。饭后把王辰儿身边的人叫来，细一问，才知道王辰儿头天下午出去了，傍晚跌跌撞撞地回来时，已经成了一个土人儿。回到自己房里，一头扎的炕上就起不来了。后来才知道，是去了王家窑。我太爷又把窑上的人叫来，再问，也就全知道了。我四爷说，那次在病房，旺福这一说，他也就由衷地佩服我太爷。当时我太爷这样问，确实问得有学问。表面看只是问的窑上这一件事，其实就像切西瓜，这一刀下去，里面的瓤子也就全翻出来。旺福当然不知我太爷这样问的用意，于是就从王辰儿偷着卖驴，被祁顺儿发现，从此恨上他，又说到王辰儿趁自己去北京公报私仇，把祁顺儿发的窑上去推砖，这一下也就耽误了自己的事。就这样，如同扯出一根线头儿，就把所有的事一桩桩一件件都掏出来了。我太爷听完，沉吟了一会儿，只问了一句话，你又要去北京？

旺福答，是。

问，是云财？

答，是。

我太爷点头说，去吧。

16

旺福对我太爷说，他要去北京，是云财叫去的。我太爷一听就明白了。云财已让人给我太爷捎信来。这一阵，北京绸缎庄那边又接连出事了，且出的事一件比一件大。云财毕竟才十几岁，已经沉不住气。他在信上说，再这样下去，铺子这边的事就要拢不住了。

最先出事的是何掌柜的儿子连升。一天晚上，连升从绸缎庄出来，站在街边正打算叫辆洋车回家，一个要饭花子凑过来，伸手要小钱儿。这花子的脸上全是渍泥，已看不出肉皮，天又黑下来，只露出一嘴的黄牙。连升脑子里正想事，就挥了挥手，意思是不想给。可他这一挥手，不知怎么碰着了这花子拿着的一个罐子。罐子一脱手掉的地上摔烂了。花子立刻翻脸了，一把揪住连升的脖领子，让他赔。连升先还不耐烦，让这花子松手，说再不松手就要喊巡警了。但很快发现不是这么回事。这花子显然不怕巡警，且出手歹毒，他揪连升的衣领不光是揪衣领，还用几根手指抠他的脖子，抠他脖子的同时又掐住他的喉咙。倘这么掐下去，不把连升掐死也得掐出事来。连升挣了几下挣不开，只好叫了巡警。街上的巡警闻声过来，给了这花子两警棍。花子松手了，没再说话，只看了连升一眼就转身走了。连升以为这事就过去了。又过了两天，他跟几个买卖上的朋友去街上吃饭。刚从绸缎庄出来，这花子不知从哪儿又冒出来了，上前又一把揪住连升的脖领子，还让他赔罐子。连升当着这几个朋友让这要饭花子揪着，觉得实在没面子，想赶紧打发他走，就说，你说吧，要多少钱。不料这花子一张嘴，要二十块大洋。连升一听说，你穷疯了，一个要饭的罐子敢要二十块大洋。花子说，这罐子是他祖上传下来的，二十块大洋已经少要了。这时旁边的一个朋友已经看出门道。这朋友虽是做买卖的，也在道儿上混过，没说话过来就是一脚。这花子正揪着连升说话，没防备，一下给踹出去，在地上滚了几滚，半天才爬起来。这朋友还要跟过去，连升赶紧拉住了。花子看看这朋友，又看看连升，没说话又扭头走了。其实上一次，连升已觉出这花子有点儿眼熟，可当时天黑，看不太清。这次是大白天，就看清了，确实在哪儿见过。但想了想，还是想不起来。这以后也就没事了。可这时，何掌柜已觉出这事有点蹊跷，一个街上的要饭花子，怎么突然就冒出来，只为一个破罐子这么没完没了地纠缠。

何掌柜毕竟已在大栅栏儿做生意这些年，知道这块地界儿水深，鱼龙混杂，就提醒儿子连升，只怕后面还会有事。

果然，过了些天，连升又出事了。

一天晚上，连升在外面有个应酬。完了事回家，进了府学胡同该往北拐时，觉着里边道儿窄，就从洋车上下来，自己往里走。正这时，黑影儿里突然蹿出个人，跳到他身后给了一下。连升只觉头上嗡的一声就倒在地上。再醒来时，还躺在胡同里，已是后半夜，随手提的一个皮包也已经不见了。显然，是让人打了闷棍。当时北京"打闷棍""套白狼"的很常见，但多是抽大烟混打瓦的人。事后何掌柜分析，打连升闷棍的不像这种人。一是他知道连升是做买卖的，手上有钱；二是他知道连升住哪儿，所以不在府学胡同等，而是等在更黑更窄的文丞相胡同。这也就说明，这个打闷棍的应该是个知根知底的人。而更让何掌柜担心的是，他在文丞相胡同的这个宅子没对任何人说过，现在这个打闷棍的人却知道，也就更说明不是个一般的人。何家父子当然不能对云财说实话，只说是在街上出的事。但云财这时已有察觉。这些日子，连升在外面接连出事，这何家父子是不是有什么事瞒着自己。

又过了些天，铺子里也开始出事了。

一天早晨，云财还没起，就听前面的伙计喊起来。云财一听伙计喊得岔了音儿，赶紧出来，一看也吓了一跳，在铺子当屋儿，扔着一只死猫。这死猫显然被车碾过，已经血肉模糊。问题是铺子的门窗还上着板儿，都好好儿的，这死猫是怎么扔进来的。这时何家父子也到了。何掌柜进来看看，没说话，就让伙计把这死猫拎出去扔了。又过了几天，铺子里又让人扔进一条死狗。这死狗显然已死了些日子，身上都是蛆。这一夜，蛆爬得铺子里到处都是。做买卖的都迷信，铺子里三天两头让人扔死猫死狗，自然不吉利。可接着事情就越闹越大。这天一早，两个伙计去外面卸板儿，刚出去就都连滚带爬地跑回来，其中一个已说不出话，拉着云财出去看。云财出来一看，也傻了，只见门板儿和窗板儿上都被人泼了血汤子。这血都已干了，变成了黑紫色，可看着还挺瘆，让人直起鸡皮疙瘩。开绸缎庄最讲究门脸儿，本钱大小还在其次，一半的本钱都得花在门脸儿上。现在这门脸儿让人抹得血糊流拉的，买卖也就没法儿做了。这时云财就明白了，这何家父子肯定是在外面得罪了人。

云财虽然只有十几岁，在大栅栏儿也已待了两年。事情闹到这一步，也就意识到，已经不是自己能拢得住的了。这时，他想起我太奶常说的一句话。我太奶每遇到用一般的办法解决不了的事时，就说，邪病邪治。云财想，现在铺子遇上的这些事都是邪事，既然是邪事，也就只能用邪的办法治。于是就想到了旺福。俗话说一物降一物儿。他知道，也只有旺福来了，才能对付这些人。于是就给我太爷写了封信。他在信上当然没敢提让旺福来，只把铺子里这一段的事大致说了一下。但云财最后又说，他现在闹不清这些事究竟是谁干的，倘二哥旺福在就好了，旺福当初在大栅栏儿时，地面儿上熟，他要在，肯定能查出来。

这次云财没客气，把这信写好交给连升，让他亲自送回去。连升这时也已吓得没了主意，知道三少东家让他送信，说的就是铺子的事。没敢说别的，赶紧就动身回来了。

我太爷这时也知道，这事只能让旺福去了。旺福前次去北京，虽在那边惹了一堆事，可后来我太爷听了，倒觉着他粗中有细，其实也有脑子，还不光有脑子，有的事也有分寸。但这老二也像我家养的"老胡"。这"老胡"是一条狗，因为模样嘴脸很像我家的厨子老胡，我太爷就给它取名叫"老胡"。这"老胡"虽是条柴狗，但凶得就像狼狗，动辄咬人，在方圆左近很有名。有一年滹沱河边闹土匪，一天夜里，我家闯进一伙人。我太爷出来，还没说话，这"老胡"就呜的一声扑上去，七八个拿枪的，一下全给吓跑了。但这"老胡"也得拴着，真撒开了，说不定哪会儿就得惹出事来。我太爷打发旺福去北京，也让他给长贵捎去一封信。长贵这时已正式进了燕京大学，平时只是按时给家捎信，报个平安，家里从没让他做过什么事。这次，我太爷在信上说，旺福去北京这段日子，让他常来绸缎庄看着点儿，当然是看着旺福，别让他再捅出大娄子。我太爷知道，云财毕竟最小，在旺福的跟前说话没分量，说了也不会听他的。长贵是大哥，旺福再怎么浑，也知道长幼。况且长贵老成，掂得出轻重，这回这事就交给他了，真到裉节儿上，能把旺福把持住了。

事后证明，我太爷这么做真对了。

旺福这回到北京，云财就像见了救星。云财还从没跟二哥这么亲过。一见他来了，先拉他出去，在街上的"格勒记"吃了一大碗水爆肚儿，没敢多要，只给他要了半斤二锅头，说等完了事儿，再好好儿请二哥喝酒。然后就把铺子里这些日子的事，前前后后从头到尾都跟他详细说了一遍。旺福倒不是没脑子，只是不喜动脑子，听了就说，你说吧，打算咋办？云财这才说，这事儿怎么想，都不是简单的事，这何家父子肯定还在外面有别的事，这事不定招了谁，人家不干了，这才这么没完没了地跟咱铺子过不去。云财说，看这意思，这事儿还不算完，再不赶紧想个办法，恐怕后面得越闹越大。

旺福听了说，明白了。

当天下午，旺福坐在铺子后面，让伙计把何家父子叫来。何家父子这次一见这二少东家又来了，以为又是吃喝玩儿乐，来铺子里甩大鞋的，都在心里暗暗叫苦。这一阵外面不知什么人一直跟铺子过不去，又是打闷棍又是扔死猫死狗，还往门面上泼血汤子，正是焦头烂额答对不清的时候，这会儿，这二少东家又来添乱。他要是再把瘦黄脸儿那伙人招来，这铺子的生意可就更没法儿做了。何家父子一直以为这二少东家也就是个二百五，嘴上虽叫他少东家，心里却从没拿他当回事。这时来到后面，一见他一本正经，正襟危坐，就有些意外。旺福说活不会拐弯儿，劈头就问，你们在外面，是干了啥事，还是惹了啥人？何家父子一听，相对着看了一眼。旺福又说，我这回来，为的就是这事，你们最好跟我说实话，别等我查出来，咱东家伙计这些年了，如果最后闹个圆脸儿变驴脸儿，可就没意思了。连升一听沉不住气了，刚要说话，何掌柜赶紧拦住了，冲旺福笑笑说，二少东家，您这话就外道了，咱伙计东家确实已这些年了，老东家最知道我。我何子清做事，从来都是一步俩脚印儿，您要问在外面干了啥事，也只能是咱铺子生意上的事，犯逮的事儿绝对没有。要说惹了谁，就更不可能了，买卖生意讲的是和气生财，你买我卖，大家心甘情愿，谁也没拿枪逼着谁，可还有一说，赚了钱都高兴，赔了可就不一定了，着您二少东家讲话，还别说圆脸儿变驴脸儿，翻脸不认人的也不是没有，要说惹着谁，可就真没谱儿了。说着又笑了笑，不过话又说回来，咱既然开的是铺子，赚的就是钱，我也不能因为怕惹着谁，就不让咱铺子赚钱了不是。

何掌柜不愧是个买卖人，这一番绕脖子话，把旺福说得也没话了。

旺福看看何掌柜，又说，我再问一遍。

何掌柜一抬手，您也甭问了，告诉您，我说的都是实话。

旺福说，行，我就信你这实话，不过先说下，我的脾气，可是翻脸不认人。

说完就起身出来了。

17

我太爷这次让旺福来北京，也是一步险棋。

官宅本来是书香门第，在北京大栅栏儿开的也是正经买卖。现在却突然摊上这种事。显然，跟我家绸缎庄作对的不是正经人，否则也不会想出这种下作手段。正因如此，当时我家也只有旺福能对付这种人。可这就又回到前面说的，成也萧何，败也萧何。旺福就像我家的"老胡"，一旦撒出去，也可能惹祸。但我太爷还是了解旺福。旺福看着大大咧咧，真到事上也粗中有细，能掂得出轻重。他这次来北京，心里也清楚，自己要办的不是一般的事。

这个下午，旺福先跟何家父子把话挑明了，也问应了，就来天桥儿找"哈巴儿"。"哈巴儿"没在。"哈巴儿"有个朋友，叫"大眼儿鸡",也是卖狗皮膏药的。"大眼儿鸡"说,"哈巴儿"去办事了,一会儿就回来。旺福等了一会儿,见"哈巴儿"回来了。旺福拉他来到旁边一个小酒摊儿,要了一盘羊杂碎,一盘拌粉皮儿,又要了一壶南路烧酒。"哈巴儿"叫旺福"脑袋兄弟",这时一边喝着酒就乐了,说,脑袋兄弟,这么多日子了,一直没见人,现在你一露面儿就知道,肯定有事儿,说吧,怎么着?旺福就把绸缎庄的事说了。"哈巴儿"听了先想想,嗯了一声说,这事儿好办,我去打听一下,你等回信儿吧。

说完把酒喝了,就起身匆匆走了。

过了几天,"哈巴儿"的回信儿来了。"哈巴儿"说,都打听清楚了,这事的前前后后,都是"瘸拐儿李"干的。这"瘸拐儿李"是大栅栏儿一个擂砖的。旺福在大栅栏儿待过一年多,知道这擂砖的是怎么回事。老北京把乞丐叫花子。大栅栏儿的花子分两种,一种是要饭,另一种是要钱。要钱的不要饭,但要饭的也要钱。要钱也分两种,一种是文要,还一种是武要。文要的只是手心朝上,给就接着,不给也不勉强。武要的就是擂砖的。一般都是手里拿块砖头,先扯着破锣嗓子喊,见男的喊老爷,见女的喊太太,不给钱,就拿这砖头擂自己胸脯。也有玩儿命的,直接擂脑袋。但脑袋一见血,一般的小钱儿就打发不走了,非得破财。哈巴儿说,一开始找何连升赔罐子的,就是这"瘸拐儿李",后来往绸缎庄扔死猫死狗,又往门脸儿上泼血汤子的也是他。但那个晚上打何连升闷棍的,不是他。"瘸拐儿李"只擂砖,不打闷棍,这两档隔着行。但这打闷棍的人,也是"瘸拐儿李"给找的。旺福听了纳闷儿,问,这

"瘸拐儿李"没招他，怎么单跟我家的铺子过不去？

"哈巴儿"说，这就要说到正题了，真正跟你家过不去的还不是这"瘸拐儿李"，他背后另有其人，也就是在暗里雇他的人。

旺福问，谁？

"哈巴儿"说，"正和兴绸缎庄"的麻广泰和杜二奎。

旺福一听是麻广泰和杜二奎，就明白了，这应该还是那铺保的事。"哈巴儿"摇头说，这回就没这么简单了，上回铺保的事还不是缘起，要说缘起，这事儿就深了。

"哈巴儿"说，真正的缘起，还是这何连升。这几年，何连升和杜二奎一直偷着合伙儿做买卖。"洪德仁绸缎庄"跟安次县有生意上的来往。杜二奎在牛街有个牛肉铺子。两人就利用这关系，合伙儿往安次倒腾牛肉。每次也不多，就是十几扇儿。这几年下来生意一直挺顺，俩人也挣了点儿钱。可后来就不行了，安次一带闹土匪，路上有劫道儿的。何连升跟杜二奎有约定，每回往安次送牛肉，俩人都是倒着押车，一人一趟。后来有一回，正赶上何连升押车，已经快到安次了，遇上了劫匪。何连升胆儿小，但也有主意，趁几个劫匪不注意，一抖缰绳赶上牲口就跑。大车一跑一颠，牛扇儿都掉了。几个劫匪赶紧去顾牛扇儿，何连升也就趁这机会赶着大车逃回来了。可一回来，杜二奎就急了。杜二奎认为何连升这么干太不地道了。这大车是"洪德仁绸缎庄"的，可车上拉的十几个牛扇儿却是俩人合伙儿的。现在何连升只把自己的大车抢回来，却把两人合伙儿的十几个牛扇儿都扔下了。为人交友要讲一个义字，更何况是一块儿做买卖，除了义，更要有信。其实杜二奎急，还不光是因为这些牛扇儿，他在这牛扇儿里还塞了东西。这几年，杜二奎表面是跟何连升合伙儿倒牛肉，其实在这牛扇儿里还夹带了烟土。安次那边有人接，再倒手卖的天津去。但杜二奎并没把这事告诉何连升。于是两人合伙儿做的买卖也就分为两层。表面一层，是一块儿倒牛肉。其实暗里还一层，是烟土。牛肉是两人合伙，赚了钱也就两人分。烟土则是杜二奎自己的，赚了钱杜二奎也就暗中独吞。现在这十几个牛扇儿让人劫了，也就不光是这些牛扇儿的事，再算上夹带的烟土损失就大了。杜二奎想来想去，觉着这事儿自己不能吃这哑巴亏，就跟何连升明说了。他明说的意思是，这十几个牛扇儿是俩人合伙儿，损失当然由俩人均摊。可这些牛扇儿里还夹带着烟土。既然烟土也是在何连升手上丢的，损失就应该也由两人均摊。均摊的意思，也就是有一半的损失，得由何连升赔。可何连升一听也急了。他急的还不光是让他赔烟土，敢情这几年跟杜二奎合伙儿倒牛肉并不只是牛肉，他竟然还夹带了私货。问题是倒腾这些私货，自己还不知情，只是糊里糊涂地帮他赚钱。现在这烟土丢了让自己赔，当初他暗里赚钱的时候怎么不说呢。俩人谈了两次没谈拢，到第三次，干脆就谈崩了。何连升只给杜二奎扔下一句话，这些牛扇儿的一半损失，我认了，认这损失醒出一个人，也值了，烟土的事甭再提，爱找谁找谁去。说完扭头就走了。从这以后，杜二奎再怎么让人捎话，何连升都不理不睬了。

旺福这才明白，敢情杜二奎跟何连升的仇，是这么作下的。

"哈巴儿"说，不光杜二奎，这里还有麻广泰的事。杜二奎往安次偷运烟土，麻广泰也有股份。这次烟土让人劫了，损失也有麻广泰的。且杜二奎为了让自己少吃亏，又故意把这事往大里说，这一下麻广泰的损失就更大了。麻广泰一听何连升不认这账，心里也气不过，想了些日子，这才跟杜二奎商量了一个让"洪德仁绸缎庄"做铺保加银保的计策。这回杜二奎直接来找何连升，说上一次烟土让人劫了，自己一直翻不过身来，现在想开车行，又凑不上钱。何连升给人家丢了烟土，事后想想也觉着有点儿理亏，这才勉强答应了。

旺福问，可这些事早过去了，现在怎么又翻腾起来。

"哈巴儿"说，是啊，你觉着过去了，可杜二奎和麻广泰那边还没过去，不光没过去，铺保加银保这事他们一点儿便宜没沾着，还让你闹了一通，事后也就越想越气。再后来听人说，你已回乡下了，他们姐夫小舅儿一商量，这才把街上的"瘸拐儿李"找来。

旺福问，你见着这"瘸拐儿李"了？

"哈巴儿"说，见着了。

"哈巴儿"说，这前前后后的事，"瘸拐儿李"都认，他说，就是他干的。杜二奎给了他一块大洋，开始只让他给何连升添堵，越堵心越好，倘能讹着钱就更好。再有就是搅"洪德仁绸缎庄"的生意，最好搅黄了，搅得铺子关了门。后来有一天，杜二奎找他，说这晚上，何连升要在珠市口儿跟人谈生意，可能手上有钱，让"瘸拐儿李"找个没人的地方给他一下子，把这钱戗下来。答应事成之后刀切账，一边一半。可"瘸拐儿李"一听，这是打闷棍，跟自己隔着行。道儿上有句话，隔行不取利。于是对杜二奎说，他可以帮着找个人。"瘸拐儿李"给找的打闷棍这人叫"大娘们儿"，是个小白脸儿，但心狠手黑。可这个晚上，这"大娘们儿"也没诚着钱。何连升的皮包里只有一堆烂纸，像是买卖上的合同。

旺福问，这"瘸拐儿李"，哪儿能找着他？

"哈巴儿"说，你想见，我把他叫来。

旺福点头，叫他来。

"哈巴儿"看看他，你可别闹出人命。

旺福点头，你去吧。

旺福在街边找个茶摊儿坐下来。等了一会儿，就见"哈巴儿"和一个花子过来了。这花子的头发都立着，两边的头发往横里乍着。他来到茶摊儿跟前，看看旺福，把手里的砖头咕隆扔的茶桌上，也在小凳上坐下了。旺福看看眼前的砖头，又看看他，你是"瘸拐儿李"？

"瘸拐儿李"说，说吧。

旺福问，知道我是谁吗？

"瘸拐儿李"说，爱谁谁，有事儿说事儿。

旺福说，这事儿，就到这儿，前面的我就不问了。

"瘸拐儿李"说，两块大洋。

旺福一听乐了，问，你值吗？

"瘸拐儿李"看看旺福，突然抄起桌上的砖头，冲着自己头上就拍了一下。但他这一下很会拍，是拍的脑门儿，脑门儿是平的，砖头也是平的，平对平，破得就不厉害。但还是见了血。这血像一条蚯蚓，顺着鼻梁一点一点爬下来。"瘸拐儿李"眯起一只眼，看着旺福。旺福慢慢端起茶碗，喝了一口，突然一抬手就扣在他脸上。这是个粗瓷大碗，又一碗热茶，这一下扣的脸上，连砸带烫，"瘸拐儿李"嗷儿地一声就蹦起来，跟着血就呼地下来了。这血跟茶水混的一块儿，在脸上一流，倒把渍泥给冲下来，登时成了个大花脸。

"瘸拐儿李"在这大栅栏儿还没遇上过这样的愣主儿，一下没了主意，不知接下来该怎么办。旺福站起来，掏出几个铜子儿扔给他说，去抹点儿药，别再让我看见你。

说完就转身走了。

18

旺福在街边的茶摊儿砸了"瘸拐儿李"一茶碗，也就等于砸了他在这地界儿的生意。"瘸拐儿李"是擂砖的，街上的人都认识。但平时自己擂行，现在让别人给擂了一茶碗，且还连血带茶地流了一脸，这以后再擂砖，也就没人当回事了。"哈巴儿"来对旺福说，"瘸拐儿李"临走让捎来话，这北京的地界儿说大大，说不大也不大，日后总还有见面的时候。

旺福一听乐了，说行，下回再见，砸他就不拿茶碗了，拿茶壶。

旺福把这边的事了清了，就把云财叫来。云财已听说，旺福在街上的茶摊儿拿茶碗把一个擂砖的花子开了，但不知怎么回事。这时，旺福让他去旁边的"便宜坊"定个包厢。云财问，几个人。旺福想想说，加上你，六个吧。云财一听六个人，刨去自己和旺福，应该还有四个。有心问都是谁，但话到嘴边，还是转身走了。

旺福安排了云财，又把一个伙计叫来。

这伙计叫双喜，是个小个儿，雷公嘴，缩肩膀儿，长着一副猴儿相。何掌柜曾说，铺子里的这几个伙计，顶数这双喜心眼儿灵，会看事儿，也最会张罗买卖，就是手黏，有点儿小偷小摸儿的毛病。旺福有个事，一直想不明白，听云财说，当初有人往铺子里扔死猫死狗，门窗上的板儿都是好好儿的，可这死猫死狗是怎么扔进来的呢。后来一听"哈巴儿"说，才知道，"瘸拐儿李"买通了铺子里的一个伙计。这伙计就是双喜。但旺福没找双喜，也没跟铺子里的人说。这时把他叫来，交给他一件事，让他去斜对面的"正和兴绸缎庄"，给麻老板送信儿，晚上请他在"便宜坊"吃饭。然后再去隆福寺的鸟枪胡同，到"奎记"汤锅，也跟杜二奎说一声。双喜一听把眼眨巴了两下，心里有点儿嘀咕，摸不清二少东家怎么单让自己去。又不敢问，应了一声就走了。旺福这才又来到前面的铺子。何掌柜出去收账了，只有何连升在。何连升这些天一直在暗中观察这二少东家。见他先去了趟天桥儿，又连着出去几天。接着就听说，在街上把个撂砖的打了。何连升这时才突然想起来，前次缠着自己要赔罐子的那个花子，就是这街上撂砖的。他这一想，心里又激灵一下。这二少东家刚来几天就已找到这撂砖的，心里一下更没底了，摸不清他还查出了什么事。旺福来到前面时，何连升正坐的柜台旁边愣神，旺福一叫吓了一跳，赶紧起身应着。旺福让他告诉何掌柜，晚上在"便宜坊"吃饭。何连升听了有点摸不着头脑，不知这晚上是怎么一个饭局。

　　旺福晚上先到了。一会儿，云财跟何家父子也到了。云财这时还不明白，说好这晚上吃饭是六个人，已经来了四个，还有两个人是谁。何家父子也摸不清这个晚上突然吃饭是怎么回事，在桌子跟前坐下来，说话不是，不说话也不是。何掌柜到底是老买卖人，心里没底，脸上却不露出来，只是有一句没一句地跟桌上的人说闲话儿。

这时，就见饭馆儿伙计引着麻广泰和杜二奎进来了。

这天下午，双喜去"正和兴绸缎庄"送信儿，麻广泰一听，晚上是"洪德仁绸缎庄"的二少东家请客，心里立刻一惊。他早听说这"王大脑袋"在八大胡同惹了人，为避风头已回乡下了。本以为再不敢回来了，这才又跟杜二奎商量，何连升这事不能就这么算完。当初他给丢了烟土，不光一个大子儿不赔，还反倒穷横穷横的，后来想算计"洪德仁绸缎庄"一下，让这何家父子吐点儿血，可设了铺保加银保的局，又让这"王大脑袋"给搅了。现在既然他已走了，接下来，就还得跟这何家父子接着折腾。这才找了"瘸拐儿李"，让他弄出后面的这些事来。可这几天听说，"瘸拐儿李"也在街上碰上了碴子，本来自己是擂砖的，却让人家给开了。再一听开"瘸拐儿李"这人，好像就是"洪德仁绸缎庄"的"王大脑袋"。麻广泰正想跟杜二奎商量，看这事儿怎么办，"洪德仁"的伙计双喜就来送信了。麻广泰知道，"瘸拐儿李"已在暗中买通了这个双喜，就想趁这机会问问他，这"王大脑袋"这回回来，到底是怎么打算，也想探探底，这个晚上突然请吃饭是怎么回事。但双喜好像挺慌，只说了一句，还得去鸟枪胡同给杜老板送信儿，就赶紧走了。傍晚，麻广泰正犹豫这顿饭是去还是不去，杜二奎就来了。杜二奎也有点儿犹豫，来是想跟麻广泰商量。俩人合计了半天，麻广泰最后说，是福不是祸，是祸躲不过，去是肯定得去，这"王大脑袋"既然已让人来叫了，就是不去，这事儿也过不去，等他自己找上门儿来，恐怕就更麻烦了。这时，杜二奎心里嘀咕的却是另一件事。当初何连升给弄丢的这点烟土，并没有杜二奎跟麻广泰说的这么多。他把这事儿夸大，只是想把这笔损失都算在麻广泰身上。可现在倘见了何连升，三头一对案，这事儿就瞒不住了。杜二奎知道自己这姐夫的脾气，不光视财如命，还翻脸不认人。倘他知道了，自己在这事儿上跟他玩儿心眼儿，肯定得翻车。杜二奎这么一想，就还是不太想去。可不去又怕姐夫多心，最后就说，这"王大脑袋"咱都知道，整个儿一个面茶锅里煮窝头，浑得都出了尖儿了，他这晚上突然请客，肯定是酒没好酒，饭没好饭，况且前些天，他刚又在街上把"瘸拐儿李"开了，这就说明，他可能已经知道，"洪德仁绸缎庄"的那些事都是咱找"瘸拐儿李"干的。杜二奎说着，又看了一下麻广泰的脸色，要我说，这顿饭咱去，还不如不去。麻广泰又想了想，摇头说，去还是得去，到了那儿你少说话，看我的眼色，听听他怎么说，再决定咱下一步怎么办。这时，麻广泰和杜二奎进来，见何家父子也在，立刻愣了一下。何家父子一见麻广泰和杜二奎，也愣住了。这一下就都清楚了，"洪德仁绸缎庄"的二少东家这个晚上不是请客，或者说，也是请客，但请的不光是酒饭的客。

这时饭馆儿伙计已把酒菜端上来。旺福说，说说吧。

桌上的人你看我，我看你，又看看旺福，都没说话。

旺福先问何掌柜，这前前后后的事儿，你知道吗？

接着又说，你别告诉我，你一点儿都不知情，这可就害了你儿子。

何连升在旁边听了，脸色立刻变了。何掌柜的脸色也变了。

何连升跟杜二奎合伙往安次倒腾牛肉，这事何掌柜不可能不知道。这几年，何掌柜让儿子连升在绸缎庄这边当二掌柜的同时，也把"洪德义货栈"的生意交给他。"洪德义货栈"是我家在大栅栏儿的另一个买卖，但这个买卖的底比绸缎庄小。当初何掌柜让儿子管那边的生意，也问过我太爷。我太爷觉着既然这两个买卖都已交给何家父子，也就同意了。后来何连升跟杜二奎合伙做生意，暗里走的就都是货栈这边。本钱由货栈出，赚了是自己的。儿子有钱赚，何掌柜当然不拦着，只是提醒他，千万别出事。再后来真出事了，何连升去安次送牛肉让人劫了，赶着大车屁滚尿流地回来。何掌柜一看就知道，要有麻烦了。何掌柜跟"正和兴"的麻广泰一条街上做生意，又是斜对门，太了解这个人了，也知道他那小舅子杜二奎更不省事，现在出了这种事，这俩人肯定不干。果然，后来又扯出了烟土的事。这以后，铺保加银保的事，何掌柜也是大意了。再后来，又频频有人来找绸缎庄的麻烦，何掌柜的心里就已想到，应该是麻广泰和杜二奎在暗中捣的鬼。眼看这事再这么闹下去已经没法儿收拾，本想跟儿子连升商量，索性找麻广泰和杜二奎当面说说，把事儿挑开了，该怎么着怎么着，也甭再弄这种街上的下作手段。可没想到正这时，二少东家突然又来了，且一来就看出来，是为这事来的。现在何家父子还没想好，这事怎么跟麻广泰和杜二奎谈，二少东家却先把事情挑明了。这个晚上坐的一块儿，三头对案，再想不说也不行了。何掌柜到底已在这大栅栏儿的街上几十年，虽是买卖人，也有些江湖，就笑笑说，既然二少东家这么问，我也就只能说，知是知道。

旺福最怕说绕脖子话，就说，你干脆说。

何掌柜说，干脆说，就是这事儿虽知道，可具体的还是不太清楚。

何连升这时已明白父亲的意思。这个事，倘父亲说不知道，肯定说不过去，可说知道也就成了他父子串通一气，这一来事情就更大了，弄不好他父子都得被赶出去。所以不能全淹的里面，他父子俩总得保住一个。于是赶紧接过话说，我是跟我爹说过，可没说太清楚。

旺福又看看杜二奎，你这烟土，值多少？

杜二奎立刻瞟一眼麻广泰说，这得算。

旺福说，你也甭算了，这事儿这样，本来你们合伙儿倒的是牛肉，可你暗里还夹了烟土，烟土不比别的，这是玩儿命的事，可没出事的时候，赚了钱都是你的，要算就得从头儿算，前边赚的钱，你拿出一半分他，这回让人劫的，损失的一半他再赔你。

杜二奎没想到这"王大脑袋"这么算账，跟麻广泰对视一下，都愣了。

麻广泰皮松肉紧地笑笑说，这账，恐怕不能这么算。

旺福眼一瞪说，不这么算咋算？今天要说定，就这么定了，说不定就去报官，大不了我买卖不做了，这两个铺子也不要了，你们各吃各的官司去！

何掌柜是买卖人，旺福一边说着，心里的算盘就一直在扒拉着。这会儿一听，反倒松了口气。俗话说神鬼怕恶的，二少东家有这话就行，不怕他麻广泰和杜二奎不认这账。话说回来，他俩真敢不认，二少东家自然也有治他们的办法。果然，杜二奎一听要报官，先怵了。倒腾烟土是他倒腾的，麻广泰再怎么说，也就是参了个股儿，真吃官司也是他自己的事。可这账算的，又有点儿过分，显然，真这么干自己就吃大亏了。于是看一眼旁边的麻广泰，咽了口唾沫说，我看这么着吧，分也别分，赔也甭赔，咱干脆两清就算了。

旺福听了，看看麻广泰。

麻广泰见杜二奎已把这话扔出来了，没了退身步儿，也就只好点头同意了。

旺福又看看这何家父子。何家父子当然更没有不同意的道理。这时云财在旁边说话了。云财这半天一直听着。他不得不佩服二哥旺福。自己在铺子里这么长时间了，这前前后后的事还始终没捋腾明白，他只来几天就全弄明白了。可事情是明白了，云财觉着，这账还不是这么算的。倘按杜二奎说的，他们跟何家父子是两清了，但铺子这边呢。何连升跟杜二奎偷着合伙做生意，一直用的是"洪德义货栈"的钱，现在货栈这边的损失又冲谁要呢？于是说，等等，铺子这边还有账，怎么算？

旺福回头对他说，这账，另算。

说着端起酒盅，看着麻广泰和杜二奎，这事，说定了？

麻广泰也皮笑肉不笑地把酒盅端起来，点头说，定了。

旺福说，咱丑话说头里，后面再生事，我能一把火把你的铺子点了。

说完就把酒喝了。

这个晚上从"便宜坊"出来，何家父子看看麻广泰和杜二奎走了，也要回去。旺福却一把抓住他俩的胳膊说，别走，回去还有话说。何掌柜心里一颤，从旺福的手上已经感觉出来，回到铺子还得有事。这时何掌柜已越来越明白了，在这之前，自己还真小瞧这二少东家了。本以为他整天胡作胡反，又是个十几岁的半大小子，用句老北京的话说也就是个"胡臭儿"。可这回才发现，不是这么回事。他这次来北京，从头到尾一步儿不乱，不光不乱，还极有分寸，到哪一步儿说哪一步儿的话，事先该说的说，不该说的，一个字都不说。这么想着，心也就更提起来，不知这一晚回到铺子，他还要干什么。

这时何连升更害怕了。"洪德义货栈"那边当然不止跟杜二奎合伙这一件事。倘二少东家全翻腾出来，事儿就大了。

旺福就这么抓着何家父子的胳膊回到铺子。一进门，立刻让人把前后门儿都插了，又把双喜也叫过来。云财一见要出事，正没主意，就见大哥长贵从后面出来了。

这就得说，还是我太爷事先都想到了。我太爷给长贵捎的这封信，长贵看是看了，可当时手头正有事，先去济南了。这天傍晚刚回来，想起我太爷在信上说的事，在前门火车站一下车就直接来到大栅栏儿这边的铺子。来了才知道，旺福晚上请客，云财和何家父子都去吃饭了。长贵问伙计，二少东家请的什么客。伙计也说不上来。长贵想，既然已经来了，索性这晚上就不回去了，等旺福和云财回来，问问他俩这几天的情况，跟我太爷也好有个交待。路上也是累了，这么想着，就在后面的房里先躺下了。正似睡非睡的时候，就听前面的铺子乱起来。长贵知道是旺福和云财回来了，立刻起身出来。到前面一看，一下愣住了。就见何连升和双喜都已被捆起来，正跪的地上，旺福拎着一根手腕粗细的棍子站在他俩跟前。旁边的何掌柜已脸色煞白，一见长贵出来就像是见了救星，一个劲儿地冲他比画。长贵知道，旺福这是把家里的那一套也弄的这儿来了，可这是北京，不是乡下，就赶紧把旺福拉到后面的账房，问他，这是怎么回事？旺福一直不把这大哥当回事，觉着他是个书呆子，在家时就吃凉不管酸，油瓶子倒了都不扶。来北京以后，更是整天不见人，有事也就懒得跟他说。可这时，既然他问，又是当大哥的，就还是把铺子里的事跟他大概说了。长贵毕竟是读书人，虽不明白生意上的事，但起码的人情世故还明白，听了倒也并不意外。东家是东家，掌柜的是掌柜的，各人有各人的角色，倘站在各自的角度，自然也就各有各的想法。天底下哪个当掌柜的，钱从手上过，手指缝儿里都得漏点儿。漏是正常的，不漏反倒不正常了。老北京有句话，厨子不偷，三年不收。厨子尚且如此，当掌柜的也就更如是。可眼下就不是偷不偷，漏不漏的事了，旺福这么闹，家里我太爷知不知道。倘他现在把事儿闹腾得越来越大，先别说伤了人，出了人命，真把这何家父子赶走了，一时又找不到合适的人，总不能让两个铺子都关张。长贵这么想着，就把云财也叫到后面来。

这时云财的心里比大哥长贵还急。他已看出来，二哥旺福这回是想把事情彻底弄清，也就决心，干脆把这事儿彻底闹大。可事情闹大了不怕，问题是闹完了怎么办。云财的想法跟大哥长贵一样，倘真把这何家父子赶走了，他知道，凭自己眼下的能耐接手还不到火候儿。这时来到后面，长贵一问，他想了想，没直接回答，只把上次回去，我太爷跟他说的当年花老五的事，又跟长贵说了。长贵一听就明白了，心里不由得暗暗佩服我太爷。没想到，您在家整天闲云野鹤，心里还有这么深的城府。

长贵的心里也就有数了。

于是，兄弟三个又商量了一下，就一起来到前面。

这时前面的人还都在提心吊胆地等着。长贵先让人给何连升和双喜都松了绑，然后说，从现在起，何掌柜还是这绸缎庄的掌柜，铺子里的事要更经心，后面别再出任何差池。何连升前面干的事，暂且不提了，不过别再管货栈的生意，绸缎庄这边的二掌柜也别当了，就是个大伙计，一切事，都等回去跟我太爷说了，让您来定夺。

长贵毕竟是大少东家，他这么说，也就这么定了。

何家父子这时惊魂未定，赶紧连连点头。

19

长贵这时也刚遇到一件事。他在学堂，和几个要好的同学都喜欢周敦颐的《爱莲说》，也是取荷花"出淤泥而不染"的意思，结社就叫"爱莲社"。其实北京的什刹海、北海和颐和园，荷花也很多。但济南大明湖的荷花更有名，都知道"三面荷花一面柳，一城山色半城湖"，社里又有两个同学是济南的，每到荷花盛季，赶上功课不忙，几个同学就一起去济南，在大明湖边喝茶，作诗，赏荷。社里有个同学，也喜欢曲艺。这次来济南，听说这里有个南门，也像北京天桥儿，一天吃了晚饭，就提议去看看。长贵当年在家时，经常去船上跟"小面人儿"聊天儿。"小面人儿"说过相声，常说起相声行里的事。长贵也就知道一些。这天晚上，就和几个同学一起来到南门。南门说跟北京天桥儿一样，其实也不一样。北京天桥儿是杂，"弹、耍、变、练""金、皮、彩、挂"哪行都有。济南的南门则主要是唱玩艺儿的。这天晚上，长贵和几个同学来到这里，进了一个小园子。没想到，竟在这里看见了"小面人儿"。这时的"小面人儿"已跟当年在河上跑船儿不一样了。跑船儿时是短打扮儿，挽着袖子，底下卷着裤管儿，为的是船上干活儿方便。现在又上台说相声了，穿一身蟹青色的长衫，也留了大背头。长贵等他演完了，就来后台找他。可听说他一完事就走了。再回来时，台上又有个戴着髽髻的女孩儿唱山东琴书。长贵的这几个同学不懂山东琴书，但也觉着挺难听，又见台下的人都使劲儿鼓掌，还扯着嗓子拼命喊好儿，就都觉着莫名其妙。这个喜欢曲艺的同学一边听着，不停地皱眉摇头。长贵问他怎么回事。这同学嘟囔着说，唱成这样也上台，荒腔走板，没喉儿没调儿，一听就不是这里的事儿。长贵听"小面人儿"说过，"不是这里的事儿"，是这行里的一句俗话，意思是外行，也有不是干这个的材料儿的意思。可这同学虽是嘟囔，说的声音也挺大。几个人又听了一会儿，越听越没意思，也就出来了。可回来的路上，几个腰里扎着板儿带的壮汉迎面过来，把他们拦住了。二话不说，上来就是一通打。这几个人都是学生，哪会打架，也就只有挨打的份儿。那个懂点儿曲艺的同学挨打最重，掉了两颗门牙，还打瘸一条腿。这几个人临走还撂下一句话，以后再敢去南门，见一回打一回。

这一说也就明白了，这几个人都是南门的。

第二天晚上，长贵自己又来到南门。这回在后台找到了"小面人儿"。"小面人儿"一见就说，昨晚在台上，看着下面有个人像你，可又不敢信，知道你一直想去北京读书，怎么又跑到这儿来。长贵这才说，确实去了北京，已在燕京大学读书，这回是和几个同学来这边玩儿的。又问"小面人儿",怎么又回来干这行了?"小面人儿"打个嗨声说,在船上又干了一年多,觉着没意思了,想想也不是一辈子的事儿,就又回北京来了。这时听说,当初的"老面人儿"已得了"烟后儿痢"死了,他老婆"小黑翠儿"也跟人去了东北,这才又回到天桥儿说相声。这回来济南,是这边一个同行的家里摊上事儿,几个朋友过来"搭桌"。他见长贵不懂什么是"搭桌",就又给他解释,这是行里的一个说法儿,谁家遇上难事儿了,大家来给帮忙,也就是义演的意思。这时,"小面人儿"发现长贵的脸上有伤,问他怎么回事。长贵这才把昨晚挨打的事说了。"小面人儿"一听就摇头说,你们犯忌了。他把长贵拉到个僻静地方,又朝左右看了看,才说,昨晚唱琴书的这女孩儿叫"小甜瓜儿",本来就不是这里的事儿。这个园子的老板叫冯八,"小甜瓜儿"最近刚到冯八身边。冯八是看她好这个,才让她上台过过瘾,底下坐的都是冯八的人,就为给"小甜瓜儿"捧场的。"小面人儿"说,你们这些念书人哪懂这个,坐的底下不光不捧场,还指手画脚乱说话,这不是找挨打吗?长贵一听,这才明白了。"小面人儿"又说,要我看,这不是你们待的地界儿,赶快回北京吧。说罢,又把他在北京的住处告诉长贵,就把他送出来了。

第二天,长贵就和几个同学回来了。

这个晚上,长贵把绸缎庄的事都安排妥了,回到后面又问旺福,打算什么时候回乡下。旺福见这边已没事了,心里也惦记着家里的冯寡妇,就要立刻回去。长贵想了想,自从出来读书,这几年还一直没回去过,也该回去看看了。再说这回铺子的事，既然我太爷已交待给他了，也该回去当面跟我太爷说一下。就决定，和旺福一块儿回乡下。

20

长贵这次回来，我太爷没想到。

我太爷本来已对这老大不抱任何希望了。这次见他和旺福一块儿回来，又听说，北京那边铺子的事办得挺好，嘴上不说，心里也就挺痛快。长贵是个实事求是的人，知道家里一直瞧不上旺福，就对我太爷说，这次铺子的事，都是旺福一手办的，他这一回可给家里立了一大功，不光把外面的事全解决了，铺子里的事也都捋顺了。

我太爷听了，点头嗯了一声。

这时，我太爷就又有了一个心思。长贵出去这几年，又是在北京读书，这次再回来就已跟走时又不一样了，不光老成，也更沉稳了。老成和沉稳还不是一回事。老成是成熟，看着有历练。沉稳虽也有历练的意思，但一沉，一稳，也就让人觉着更可靠。且这次，爷儿俩再见面，也不像当初那么顶了，不光说话能说进去，有些事也能想的一块儿了。这一来，我太爷当初的想法儿就又冒出来，觉着这老大还真是个当家的材料儿。

您这一想，也就又想到了甘草。

但我太爷也清楚，这老大的脾气看着温，其实也不顺南不顺北，倘这么跟他说，肯定又是白说。不光白说，兴许又得闹一肚子气。想来想去，就跟我太奶商量，这回是不是绕一下，别再从您的嘴里说出来。我太奶听了想想说，绕一下，又能绕的哪儿去，既然我太爷都不能说，她说了也就更没用，也许还不如我太爷直接说。我太爷就说，能不能再让甘草试试。我太奶一听就来气了，哼一声说，这更不是办法，别人说，不行也就不行了，甘草去说，倘不行，这话还收得回来吗，长贵那边一拨愣脑袋，让甘草怎么办，甘草也是人，还是个姑娘家，怎么受得了？我太爷听出来，我太奶这话虽是搂着说的，可已经不好听了，且这话里带着弦外之音，意思还是指上一次的事。上一次，弄得甘草失魂落魄那些日子，现在刚过去，倘再来这么一下，也确实没这个道理。我太爷知道，我太奶为这事还一直耿耿于怀。

其实这时，长贵已跟甘草见过面了。

长贵这次回来，最怵头的就是见甘草。当初写了那样一封信，明确说自己不打算回来了。让人捎给甘草，也就再没接过甘草的回信。长贵知道，自己的这封信是伤了甘草。但要说伤，伤跟伤也不一样。一种伤是背叛的伤，喜新厌旧，或移情别恋；再一种伤是反悔，当初说过的话，或答应过的事，突然都不算了；还一种伤则是辜负，对方一往情深，而自己却没这意思。长贵也就是这后一种。甘草曾捎来那么多信，虽然从没在信上说过明确的话，可意思早已不用说了，况且一个姑娘家，这么做已经很不容易。长贵也想过，这次回来，倘见了甘草，该怎么说话。可让他没想到的是，回来真见了，并没用他说什么话。

长贵是在我太奶上房院儿的月亮门儿碰见甘草的。长贵来见我太奶，本以为甘草肯定也在，这样大家也就算见了，都不尴尬。可甘草没在。我太奶想吃滹沱河里的青蛤，厨子老胡腾不开手，甘草就去河边买青蛤了。长贵在我太奶的房里坐了一下，陪着说了会儿话，就出来了。走到月亮门儿，甘草正好回来。两人一个门里，一个门外，就这么碰上了。长贵一抬头，愣了一下。甘草显然也没想到长贵会突然回来。但甘草早已没了先前的心思，已经把这事放下了。这时一见，就笑笑说，大表哥回来了。说着朝后退了一步，等长贵先出来，又笑了一下，就进去了。长贵没回头，一边朝前走着，心里也就明白，这事已过去了。

但这时，长贵还不知道，这以后，甘草的命运又跟旺福连在一起了。

21

这就又要说到旺福了。

用我四爷的话说，旺福这辈子就是这样，确实干过不少好事，甚至可以说，他干的好事比好人干的还多。可每干一件好事，接着就又要再干一件坏事。当然不一定是真正意义上的坏事，但至少是不让人喜欢的事，这一下也就抵消了。倘这样算，这几十年，他干的让人喜欢的事和不喜欢的事也就应该一样多。我四爷说，旺福晚年时，一次他去乡下看他。旺福一高兴喝大了，拍着自己脑门儿上的鹅包乐着说，他这一辈子，也是阴阳平衡。我四爷感叹，这话看似简单，其实细想，也很难得，能承认自己这辈子是阴阳平衡的人，并不多。

旺福这次去北京，给家里立了一大功。可一回来就又惹了一场事。

他这回这事惹大了，连自己也兜不住了。起因又是冯寡妇。我四爷说，这个冯寡妇在旺福的一生中是一个很重要的女人，虽没帮过他任何事，却改变了他的命运。

旺福这次回来，没见到祁顺儿。他担心管家王辰儿又搞鬼，就把他叫来问，祁顺儿去哪儿了。王辰儿一听也来气，心想，我是管家，又不是给你看着祁顺儿的。可脸上又不敢带出来，就皮松肉紧地笑笑说，二少爷放心，祁顺儿现在已不归我管了，家里的大车去深泽拉蜜桃儿，是老爷发的话，说他爹祁发，当年跟那边熟，让他跟车去拉蜜桃儿了。

正说着，祁顺儿回来了。

祁顺儿跟旺福来到个没人的地方，先问他，去没去冯寡妇那里。旺福说，还没去。祁顺儿一听这才松口气，说，我急着往回赶，就是怕你一回来就去看她。

祁顺儿告诉旺福，冯寡妇那边又有事了。

祁顺儿说，旺福这次去北京，刚走几天，一个叫花秃子的去了冯寡妇那里。这花秃子的太爷，也就是当年滹沱河边有名的土匪花老五。当初花老五临死，曾给后人留下句话，既落江湖内，便是薄命人，刀尖儿上舔血不是人过的日子，以后还是安分守己，穷穷过，富富过，再怎么着也别想邪的歪的。后来这花秃子的爹就改行杀猪，当了屠户。到花秃子这一辈，也就跟着学了杀猪。可后来"屠宰税""砍头税""剥皮税""猪血税"，各种苛捐杂税越来越多，杀一头猪，连上下水都搭上还不够缴税的。这花秃子实在过不下去了，也是觉着整天跟猪较劲没意思，又挣不着钱，杀猪还不如杀人，像他太爷当年当土匪，吃香的喝辣的反倒痛快。这以后，也就在滹沱河边又拉起杆子。说是杀富济贫，其实也就是打家劫舍，只认钱不认人，渐渐心狠手辣，再后来也就杀人不眨眼。这花秃子当初也来找过冯寡妇。但后来去了下游，一直在青县一带。这一阵又上来了，在桥头镇做了几笔买卖，挺顺手，忽然又想起冯寡妇。这天下午就带几个人过来了。冯寡妇当时没在家。本想去河边买几条鱼，可渔船没上来。回来一看，门口儿扔着个猪头，还有几条黑鱼。冯寡妇一看就明白了，应该是花秃子又来了。冯寡妇知道，这花秃子是个土匪，不是说不见就能不见的。可这时已不是过去。倘他再来纠缠，让二少爷撞见，肯定又得出事。唯一的办法，只能让他彻底死心。

冯寡妇想了一夜，到天亮一咬牙，这时也顾不上好看难看了，就去找村里的罗铁匠。这罗铁匠叫罗老三。滹沱河边的铁匠也分粗铁匠和细铁匠。粗铁匠是打犁铧辖子，包辕头，磨车轴。细铁匠则是打锨打锄，或门环插关儿之类的精细东西。这罗铁匠手巧，是个细铁匠。当初罗铁匠是这村里唯一上过冯寡妇炕的男人。冯寡妇也是看这罗铁匠厚道，又是个光棍儿，家里有事常叫他过来，给桌子柜子把个镴子或修个柴刀剪子，也从不要钱。他想上炕也就让他上了。这罗铁匠也知趣，看出冯寡妇心里不太乐意，只是碍着面子，上了两回也就不上了。这以后，冯寡妇再有事该来还来。有了这两回，也就只当个亲戚走动。这个早晨，冯寡妇来找罗铁匠，绕来绕去地说了半天，罗铁匠才明白意思。冯寡妇要的这东西挺蹊跷，但想想也不难。罗铁匠不光手巧，心也灵，早听说冯寡妇的炕已不卖了，也就明白她要做这东西的用意。找了两片铁叶子，细细地敲打了一天，到傍黑时，就把做好的东西拿来了。冯寡妇红着脸看了看，先让罗铁匠去外面等着，自己在屋里脱下裤子试了试，果然是想的意思。罗铁匠进来端详了一下，也觉着挺合身，又掏出两把小铜锁，就给锁在身上了。冯寡妇拿出几个铜子儿。罗铁匠立刻摆手，闷着头说，给你做这东西，我乐意。说完就转身走了。

这天晚上，花秃子果然又来了。这回只带了两个手下，让等在外面，自己一进来就把门插上了。冯寡妇看着他说，我这炕，不卖了。花秃子一听乐了，说，已经听说了，可也得分谁，别人来是买，我来，是回窝儿。说着就把冯寡妇一抱扔的炕上。可他这一抱，手上已觉出有点不对劲。上炕骑的冯寡妇身上，扯下裤子一看，愣住了。冯寡妇的下身已让两片铁叶子包得严严实实，看着就是个铁裤衩儿。这铁裤衩儿还挺精致，一边有合页，看意思能打开。可打开的这一边又让两个小铜锁给锁上了。花秃子到了这会儿已经急眼了，想把这两片铁叶子硬给掰开。但罗铁匠打这铁裤衩儿是下了心思的，不仅结实，可以说是非常坚固。花秃子使出浑身的劲掰了半天纹丝没动，倒把掌心拉开一个大口子，流了一炕的血。他累得一屁股坐在旁边，瞪着这个铁裤衩儿呼呼地运气。冯寡妇坐起身，穿上裤子，然后说，把外面的兄弟叫进来，既然来了，喝杯酒再走。花秃子又横一眼冯寡妇，跳下炕就走了。

这以后，花秃子又来过几回。每回来都带着工具，不是刀子剪子就是大铁钉子。可罗铁匠毕竟不是一般的铁匠，又使出了真劲，给冯寡妇做的这个铁裤衩儿就像长在了身上，甭管是撬，是剜，是剪，是撕，简直坚不可摧。冯寡妇有了这铁裤衩儿也就踏实了，花秃子再来，只管由他折腾，让脱裤子就脱裤子，要撬要剜都随他便，只是别砸。冯寡妇说，一砸震得疼。祁顺儿说，他去冯寡妇家时，也碰见过这个花秃子。当时花秃子正发飙，在屋里大嚷大叫，他没敢进去。后来冯寡妇对他说，她现在别的倒不担心了，只担心二少爷回来。

旺福去北京这两年，又经了这些事，脾气虽还没改，也已不像过去沾火儿就着了。这时想想说，这花秃子既然来了，要想痛痛快快地打发走是不可能，总得见个面。

祁顺儿一听就说，明白了。

祁顺儿来跟冯寡妇说了。冯寡妇知道二少爷的脾气，担心他搂不住火儿，又把事情闹大。这回不同以往，倘真闹大了，还不光这花秃子是土匪，手下有一伙子人，二少爷再怎么说也是穿鞋的，可这花秃子却是光脚儿的。冯寡妇是担心把这股祸水引的官宅去。祁顺儿也明白冯寡妇的心思。但事情到了这一步，也只能走一步说一步了。

冯寡妇说，这花秃子已经几天没来了，兴许，今晚就来。

祁顺儿说，我回去跟二少爷说，今晚也过来。

这个晚上，旺福带着祁顺儿来到冯寡妇家。花秃子没来。冯寡妇已经有些日子没见二少爷了，自然高兴，赶紧忙着在灶屋儿烧火炒菜。几个菜弄好了，又特意抱出一坛子"绍兴花雕"，说是在一个船老大手里买的，就等着二少爷回来喝。"绍兴花雕"是黄酒，旺福没喝过，尝了尝，觉着味儿挺厚，但又不如烧酒冲，好像没劲儿，就换了一个大碗。可他不知这黄酒的厉害，喝着不冲，但有后劲儿，后劲儿一上来比烧酒还猛。冯寡妇一边陪着喝酒，心里一直嘀咕，担心这会儿花秃子会来。

旺福看出来了，说，别怕，我今晚不走了，就在这儿等他，我今天倒要见识见识，看这花秃子到底是怎么个秃子。

正说着，花秃子一推门进来了。冯寡妇的脸立刻白了。

花秃子进来没说话，先朝炕上的旺福看了看。

旺福也抬头看看他。

花秃子说，你就是官宅的二少爷？

旺福没答话，又上一眼下一眼地看看他。

花秃子乐了，说，听说了，这滹沱河边，你二少爷有蔓儿。

旺福朝自己对面指了指，坐吧，喝着说话。

花秃子就在旺福对面坐下了。花秃子也没喝过黄酒，喝了一口噗地吐出来说，这是猪尿还是驴尿，这么难喝。旺福看一眼祁顺儿。祁顺儿就从旁边搬过一坛子烧酒。

花秃子拦住祁顺儿，对冯寡妇说，你筛。

冯寡妇看看旺福。旺福嗯了一声。

冯寡妇就给旺福和花秃子筛上酒。旺福和花秃子都端起来喝了。

花秃子扔下酒盅说，她这铁裤裆，是你给做的？

旺福看着花秃子。

花秃子又说，她这地方，过去叫红门儿。

旺福看一眼冯寡妇。冯寡妇又筛上酒。

花秃子说，既是红门儿，许你进，就许别人进。

旺福拿起酒盅，又把酒喝了。这时冯寡妇已看出来了，祁顺儿也看出来了，二少爷这样连着喝酒，就要有事了。其实这时，旺福已不光是连着喝酒的事。他刚才已经喝了几大碗黄酒，现在又让烧酒一砸，就如同是往酒里扔了一团火，黄酒的后劲儿腾地一下就烧起来了。可花秃子不知道，也把酒端起来喝了，还在说，这些日子，我一直等你。

旺福又抬起头，看看花秃子。

花秃子说，等你要钥匙。说着朝冯寡妇的身上瞄一眼。

旺福放下酒盅，突然抄起炕桌上的酒壶就朝花秃子扔过去。花秃子是盘腿坐在炕上，一歪脑袋躲过去，跟着身子一窜就蹦起来。但旺福这时已跳到地上，就在花秃子的两脚也落地的一瞬，抓起炕桌上的酒坛子就砸在他头上。花秃子的脑袋刮得挺亮，酒坛子这一砸，血滋地就冒出来。这一下他真急了，从腰里拔出短刀就朝旺福扑过来。但这花秃子过去就是个杀猪的，身上没多少功夫。倒是旺福，在北京的天桥儿跟黄蜩蜩儿那伙人混了一段，已经练出了一些身手。他躲过花秃子的短刀，反手叼住他的腕子使劲一拧，另一只手就锁住他的喉咙。这时等在外面的两个人听见屋里的动静立刻都闯进来。

旺福看看这两个人说，你们出去。

说着，锁住花秃子喉咙的这只手一使劲，花秃子嘶地一声，赶紧挥挥手。这两个人就退出去了。这时，花秃子的短刀已在旺福手里。这把短刀有一尺多长，刃儿飞薄，刀背儿却有半寸多厚，掭着很应手。旺福用刀背儿在花秃子的一只耳朵上蹭了蹭。花秃子立刻浑身一激灵。旺福说，这回先给你留着，下回再见你，就没这么客气了。说完，卡着他的喉咙来到屋外，脚下一踹，花秃子朝前抢了几步就扑在地上。这花秃子毕竟是道儿上的人，已知道自己不是这二少爷的对手，爬起来没再说话，回头看一眼，就带上人走了。

22

旺福在冯寡妇的家里住了三天。住三天，也是担心花秃子再来找麻烦。祁顺儿每晚回去，早晨再回来。回来说，家里倒没事，也没人想起问二少爷。又说，大少爷要回北京了，这两天，老爷把他叫到后面的梨树小院，从早到晚说话，看样子是商量北京的事。

旺福一听也就踏实了。

但冯寡妇的心里还不踏实。冯寡妇也是个有情有义的女人，见二少爷真心待自己，也就总替他想。这一次，二少爷为自己打了花秃子，跟花秃子这仇儿也就作下了。可跟别人作仇儿行，这花秃子是滹沱河边有名的土匪，跟土匪作仇儿，后面就怕要有麻烦了。

果然，第四天，祁顺儿没来，第五天也没来。又过了两天，才慌慌地跑来了。

一来就说，家里出事了。

出事是在一天早晨。这个早晨，家人陈胖子正在前面扫院子，听见有人敲门。那时我家的大门在滹沱河一带很少见，用老北京的话说叫"广亮大门"。这种广亮大门不是门垛，也不是门楼儿，而是一间房，两扇大门就镶在这间房里。陈胖子正扫院子，一听有人敲门还纳闷，心想这么早谁会来。开门出来一看，吓得一屁股就坐的地上。只见大门上插着一把刀，刀尖上扎着一只血肉模糊的人耳朵，还有一张字条儿。这字条儿上说，限官宅三天内，准备四口肥猪、两头小香驴，外带两百块大洋，否则就一把火把这官宅烧了。陈胖子看看这门上的尖刀，没敢动，赶紧跌跌撞撞地跑回来叫管家王辰儿。王辰儿跟着出来，一看就明白了，这是土匪，但不像砸明火，应该是家里的谁在外面得罪了人。

当然，没别人，肯定又是二少爷。

于是连忙来后面禀报我太爷。我太爷一听，心里也一惊。您担心的倒不是这四口肥猪、两头小香驴和两百块大洋，而是这只人耳朵。这时一问，旺福已经几天没见人。您是担心这旺福又在外面惹了祸，这耳朵是他的。再问管家王辰儿，王辰儿就趁这机会全说出来，说二少爷已经连着几天没回来了，应该是一直在冯寡妇那里。我太爷早已知道这冯寡妇的事，但夜壶已经追回来了，心里也清楚，倘跟这旺福说，不让他再去找冯寡妇，肯定也是白说，弄不好把事情闹大了，再宣扬出去，反倒更不好听。况且前一阵，旺福在北京也确实给家里办了一些事，我太爷对他也就睁一只眼闭一只眼，只要别再生出别的事，也就随他去了。可这时一听，旺福已经几天没回来，且是在冯寡妇那里，一下就急了。立刻让人去叫祁顺儿。

这个早晨，祁顺儿已听说府里出事了，也已经想到，肯定是花秃子干的，也就没敢出去，一直支棱着耳朵听动静。这时一听老爷叫，就知道要有事了。来到后面花厅，想起上次挨打就在这儿，一进来腿肚子就转筋了。我太爷一问，也就全说了。但他这回又是说的一半实话一半瞎话。自然没敢说，二少爷这些天一直住在冯寡妇家里，更没敢说自己每天一早去那边伺候，晚上再回来。只说是几天前的上午，跟着二少爷去冯寡妇家，正好碰上土匪花秃子，两人几句话不对付，就动起手来。可这花秃子虽是土匪，过去只是个杀猪的，不是二少爷的对手，没几下就让二少爷给打了。肯定是这花秃子回去想想气不过，才弄出这事来。

我太爷也听说过这花秃子，知道他是当年花老五的后代。这时一听，旺福是把这花秃子惹了，且还是为了冯寡妇争风吃醋，心里一下更来气了。立刻问，二少爷现在人呢。祁顺儿不敢说，还在冯寡妇家里，想了想就随口说，镇上"兔儿芳斋"的马掌柜一直想请二少爷喝酒，昨天下午，二少爷过河去了，大概是晚了，没回来。我太爷一听，既然旺福是去对岸的"兔儿芳斋"喝酒，这门上扎的耳朵也就不会是他的，一颗心才稍稍放下了。但管家王辰儿在旁边听了，知道祁顺儿这小子又在胡编，二少爷这几天回没回来，晚上在哪儿，他心里最清楚。可这时又不敢给祁顺儿捅破，怕等事情过去，他告诉二少爷，自己又有麻烦。想了想就上前说，我派个人去镇上吧，把二少爷找回来。祁顺儿立刻瞄了王辰儿一眼，知道他又没安好心。我太爷想想，对祁顺儿说，还是你去，叫他快回来。

祁顺儿应了一声就赶紧出来了。

祁顺儿来到前面，没急着走，站在月亮门儿的外面等着管家王辰儿。祁顺儿知道，其实自己也有一根要命的小辫子攥在王辰儿手里。当初让二少爷跟王辰儿说，把那个叫春来的小老妈儿调到前面来。王辰儿不敢不答应，可说了几次，嘴上一直哼哼哈哈儿就是不办。后来二少爷急了，有一回在厨房门口揪住他，问这事儿到底怎么着。王辰儿知道搪塞不过去了，这才把春来调到前面的打米房。其实王辰儿想错了。他以为二少爷三番五次地催他办这事，是看上了这个春来，把她调到前面，为的是自己找着方便。王辰儿知道二少爷好这口儿，也就更不敢轻易答应。倘真让这春来到了前面，二少爷再把她弄出点儿事来，最后这屎盆子就又得扣在自己身上。后来让春来去了打米房，也就一直盯得很紧。心想这回得接受上一次梅春的教训了，倘看出一点端倪，赶紧去禀报老爷，只要禀报了，自己也就脱了干系。没干系了，反倒是看热闹的不怕事儿大，闹得越热闹越好。可王辰儿盯了几天，才发现不对。总来打米房找春来的不是二少爷，而是祁顺儿。王辰儿起初还怀疑，祁顺儿来找春来，是不是替二少爷给春来送信儿。再后来才明白，不是这么回事。一天夜里，王辰儿带着两个家人在院里巡视，看前后的门户是否关好，有没有火烛。走到打米房附近，远远就见祁顺儿扛着一袋麸子出来，朝牲口棚去了。王辰儿纳闷，往牲口棚送麸子不该是祁顺儿的事。接着心里一动，过去朝打米房里瞄一眼，果然，只有春来一个人。王辰儿想了想，就让身边的两个家人先回去了。自己在暗处等了一会儿，就见祁顺儿拎着空口袋回来了。他走到打米房的门口，先朝四周看看，就转身进去了。王辰儿故意又等了一下，才进了打米房。这打米房是里外套间儿，外面一间打米磨面，里边是库房。王辰儿蹑着手脚来到库房门口，听见里面有动静。可就在这时，他把碾子上的一个瓢碰到地上。这瓢是半拉葫芦做的，又轻又薄，掉的地上还啪啪地蹦了两下。王辰儿正犹豫，进去还是不进去，就见祁顺儿出来了。出来没说话，只看一眼王辰儿，提了提裤子就径直走了。这时王辰儿也回过神来，伸头朝库房里看看，只见春来还躲在几个粮食包的后面低头忙碌。这以后，祁顺儿再见王辰儿，就像没这么回事。王辰儿这时也才明白，二少爷几次三番地要把春来调到前面，敢情不是为他自己，是为祁顺儿。现在祁顺儿在自己面前如此猖狂，就是因为有二少爷给他撑腰。王辰儿恼火也恼火在这儿。自己半夜在打米房堵着他跟春来鬼混，倘他出来央求一下，哪怕说句软话儿，自己也就睁一只眼闭一只眼过去了。可现在，这小子狗仗人势，一副天不怕地不怕的架势，全不把自己这管家放在眼里。这就太过分了。王辰儿想找个机会，索性把这事跟祁顺儿挑明。但再想，又改主意了。祁顺儿既然这样嚣张，也就不怕挑明。倘真跟他挑明了，他又不在乎，尴尬的反倒是自己。不如这事儿先闷着，找个合适的机会再给他捅出来。这回不捅是不捅，只要捅，就得让这小子不死也脱层皮。但王辰儿并不知道，其实这事，也是麻秆儿打狼两头儿怕。祁顺儿表面若无其事，心里也一直嘀咕。二少爷这一段惹了这么多祸，到现在脑袋上还顶着雷，说不准哪会儿就得炸。这王辰儿既然怕二少爷，打狗还得看主子，也就轻易不敢对自己怎么样。可哪天老爷一动怒，要责罚二少爷，王辰儿肯定就会落井下石了。这一来，就得连自己也一勺儿烩。倘老账新账一块儿算，就王辰儿手里攥着的这根小辫子也许就得要了自己的小命儿。但祁顺儿是在官宅长大的，这些年已摸透王辰儿的脾气，他是吃硬不吃软。倘跟他来浑的，硬顶，他也没辙。可你稍一说软话儿，他反倒端起来了。这么一想，也就干脆给他来个煮熟的鸭子，肉烂嘴不烂，先走一步看一步儿，后面的事后面再说。

这时，他等了一会儿，就见王辰儿从后面出来了。

祁顺儿迎过来，拉起王辰儿就走。来到个没人的地方，又朝左右看了看，然后才指着王辰儿的鼻子说，现在二少爷在哪儿，我不说，你心里也清楚，你刚才在老爷跟前说的话，就算了，我不告诉二少爷，可有一样，二少爷这两天可能还回不来，你要是再跟老爷胡说八道，我可就不客气了，到那时二少爷不好受，你自己琢磨琢磨，你能好受得了吗？

王辰儿一听，脸涨得青紫，恨恨地说了一句，你小子，真不像你爹的儿子。

这时旺福听了，想想问，这已是几天前的事了，这两天，你怎么没来？

祁顺儿说，这两天没来，也是怕再有事儿，一直在家听动静。

祁顺儿告诉旺福，出事的第二天早晨，家里的大门上又插了一把刀。这回只扎了一张字条儿，催官宅赶紧预备东西，三天期限快到了，说，火油都已准备好了，期限一到就一把火，绝不客气。我太爷向来是个不找闲事，也不生闲气的人。您平时常说的一句话是，只要能用钱解决的事，就不叫难事，天大的事能叫钱吃亏，不让人吃亏。这时就把管家王辰儿叫来，让他按这花秃子开列的东西去准备，赶快把这事儿打发了就算了。王辰儿这时也害怕。他怕的倒不是给官宅放火。他听说过，这花秃子到哪儿砸明火，都是先找管家说话，几句话不对付先杀的也是管家。于是当天下午，赶紧捆了四口肥猪，又备了两百现洋，牵上两头小香驴，就带人去了滹沱河大堤。按字条儿上说的，搁在一棵大槐树的底下，拴好了驴，又在远处等了一会儿。见几个人从河那边过来，把东西弄走，这才回来了。

旺福听了，又想想，就带着祁顺儿从冯寡妇家出来了。

这个上午，两人来到滹沱河边。摆渡老朱正在对岸，见这边有人，就把船撑过来。旺福和祁顺儿跳上船，到对岸。旺福问摆渡老朱，知道花秃子吗？

摆渡老朱一听乐了，说，这滹沱河边，谁不知道花秃子？

旺福说，我是问，知道他在哪儿吗。

摆渡老朱小心了，看看旺福，找他？

旺福说，找他。

摆渡老朱问，有事？

旺福说，是，有事。

摆渡老朱的眼里闪了闪，朝下游一指说，往下二里地，有个张家坟。

旺福就转身上了大堤。一边走着又想想，回头对祁顺儿说，你回去送个信儿，就说，我晚上回去。祁顺儿明白，二少爷当然不是让他去给家里送信儿，是给冯寡妇。

他刚要再说话，旺福已经沿着河堤朝下游去了。

这张家坟叫张家坟，其实就是一片乱葬岗子。据说早年间，这附近有个刘快庄。庄里有一户张姓财主，绰号叫"张无数"，意思是他家的房子无数，地无数，牲口也无数。再后来这张无数的家业越来越大，一个庄都成了他家的佃户。可这刘快庄的人都姓刘，当年是一枝儿下来的，唯这张无数一家是外姓。一年赶上旱灾，刘快庄的人都要活不下去了。全村人一商量，一天夜里，就把这张无数一家灭了门。这以后，这张家坟也就荒了，渐渐成了乱葬岗子。滹沱河上过往的商船死了人，就埋这儿，方圆左近的人死了没处去，也埋的这儿。再后来，就成了一片榆树林子。这个上午，旺福沿河堤过来，远远看见这片林子里冒出青烟。下了河堤，一边走着，就闻到一股炖肉的香味儿。来到近前，只见林子里架着两口"十人锅"，满满的炖着两大锅肉。旁边还扔着几块烂驴皮，几个驴蹄子。显然，这花秃子是先把两头小香驴杀了。花秃子是屠户出身，对杀猪的事自然在行。猪在杀之前，得先蹲两天，不喂食，只喂水，这叫净肠。等肠子里的东西都排净了，再杀，收拾上下水省事。

这时，这两口大锅的跟前有三十几个人，正乌烟瘴气地喝酒。看样子已喝了一夜，也有横躺竖卧的。旺福看见了，已有人跑去报告。一会儿，一个黑矮的尖脑袋过来，冲旺福招招手。旺福就跟着来到林子里。花秃子正歪在一个坟堆上，跟前摆着两块青砖，青砖上放着一个喝酒的粗瓷大油碗，手里拿着一根驴棒子骨。他没想到旺福有这样的胆量，敢一个人来闯张家坟。一边啃着骨头看看他，又端起碗喝了一口酒，点头说，到底是官宅的二少爷。

旺福来到跟前，看着他，没说话。

花秃子又说，我跟你官宅的账，已经结清了。

旺福从怀里掏出那只人耳朵。当初这耳朵是花秃子用刀扎在官宅大门上的。管家王辰儿看着吓人，就让底下的人扔的荷花池里了。祁顺儿在旁边看了，又捞出来，给旺福拿来了。他拿来这耳朵是想让二少爷看看，花秃子这回要动真的了。

这时，旺福说，你的账清了，我的账还没清。

说着，就回手把这只耳朵扔的肉锅里了。这耳朵一进锅，立刻卷成一片树叶儿，转眼就熟了，看上去跟锅里的驴肉成了一个颜色。花秃子朝锅里瞥一眼，笑了，伸手从滚沸的汤里捞出这只耳朵，用手指一捻，搓去糙皮，扔进嘴里嚼着吃了。

一边吃着又说，说吧，你的账，打算怎么结法儿？

旺福说，用这死人耳朵，换个活人耳朵。

花秃子一听就笑了，随手把驴棒子骨扔的地上，说，这是张家坟，不是红门儿，你就不怕我把你也扔的这锅里一块儿炖了？说着又喝了口酒，我当年饿极了，可什么肉都吃过。

这时旺福已看见了，刚才的那个小黑矮子正慢慢凑过来。这小黑矮子身板儿横宽，四肢粗短，绰号叫"黑蛤蟆"。他凑到近前，两腿一蹦跳到旺福身后，竟然无声无息。旺福拿眼角瞄着，这黑蛤蟆的手里攥着一把尖刀，两脚一落地就朝旺福的后背扎过来。旺福一侧身，跟着又一拧腰，回手抓住他的脖子。可这黑蛤蟆的脖子太短，也粗，一把没抓住，脱了手。黑蛤蟆又顺势横着一蹦，刀朝旺福的左肋扎过来。旺福又一歪身让过去，跟着就一巴掌拍过来。旺福的巴掌很大，也厚，像个熊掌，这样抡圆了往下一拍，就挂着呼呼的风响。只听啪嚓一声，这一掌正拍在黑蛤蟆的头顶上。黑蛤蟆一下给拍蒙了，在原地转了几个圈儿，似乎拿不准想去哪儿。旺福跟着抢上一步，夺下他手里的尖刀，反腕噗哧一下就扎进他的心窝儿。黑蛤蟆登时疼得蹦了一下，想叫却已经叫不出来。只张了张嘴，就瘫在地上了。

这应该是旺福第一次杀人。据我四爷说，关于这件事，旺福曾亲口对他说过。旺福说的意思是，虽然他这辈子究竟杀过多少人，自己也记不清了，但当年杀的第一个人，是为官宅杀的，所以杀的时候没任何感觉，杀了也就杀了。我想，旺福对我四爷说这样的话，应该也带着一些情绪。当年不光我太爷，直到后来您去世，家里的人对旺福，好像还一直延续着我太爷当初的看法。这让旺福很难接受，这些年，也就一直耿耿于怀。

在这个上午，旺福杀了黑蛤蟆，正在大锅旁边喝酒的人立刻都跳起来，各自抄起身边的家伙就把旺福围在当中。旺福旁若无人地弯下身，用带血的短刀割下黑蛤蟆的一个耳朵，拿在手里弹了一下，对花秃子说，我就当这耳朵是你的了。说着，朝花秃子跟前一扔。花秃子的身边趴着一条黑嘴的大黄狗，一直耷拉着舌头盯着旺福。这时，它见这耳朵扔过来，立刻往起一跳。这耳朵在它嘴里一闪就不见了。

旺福说，我的账也清了。

花秃子忽然笑了，过来拍拍旺福说，要说这些年，我在这滹沱河边也见过不少人，可你这样的，这么个年纪，为一个女人敢这么干，还真没见过。

旺福把他的手扒拉开，看着他。

花秃子倒不在意，又说，可惜你是官宅的二少爷，要不，还真想拉你入伙。

旺福是个血性子。血性子的人都不吃硬，吃软。大概是花秃子的这几句话，让他听着顺耳了，又抬眼看看他，就把手里的刀扔在地上了。花秃子一见高兴了，回头冲大锅旁边的人招呼一声。立刻重整酒肉，拉旺福过来，往两个大油碗里满满地斟上酒，要一起痛饮。旺福先还有些犹豫。但一碗酒喝下去，脑袋一热也就放开了，跟花秃子一对一碗地喝起来。喝到天黑时，两人就已昏天黑地，还乘着酒兴歃血为盟，结为金兰兄弟。再后来，旺福就彻底喝大了。在坟地里睡了一夜，直到第二天大亮，才告别这伙人过河回来了。

23

旺福这次真的把事儿闹大了。家里上上下下的人都知道，他这回要有大麻烦了。

旺福在家里的人缘儿很好。但人缘儿再好，也还有说不好的人。管家王辰儿就一直盯着他。上次为祁顺儿的事，旺福把他叫到窑上，让他用独轮儿车推了半窑砖，不光累个臭死，回来在炕上趴了两天，这事儿在底下也已传成笑柄。王辰儿虽没亲耳听见，可从底下人的脸上也能看出来。王辰儿一想起这事就恨得牙根儿痒痒。这回二少爷终于在外面捅了马蜂窝，还给家里闯下大祸。一个堂堂的官宅少爷，就为个卖大炕的女人，先偷了家里的青花夜壶，又在这女人的家里争风吃醋，跟土匪头子大打出手，以致把祸水引的家里来，不光让家里破了财，还险些让人家一把火把宅子点了。这一档子一档子的事，随便拿出一件，都够二少爷喝一壶的。这几天，王辰儿就把两眼睁得大大的，一只眼瞄着前边，盯着二少爷的行踪。另一只眼瞄着后边，看我太爷到底打算怎么处置。可看了两天，一直没见动静。王辰儿有些沉不住气了，就把祁顺儿叫来，眯着小眼睛问他，上次去对岸的"兔儿芳斋"，到底找没找着二少爷。祁顺儿知道，这老小子这样问是成心，就说，找着了，二少爷还让给你捎话儿来。

王辰儿一愣，捎啥话？

祁顺儿说，让谢谢你。

王辰儿听出来了，这谢不是好谢。

祁顺儿又说，谢你，是你没乱说话。

王辰儿鼓了鼓，还是把想说的话咽回去，心里闹了个倒憋气。

可就在这时，又出事了。这天早晨，家人陈胖子正在前面扫院子，又听外面有人敲门。陈胖子已经有了上回的经验，没敢贸然开门，想了想，先过来，在门里朝外问，谁？外面没人答话。又问了一句，还没动静。这才小心地把门打开。一看，又愣住了。只见四个半人多高的柳条儿大筐放在门外，每个筐上还都扎了一根大红的布带子。按滹沱河边的习俗，别管是筐是箱，外面扎了这样的大红带子，就说明是送的礼，彩礼或贺礼，都是这规矩。陈胖子一看没敢动，赶紧又跑回来叫管家王辰儿。王辰儿跟着出来，看了看，先叫人抬进来，又围着这几个大筐转了几圈儿，才让人小心地掀开筐盖。一看，里面各装了一头白白嫩嫩的肥猪。这几头猪都已褪了鬃毛，开了膛，收拾得干干净净，旁边上水是上水，下水是下水，也分得清清楚楚，一看就是内行干的。王辰儿正寻思，陈胖子发现，一个柳条儿筐的筐沿儿上还挂着个字条儿。扯下来一看，上面只写了几个字：聊表寸心，请义父笑纳。王辰儿一看更糊涂了，这字条儿上叫义父，他不知这义父是打哪儿论的。

于是赶紧又来后面禀报。

我太爷心细，看了这字条儿，又把前两次的字条儿拿出来比对了一下，笔体一样，显然是出自同一人之手。这也就说明，跟前两次应该还是一回事。不过这次不再声称放火烧宅子，还改口叫义父，又备了厚礼送上门来，这也就说明，一是这事已化解了；二是不光化解，显然还已经化干戈为玉帛。既然对方叫义父，也就应该是结了金兰之好。

不用问，这又是旺福。

可凭我太爷这样的人，一下成了土匪头子花秃子的义父，这事儿怎么想好像都不挨着，不光不挨着，也有些荒唐。我太爷这时才想起问王辰儿，上次让祁顺儿去对岸的"兔儿芳斋"叫二少爷回来，回来了没有。管家王辰儿终于等到了我太爷的这句话。要在此前，他正好可以趁这机会给二少爷坐坐实实地奏一本，说他这些天怎么一直不见人，怎么夜不归宿，怎么不知去了哪儿，怎么应该又在那冯寡妇的家里鬼混，然后再想着法儿地把我太爷的火儿拱起来。可几天前，祁顺儿刚给捎话来，说二少爷谢谢他，谢他，是因为他没在老爷面前乱说话。他知道，倘这时乱说，自然又得给自己惹麻烦。这么一想，也就含糊着说，二少爷回是回来了，可一回来就去牲口棚睡觉了，这两天饭没怎么吃，话也没怎么说，就是睡。其实王辰儿这样说，虽然听着好像什么都没说，却比说了还厉害。这一来，也许更引起我太爷的注意。倘我太爷问，光喝酒，怎么就睡成这样？再说一句，是不是在外面还有别的事，把他叫来。这也就正中了王辰儿的下怀。只要把二少爷叫来，后面就有热闹看了。但我太爷听了，只是摇着头叹息一声说，酒这东西自古这样，化解事是它，误事，也是它。

王辰儿又等了一会儿，见我太爷不说话了，就只好退出来。

我太爷这时不说话，心里却已明白了。您平时虽散淡，外面的事也懂一些。管家王辰儿说的话，祁顺儿说的话，您心里自有掂量。老二旺福为冯寡妇惹了土匪头子花秃子，应该是真的，这回敲官宅这一笔是花秃子干的，应该也是真的。但既然已按他要的东西答对了，他现在突然又窝个对头弯儿，送了这份厚礼来，还口口声声叫义父，这就是另一回事了。我太爷不用问也知道，祁顺儿没说实话。旺福压根儿就没去对岸的"兔儿芳斋"喝酒，应该一直在冯寡妇家里。现在事情突然成了这样，一定是他又去找了花秃子。他找花秃子是怎么说的，又说成什么样，现在都已不重要。既然这花秃子改口叫义父，就说明事情已经过去了。不过旺福总不会真跟花秃子这种人论异姓兄弟。这一点，我太爷的心里还有数。他这么做，无非两种可能，一是当时喝大了，酒乱；二是权宜之计，现在说归说，以后归以后。

这时我太爷想的，还不是这些。眼下不管怎么说，老大长贵已在北京的学堂读书，老三云财在大栅栏儿的铺子学买卖也已经上了道儿。唯这老二旺福，以后到底怎么着，还一直想不好。不过看眼下，他的本事已越来越大。但本事越大，在外面惹的祸也就越大，总不能由着他再这么胡闹下去。这时，我太爷就又有了一个想法。

愆又想到甘草。

我太爷这一想，自己也觉着有点过分。可过分是过分，倘我太奶同意，甘草自己也愿意，倒不失是一个好办法。这么一想，就来跟我太奶商量。我太爷说，男人都这样，到了一定的时候就得成家，不成家，再大也长不大，长不大就得胡闹。一成家就踏实了，一踏实，也就收心了。我太奶听了没说话，只是冷笑一声。她这一笑，我太爷就有些恼了。我太爷当然知道这笑不是好笑。在我家，还没人敢跟我太爷这么笑。我太爷想，这事儿你觉着行可以，觉着不行也可以，同不同意都可以，可有话说话，这一笑就把这事儿拧的一边儿去了。这么想着，脸就像门帘子似的耷拉下来。我太奶没看我太爷的脸色，冷笑完了，才说，我真是觉着对不住你们王家。我太爷不解，看看我太奶。我太奶又说，我娘家怎么才有这一个叔伯侄女儿呢，早知道你有三个儿子，就该为你们王家多准备几个，现在一个哪够用啊。

我太爷明白了，这话已不是暗含挖苦，而是在明着挖苦。他脸上立刻红一阵，白一阵。但我太爷不是个轻易发火的人，心里再有气，也不说出来，火越大，看着反倒越平静。这时，他对我太奶说，你不同意，说不同意的，何必拿这种不着四六儿的话编排。

我太奶知道，我太爷动气了。也意识到，自己这话有些过分。

其实我太奶听了我太爷的这个想法儿，也觉着可以考虑。我太奶始终认为，虽然这老二旺福一直家里外头的胡闹，可跟老大长贵和老三云财比起来，人更实诚，实诚也就妥靠。倘这么想，甘草这辈子真跟了他，也许反倒比跟老大长贵更好。这样一想，也就把话又拉回来说，甘草这孩子老实厚道，从小有家教，也懂规矩，倘说给旺福，这事真成了，也是好事，只是还得看甘草自己的意思，再怎么说，也得她愿意才行。

我太爷说，那就看甘草吧。

24

　　我太爷明白，这事当然得看甘草自己的意思。

　　可一件事也得分两头儿说。倘甘草愿意了，旺福不愿意，还是不行。总不能又像上次，弄个剃头挑子一头儿热，这边把甘草的心思勾起来了，那边却没这回事。要这么想，我太奶这回说话不好听，应该也情有可原。我太爷跟我太奶把这事定下来，再想，也就越想越觉着这是个一举两得的办法。我太爷自从知道了旺福跟冯寡妇的事，一直横在心里放不下。我太爷这么要面子的一个人，官宅在滹沱河边又是有名的书香门第，家里的二少爷竟跟这种女人搅的一块儿，还闹出这么多事，倘传出去官宅的脸面就丢尽了。但我太爷一直没跟旺福说这事，也是有所考虑。这旺福是自己的儿子，脾气秉性自然清楚，这种事倘在还没发生之前，怎么都好说，也能想办法。现在事已出来了，又已经闹到这个地步，再说深说浅也就都没用了。旺福从小就不是个说东是东，说西是西的人，也许你说东，他反倒偏往西跑。用句滹沱河边的老话儿说，就是个"绕麻儿"。所以，这事儿倘逼着他拐硬弯儿，这弯儿肯定拐不过来。唯一的办法只能随弯儿就弯儿，另想别的办法。

　　现在这甘草，就是一个办法。

　　旺福从小好色，身上的阳气比一般的男人壮，这我太爷知道。倘在家里有了女人，至少一年半载也就先把心拴住了。家里一拴住心，也就顾不上再出去胡闹，跟冯寡妇那边自然也就断了。至于以后的事，再说以后。我太爷这么想了，就让人去把旺福叫来。

旺福这次回来，在牲口棚里睡了几天，已经缓过来了。这时一听我太爷叫，就知道，这些日子闹出的事，我太爷要算总账了。可来到后面的梨树小院，看看我太爷的脸色，又好像没有要算账的意思。我太爷先问他，从北京回来的这些日子，练没练武功。我太爷这样问，显然是接着上次何掌柜的话说的。上次何掌柜来，曾对我太爷说，二少爷在天桥儿认识了一伙习武的师傅，也学了一些身手。当时我太爷听了未置可否。现在，旺福一听我太爷这样问，一时摸不透您的心思，吭哧了一下含糊地说，也练，可不常练。我太爷听了点头嗯一声，说，学事儿就要下心思，久练久熟，功夫不缺人，文武都是一样的理。

旺福越听越摸不着头脑，小心应着说，是。

这时，我太爷就又说，咱王家是书香世家，祖上辈辈出文人，可古人说，学会文武艺，货卖帝王家，这就说明帝王之家不光要文，也得用武，其实居家过日子也如是。说着又看了旺福一眼，眼下世道越来越不太平，外面兵荒马乱，官宅这么大一个家业，也得有人能守住才行。旺福的性子虽粗，也会听话儿。这时就已感觉到了，我太爷的这番话，其实是顺着自己说的，意思是在北京学的这点武艺，现在家里也需要。旺福长这么大，还从没觉出自己对这个家有用。我太爷也没说过这样的话。就是这两回去北京，给铺子办了这么大的事，回来之后我太爷也没夸过他。旺福倒不是个爱听人夸的人，但心里还是不太痛快。现在，我太爷虽没直说，可意思已经带出来了。旺福的心里也就挺顺气儿。

这时，我太爷才进入正题。

您没拐弯儿，直接就问，你觉着，甘草可以吗？

其实这样问，没拐弯儿还是拐了一个弯儿。您只问甘草可以吗，却并没具体说，哪件事可以吗。这一次，我太爷也是吸取了上回的教训。上回跟老大长贵说这事时，我太爷就想简单了，以为这事没有不成的道理。可跟长贵一说，还就是不成。但对于长贵来说成与不成倒无所谓，对我太爷就不是这么简单的事了。您斟酌再三，且已经定下的事，只因为长贵不同意就要更改。我太爷觉着，这就不光是这件事的事了，还关系到官宅的规矩。照这样下去，倘以后别的事也如此，官宅这些年传下的规矩就真要完了。所以这次，您跟旺福说时，也就故意不说具体，先投石问路，这样也就能随时给自己留有退身步儿。

但旺福会听话儿，还是明白了我太爷的意思。

旺福当然知道甘草。可自从几年前出了梅春的事，后来又闹出这个夜壶，他也就再不敢打我太奶上房屋里的主意。甘草来了，他也见过，知道是我太奶娘家那边的叔伯侄女儿。再后来又听祁顺儿说，老爷想把这甘草说给大少爷。旺福从不关心家里的事，也没注意过这个甘草，听了也就没往心里去。再后来祁顺儿又说，听府里底下的人传，这事儿好像不行了，大少爷不愿意。旺福就问祁顺儿，大少爷不愿意，是因为这甘草的模样不愿意，还是因为别的不愿意。祁顺儿说，好像为别的，大少爷不想在家里成家。祁顺儿这一说，旺福后来也就注意看了这甘草几眼。但当时旺福的心思都在冯寡妇身上，看了也没在意。这时，我太爷这样一问，他再一想，就觉着这甘草确实挺端正，是个有模有样儿的女孩儿。

我太爷又说，男人，到哪个岁数，就该做哪个岁数的事。

我太爷的这句话，又是一句一马俩脑袋的话。您刚说了旺福练功的事，接着又问关于甘草的事。现在又说，到哪个岁数就该做哪个岁数的事。这样一来，您的意思也就怎么理解都行，既可以理解为，旺福已到了能看家护院的岁数，既然已经习武，也就应该下心思用功；还可以理解为，他现在已经到了成家的岁数，倘看着甘草可以，那就是她了。总之，我太爷知道这旺福跟老大长贵不一样。老大长贵不管怎么说，还能掂得出轻重，说话有分寸。可这旺福浑，他想说的话拿过嘴来就说，不管不顾。但旺福不光会听话儿，对女人的事也天生敏感，这时已明白我太爷的意思，是想让他成家，而且是要把这甘草说给他。甘草模样儿周正，跟冯寡妇一比也是天壤之别。当然，这天壤之别倒不是孰高孰低，而是说，是两个完全不同的女人。冯寡妇身上的东西，甘草身上没有。同样，甘草身上的东西冯寡妇也没有。其实这也正是吸引旺福的地方。倘这两个女人一模一样，也就没意思了。

这时，旺福就说，甘草挺好。

旺福看着粗，可一沾女人的事就不粗了，不光会听话儿，也会说话。他这话回答得跟我太爷一样，也是一马俩脑袋。他说得挺好，既可理解为，甘草是个不错的女孩儿，挺好；也可理解为，倘把这甘草说给他当老婆，挺好。当然，他这一说，我太爷也就明白了。

我太爷点头嗯了一声。

旺福见我太爷不说话了，就赶紧退出来了。

旺福出来，直到回牲口棚，还一直没回过神儿来。他觉着这个好事儿来得太突然了。本来去后面的梨树小院，是做好了挨打的心理准备，且这回料定，至少又是一顿蘸凉水的鞭子。可没想到，不光没有蘸凉水的鞭子，反倒还得了一个媳妇儿。这就像天上突然掉下个大馅儿饼，一下给砸蒙了。祁顺儿已听说二少爷让老爷叫到后面去了，正等得着急，这时一见旺福回来了就赶紧问，怎么样。旺福这些年有个习惯，自己拿不准，想不明白的事，就问祁顺儿。一次祁顺儿陪着旺福喝酒，也是喝大了，曾说，其实自己的脑子不一定比二少爷灵，二少爷这么做，也正是高明之处，《三国演义》里的刘备有多大本事，可比他有本事的关羽张飞赵子龙，都把自己的本事给他用，《水浒传》里的宋江有多大本事，可梁山上的好汉，所有人的本事都是他的。所以，祁顺儿说，就像刘备和宋江，其实真正有本事的还是二少爷。祁顺儿这话当然是拍马屁，但旺福听了也觉着就是这么回事。旺福心里有数，祁顺儿对自己忠心耿耿。既然忠心耿耿，他的话也就可信。这样自己不光省脑子，也省心。

这时，祁顺儿听了低头想想，没说话。

旺福看出他在想事，就催他快说。

祁顺儿说，这事儿，您可得想好了。

旺福一听乐了，说，娶媳妇儿这么好的事儿，做梦都想，还用想。

祁顺儿说，我是说，想好跟冯寡妇怎么说。

祁顺儿这一说，旺福倒愣了一下。

祁顺儿这话看似没道理，其实细想，也有道理。冯寡妇再怎么说也是个这样的女人，不管旺福怎么跟她好，也就是个好，除了这个好别的都说不上。还不要说娶回家来，就算是个外宅也不行。可话又说回来，冯寡妇虽是这样的女人，也只是过去是，自从有了二少爷就不是了，不光不是了，甚至比一般的女人还在意。这两年，她家的门前已经长出了荒草。可再换句话说，冯寡妇成了现在这样当然是她自己愿意，可也是二少爷让她这样的。过去冯寡妇再怎么卖大炕，毕竟不愁吃不愁喝。现在二少爷不让她卖了，二少爷就得管，说管还不准，干脆说就得养。可这就又有了一个问题。冯寡妇毕竟不是一般的卖大炕女人，自从跟了二少爷，也就一心一意。现在二少爷要成家，按说这种事，冯寡妇当然没有拦的道理，她也拦不着。但从情分上，倘跟她说这事，还真有点儿锵嘴。旺福这一想，就觉着祁顺儿说的也确实在理。旺福倒不怕别的，就怕女人哭。当初梅春出了事，我太爷把村里的秦大夫叫来，让领她走。梅春走的时候就一直哭哭啼啼。当时旺福没敢在家里露面，只和祁顺儿等在外面的大堤上。远远看着，梅春跟着秦大夫从官宅出来，一路走还一路在哭。就是梅春的这个哭，让旺福的心里一直难受。这一次，倘跟冯寡妇一说，她再哭，旺福肯定就又没主意了。

祁顺儿说，甭管那么多了，哭就让她哭，男人，该硬的时候就得硬。

旺福哼一声说，是该硬的时候得硬，可也得分怎么硬。

又叹口气，怕的是，你越硬，她越软。

这个下午，旺福带着祁顺儿来到冯寡妇家里。旺福平时闹行，可说话不行，嘴笨。这时跟冯寡妇说的又是这样的事，心发虚，嘴里就更像拌了几头蒜。哩哩噜噜地说了半天，冯寡妇才听明白。听明白就笑了，说，娶媳妇儿是好事啊，恭喜二少爷。

冯寡妇这一说，旺福更不知该怎么说了。

这个晚上，冯寡妇炒了几个菜。每次旺福和冯寡妇喝酒，祁顺儿都在外面。这晚上，冯寡妇把祁顺儿也叫进来，让在炕桌跟前坐了。筛上酒，自己先喝了一盅，又看看旺福说，二少爷，你也把酒喝了吧，喝了我有话说。旺福这个晚上一直闷着，这时就端起酒喝了。冯寡妇说，二少爷今天说的这事，真是好事，本来就是没这事，我也一直想说。说着又笑笑，按说这种事，没我说话的份儿，可二少爷一直拿我这么当回事，我也得知道自己几斤几两。

旺福抬头看一眼冯寡妇，嘴动了动，没说话。

冯寡妇又说，二少爷是该成个家了，成了家，我算个相好，可不成家，来我这儿就是胡闹，传的外面去总是好说不好听。说着又筛上酒，你二少爷就是娶八个媳妇儿我都高兴，你官宅养得起，你也有这个劲儿，我只一句话，以后，别不管我就行了。

说完凄然一笑，就把酒端起来喝了。

旺福看看冯寡妇，也把酒喝了。

25

我四爷说，我太爷晚年曾对他说过一句话，其实这些年，最让您不省心的还不是老二旺福，是老大长贵。长贵看着沉，稳，可不惹事是不惹，一惹就是大的。

这年冬天，长贵在北京惹麻烦了。这时，北京已改叫北平。

先是云财，突然让人捎回一封信，说大哥在北平出事了，听说跟人打架，让学堂除名了。我太爷看了信，怎么想都觉着这不像是老大长贵干的事。正想再写封信问问，长贵自己回来了。我太爷一看就知道出事了。长贵自从去北平读书，一直留分头，这时分头乱蓬蓬的，脸上还带着伤。他一回来，一头扎进自己的房里就不出来了。我太爷是个沉得住气的人，越到着急的时候，心里再急，脸上也不急。您知道，这老大长贵跟老二旺福不一样。旺福在外面惹了事是不当事，回来家里一问，也就全说出来，说完了听凭发落就是。长贵不行，有了事只闷在心里，问也是白问，不说。但我太爷的心里也有数，他这回不会不说，倘真不打算跟家里说，也就不会回来了。果然，长贵在自己房里闷了几天，就来后面的梨树小院见我太爷。这时，也才把在北平的事说了。他说，他是让学堂除名了。

我太爷说，云财信上说，是打架。

长贵说，不是打架，是让人打了。

长贵这几年在北平，一直是在学堂读书，平时出来也只去两个地方，要么是前门大栅栏儿的铺子，要么就去我家在西四牌楼的老宅。长贵在这老宅也住过一段，但时间很短，还不到一年，后来就又回学校了。关于这件事后面还会提到；一次他回这边的老宅，忽然想起来，上次在济南碰见"小面人儿"，"小面人儿"曾说过，他的家就住这西四牌楼附近。于是就试着找过来，想顺便看看他。"小面人儿"是住在羊房胡同的一个小院儿里，这个下午正好在家，一见长贵有些意外，也高兴。

拉着说了一会儿话，就要出去请他吃饭。又说，吃完了饭，他还要去茶馆儿，晚上有演出，长贵要是有兴趣也一块儿去看看。长贵在济南的南门已听过茶馆儿曲艺，过去"小面人儿"也常跟他说一些相声的事，当然有兴趣。两人先去缸瓦市的"小肠陈"吃卤煮。"小面人儿"特意给长贵要了二两"南路烧酒"，说自己晚上还得上台，按规矩不能喝酒，就只陪着喝了两口。吃完了饭，就一起来到茶馆儿。这茶馆儿叫"燕鸣"。说是茶馆儿，其实来喝茶的不光喝茶，也为听曲艺。燕鸣茶馆儿是"花场"。所谓花场，也就是鼓曲相声都有。这个傍晚，长贵和"小面人儿"来时，茶馆儿已开始上人。离开演还有一会儿，"小面人儿"就在台前找了个茶桌，让伙计沏了一壶香片，和长贵一边喝着茶聊天。长贵来北平这几年，一直在学堂里，还从没来过这种地方。这时一看，这里有提笼架鸟儿的，有玩儿蛐蛐儿蝈蝈儿一类草虫儿的，就觉着挺新鲜。"小面人儿"见长贵一直东瞅西看，就对他说，茶馆儿这地方看着热闹，谁见谁都挺客气，用这里常说的一句话是，"有人皆是哥，无我不成弟，高的高三哥，矮的李四爷"，可来的人里也是三教九流。说着又凑近了，还记得当初在济南的南门出的事吗，这可是京城，比那边的水更深。正说着，就听旁边的桌上有人叫好儿。长贵回头看去，就见一个五十多岁，留着两撇小黑胡儿的男人正摆弄一个绣笼。这绣笼上落着一只黑黄花儿的大蝴蝶，两个翅膀正一扇一扇地动着。这时已是冬天，又刚下了一场大雪，茶馆儿里已点了火炉子，这人玩儿的这只蝴蝶也就更显得稀奇。旁边围的人，就是为这只蝴蝶叫好儿。"小面人儿"告诉长贵，这人叫乌三儿，官称乌三爷，最会玩儿蝴蝶，他的蝴蝶都是自己从虫子荽的。一边说着又压低声音，可他不光玩儿蝴蝶，也玩儿人。见长贵没听懂，就说，茶馆儿的规矩你只记住一样，躲事儿。正说着，就见这乌三儿把落在绣笼上的蝴蝶放到茶盏上。原来冬天的蝴蝶乍从绣笼出来，外面凉，得用茶水的热气嘘一下才能飞起来。这时，这蝴蝶让热茶一嘘，一抖翅膀就朝这边飞过来。长贵还没反应过来，这蝴蝶已落到他肩膀上。他随手扒拉了一下，这蝴蝶就掉在茶桌上了。乌三儿身边的一个人赶紧过来，用手一拢，把蝴蝶捧回去了。乌三儿朝这边瞥一眼。"小面人儿"赶紧躬身起来，朝那边拱拱手。

这个晚上，"小面人儿"的场口儿挺靠前，说好他完事，再和长贵去逛夜市。但"小面人儿"从台上下来，在后台收拾完了，还不见长贵来找他。扒着台口往下一看，长贵还愣愣地坐在茶桌跟前。这时台上是一个女孩儿在唱单弦儿。"小面人儿"在台口挥了几次手，长贵都没看见。他只好来到前面，等单弦儿唱完了，才拉他出来。走在路上，长贵问"小面人儿"，刚才唱的这是西河大鼓，还是京韵大鼓？"小面人儿"一听乐了，说，不是西河，也不是京韵，这叫单弦儿，刚才唱的这段儿是单弦儿的岔曲儿，叫《风雨归舟》。又说，这唱单弦儿的女孩儿叫"一千红"，是沙河人，模样儿好，嗓子也甜，来这燕鸣茶馆儿没几天就唱红了。

长贵听了低着头，没说话。

当时"小面人儿"也就是随口一说。可第二天晚上，"小面人儿"来到燕鸣茶馆儿，上台一眼就看见，长贵又坐在底下。这一晚，"小面人儿"的场口儿又排在"一千红"前面。他下来回后台收拾完了，来找长贵。可长贵不走，说再等一会儿。"小面人儿"这才明白，长贵这晚上不是来看自己，是来看"一千红"。这以后，长贵就几乎天天来。"小面人儿"是干这个的，这种事见多了，也就已经明白是怎么回事了。可过了些日子，一见长贵跟中了魔似的，甭管刮风下雪，每晚都往这儿跑，就知道这样下去不行了。还不光是长贵不行，"一千红"也不行。

"小面人儿"虽没跟长贵共过太深的事，也已是几年的朋友，知道他是个书呆子，不懂江湖规矩。一天晚上，"一千红"的场口儿又排在"小面人儿"后面。搁平时，"小面人儿"知道长贵要等"一千红"唱完了，看着她卸了妆走了，他才走，也就不跟他打招呼，自己这边一下来，就赶紧去忙别的事。但这个晚上没急走，故意在后台等长贵。直到"一千红"唱完走了，才叫上他一起出来。两人来到夜市，找了个小馆儿。"小面人儿"说，我今晚没事，不用赶场，跟你喝一盅。长贵虽不懂江湖的事，也已猜到"小面人儿"要说什么。自从上次济南回来，自己一直没来找过他，现在一来，就天天来了，"小面人儿"这么透亮的一个人，又是江湖上混的，肯定早已明白了。"小面人儿"也就不避讳，一边喝着酒说，是啊，俗话说，聪明莫过帝王，伶俐莫过江湖，你老弟这点儿心思，我早就看透了。"小面人儿"这一说，长贵的脸就红起来。"小面人儿"又说，可看透是看透，我也得提醒你，这是茶馆儿，不是学堂，跟你想的不是一回事，你是读书人，比我明事理，多余的话不用说，我只劝你一句，以后别来了。长贵一听，犟脾气又上来了，脖子一拧，哼一声说，既然是茶馆儿，也就是公共场所，许别人来，怎么就不许我来？"小面人儿"摇摇头，话是这么说，理也是这么个理，可真说就不是这么说了。

长贵看看"小面人儿"，怎么说？

"小面人儿"咂了下嘴，你要真喜欢"一千红"，就别来了。

长贵眨眨眼，更不明白了。

"小面人儿"又叹口气，你这样，只会害了她。

"小面人儿"告诉长贵，他明天一早要去唐山，那边有个"搭桌"的事，大概要三五天。又说，至少他不在的这几天，长贵最好别来，这里边的事，等他回来再详细跟他说。

其实"小面人儿"这话已说得很明白了，长贵不会不懂。可他是个书呆子，书呆子都一根筋，一根筋的人脾气就犟。长贵的脾气偏又比一般的一根筋还犟，也就没拿"小面人儿"的话当回事。

结果，"小面人儿"一走就出事了。

长贵这个晚上又像往常一样来到燕鸣茶馆儿。这时长贵已知道一些茶馆儿规矩。底下的观众一见自己喜欢的角儿上来，也是捧的意思，就往台上扔礼物，当然都是值钱的东西，有出手大方的，还扔钻戒项链儿一类的首饰。长贵也一直想向"一千红"表示一下。但有"小面人儿"在，总抹不开。这个晚上"小面人儿"去唐山了，正好是个机会。可他毕竟是读书人，送一般的礼物觉着俗，就精心准备了一束紫色的玫瑰花。等"一千红"上来，别人的礼物都往台上扔，他却不扔，而是捧着这束玫瑰花郑重其事地走到台前。"一千红"平时上台，对扔上来的礼物谢归谢，却从来不捡，唱完了下去，自然会有人上来收拾。可这个晚上，长贵捧着这束玫瑰花走到台前，"一千红"却迎过来，弯腰从长贵的手里接过去。然后，连着唱了三段儿，怀里一直抱着这束玫瑰花。长贵心里挺高兴，看着她唱完了，鞠躬下台，才起身往外走。刚到茶馆儿门口，一个人过来拦住他，说借一步儿说话。长贵看看这人，穿得挺干净，说话也和气，就跟着回来了。来到茶馆儿后台，竟是"一千红"在等他。"一千红"正卸妆，看看身边没人，就说，这位少爷，你来捧我不是一天两天了，我每晚一上台，就能看见你，还总坐在同一个桌上，我这场一完你起身就走，合着就是为看我来的。长贵没想到，"一千红"竟早已注意到自己，立刻脸红心跳，又紧张又兴奋，一时说不出话来。

"一千红"看出长贵局促，就说，看样子，你还是个学生吧。

长贵说，是。

"一千红"说，听我一句劝，这儿不是你这种人来的地方，捧角儿，也不是你这种人干的事儿，你家有钱没钱另说，可茶馆儿捧角儿不光要钱，还得有势力，我不知你家是哪行高就，可看着该是个书香门第的子弟。"一千红"说着，又冲他笑笑，你这份儿情意，我心领了，也会记在心里，以后别来了，真别来了，对你没好处。

"一千红"说完，就让人把长贵送出来了。

但"一千红"并不知道长贵的脾气。他想干的事，别人谁劝也没用。可长贵也不知道，"一千红"劝他的这番话是什么分量。第二天一早，长贵和几个同学从宿舍出来，正要去上课，几个拎着棍子的人就迎面过来。走到长贵跟前，突然抡起棍子就打。长贵一下给打蒙了，立刻两手抱着头蜷在地上。这几个人打完了扔下句话，让长贵立刻离开北平，只要一天不走，一天就来这学堂，见一回打一回。长贵以为这几个人也就是说说。但第二天，这几个人果然又来了，又当众把长贵打了一顿。接着第三天又来了。到第四天，学校就把长贵找去了。学校对长贵说，他在外面干了什么事，得罪了什么人，学校都可以不问，但这里毕竟是学校，把外面的地痞流氓引来闹事，影响太坏了，学校绝不能容许这种事再发生，所以还是请他先离开学校。长贵一听就明白了，学校这样说是客气，其实也就是把自己除名了。

　　这时"小面人儿"也从唐山回来了。"小面人儿"连着两晚上来燕鸣茶馆儿，都没见长贵，就知道不对了。第三天晚上，他完事从茶馆儿出来，见长贵正等在外面。再看他脸上有伤，就明白了。两人在街上找了个小馆儿，坐下来，长贵才把这几天的事说了。"小面人儿"听了叹口气说，现在说什么都没用了，本想回来再跟你细说的。"小面人儿"告诉长贵，去学堂打他的，肯定是乌三儿的人。这乌三儿是个旗人，本来也没什么势力，可他有个兄弟叫乌四儿，花钱在警察局里买了个科长的职位，这一下就有势力了。乌三儿仗着他兄弟，在街上也就没怕的人。"一千红"自从来燕鸣茶馆儿，乌三儿就看上了，可一直带着人捧，这"一千红"就是不上他的套儿。不上套儿乌三儿就在台下看着，自己的人捧可以，别人谁捧，轻则让手下人轰出去，重了就像长贵这样，打得不敢再来。"小面人儿"说着又叹口气，我临走已经跟你说了，可你就是不听，你这样不光害了自己，说不定把"一千红"也害了。

　　长贵也摇头，叹口气说，现在知道了，这潭水，是深啊。

"小面人儿"问，后面打算怎么办？

长贵说，既然学堂除名了，就离开北平吧。

长贵临走的头天晚上，又来到燕鸣茶馆儿。但这回已知道深浅，没敢在前面露面儿。先看了茶馆儿门口儿的水牌子，算好"一千红"的场口儿，就径直来到后台。"一千红"刚从台上下来，已收拾完了，正要走，一见长贵愣了一下。长贵刚要张嘴，她做了个手势，意思是别说话，然后就拉他出来。这时洋车已等在外面。"一千红"先把洋车打发走了，又拉长贵来到个僻静的胡同里，才凑近了，看长贵脸上的伤。长贵笑笑说，伤倒无所谓，只是以后，不能听你唱岔曲儿了。"一千红"的眼泪就流下来，问，你要走？

长贵说，是，要离开北平了。

"一千红"说，没想到，连累了你。

长贵说，这怎么叫连累，是我愿意。

"一千红"叹口气说，干我们这行的有句话，状元才，英雄胆，城墙厚的一张脸，过去总觉着，既然吃了开口饭，也就不讲什么面皮不面皮了，不过是个唱玩艺儿的，老话讲，既落江湖内，便是薄命人，可认识了少爷你，才让我知道，自己也是个有面有皮的人。

说着看一眼长贵，我还想问一句，少爷，你得跟我说实话。

长贵说，你问吧。

"一千红"说，你究竟，看上了我哪点儿？

长贵认真地说，你跟台上那些人，不一样。

"一千红"睁大眼，就是这？

长贵使劲点了点头，就是这。

长贵这时并不知道，他这句话，对"一千红"有多大的分量。若干年后，"一千红"再见到长贵时，才告诉他，就是他当年在黑胡同里的这句话，改变了她后来的命运。

26

长贵这次回来，也就缓和了和我太爷的关系。当然，这里也有两方面原因。我太爷毕竟也是男人。作为父亲，又是男人，也就理解儿子的为情所困，所以尽管这次去北平学业未成，且是为这种事中断的，也就没埋怨他。而从长贵这里，当初风光体面地去北平读书，现在却这么丢盔卸甲地回来了，本以为要挨父亲的训斥，未曾想，竟得到这样的理解，也有些感动。这时，长贵就又向我太爷提出一个要求。他在学堂结社的同学中，有两个已去日本留学，来信说在那边很好。他对我太爷说，他也想去日本。我太爷听了倒没反对。这时我太爷的想法也跟过去不同了。您过去一直希望这老大长贵学成回来，能把这个家顶起来。可现在看，不是这么回事。强扭的瓜不甜，这种事要勉强是勉强不来的。这次长贵虽是这样回来的，我太爷心里也有数，他在家里呆不住。既然呆不住，要去日本也就去。

但去日本毕竟不同于去北平。

我太爷说，这事，容我想想。

我太爷说想想，别的当然不用想。其实，我太爷对日本人的印象并不好。当年您去天津办事，曾去日本租界地的"宫岛街"跟日本人打过交道。据我四爷说，直到多年以后，您还经常提起这事，说日本人表面彬彬有礼，可身上都带着一股子说不出的狠劲儿，看着也就两层皮。中国人老实厚道，很难跟他们打交道。可现在长贵去那边留学就是另一回事了，出去闯闯，见见世面也没什么不好。唯一要考虑的就是钱。去日本花费虽不大，可也得用一笔现洋。这时我家要用大宗的现洋，都是从北平的铺子拆兑。但我太爷知道，这几年，铺子的现洋都用在生意上周转，一时半会儿怕也拿不出太多。我太爷就派人去北平给云财送信，问现洋能筹措多少。云财立刻让去的人把信捎回来，说太多一时不好办，但几百还能拿出来。我太爷一听有些意外。这几年，何掌柜一直说，外面倒没有陈年旧账，可钱一收回来，也就又用在生意上，铺子里不搁现洋。现洋搁着是死的，就算放的钱庄里，利息也有限。可用在生意上就活了，俗话说钱赚钱，不费难。在我太爷的印象里，铺子里也就拿不出太多的现洋。这时云财这一说，您才意识到，云财去北平的铺子已经有几年，现在应该能管事了。

我太爷没想错。云财这时在铺子里不光管事，而且已把所有的事都拿过来。云财做事和大哥长贵、二哥旺福都不一样。长贵虽沉稳，但有读书人的性情，性情一上来也就不管不顾。旺福本来就不管不顾，虽偶尔也粗中有细，可一发起脾气也就不管什么粗细了。云财却没性情，也没脾气。没性情没脾气的人，做事也就理智，有条理，到了关键的时候也能有条不紊。当初旺福第二次来北平，那个晚上，把"正和兴绸缎庄"的老板麻广泰和小舅子杜二奎，还有何掌柜父子都弄到旁边的"便宜坊"吃饭。在饭桌上把事谈开了，也彻底了结清了，一回到铺子就又把何掌柜的儿子何连升和伙计双喜捆起来。捆了还不算，旺福又不知从哪儿找了一根茶盏粗细的棍子拎在手里。这晚上要不是长贵在，及时从后面出来，说不定还会出什么事。等事情都过去了，旺福也回乡下了，云财也就再也不提这事。何掌柜父子先还心有余悸，整天小心翼翼地观察云财的脸色。又过了些日子，见云财好像已把这事忘了，才终于松出一口气，觉着这事彻底过去了。但何家父子并不知道，那个晚上以后，铺子里还发生了一件事。那个叫双喜的伙计，第二天就病了，发高烧，还拉稀。一天晚上，他趁铺子里没人，就背上铺盖卷儿溜到后门。刚要走，就听云财在身后说，毕竟东家伙计一场，也是缘分，走也不说一声。双喜一回头，见是三少东家正倒背着两手看着自己，脸色立刻变了。

云财说，别怕。

说着，就把他叫回到账房。

云财说，你病成这样，现在走，能扛得住吗？

双喜一听就哭起来，说，少东家，说实话，我这病是吓出来的，那天晚上，二少东家太吓人了，绳捆索绑啊，还拎着根碗口粗的棍子，我这哪是来当伙计，简直是玩儿命啊。

云财说，二少东家已经走了。

双喜说，是走了，可说不准哪天他一高兴，就又回来了。

云财说，我不叫他，他不会回来。

这时双喜已听出来，眨眨眼，看着云财。

云财说，你要真想走，我也不拦着，不过我看，你这人还算实诚，前面的事儿，也是一时糊涂，现在就不说了，你如果还留下，我让你当二伙计。

说着又看看他，不过，我还有个条件。

其实云财比这双喜大不了几岁。这时双喜一听，咕咚就给云财跪下了，说，三少东家要这么说，就是打死我，我也不走了，二不二伙计倒无所谓，我只是感念您这么看重我。又说，您的条件我知道，您放心，我是知恩图报的人，以后一定听您的，绝不会再有二心。

云财嗯了一声说，今晚的事，只有你知我知。

双喜赶紧连连点头，明白明白，我明白。

这以后，双喜就升为铺子的二伙计。当时北平铺子的规矩，伙计分三等，一等是大伙计，平时掌柜的不在，大伙计也就管着底下的所有伙计；二等就是二伙计，再下一等才是小伙计。小伙计叫小伙计，但岁数不一定小，说的只是身份。何掌柜一见双喜这次惹了这么大的祸，三少东家不光没打发他走，还升了二伙计，就有些纳闷。可纳闷也只是在心里，不敢问出来。云财知道何掌柜的心里怎么想，就说，这么做，也是先稳住他，他毕竟知道不少铺子里的事，倘出去乱说，兴许又会招来麻烦，眼下先让他留下，后面的事后面再说。

云财这一说，何掌柜才放心了。

我太爷没看错，云财天生就是买卖人。其实买卖人也分几种。一种买卖人是只认赚钱。做买卖当然都为赚钱，可赚钱跟赚钱也不一样。明着赚是赚，暗着赚也是赚，干净的钱是赚，脏钱也是赚。只认赚钱的买卖人是不分干净钱还是脏钱，只要能赚的就赚；还一种买卖人也为赚钱，但犯胃的不吃，犯逮的不干，只赚放心钱；其实这两种买卖人还都不是真正的买卖人。真正的买卖人当然也为赚钱，可不是这个赚法儿。买卖买卖，有买有卖，才能叫买卖。但做买卖也有讲究。自己亲手做是做，让别人替自己做也是做。自己亲手做的买卖毕竟有限，一个人能耐再大，就算浑身是铁又能打几根钉子，所以亲手做的买卖，永远是小买卖。真正的买卖人是让别人替自己做买卖，不光能替自己做买卖，还能替自己做事，这就得会看人，也要会用人。生意上的事毕竟不比别的事，倘看差了或用差了，买卖还没做就先赔了。

我四爷说，我太爷晚年时曾说过，云财就是个真正的买卖人。

入秋以后，何掌柜对云财说，要带儿子连升去趟古北口，有几笔账已催了几次，早该收回来了。云财一听就说，收账是大事，只是这趟道儿远，得辛苦。又说，带连升去也好，你毕竟上些年岁，路上也有个照应。何掌柜说，倒不是为的让他照应，主要是有几家儿，都是连升当初管货栈时欠的账，他经的手，在那边人头儿也熟。

何掌柜说完，第二天一早就带上连升走了。

何家父子走的当天晚上，双喜来找云财。云财每晚还住在铺子后面。当时正在账房，跟向先生一块儿算账。云财一边算着账已看见了，双喜在账房门外来回来去地走了几趟，就知道他有事。看看时候不早了，就收起账本，让向先生回去歇着。从账房出来，往左手拐是前面的铺子，往右手拐是后面的住处。云财出来，见双喜正站在铺子门口，就冲他招了下手，然后转身回自己房去了。一会儿，双喜也跟进来。云财问，有事？

双喜点了下头。

云财说，说吧。

双喜又去门口，扒着头朝左右看了看，把门关上，才回来说，有个要紧的事，这些天一直想跟少东家说，可总找不着机会。何掌柜和那个何连升最近不知看出了什么，一直盯他盯得很紧，幸好这次他爷儿俩去古北口了，要不还没机会。云财一听，就大概猜到是什么事了。这一阵，他让账房的向先生把铺子里这些年的账都搬出来。看账就是这样，不看近，看远。账越近，越看不出毛病，一笔一笔好像都滴水不漏。可越往远看，毛病也就越容易露出来。这就像编瞎话，一两句瞎话好编，真编多了，编成一件事，再从一件事编出几件事，瞎话跟瞎话还都得连起来，连起来最后还能自圆其说，这就难了。保不齐哪句话跟哪句话对不上，就是个漏洞。只要顺着这漏洞捅进去，所有的瞎话也就都知道是瞎话了。云财这些天捅老账，越往前捅，也就越看出不对。这时，他先让双喜坐下，说，慢慢儿说。双喜不敢坐，只欠着身儿，把半拉屁股放在凳子上。他告诉云财，斜对面的"正和兴绸缎庄"有个小伙计，叫宝来，跟他是朋友。这事他也是听这宝来说的。何掌柜和儿子连升，这些年一直在暗中还开着一个买卖。这买卖在古北口，也是个货栈。既然是货栈也就什么买卖都做，口里的丝绸茶叶，各种日用品，往口外倒腾，再把口外的牛羊肉和各种毛皮制品奶制品倒腾进来。可这个货栈开归开，何家父子担心东家察觉，一直不敢大张旗鼓。自从那次二少东家来闹了之后，二少东家一走，这何家父子不知怎么反倒跟麻广泰凑的一块儿，成了一头儿的了。这回索性也就放开手脚。这边，何家父子用铺子里的钱进绸缎茶叶日用百货，弄到古北口，再往口外倒腾。那边从口外买了鲜活牛羊，宰好了弄过来，再让杜二奎在这边倒腾出去。这一阵古北口那边的买卖越做越大，麻广泰和杜二奎也都已入了股。

双喜说，听这宝来说，他曾跟麻广泰去过古北口，那边的货栈看着比这边还气派。云财听了想想问，何掌柜这一阵，跟你说过什么吗？双喜说，这次走之前，没怎么说话，一大前问过我，少东家留下我，跟我怎么说的。

双喜忽然想起来，又说，还有这个向先生，您也得小心。

云财问，怎么？

双喜说，我早想跟您说，这向先生也是何掌柜的人。

云财这就明白了。他来铺子这几年，何家父子经常往古北口跑，说是去那边催账，也有时说去收账。云财心里还纳闷，在这京城的前门大栅栏儿开买卖，怎么净是古北口的账。现在双喜这一说，也就清楚了，敢情这何家父子还暗中在那边开着买卖。一定是这一阵，自己一直捯铺子的老账，且已捯出不少毛病。向先生还曾试探着问过，查出这些账上的事，后面打算怎么着。幸好当时云财只含糊地说，老账到底是老账，过去也就过去了，先看吧，等完了事再说。其实云财心里想的是，这回不查是不查，要查，就索性查个底儿掉，盐打哪儿咸，醋打哪儿酸，现在先一概不提，等最后都查清了，再一笔一笔地一块儿算总账。倘真像双喜说的，这向先生也是何掌柜的人，肯定是自己查账的事，他已给何掌柜通风报信儿了。何家父子这次急着去古北口，是想把那边的生意也赶紧处理一下，以防万一。

云财这一想，也就知道，该跟这何家父子摊牌了。

27

何掌柜跟麻广泰走到一起，是麻广泰主动找上门的。

何掌柜看着是个买卖人，遇事不急不慌，说话也滴水不漏，像是经过世面的，其实是个很懦弱的人。二少东家第二次来北平，这一闹，真把他吓着了。他在北平的生意场上混了这些年，应该是各种场面都见过的，却唯独没见过二少东家这种人。本以为他就是个胡臭儿，在天桥儿跟那帮打把式卖艺的闹一闹，去八大胡同把窑子砸了，除此之外也干不出什么正经事。却没曾想，这次突然来北平，处理铺子的事时一下就像变了个人。更让何掌柜没想到的是，"瘸拐儿李"在这大栅栏儿一带是有名的"擂砖的"，"擂砖的"都是三青子，吃的是见血的饭，正经人没不怵的，可这二少东家一见面二话不说，抄起个大茶碗就把他开了，生把这"瘸拐儿李"赶出了大栅栏儿。真正吓着何掌柜的，还是那个晚上在"便宜坊"吃了饭回来，二少东家一进门就用绳子把何连升捆起来。何掌柜哪见过这阵势，差一点儿就尿了裤子。他这时才知道，这二少东家在天桥儿叫"王大脑袋"真不是白叫的，敢情翻脸不认人。

"便宜坊"吃饭的几天以后，麻广泰忽然打发伙计来给何掌柜送信，说要请他父子吃饭。何掌柜又有些摸不着头脑了，跟麻广泰那边的事，那一晚在"便宜坊"，二少东家在饭桌上三头对案，都已给了结清了，该说的话也都已经说开了。现在麻广泰又要请吃饭，就不知他这葫芦里又想卖什么药。但何掌柜看着有城府，也是个心里搁不住事儿的人。有心想推辞，又不踏实，想弄清这麻广泰到底是什么目的。想来想去，就还是带着儿子连升来了。

麻广泰请客的地方也有意思，还在"便宜坊"，而且还是几天前那晚上的包厢。麻广泰和杜二奎已先到了。这时一见何家父子，就都笑着站起来。何掌柜一进来，先愣了一下。何掌柜毕竟是买卖人，一看就明白了，麻广泰今晚请客，选在这地方不会是巧合，应该是经过精心安排的，心里也就更有了防备。这顿饭一开始，吃得有点儿不尴不尬。麻广泰和何掌柜都是生意场上的人，生意人在谈事之前有个心照不宣的惯例，谁都不想先开口。谁先开口了，还没谈也就已经先处于被动。俗话说，认的不是亲戚，赶的不是买卖。可这顿饭毕竟是麻广泰做东，何掌柜父子不过是应邀来吃请的，也就更沉得住气，只是客客气气地寒暄，敬酒就喝，布菜就吃，一脸的若无其事。何连升见父亲不说话，自己也就不说话。倒是旁边的杜二奎有点儿沉不住气了，一个劲儿地拿眼看麻广泰。就这样又客气了一会儿，麻广泰才放下筷子说，今天请何掌柜来，也是想说说心里话，咱一条街上做买卖这些年了，又斜对着门，按说也是缘分。何掌柜一听，知道麻广泰要入正题了，就笑笑说，麻老板说得有理，你有话，只管说。

麻广泰问，何掌柜，刚才叫我什么？

何掌柜没明白，眨眨眼说，叫麻老板啊？

麻广泰又笑笑，问，我刚才，叫你什么？

何掌柜更不明白了，说，叫我何掌柜啊？

麻广泰点头嗯一声，这就是我今天要说的。

何掌柜这时已经糊涂了，不知麻广泰到底要说什么。

麻广泰这才说，我在"正和兴绸缎庄"是老板，这就说明，这绸缎庄是我麻某人的，而你何掌柜是"洪德仁绸缎庄"的掌柜，这也就是说，你再怎么干，也是老妈儿抱孩子，人家的，说得再好懂一点儿，我赚钱是给自己赚，可你赚钱，是给人家东家赚，这话不假吧。

何掌柜有点忍不住了，问，麻老板今天请我来，就为跟我说这个？

麻广泰说，有句话先说下，咱过去的事，都已过去了，对吗？

何掌柜点头，对。

麻广泰说，好，我今天要说的意思是，从现在，咱重打锣鼓另开张，走动走动，好不好？

杜二奎把话接过去，说，我刚从口外回来，路过古北口时，去"德升货栈"转了转。

何掌柜一听杜二奎说"德升货栈"，脸色立刻变了。

麻广泰说，何掌柜不必担心，这"德升货栈"的事，我们已知道不是一天两天了，二奎这几年常去口外办事，古北口是必经之地，哪个月不去不去也得去两趟，"德升货栈"那么大一个铺子，能瞒得住人么？说着又笑笑，那时候我们都没说，现在还能说吗？

何掌柜点头说，麻老板怎么想的，就直说吧。

麻广泰说，我刚才说了，我的"正和兴"赚钱，是给自己赚，你何掌柜为"洪德仁"赚钱可是给东家赚，这又何苦呢，干脆说，咱兵合一处，将打一家。

杜二奎说，还接着合伙儿做生意，怎么样？

其实麻广泰刚才说到"德升货栈"，何掌柜就已猜到他要说什么了。何掌柜虽跟这麻广泰一条街上做生意这些年，又是斜对门，却一直不来往。不来往还不光因为同行是冤家，也是觉着这人不行。当年一个要饭花子走到他"正和兴"的门口，实在憋不住了，在门脸儿旁边撒了泡尿。麻广泰就让伙计给这花子端了一小盆儿粥出来。等这花子狼吞虎咽地快喝完了，才发现旁边的一条黄狗一直冲他叫。这伙计实在忍不住了，拍着屁股乐起来，一边乐着才告诉这花子，他喝粥的这小盆儿是个狗食盆子。又一指这狗说，就是它的。当时何掌柜正站在铺子门口，看个满眼儿。他觉着麻广泰这人太歹毒，就为一泡尿，这么捉弄一个要饭的，这种人一辈子也不能打交道。后来儿子连升跟杜二奎合伙往安次倒牛肉，何掌柜知道了，一听这里还有麻广泰的事，一下就跟儿子急了，说这么大的事儿，怎么不提前跟自己商量，麻广泰和杜二奎，这俩人都是好饼吗？果然，再后来就闹出了铺保加银保这一连串的事。可经过这回的这些事，何掌柜又看出了麻广泰的另一面。他发现，这人只认钱。钱当然谁都认，做生意的买卖人没有不认钱的，可认钱跟认钱也不一样。有人认钱是只认一半儿，还有人是全认。只认一半儿的人虽然认钱，但遇到比钱更要紧的事，比如要命的事，则宁愿破点儿财，花钱买命。只认钱的人就不行了，钱就是命，甚至比命还要命，真到关键时刻宁愿舍命也不舍财。麻广泰就是这种人。可这种人也有个最大的好处，既然只认钱，事情反倒简单了，只要让他赚着钱，别的事也就没矫情了。唯一要做的就是丑话说头里，先小人后君子，把账算得明明白白，彼此也心明眼亮。倘这么一想，跟这麻广泰合伙做生意倒是个理想的事。

其实麻广泰这话就是不说，何掌柜的心里也早想过。

这"洪德仁绸缎庄"也好，"洪德义货栈"也罢，说到底都是东家的买卖，自己就是下死命干，累吐了血，钱赚得再多也都是东家的，到自己手里也不过就是这点份儿银。当年自己带着儿子撇家撇业出来，给东家累死累活地干了这些年，最后落没落好儿先别说，就冲二少东家这回来北平这一闹，就把何掌柜闹寒心了。何掌柜私下常跟连升说，记住，这辈子除了爹妈，对谁也别好，对爹妈好是孝顺，对老婆好是下贱，对儿女好是糊涂，对外人好，哪怕朋友，那就是傻透腔儿的混蛋了。在老婆跟前下贱，只能等着戴绿帽子；疼儿女，最后也就是落个寒心；对朋友好，还不光是寒心，到头来不恩将仇报就已算是对得起你了。何掌柜在古北口开这"德升货栈"，也是一次去那边给铺子收账，灵机一动冒出的想法。做买卖得先说本钱，只要有本钱也就想做什么买卖做什么买卖。何掌柜就想到大栅栏儿这边的两个铺子。这两个铺子周转的现洋都是现成的，倘不显山不露水地把钱转出来，在这边再开一个货栈，将来真有个马高蹬短，他爷儿俩也就有了一条后路。

这时，何掌柜这一想，也就端起酒盅说，就按麻老板的意思吧。

麻老泰也端起酒盅，笑笑说，到底是何掌柜，痛快。

28

何掌柜带着儿子连升从古北口回来时，云财已等在铺子里。见何家父子回来了，就吩咐伙计，上板儿，歇业一天。何掌柜一见，觉出苗头不对，想问怎么回事，但话到嘴边拱了拱，又咽回去。云财对何掌柜说，路上累了，先去后边洗把脸，喘口气，我在账房等你。

说完，就去账房了。

云财在头天晚上，已跟向先生彻底摊牌了。向先生先是对所有的事都矢口否认，又倚老卖老地说，自己当年来这"洪德仁绸缎庄"时，云财还没生出来，有一回自己病了，老东家还特意来北平看过他。云财听了点头说，这些事我虽没经过，也听说过，所以现在才这么跟你说话，要不，我的话可就难听了。向先生一听这才明白，三少东家是要翻脸了。云财说，这些日子，咱把这些年的账都捋了一遍，怎么回事不用我说，你心里也跟明镜儿似的，你不承认也行，可这些账，一笔一笔都是你亲手记的，没第二个人，你想想，这些事儿你要推，能推得出去吗？云财这一说，向先生的汗就下来了。云财又说，我现在还没说，你跟何掌柜合穿一条裤子，我宁愿相信，这些账都是何掌柜让你这么记的，你只要原原本本跟我说了，也就没你的事了。他见向先生还犹豫，就又说，你看见双喜了吗，他前一阵惹了那么大的祸，跟麻广泰串通一气，给铺子找了这些麻烦，二少东家来了，治虽治了他，可最后我还是没让他走，不光没让走，还让他当了铺子的二伙计。云财问，你知道为嘛吗？他已把铺子里所有的事，也包括你的事，都跟我说了，现在，只要你说了，我也可以不让你走。咱是打盆儿说盆儿，打碗儿说碗儿，毕竟主事儿的是何掌柜，你不过是按他的意思办。向先生一听，摘下老花镜扔的账桌上，叹了一口气，就把铺子里这些年的事都跟云财说了。向先生这一说，也就说得更细，还有一些双喜不可能知道的事。云财听着脸上不动声色，心里在想，幸好家里让自己来北平了，敢情这些年，这两个铺子表面还姓王，可瓢子早就姓了何。向先生既然说了，也就扳倒葫芦洒了油，索性一样一样全说出来。从何掌柜每次收回外账，表面用在生意上周转，其实暗里却拿去外面交给专放印子钱的人，自己吃息口，说到表面是给铺子进货，其实进的货都弄去古北口自己的货栈，这样本钱由铺子出，那边赚了钱却是自己的。就这样一桩桩、一件件，一直给云财说到了半夜。最后，向先生说，我这样一说，三少东家在账上看出的事，也就都能明白是怎么回事了。云财这时虽还不到二十岁，在北平历练了这几年，也已经有了买卖人的老成和城府，这时就点头说，你说的这些事，有我早知道的，也有我不知道的，可不管怎么说，既然你都说了，我也就说话算话，你跟铺子毕竟东家伙计这么多年，也有个情分在，何掌柜那爷儿俩的事另说，你还可以留下。向先生听了苦笑一下说，我干这行大半辈子了，这点事儿还懂，我这是犯了大忌，不说出来也就罢了，这层纸一捅破，咱这东家伙计的缘分也就算尽了。说着又摇摇头，这还得说万幸，抖落出这些事，赶着二少东家不在，那个凶神恶煞要在，我这条老命就得交待给他了。

向先生第二天一早就打起铺盖，回山西老家了。

　　何掌柜这次回来，已觉出铺子的气氛不对，又听说账房的向先生已回老家了，就知道，肯定是自己去古北口这几天，铺子里出事了。回到后面也没顾上洗脸，只喝了口水，定了定神，就小心地来到账房。但何掌柜还是想错了。他觉着这三少东家毕竟年轻，再怎么着，生意上的事也不会懂太深，人也嫩，且跟那二少东家还不一样。二少东家是混世魔王，脾气一上来没怕的人，也没理可讲。这三少东家还是讲理，只要讲理就好办。买卖人的身上有三样东西最好使，一是手，二是脑子，三是舌头。手好使，是扒拉算盘，不会扒拉算盘的买卖人不叫真正的买卖人；脑子好使，是会算账，不光口捻账儿，更得会算大账。这里一边跟人谈着生意，脑子里的账就已经算出来，钱就是这么赚的；舌头好使，就是会说话，不光会说见风使舵的话，还得会说见人下菜碟儿的话，更得会说没理搅三分的话。一件事或一桩买卖，甭管自己多没理，凭着三寸不烂之舌也能搅出三分理来。这时看三少东家这意思，肯定是已在账上查出事了。向先生跟自己不辞而别，只有两种可能，要么知道，倘翻腾起来肯定又得出大乱子，不想再掺和铺子的事，所以干脆一走了之；要么就是已把所有的事都跟三少东家说了，说了自然也就没脸再呆下去，或是让三少东家打发了，或是自己知趣，干脆告老回山西老家了。但不管怎么着，既然向先生已不在，这事儿反倒好办了。他临走时甭管怎么说，那都只是他说，现在只要自己一概不承认，也就死无查对，只要死无查对三少东家也就没辙。

　　何掌柜这一想，心里也就稳住了神。

何掌柜来到账房，见云财正坐在账桌跟前喝茶。云财是来北平之后才学会喝茶的。过去在家时，我太爷是老北平人的习惯，爱喝花茶，尤其是"小叶儿双醺"。平时都是让铺子这边的人给捎回去。云财偶尔尝尝，香是香，也没觉出有特别的味道。来北平以后，渐渐也养成了喝茶的习惯。不光越喝越酽，早晨一起来就得空着肚子先喝一气茶，好像这样才能把胃里的浊气冲开。这时云财抬起头，见何掌柜进来了，指指账桌旁边的凳子，示意让他坐。何掌柜仗着自己上了年纪，论着该是云财的长辈，也就没客气，一扭身在凳子上坐了。

云财问，这趟去，那边的生意怎么样？

云财这一问，何掌柜的心里立刻忽悠一下。他这趟带着连升去古北口，说的是去那边收账。可云财这时却不问收账，而是问那边的生意。何掌柜心想，三少东家这么问，是不是已知道了在那边还开着买卖的事。本来何掌柜的心里有根，觉着向先生就是把所有的事都说了，这古北口"德升货栈"的事也不会说。何掌柜早就想到这一步，所以事先已有了防备，当初他虽没让向先生管那边的账，却每月单从"德升货栈"的账上给向先生开一份"份儿银"。这样做，也就是为了堵向先生的嘴。这时，他看一眼云财，没立刻答话。云财端起茶盅，一边吹着又说，这"德升货栈"在古北口，生意应该比大栅栏儿这边好做吧。

何掌柜一听这话就明白了，看来今天，三少东家要跟自己彻底摊牌了。

云财放下茶盅，又看一眼何掌柜，等着他说话。

何掌柜就笑了，说，这两天，三少东家是不是听见了什么话？

云财也直截了当，是，向先生都跟我说了。

何掌柜说，我不知他是怎么说的，可有个事，恐怕三少东家还不知道。

云财点点头，看着他。

何掌柜说，这一两年，向先生一直跟我有过节儿，当初他提了几次，想涨份儿银，我都没答应，其实也没驳死他，就说再等等，有些事凑的一块儿，再跟老东家商量，最后还得看老东家的意思，向先生表面没再提，心里却恨上了我，他这是临走，想往我身上泼盆脏水。

何掌柜的舌头确实好使，虽已是五十大几的人，中气十足，说话也就一串一串的，不喘气儿。云财摆摆手，拦住他说，何掌柜，你是个明白人，既然是明白人，咱说话也就不用拐弯抹角。这一阵，我一直在这账房里跟向先生翻账，想必向先生都已告诉你了。这账上怎么回事，你该比我更清楚，我如果都说出来就没意思了，我现在只问你一句，你跟我说实话，古北口的"德升货栈"有麻广泰和杜二奎多少股份？说着就盯住何掌柜，我问这话的意思你明白吗，我可不想再像上次铺保的事，最后缠头裹脑地扯出那么多麻烦，又跟他们纠缠不清。

接着又说了一句，我也不想，再把二少东家叫过来。

云财这一说，何掌柜的脸立刻黄了。这就不用再说别的了，显然，三少东家已经什么都知道了。但何掌柜毕竟是何掌柜，到了这时，索性也就酸下脸说，既然三少东家这么问，别的也就都不用再说了。不过，麻广泰和杜二奎在"德升货栈"占多少股份，那是我和他们之间的事，跟"洪德仁"和"洪德义"

没关系，我也就没必要跟三少东家说。

云财一听笑了，问，你觉着，跟我这边的两个铺子没关系吗？

何掌柜也不示弱，看着云财，你觉着，有关系吗？

云财说，当然有关系，你当初在古北口开这铺子，从底钱到本钱，都是哪儿来的？你不说也没关系，账上都有，我已经跟向先生核对清了，一笔一笔都可以给你说出来。

何掌柜这一听，才意识到，这回事儿要大了。

果然，云财说，"德升货栈"的底钱是我家的，本钱也是我家的，你说，这买卖该是谁的？

何掌柜彻底没话了。

云财又说，话已说到这个份儿上，你也就该明白了，今天咱就把该了的事，都了清了吧。

何掌柜脖子一拧站起来，三少东家，这话眼下还轮不到你说，要轰我走可以，不过我何子清当年来这"洪德仁绸缎庄"，是老东家请我来的，现在要轰我，也得老东家发话。

云财点头说，好啊，你让老东家发话也行，我还可以派人去乡下，专门把老东家接来，你有话当着他说，可有一样，老东家要来了，我的话可就不这么说了。

何掌柜眨眨眼，怎么说？

云财说，咱就得把所有的事儿彻底说清了，你在东城文承相胡同的那套宅子怎么回事？

何掌柜一听，立刻呆住了。

云财说，还用我提醒吗，就是府学胡同里往北一拐，文丞相胡同的那套宅子。

何掌柜这时已说不出话了。

云财伸手拉过账桌上的算盘，一边扒拉着说，你这套宅子，就是现在说，最少也得四千五百块大洋，你当年从家里一出来，就来到我家的铺子，这些年的份儿银都是明摆着的，你买这样一套宅子，哪儿来的这么多钱？他见何掌柜张嘴要说话，立刻伸手拦住，你别跟我说，这宅子是租的，还别说真是租的，租这么一套宅子得多少钱，实话告诉你，我已经知道这宅子是从谁手里买的，也找着了原来的房主儿，你再不承认，咱可以三头对案。

何掌柜从袖子里抻出手绢，一边抹着头上的汗又坐到凳子上了。他这时才意识到，自己此前真小看这三少东家了，敢情他比那二少东家还厉害。没想到，他这些日子表面不紧不慢，不急不慌，暗里却干了这么多事，看来他盯自己已经不是一天两天了。

云财又说，我的意思，还是别惊动老东家，你说呢？

说着看看何掌柜。

何掌柜低头不说话了。

云财说，还有个事儿，铺子里的现洋，你拿到外面去给放印子钱的，给你五天期限，全给我收回来，到底多少钱，我已在账上一笔一笔都对出来了，数儿我不用说，你心里清楚。

何掌柜这一听就明白了，自己所有的事都已瞒不住了。何掌柜有个河间老乡，叫范继宗，论着还是个远房表侄儿，在北平不干别的，专放印子钱。何掌柜有一年回河间老家过年，在家里碰上这个范继宗，俩人一拍即合。一回到北平，何掌柜就把铺子里收账回来的现洋全交给这范继宗，这以后，也就每月吃息口。何掌柜没想到，这么隐秘的事，三少东家竟然也知道了。这时一听给五天期限，就苦着脸说，这么大的一笔数目，五天，怕拿不回来。云财说，放印子钱的都是拆东墙补西墙，他们有办法拆兑。接着又说，现在该说的都说了，放出去的钱，你赶紧收回来，然后我走我的阳关道，你们爷儿俩去走你们的独木桥，咱以后是井水不犯河水，可有一样，钱到时候收不回来，你再想走可也走不成了，我不说，你也懂。

何掌柜一咬牙说，好吧，我想办法。

云财点头说，你去想办法这几天，连升就留在铺子里，哪儿也别去。

何掌柜站起来，看看云财说，三少东家，我现在才知道，你够狠。

云财笑笑说，赶紧去把我的钱要回来，这是正事。

何掌柜没再说话，就转身出去了。

29

长贵去日本之前，跟旺福吵了一架。

旺福的性情虽粗，也懂长幼之分，对大哥长贵一向很敬重。长贵在旺福面前也有个大哥的样子，虽不常聊天，该关照的时候也关照。这些年，兄弟俩也就从没红过脸。

这次吵架，起因是甘草。

我太爷有了把甘草说给旺福的想法，曾来问我太奶。当初我太爷想把甘草说给长贵，这事后来闹得很不愉快。现在又这样说，我太奶的心里就还是不太痛快。但不痛快归不痛快，再细想，又觉着也不是不可以。不过我太奶说，这事儿还得看甘草自己的意思。我太奶这样说也是心里没底。甘草毕竟是读过书的女孩儿，人又文静，按说是说给长贵最合适。现在又要说给旺福，旺福又是这么个佻达能闹的性子，就不知甘草还愿不愿意。

可私下里一问，甘草还真愿意。这让我太奶没想到。

我太奶这次也是想把事情办稳妥，就问甘草，你了解二少爷的脾气吗？

甘草说，话是没太说过，也知道一些。

甘草这一说，我太奶就放心了。

长贵在家住了些天，我太爷就把出门能准备的，都给他准备了。去日本得从天津坐船，但还要先去北平办各种手续。这样一应的行装，也就只能等到北平，再让云财帮着打点。长贵临走时，忽然想起一件事。这次去日本不同于去北平，这一走，说不定什么时候才能回来。甘草毕竟跟自己有过这么一段，这趟回来，也没正式说过几句话，就想找机会跟她道个别。甘草平时在我太奶房里，实际是顶了当初梅春的差。屋里的事还是归杏春，只有外面的事才让甘草做。长贵一早一晚来我太奶的房里请安，也常能见着甘草，但都没机会说话。眼看就要动身了，长贵就有意经常去我太奶上房院儿的月亮门儿附近转悠。这样只要甘草去厨房打水，或出来拿什么东西，也就能碰见。这个下午，甘草去前面的厨房，让厨子老胡打发个人去对岸镇上的汤锅买点驴板肠儿。从月亮门儿出来，一抬头就看见了长贵。甘草这时再见长贵已经很自然，只是笑着点点头，叫了声大表哥，就要过去。长贵好容易等到甘草，赶紧过来叫住她。甘草停住，回头问，大表哥有事？这一下反倒是长贵拘束了，说，也没啥事，就想告诉你，我又要走了。甘草说，我听说了。长贵说，这回是去日本，以后就说不准什么时候再回来了。甘草点头说，是啊，大表哥前程远大，只是自己在外面，要注意身体。

这样说完，又冲长贵笑笑，就转身走了。

当天晚上，长贵让厨子老胡炒了几个菜，送到自己房里，然后让人去叫旺福。去叫的人一会儿回来了，说二少爷不来，正有事。长贵奇怪，问这时候了，能有什么事？叫的人支吾了一下说，好像也没啥事，在牲口棚躺着呢，正跟人说话。长贵一听就不太高兴了，自己毕竟是当大哥的，让人去叫他，倘真有事也就算了，没事，正跟人聊天儿，不来不是成心吗？这么想着，就说，你再去叫，就说我找他有事。底下的人应了一声就又去了。

一会儿，旺福来了。进门看看长贵，问，大哥有事？

长贵说，也没啥大事，我要走了，咱兄弟俩喝一杯，也说说话。

旺福好像不太情愿，可已经来了，又不好走，就在桌前坐下了。

长贵斟上两盅酒说，先喝一杯吧，喝了再说话。

旺福就端起酒盅喝了。

长贵看看他，你好像不太高兴？

旺福说，大哥有啥话，就说吧。

长贵点点头，我想跟你说的是，我这回去日本了，云财又在北平，家里只你一个人在，你年纪也不小了，以后别再出去胡闹，家里该顶起来的事，也得顶起来了。

不料旺福听了，抬起头说，家里的事，我哪样没顶起来？

他这一问，倒把长贵问得一愣。

旺福哼一声说，我倒要问问你，你这当大哥的，这些年甭管在家还是在北平，给家里顶了哪样事？你说我出去胡闹，你在北平没胡闹吗，你没胡闹，这回是怎么回来的？

旺福抢白了这几句，一下把长贵噎了个大红脸。

长贵是个好面子的人。自己再怎么说，在旺福面前也是大哥，本想走之前，以大哥的身份叮嘱二弟几句，不料却弄个倒憋气。但长贵毕竟是读书人。其实读书人跟读书人也不一样。一种读书人是把书读在皮儿上，平时无论说话还是做事，先想的是自己是个读书人，既是读书人，说的话，做的事，也就得符合读书人的身份。或者换句话说，读书人就该说读书人的话，做读书人的事。这种读书人用很多年以后的话说，也就是装。还一种读书人是把书读到内里，反倒不觉着自己是读书人。书越读，也就越忘了自己是读书人。但平时说话做事还是跟不读书的人不一样。长贵也就是这后一种读书人。他这时虽还不能说读了太多的书，却已经把书读到骨子里，也就已是读书人的性情。读书人都知书达理，一件事摆在眼前，不光看正面，也看反面，还得前后左右都想到了，这也就不会轻易说过头话，也不会性子一上来做过分的事。这时，旺福说的这番话虽然难听，扎耳朵，长贵也就不打算跟他计较。于是又把酒倒上，故意扯开话题说，哦，对了，大哥还要恭喜你啊。

旺福没端酒，看看长贵。

长贵笑着说，听说，家里要把甘草说给你。

旺福还是没说话，看着长贵，慢慢把头歪起来。

长贵说，我听说了，家里本来还担心，怕甘草不愿意，可没想到，她一听就答应了。

旺福问，甘草答应了，你不高兴？

长贵说，高兴啊，大哥当然为你高兴，甘草是个挺好的女孩儿。说着又笑了，古人曾有一句话，佳人有意村夫俏，红粉无心浪子村，说的也就是这意思吧。

长贵说着一边笑，又给自己斟上酒，冲旺福端起来。

但长贵并没想到，旺福虽没认真读过书，可毕竟生在官宅，从小又是在这种环境长大；其实旺福还有一个过人之处，他的悟性极高，不管是听过的还是没听过的事，只要肯用心，脑子一过，也就能明白个八九不离十。这时，长贵一说这句话，他的眼立刻瞪起来。长贵也已经意识到了，自己本想岔开话题，开个玩笑缓解一下刚才不愉快的尴尬，可这个玩笑好像更不合时宜。旺福瞪着长贵看了一会儿，问，你的意思，我是村夫？

长贵一下不知该如何解释了。

旺福又问，你是说，我配不上甘草？

长贵赶紧连连摆手，我，不是这意思。

旺福突然抓起跟前的酒盅摔在地上，起身出去了。

长贵并不知道，旺福这个晚上的火儿，是从下午来的。这个下午，长贵在我太奶上房院儿的月亮门儿附近终于等到甘草，两人说话时，旺福也回后面来。牲口棚的一个长工小腿让骡子踢了，伤口一直不好，还化了脓。旺福想起曾在对岸的桥头镇带回一瓶专治跌打损伤的药膏，就回自己房里来拿。一进后面的回廊，正看见长贵在跟甘草说话。当时旺福只看了一眼就过去了，可心里立刻有了火。旺福在女人的事上是个很独的人，这一点当初在冯寡妇那里就已显现出来。在女人的事上独，倘换个说法儿也就是醋劲儿很大。男人在女人的事上醋劲儿都大，这是天性，倘没醋劲儿，也就离戴绿帽子不远了。但醋劲儿跟醋劲儿也不一样。有的男人醋劲儿大，是我的干粮，任何人不许碰，不光不许碰，多看一眼都不行。也有的男人，自己的干粮当然不许别人碰，但只要别出大格儿，小小不言的也不在意。可旺福不行，比前一种男人的醋劲儿还大。在这个下午，他碰见长贵跟甘草说话，一看他们说话的地方就明白了，是在我太奶上房院儿的月亮门儿通往回廊的偏口儿。这地方是去前面厨房的必经之路，而长贵如果没事，是不会来这地方的。这也就是说，他这时跟甘草在这里说话，不会是偶然碰上的，也不会是甘草主动找的长贵。唯一的解释，只能是长贵故意等在这里的。这就让旺福无法接受了。他想，当初家里本来要把甘草说给长贵，是长贵自己不要。后来听祁顺儿说，甘草为此还差点大病一场，过了很长时间才缓过来。现在家里又要把甘草说给自己，甘草也已经表示愿意。而长贵这时也已在北平又看上了别的女人，他最后跟这看上的女人成与不成，结果又怎么样，那是另一回事。你总不能吃着锅里的，回来还要再占着碗里的。况且你是当大哥的，既然已知道家里要把甘草说给兄弟了，就是没有先前的事，你这当大伯的也该回避才对，现在还这样来找她说话，这就太过分了。但旺福遇事，尤其是遇到正经的大事，也有分寸，虽然窝着一肚子火儿，也就使劲忍下了。心想，大哥毕竟是要走的人了，又是去日本，这一走说不定哪年才回来，临走跟甘草说几句话，说了也就说了，况且这种时候，他也不想为这点事跟大哥闹僵。所以这个晚上，长贵让人来牲口棚叫他几次，他知道是叫他去喝酒，可担心去了搂不住脾气，这时心里的火儿也还没下去，就不想去。

后来长贵又让人来叫，才勉强过来了。

其实旺福从小就不喜欢长贵，敬重他是个大哥，彼此却从没说过掏心的话。旺福也清楚，长贵说的话，自己不爱听，自己说的话他也未必爱听。既然都不爱听，也就没必要说话。这个晚上来长贵房里，本想应付一下就回去。不料长贵说话，越说越不着四六儿，后来竟还说出这么一句，"佳人有意村夫俏，红粉无心浪子村"。旺福虽然具体的解释不出来，也能明白大概的意思，无非是说，别管多好的女人，只要她喜欢，就是个种地的粗人也不嫌弃。倘不喜欢，就算是风流浪子也照样不喜欢。那谁是村夫？自然说的是自己。旺福也能听出来，其实长贵说这话，还带着一丝的醋意。意思是他这读书人甘草不喜欢，却偏偏喜欢上了旺福这样的粗人。可长贵要这么想，就太不讲理了，当初不是甘草不喜欢你，是你不喜欢人家。现在人家答应了别人，你又来说这种片儿汤话，这就不光是不讲理，也太不厚道了。

旺福这个晚上回到牲口棚，祁顺儿正急着等他。一见旺福回来了，就赶紧拉他出来。祁顺儿这时还是隔三差五地去冯寡妇那里，有时是送吃的用的，也有时是去看看有什么事。他这个晚上刚从冯寡妇那里回来，拉旺福从牲口棚出来，才说，她叫你去。

旺福一听问，现在？

祁顺儿说，现在。

旺福说，这么晚了，明天吧。

祁顺儿说，她说了，多晚都行，有事儿说。

旺福想了想，就趁着黑，跟祁顺儿摸到后面的花园来。这时已是半夜，府里的大门已经关了。倘从大门出去，让管家王辰儿知道了，说不定又有麻烦。幸好祁顺儿在后花园发现了一个小门儿。这小门儿还是春来无意中告诉祁顺儿的。春来说，她当初在花园帮她爹侍弄花草时，经常从这个花园的小门儿出去。一出去有两条小道儿，一条通往大堤，另一条是通西边的村里。这以后，祁顺儿再跟旺福出去，也就经常走这个小门儿。

旺福这时已大概猜到，冯寡妇要跟自己说什么事。

30

旺福这些日子心烦，也为冯寡妇。

旺福那次跟冯寡妇说了家里要给自己成亲的事，冯寡妇当时说话很敞亮。但谁的心里都清楚，这敞亮也是没办法。就像冯寡妇自己说的，她跟二少爷再怎么好，也就是个好，还别说把她娶回官宅去，就是个外宅也不行。冯寡妇接着还说了一句话，她说，二少爷成家也是好事，成了家，她算个相好，可不成家，来她这里就是胡闹。

其实这话就是扯淡了。

冯寡妇的心里也明白，无论二少爷成不成家，来她这里都是胡闹。冯寡妇也是个烈性女人，过去卖大炕也就卖了，可现在不卖了，既然不卖了就说不卖的。大炕不卖了，她也就是正经女人了，别管相好也罢，胡闹也罢，权宜还行，长了，她也不认头了。

现在正好有这事，她也就要从长计议了。

起初旺福没留意。后来祁顺儿一说，才发现了，村里的罗铁匠在冯寡妇的门口儿盘了一口化铁炉子，天天拉着风箱化铁水。冯寡妇的家是在村口，旁边有片杨树林子，罗铁匠在村口盘化铁炉子，烧柴方便，这本来也合情合理。但祁顺儿一说，旺福才注意，冯寡妇经常出来给罗铁匠送水，到饭口时还送饭，这就是另一回事了。祁顺儿说，他已把这事打听清楚了。罗铁匠跟一个跑船儿的船老大认识。这船老大姓于，叫于德海，是青县人，平时不光跑船儿，哪行的买卖赚钱就干哪行。一次他的船锚坏了，锛了一个齿，泊船的时候总走锚，就来找罗铁匠。但船锚不是打的，是铸的。罗铁匠是细铁匠，不会做铸生铁的活儿。可罗铁匠不光心灵手巧，也有心计。对岸的桥头镇有一家"唐记铁铺"，会做铸生铁的活儿。罗铁匠去了两回，一回蹲在铁铺里，一边抽着烟跟老板唐铁匠聊了一下午，一回在镇上的小馆儿请唐铁匠喝了顿小酒儿，就把这铸生铁的手艺偷回来了。先让于老大把那个破锚拿来，看明白了，在自己家里盘了个简单的化铁炉子，又挖了个坑，就把这铁锚铸出来了。待打磨光溜儿了，于老大来了一看，立刻瞪起眼说，他使船这些年了，还从没见过这么漂亮的锚，一看就轴实，锚齿也尖硬，把的河底肯定有劲儿。越看越喜欢，就用个车把这船锚拉走了。过了些日子，于老大又来了，跟罗铁匠说，照上回的船锚，再要三十个。罗铁匠一听就明白了，于老大不是养船的，要这么多船锚当然不会自己使，应该是拿去卖。于老大乐了，说，你猜对了，这两年滹沱河的水流越来越大，泊船也费劲，锚下得好好儿的，说不定哪会儿就给冲得走了锚，光走锚还好说，赶上锚脆的，齿儿就锛了。说着又挤挤眼，跟别人不敢说，可跟你罗铁匠，说了也没事，一来你是个真正的手艺人，只凭手艺吃饭，俗话说隔行不取利，你不会挣这份儿做生意的钱；二来我心里也有根，你是不会干出撇开朋友，直接去找使船儿的卖船锚这种下作事儿；第三，就算你真想找，隔行如隔山，你也未必能找着这些人。罗铁匠听了笑笑说，你说我铸的锚好，这就行了，可你也得明白，我铸一个锚比打十把锹还费劲，搁别人，也就不是这个价儿了。于老大一听罗铁匠提到钱，赶紧定好来取的日子，就告辞走了。

可对罗铁匠来说，给于老大铸一个锚行，在家里凑合着盘个化铁炉子也就弄出来了。现在一下要三十个，这就不是简单的事了，是接了个大活儿。罗铁匠去冯寡妇家的门口盘炉子也是仔细想过的。这化铁炉子一烧起来就不能熄，得一直拉风箱盯着。拉屎撒尿还好说，就地完了事儿刨个坑也就埋了。可吃饭喝水就是事儿了，总不能一下备足几天的水和干粮。这时罗铁匠就想到了冯寡妇。一天早晨。他来到冯寡妇家的门口挖坑盘炉子。冯寡妇听见外面有动静，起初没在意。后来动静越来越大，出来一看，是罗铁匠。冯寡妇没说话就回来了。想了想，又觉着不对，就又出来了。走到罗铁匠跟前问，这是要干啥。罗铁匠停下手，这才把要铸船锚的事说了。冯寡妇还是没听明白，问，你铸船锚，怎么跑的我门口儿来铸。罗铁匠也正等着冯寡妇这样问，这才把自己事先想好的话说出来。罗铁匠知道冯寡妇现在跟了官宅的二少爷，也知道这二少爷是个凶神恶煞的醋坛子，为冯寡妇能差一点儿把土匪花秃子杀了。眼下冯寡妇也就避着所有的男人。可他想，自己现在要买的不是冯寡妇的大炕，而是她的水和吃食。等把这番话说完了，赶紧又说，不过是一天三顿饭，也不拘好赖，能吃饱就行，守着这化铁炉子出汗多，再给送点儿水，该多少钱，我出多少钱，你说个数儿就行了。冯寡妇听了，没立刻说话。罗铁匠这些年没少给自己帮忙，现在他有事，又不过是三顿饭，就是没他这事自己每天该做也得做，该吃也得吃，不过是多一瓢面多一瓢水的事。这一想就笑了，说好啊，让我说数儿，我就说，你给那于老大铸这些锚，他出多少钱？罗铁匠愣了愣说，这个，还没讲。冯寡妇说，等讲好了，给我一半儿，咱刀切账就行了。罗铁匠心实，一听冯寡妇要一半儿，不过是一天三顿饭，再喝点儿水，就觉着多得有点出圈儿。可又不敢反嘴。冯寡妇又噗哧笑了，不要你的钱，不就是这点事儿么，我平时呆着也是呆着，再说这几顿饭还吃不穷我。罗铁匠这才松了口气，可还是不放心，又问，那官宅二少爷，能答应么？

冯寡妇凄然一笑说，他眼下，已顾不上管我的事了。

旺福自从跟冯寡妇说了自己要成亲的事，跟冯寡妇的关系也就远了。不是自己远，也不是冯寡妇远，该来的时候照样还来，来了该说的话，该干的事，也该怎么着还怎么着，一切看着跟先前一样。可就是两人都觉着，还是不一样了。旺福是个直肠子，当然受不了这种说不清道不明的不远不近，不冷不热。有心想问冯寡妇，可又不知怎么问。心里一暗憋暗气，来着也就没兴致了。几天没来，再来，罗铁匠的化铁炉子就已在冯寡妇的门口垒起来了。

这时再听祁顺儿一说，心里就不仅是预感，也有几分明白了。

旺福知道冯寡妇的脾气。冯寡妇是个心细的女人。心细的女人都体谅人。所谓体谅人，也就是能为对方想。冯寡妇自从跟了旺福，不卖大炕了不光是旺福不让卖，自己也不肯卖了。可过去卖时，不光卖，也有几个知近的男人，镇上"祥和号"当铺的刀螂是一个，还有别的男人。但这以后也就一概都不来往了。这个不来往，就是冲着二少爷了。可冲着是冲着，冯寡妇有时喝了酒，也甩几句片儿汤话，你二少爷这么看着我那么看着我，其实我要真想怎么着，你能看得住么，除非干脆你搬来，这也就是本良心账，可话又说回来，你要真这么稀罕我，娶回家去就是了，我当了你官宅的二少奶奶，大门不出，二门不迈，你二少爷走的天边儿也就放心了。旺福心里清楚，冯寡妇知道自己几斤几两，她这么说不是真想进官宅的门儿，不过就是抱怨。可那时的抱怨也就是个抱怨，这回旺福一看罗铁匠的这个化铁炉子就明白了，冯寡妇是要来真的了。倘搁过去，旺福不用说话，上去把这炉子给他扒了就是了。可这回旺福没这么干。他知道，现在跟冯寡妇，已不是过去的关系了。

这个晚上，旺福来到村口，远远地就看见冯寡妇门口有一团火儿在一闪一闪的。他知道，那是罗铁匠还在拉着风箱化铁水。罗铁匠是个铁匠，就有手艺人的脾气。手艺人都是凭本事吃饭，不亏心，也不求人，甭管见了谁都不招惹，可也不怵，更不会上赶着巴结。这次在冯寡妇的门前盘了炉子，旺福回回来，回回打头碰脸。他见这二少爷从炉子跟前走过时从不拿正眼看自己，也就不抬头，只顾不紧不慢地拉自己的风箱。

这时，旺福走过来，正看见冯寡妇又端着一碗水出来。罗铁匠没停手，一边拉着风箱接过水喝了。冯寡妇拿了碗就转身回去了。旺福的心里鼓了鼓，他觉着这俩人一个送水，一个喝水，好像是故意做给自己看的。

但忍了忍，没说话就跟进来。

冯寡妇见旺福进来了，才说，一直等二少爷呢，有话跟你说。

旺福哼一声说，有话直说吧。

冯寡妇说，行，我就直说。

冯寡妇让旺福先坐下，然后说，二少爷你人好，这几年待我也好，这就都不说了，我眼下能过上正经女人的日子，都亏了你二少爷。旺福说，你就捞干的说吧。

冯寡妇点头，说行，那我就捞干的说。

冯寡妇说，我的意思是，不管怎么说，一件事也得分两头儿说，你二少爷待我再怎么好，也就只能是个好，俗话说人无百日好，花无百日红，咱俩总不会一直这么下去。将来有一天，我老了怎么办，还别说我老了，就是再过几年，又怎么办，你二少爷不想行，我可不能不想，我总得有个长久的窝，你二少爷对我再好，这个窝也不能给我。

冯寡妇说到这儿，旺福就说，明白了。

冯寡妇笑笑，但笑得有些皮松肉紧，看一眼旺福，又说，你二少爷看着大大咧咧，其实是个挺细的人，遇事儿心里也透亮，再多的话。我也就不用说了。

旺福点头说，不用说了，这是好事。

冯寡妇说，人跟人，都讲个缘分，其实缘分也就是定数。

旺福说，是，看来你我的定数，也就到这儿了。

冯寡妇立刻接过话说，既然二少爷说到这儿了，有句话，本来说不出口，现在也就正好说出来了，今晚，就不留二少爷了，不光今晚不留，以后也不留了。

说着又看一眼旺福，我这炕，从今儿起，没你的地儿了。

这话倒让旺福一愣。

冯寡妇又说，二少爷别多想，自你前次下了这炕，没人上过，罗铁匠也没上过，他要想上这炕，得跟我成亲以后，可既然要跟他成亲了，你二少爷该来还来，也就不能再像过去了。

旺福看看冯寡妇，问，已经跟他说好，这就要成亲了？

冯寡妇说，也不急，总得等他把这活儿完了，秋后吧。

这时，罗铁匠在外面喊，铁水该加炭了，铲点儿炭来。

旺福这才发现，在灶屋的墙角儿堆着一堆木炭。

冯寡妇朝外应了一声，又说，二少爷你先坐。

然后熟练地铲了一铲木炭，就端出去了。

旺福又坐了一下，觉着无趣，就带着祁顺儿出来了。

31

这年秋后，滹沱河决堤了。

决堤是因为花秃子。一进八月，花秃子跟日本人干了一仗。日本人的军队是夏天开到滹沱河边的，只是经过。所到之处就是个抢，抢粮食，也抢牲畜。滹沱河边的人都没见过这么凶的队伍，比土匪还凶，说话也听不懂。有不给粮食的，大栓一拉就开枪。碰上舍命不舍财的，开了枪还烧房子。房子一烧，一个村就连成片，晚上能红透半边天。

花秃子起初也没想招惹这些日本人。这时花秃子已把张家坟修得有了些样子，不光盖起几排坯房，还修了一丈多高的碉楼，从早到晚有人放哨。事情的起因，是花秃子的几个弟兄去上游柳集拉粮食。柳集有个财主，叫吴老贵，家里有钱，可不爱种地，也不置田产，专门养猪。他家养的猪有上百头，赶上年节在滹沱河边屠宰，血水能染红半条河。当年花秃子在家时，有一次年根儿底下，跟着他爹去给吴老贵宰猪。爷儿俩一口气干了三天三夜，宰了百十口猪。后来花秃子他爹实在累得不行了，去河面的冰窟窿涮猪时，一溜手，一头肥猪就掉进冰窟窿里了。吴老贵就为这，一个子儿的工钱也没给，爷儿俩几天几夜没合眼，就这么白干了一场。当时花秃子只有十几岁，可这事儿一直记在心里。想着自己的爹软，自己可不软，早晚得找这吴老贵把这笔工钱连本带息要回来。后来拉起杆子，事儿一多也就忘了。这年秋后，有一伙从南边上来的水贼在河面上闹事。花秃子带人一直追到柳集，把这伙水贼杀散了。这时忽然想起当年这事，就带人来到吴老贵的家里。吴老贵这时已经八十多岁，还挺硬实，一眼就认出花秃子，又见这伙人都气势汹汹地提着刀，就知道来者不善，八十多岁的人在花秃子面前跪下了，说，当年欠的工钱连本带息，一分不少，都如数还给花秃子。花秃子在自己弟兄面前要显出仁义，先让吴老贵起来，然后说，钱就不要了，都合成粮食，先如数准备好，过几天派几个弟兄来取。吴老贵赶紧连连答应。几天以后，花秃子就派了几个心腹弟兄去柳集取粮食。吴老贵都已装了口袋备好，还特意套了一辆驴车，把几麻袋粮食装在车上。可这几个弟兄赶着驴车往回走时，路上碰见了日本人。这伙日本人是一个小队，也就十来个人。这十来个日本人一见这驴车拉的像粮食，就让停下来。花秃子的这几个弟兄虽然听不懂日本话，也明白大概的意思。但这几个人在滹沱河边都是敲当当的土匪，根本没把这几个日本人放眼里，没搭理他们，只管赶着驴车继续走。不料这些日本人立刻开枪了。这一开枪，几个人就慌了。他们平时都使刀，虽有二十几杆火枪，也不过都是老套铳。这时一听日本人的大枪噼噼啪啪地响起来，立刻扔下驴车撒腿就跑。日本人从后面追上来，又一阵乱枪，就把几个人都撂倒了。只有一个打伤腿的，一瘸一拐地逃回来。这逃回来的是花秃子的一个远房外甥，叫臭四儿。臭四儿回来跟花秃子一说，花秃子就急了。花秃子本来想的是，日本人的队伍是队伍，自己的队伍也是队伍，彼此谁都别招谁，大家也就相安无事。不料这次日本人先出手了，抢了自己一车粮食不算，还打死几个弟兄。这几个弟兄里，有两个还是花秃子的磕头兄弟。花秃子在自己手下的面前一向以仗义著称，所以弟兄们才肯为他卖命。现在几个弟兄让日本人打死了，这事儿当然不能就这么算完。花秃子当天晚上就带人来到滹沱河的北岸，花了一夜的时间在大堤上修起工事。工事修好了，就在这边的工事里等着。等了两天，果然又有一队日本人从河对岸的大堤上开往桥头镇。花秃子把使套铳的弟兄分成几拨，先让一拨人在工事里朝日本人放枪，然后另一拨再顶上去，撤下来的立刻装火药。这样几拨轮换着，枪就一直乒乒乓乓不停地放。这种老套铳虽是土枪，可装足了火药威力也很大。有的枪杆有七八尺长，得俩人抬着，俗称叫"大抬杆儿"。这种"大抬杆儿"装满了火药放一枪，简直就像一门土炮。日本人没见过这种土枪，一下给打蒙了。再看被打死的自己人，身上脸上都跟筛子似的，死相不光难看，也极其吓人，就不知这是一种什么新式武器。日本人立刻架起机枪，在对面的大堤上朝这边还击，可花秃子事先已修了坚固的工事，光听见放枪却看不见人。就这么打了一阵，这边的弟兄一个没伤，那边却打死六七个日本人。日本人想过河，可撑船的老朱一听打枪早扔下船跑了。花秃子发现日本人要自己撑船过河，立刻又轰了几土枪，把船打漏了。就这样一直打到天黑，花秃子看看差不多够本儿了，才带上人撤走了。

花秃子这一仗把日本人打怕了。日本人摸不清这是一股什么队伍，使的又是什么先进武器。这时桥头镇已驻扎了日本人。这以后，镇上的日本人也就不敢轻易再出来。但花秃子打这一仗，也就为后面埋下了隐患。他事先带人在堤上修工事，就要在堤下取土。可他手下的人图省事，取土只在堤坡上取。这一下就把大堤挖开了。刚挖时看不出来，但入秋以后，上游的水一大，滹沱河再一涨水，大堤就经不住了。幸好出事是在一天上午。当初花秃子带人修工事，是在王家窑的跟前。我家在窑上管事的姓李，叫李大满，是个四十多岁的老光棍儿。李大满一见这帮人这么干曾提醒过，说不能这样取土，窑上取土都是去半里地开外，堤上取土，水一大就危险了。可这些人不听，说要打仗，该怎么干还照样怎么干。

出事的这个上午，李大满正带人在窑上出砖。有人跑来说，堤坡上渗水了。李大满一听赶紧扔下车过来，一看，这不是渗水，是要决口子。赶紧吩咐窑上的人，手里的活儿都放下，立刻用小推车往堤坡上推土。吩咐完了又赶紧派人回来给家里送信儿。

这时家里只有旺福一个人在。这年入夏，我太爷见旺福好像踏实了，也不常往外跑了。让人把祁顺儿叫来一问，说二少爷跟冯寡妇的事已经完了，冯寡妇要嫁给村里的罗铁匠了。我太爷这才放心了。我太爷是过来人，明白男女的这点事，倘说完了，干干脆脆一刀两断的不是没有，可太少了，大都还得藕断丝连地黏糊一段儿。有的黏糊黏糊也就真完了，也有的黏糊黏糊就又黏糊到一块儿了。现在这冯寡妇要嫁人了，这就行了。我太爷自从知道了旺福跟冯寡妇的事，也留意过这个女人。听祁顺儿说，她自从跟了二少爷也就不再做过去的营生，每天只在家里踏踏实实地等二少爷。我太爷一听，也就知道这是个什么女人了。我太爷一天晚上把旺福叫到后面的梨树小院，问他，甘草的事，你听说了吗？

旺福看看我太爷，不知您指的什么事。

我太爷说，你跟她的事，她愿意。

我太爷又问，你怎么想？

旺福就老老实实地说，我也愿意。

我太爷点头说，既这样，就这么定了，早则秋后，迟则年底，就把你们的事办了。

我太爷经过这两年的事，也已看出来，旺福并不是只会胡闹，真到事儿上不光顶得住，脑子也清楚。男人遇事先得说脑子，只要脑子清楚，再大的事也能顶得住。老话儿说女大十八变，其实男的也一样。我太爷想，倘这样看，将来把这个家交给老二旺福也不是没有可能。我太爷已经有几年没回北平了，这个夏天就想带我太奶回去住些日子。您这次回北平，一是对西四牌楼的老宅不放心，还是想看一看；二是云财已捎过几次信，说那边的铺子都已捋顺了，当初的何家父子也打发了，新来的人都挺顺手。我太爷也想去铺子里看看；三是借这次回北平，把这个家交给老二旺福一些日子，也想看看他是否真能管起来。

这个上午，旺福正在牲口棚跟祁顺儿说话。祁顺儿这一阵总往打米房跑，跟春来不光晚上，白天也经常钻进库房，一待就是半天。王辰儿撞见过几次，又不敢管，就来找旺福。王辰儿说，他这也是为祁顺儿好，祁顺儿跟春来整天这么厮磨让别人看了说闲话还在其次，这一男一女，又都是这样的年纪，真厮磨出事来可就不是小事，到那时他这当管家的一点儿责任没有，要命的是他俩。王辰儿说着又看一眼旺福，当年的梅春是怎么走的。这么说着，见旺福的脸一下黑下来，知道自己走了嘴，赶紧把后面的话咽回去，找了个托辞就赶紧讪讪地走了。旺福知道王辰儿说得有理。祁顺儿跟了自己这些年，当然不希望他出事。

这个上午，旺福见牲口棚没人，就跟祁顺儿说，以后别总去打米房，就是去了，不该干的事也别总干。祁顺儿一听就知道，是管家王辰儿说了什么。

旺福说，王辰儿说没说都是这么回事，你跟我比不了，可就是我，真有这事儿又怎么样，当初梅春走了，我也照样挨了一顿蘸水的鞭子。

旺福跟祁顺儿正说着，窑上的人就来了。

旺福一听是大堤上的事，赶紧带着祁顺儿来到窑上。这时河堤已决了口子。口子一开就越冲越大，眼看要堵不住了。这段河堤的下面不光有王家窑，再往里也都是我家的地。倘这儿一决口，水大了就可能连官宅也淹了。旺福一看，先让祁顺儿赶紧回去，叫家里所有的男人都把手里的事放下，赶紧到大堤上来。又跟李大满说，把刚出窑的砖都推到堤坡上来，堵口子。李大满一听不敢做主，这一窑砖连打带烧得不少钱，一推的大堤上就全完了。旺福急了，瞪起眼说，我让你干你就干，我是少东家，这事儿我做主！李大满这才赶紧带人去推砖。这时家里的人也都赶来了，跟着一块儿往大堤上搬砖运砖。砖跟土不一样。土倒进决口，转眼就冲没了，但一车一车的砖倒下去，一会儿口子就叉住了。这时，旺福又让李大满把砖窑扒了。李大满一听说，二少爷，老爷说过，这砖窑可是上辈儿留下来的。

　　旺福说，先说大堤！

　　李大满只好带着人把窑扒了，又把窑上的碎土也堵到大堤的决口上。原来这窑上的碎土都是烧过的，跟一般的泥土不一样，泡不烂，也冲不走。这样的碎土倒在叉住决口的砖堆上，立刻把缝隙填满了。到下午，这段大堤的决口才堵住了。

32

　　八月十五这天，云财从北平回来了。

　　云财是送甘草回来的。这次我太奶跟我太爷去北平，把身边的杏春和甘草都带去了。本以为住一段就回来了，但我太爷是老北平，一到北平就不想走了，跟我太奶商量，索性过了八月节。我太奶是亳州人，对北平没兴趣，可拗不过我太爷，也就只好同意了。但我太奶爱吃甘草酿的桂花蜜。甘草是地道的亳州酿法，用的也是亳州桂花。村里的秦大夫每年回亳州进一次药材，回来时，就特意给我太奶带一些当地的桂花。可甘草酿桂花蜜，须在八月十五这天。倘误了这天也就等于误了一年。于是我太奶提出，让甘草先回乡下。这时世道已越来越乱。我太爷就决定，让云财送甘草回去。

恁这样决定当然还另有目的。

我太爷一直很信任云财。这次来北平，到前门大栅栏儿的铺子看了，果然已让云财治理得井井有条。云财在北平这几年，生意场上也已结交了一些朋友。做生意都得结交朋友，但结交跟结交也不一样。有人结交朋友是挑肥拣瘦，只找中意的，能说上话的，看着不顺眼或一时半会儿用不着的，宁可不交。也有人结交朋友是不管什么人，四海之内皆兄弟，甭管用得着用不着的，一见面就是朋友。云财这两种都不是。云财结交朋友是结而不交。只要认识了，就算朋友，至于交不交往是另一回事。这有个最大的好处，我太爷常说一句话，多个朋友多条道，多个冤家多堵墙。无论遇到什么事，朋友多，能想的办法也就多。倘共过几次事，看出哪个人是真朋友，可以深交，再深交也不迟。云财新找的这个掌柜姓卜，叫卜利发，是京北昌平人，四十多岁，看着很精明，说话却挺实在。卜掌柜一来，就把"洪德仁绸缎庄"和"洪德义货栈"都打理顺了。这次我太爷来，卜掌柜一见就感慨地说，真不知老东家是怎么教的，咱这少东家才这样的年纪，生意上的事就这么透亮，心里的算盘比手上的算盘都清楚，要说我在这大栅栏儿也干了快三十年，还真没见过少东家这样的年轻人。卜掌柜这话当然不无恭维，可听得出来，也是心里话。我太爷这次让云财送甘草回乡下，是想让他跟旺福好好儿聊聊。我太爷越来越发现，这老三云财跟老大长贵确实不一样。长贵是读书人的脾气，甭管什么事，心里怎么想也就怎么说。其实有的时候可能想法儿挺好，也是好意，可话从嘴里一出来就变味儿了，成了另一个意思，让人听着不顺南不顺北。云财却不是这样。同样一句话，到了云财的嘴里就能两头儿说，也能两头儿听，这就让人顺耳多了。所以，我太爷想，云财这次送甘草回去，家里只有他兄弟俩，正好是个机会，如果让云财把自己的想法儿多跟旺福说说，也许对旺福有好处。云财临动身，我太爷就把这想法跟他说了。云财一听，也就明白了我太爷的心思。大哥长贵本来就指不上，现在已经去了日本，自然就更指不上了。自己又长年在北平盯着铺子，以后家里的事，也就只能靠二哥旺福了。

云财和甘草本来是八月十四这天从北平动身。我太爷特意雇了一辆马车，说"起旱"比水路快，也安全。可大车走到肃宁，马的前掌掉了。车把式心疼牲口，不肯走了，非要在肃宁住店，等钉了马掌再走。这样在肃宁又住了一宿，到家就已是八月十五了。

云财这次回来，一到家就听说了大堤决口的事。云财很意外。前次旺福去北平，帮着处理何掌柜父子铺保的事，云财已看出这二哥旺福确实不像家里人过去说的，只是个会甩大鞋的狗少，真到事上不光有主见，也能压得住。这次一听大堤决口，就更不是一般的事了，倘没有旺福，后果简直不敢想。云财一见，就搂着肩膀连连赞叹说，我回去把这事告诉爹，爹肯定不敢信。

旺福听了，只是呵呵地笑。

这天是八月节，云财又刚进门，旺福就让厨房炒了一桌菜，说要为三弟接风。云财则拿出特意从北平带回的南路烧酒，说要慰劳二哥。这时，云财忽然想起甘草。云财在北平已听说了，家里要把甘草说给旺福，也知道这回跟上回不一样，甘草和旺福都愿意，所以事情已定下来。回来的路上，只是这种事不好问，才没跟甘草提。于是对旺福说，把甘草也叫来吧，今天过节，她又刚回来，一块儿吃个饭。

旺福当然同意。自从家里定下这事，旺福也仔细打量过甘草，觉着确实挺好看。女孩儿好看不一定只是模样，还会从这模样里透出一股气。但气跟气也不一样，有的气透出来，能让模样更好看，但也有的气透出来，本来挺好看的模样儿也许反倒俗了。甘草的身上也有一股气，可这气是什么，旺福却说不出来，就是觉着挺受看。其实这晚上，旺福的心里也有这意思，只是不好说出口。这时云财一说，就立刻让人去叫甘草。

一会儿，甘草来了。

甘草自从来我家，虽是半仆半主，可从没上桌吃过饭，平时都是和杏春一起吃。这个傍晚，甘草刚把桂花蜜酿好。甘草一回来，就听底下的人说了大堤决口的事。底下的人倒不关心淹房子淹地，只是说，这次要没二少爷，大堤一决口，大家就都没命了。甘草一听也很意外，没想到二少爷竟办了这么大的事。再想，心里也暗暗高兴，自己这辈子真托付给这样一个人，也就踏实了。这时一听底下的人来叫，本想这种时候，自己去不太合适，可去北平这些日子了，也想看看二少爷，趁这机会也能敬他一杯酒，于是收拾了一下就过来了。

这晚上是八月节，旺福和云财兄弟俩也从没这样吃过饭。云财从上次旺福去北平之后，一直想感谢二哥，只是总没机会，这时甘草也在座，老人又不在，几个年轻人也就更随意，一顿饭吃得很高兴。云财让甘草也喝一杯。其实甘草有酒量，当初在亳州老家时，经常陪她爹喝酒。这晚上也是高兴，让喝也就喝。当然最高兴的还是旺福，一边坐着兄弟，一边是自己没过门儿的媳妇儿，自己又刚干了一件露脸的事，心里难免有些得意，一得意，也就有些忘形，于是也就一杯一杯地喝起来。先是跟云财碰杯，后来又跟甘草碰杯。甘草起初抹不开，不好意思跟旺福碰，可几杯酒喝下去也就放开了，一杯碰一杯地喝起来。云财毕竟是买卖人，买卖人到什么时候都有分寸。甘草虽然一直是半主半仆地在我家，可现在的身份毕竟不一样了，已是官宅没过门儿的二少奶奶。于是看看差不多了，就对旺福说，我还给二哥带了一包北平"月盛斋"的百果月饼，一会儿咱哥儿俩去花园，一边赏月，喝茶吃月饼，我还有几句话想跟二哥说。甘草一听，也就知趣地起身回自己房去了。

这个晚上，云财和旺福在花园没说几句话。也是旺福喝大了。其实旺福从十来岁就学会喝酒，算起来也已喝了快十年，酒量已经很大。但喝酒时间长的人有个特点，只要别出大格儿，喝大没喝大也就已经看不出来，喝一两是这样，喝一斤也是这样。云财虽然从不喝大酒，可常在生意场上走动，见得多了，也懂这个规律。云财这次回来，心里还记着我太爷交待他的话，本打算这晚上跟旺福好好儿聊聊，可让底下的人在荷花池的岸边放下桌子，沏了一壶香片，又摆上水果和月饼，只说了几句话就觉出不是这么回事。旺福看着头脑还清楚，说话也正常，可说的来回话儿已经是串皮不入内。云财明白，这时再跟旺福说什么都是白说，第二天早晨肯定都忘了。于是两人喝着茶，吃了块月饼，又说了几句闲话，也就各自回房歇了。

但这个晚上，旺福并没回去歇着。旺福看着喝大了，也没完全大。云财跟他说话时，他好像串皮不入内，其实是另有心思。旺福吃饭时，一边喝着酒一直在看甘草。甘草一喝酒脸上粉红，内里的那股气也就不是透，而是完全散发出来，这一下就不光是好看了，简直光彩照人。这时，旺福见云财回房去歇了，就从花园里出来，不知不觉地朝我太奶的上房院儿这边走来。我太奶的上房院儿是一个挺大的院子，正房五间，东西厢房各两间，靠月亮门儿这边还有一排倒坐的南房。西厢房是杏春住，东厢房就是甘草住。旺福这个晚上说没喝大，其实还是大了。他晃晃荡荡地来到月亮门儿跟前，一看院子挺黑，只有东厢房还亮着灯。知道是甘草在房里，就过来敲敲门。

甘草在屋里问，谁。

旺福没答话，又推了推门。

他这一推门，甘草就知道了，应该是二少爷。甘草犹豫了一下，还是把门打开了，一看旺福站在外面的样子，就知道他喝大了。旺福没等甘草说话，拿脚就进来了。甘草站在门口，又犹豫了一下，说，二少爷，这么晚了，不合适，你还是回吧。甘草这几年一直是叫二表哥，家里给她和旺福定了亲事，就改口叫二少爷了。这时又说，有话，明天说吧。

旺福一屁股在桌前坐下了，说，渴了，沏壶茶吧。

甘草没办法，只好去给他沏茶。

据我四爷说，事后我太爷问旺福，这个晚上到底怎么回事，旺福却一概不记得了。不是故意不记得，是真不记得了。旺福甚至说，他都不知道自己是怎么去的甘草的房里。但我太奶问甘草，甘草只是哭。她这一哭，也就说明大概的意思了。

总之，事情是一个多月以后出来的。

我太爷和太奶是阴历的九月下旬才从北平回来的。本想一过八月十五就回。但云财回北平之后，把家里的情况说了。我太爷一听确实不敢信，没想到这老二旺福竟然顶了这么大事。最让我太爷吃惊的是，大堤决口时，旺福竟想到把砖窑扒了，先用砖，再拿窑上的碎土堵决口。我太爷还记得，光绪三十二年，滹沱河大堤曾决过一次口子。当时官府挨家征集麻袋和草袋子，说要装土用。那时我太爷才懂，堵决口不能直接用土。但我太爷不知道，旺福的这个办法是从哪儿学来的。您这时也就明白了，看来自己没想错，这老二旺福，将来真可用。

我太爷这一想，心里也就踏实了，在北平又住了一个多月才回来。

33

事情的起因，是我太奶洗澡。我太奶有洁癖，在家时一天要洗一次。但去北平就没这么方便了。我家在西四牌楼的老宅不常住人，做饭还行，烧洗澡水就有些费事。我太奶这次从北平回来，一进门就要洗澡。去厨房打热水自然是甘草的事。热水打够了，甘草就和杏春一块儿伺候我太奶洗澡。这时我太奶就闻见，好像总有一股一股的异味儿。这异味儿当然不是自己身上的，应该也不是杏春的。倘是杏春的，在北平时就已闻见了。我太奶就怀疑，是不是甘草。我太奶的娘家也是医家，这方面很敏感。她知道，倘这味儿真是甘草的，就可能是妇科方面得了什么病。搁过去，甘草有病，治就是了，可现在要说给旺福，这事就没这么简单了。我太奶还是沉得住气，没直接问甘草，只是私下问杏春。杏春说，她这次回来也发现了，确实是甘草身上的味儿，她也问过甘草，甘草说，她自己也闹不清，就是总觉着下边痒，还经常有东西流出来，这股味儿，就是流出东西的味儿。我太奶一听，就知道猜对了。那时女人月经来潮还没有卫生巾，连卫生纸也没有。一般的大户人家，女人都是用一些柔软的碎棉布缝一个长条带子，来潮时垫在下面，用完了再洗。可这样重复用，也就难免感染，用今天的话说也就是可能染上妇科炎症。但这时已是九月，我太爷说，年底就要给旺福和甘草办婚事。我太奶也是心急，没跟我太爷商量，就擅自做主办了一件错事。她让人把村里的秦大夫请来了。秦大夫来了详细问了一下，又摸了甘草的脉象，脸色立刻变了。我太奶看出有事，就让甘草和杏春都出去了。然后才问秦大夫，怎么回事。秦大夫想了想，又一个劲儿地摇头，嘴里喃喃地说着，不会啊，这怎么可能呢。我太奶急了，问到底怎么回事。

秦大夫这才说，表小姐得的，是花柳病。

我太奶一听就愣住了。我太奶当然知道花柳病是什么病，可甘草一直在自己跟前，又整天大门不出二门不迈，怎么可能染上这种脏病？就问秦大夫，是不是看差了。秦大夫这才说，我说句不该说的话，您别过意，镇上有几个下处，那样的地方这种病最多，经常请我去，不会看差的。又说，其实我刚才一进来，就闻见表小姐身上的味儿了，心里还含糊，官宅的女人，怎么可能染上这种病，再一摸脉象，就是了。

我太奶这才明白了。

送走了秦大夫，我太奶立刻来见我太爷。我太爷一听就急了。您急，还不是急甘草得了这种病，而是急我太奶没跟您商量就把秦大夫请来了。这秦大夫人是可靠，医术也好，可就是有个毛病，爱喝酒。喝酒只要不喝大酒，应该也不算毛病。但秦大夫只要一喝了酒嘴就没把门儿的，想说什么拿过嘴来说。搁一般人，拿嘴就说也不算大毛病，就是个撒酒疯儿，一说一闹也就过去了。可秦大夫不行，他是个大夫，知道太多别人不知道的事。这秦大夫平时也有医德，给人看病的事，在外面守口如瓶，从不乱说。可一喝酒就管不住嘴了，想起什么一吐噜也就出来了。堂堂的官宅，还没过门儿的二少奶奶，竟然得了这种脏病，这要让秦大夫说出去，岂不成了天大的笑话。我太奶一听也慌了，忙问我太爷，怎么办。我太爷说，这秦大夫的嘴他自己都管不住，别人谁还能有办法，只能先走一步看一步了。想了想，又摇头叹口气，现在还是先说甘草吧，这事到底怎么回事，她自己总该清楚。

我太爷这一说，我太奶就明白了。

这种脏病不像别的病，自然不会凭空来的，一定得有男女的事。这时我太奶才意识到，自己从一开始就想错了。她起初想的是，甘草一直在自己跟前，就算怎么样，也不可能有这样的机会。可现在再想，甘草是八月十五回来的，这段时间，会不会有什么事？

这时，我太爷也已经想到了。愿想的是老二旺福。

这一想，事情也就顺理成章了。

我太爷还真想对了。这事就是旺福。据我四爷说，很多年后，他曾问过旺福。但究竟怎么回事，旺福自己也说不清楚。据我四爷分析，应该只有两种可能，一是旺福当初第一次到北平，经常去钻八大胡同，也许是那时染上的。还一种可能，就是冯寡妇。但不管是哪种可能，有一点可以肯定，他身上确实已带了这种脏病。大概是因为阳气太盛，或抵抗力强，身上带了这种病菌自己却一直没感觉。也许是因为粗心，不懂，带带拉拉的有感觉也没在意。

显然，这就是个很麻烦的事了。但再麻烦也必须弄清楚。我太爷想来想去，只有一个办法，于是对我太奶说，还是分头吧，愿问旺福，让我太奶去问甘草。

我太爷立刻让人去把旺福叫来。旺福这时还满心得意，以为这次为家里办了这样大的一件事，我太爷刚回来就把他叫来，肯定是要夸他。可来到后面的梨树小院，一进来，就觉出气氛不是这么回事。我太爷平时叫人来说话，如果心情好，一般是坐着。倘把人叫来，愿站着说话，这就要有事了。这个晚上，旺福进来时，我太爷正背对着门，倒背着两手站在迎门桌儿的跟前。旺福一看没敢说话，只是轻轻咳了一声，就站在旁边了。我太爷又沉了一下，才慢慢转过身，看看旺福问，你自己在家这些日子，家里有事吗？

旺福一听，这才松口气说，除了大堤决口，别的没事。

我太爷问，你没又闹酒吧？

旺福一听，觉出不对了。试探着看看我太爷，没立刻答话。

我太爷又问，甘草节前回来，你见着她了吗？

旺福心里更纳闷了，摸不清我太爷怎么会没头没脑地这么问，想了想说，见是见了。我太爷抬眼看看他，嗯了一声。旺福只好接着说，过节那晚上，有云财，一块儿吃的饭。

旺福知道，那晚吃饭的事想瞒也瞒不住，就是自己不说，管家王辰儿也得说。

我太爷又嗯了一声。

旺福等了一会儿，见我太爷不说话了，就悄悄退出来了。

旺福回来，越想越觉着不对。就把祁顺儿叫来，让他也跟着想想这究竟是怎么回事。祁顺儿想了一会儿说，老爷先问，您在北平这些日子，家里有没有事，这说明，您可能听说了，这段时间家里有事，又问您闹没闹酒，说明您听说的这事儿应该跟您喝酒有关，后来又问到表小姐，问她回来以后，您见没见过，这也就说明，老爷想知道的这事不光跟您喝酒有关，应该也跟表小姐有关。祁顺儿这一分析，旺福的心里立刻激灵一下。那一晚，他是怎么去的甘草房里确实已记不清了，但去了之后，后来干了什么还记得。当时甘草不愿意，可架不住旺福死皮赖脸的缠磨，甘草当时也是喝了酒，想想早晚是这么回事，也就从了。但甘草最后说，就这一次，从现在起，不要再来找她。这时旺福想，我太爷这晚上叫他去，是不是为这事？可再想，又觉着不太可能。他那晚上从我太奶的上房院儿出来已是后半夜，没人看见。

祁顺儿摇头，没人看见，可不一定没人知道。

旺福哼一声说，要知道，也就你一个人知道。

祁顺儿立刻急扯白脸了，二少爷信不过我？

旺福说，我信不过谁，你知道。

祁顺儿明白了，二少爷指的是春来。

他心里立刻又一沉。这事，他还真跟春来说过。

34

几天以后，这事果然传开了。

但不是春来。我太爷担心对了，是秦大夫。

秦大夫是个热心肠，可热心肠的人有时也会好心好意地给你坏事。秦大夫那天给甘草看了病，回去之后还一直想着这事。甘草这病是怎么来的，他倒不关心。他只是觉着官宅平时对自己不薄，虽说每次去出诊从不收诊费，可到年底，我太爷总要封一份厚厚的礼金让人送过来。这次这事，他也就格外上心。既然已看了病，又是这种病，自然不能就这么算完。秦大夫分得出轻重，知道这回不是一般的事。桥头镇有几家窑子，这种病在窑子里常见，也经常请秦大夫过去。可秦大夫明白，给那些女人治这种病，再怎么治也是白治，对她们来说病是标，干的营生才是本，你这里刚给治好了，也许一晚上就又染上了。所以秦大夫每次去，也就是开些常见的顶药儿。可这次官宅的事就不一样了，秦大夫从我太奶的脸色已看出来，这件事非同小可。这晚一回来，就把这些年压箱底儿的方子都翻出来。

秦大夫是亳州人，下药很讲究，每年都要专门回去一次进亳州的药材。但这回要用一个祖传秘方，叫"龙凤回头汤"，其中有一味"龙胆草",且是君药,手头没有了。想来想去,就只好来河这边的桥头镇。镇上有一家"回春堂"药铺,掌柜的姓胡,是河北安国人。胡掌柜跟秦大夫虽也算半个同行,但一直面和心不和。有时干脆面也不和,两句话不投机就都红头白脸。安国出药材,亳州也出药材,所以胡掌柜瞧不上亳州,秦大夫更瞧不上安国。秦大夫说亳州从商汤建都,又是华佗故里,这就无人可比了。胡掌柜却说,安国古称祁州,药材虽始于北宋,可也有"草到安国方成药,药到祁州始生香"之说。两人争执不下,也就免不了矫情。但胡掌柜是个大嗓门儿,说话也快,秦大夫的安徽口音相比之下就有些软,无论声音还是速度,都处于劣势。这样一来,两人平时也就很少过话,更不来往。这回秦大夫来买龙胆草,胡掌柜一见就笑着说,我的龙胆草可是安国的龙胆草啊,秦大夫也放心?秦大夫听出他这话里带刺儿,只是笑笑,没答话。胡掌柜又说,秦大夫宁肯放下架子,过河来买我的龙胆草,看来这回不是一般的病人啊。胡掌柜说这话其实有两层用意,表面是讥讽,更深一层也是试探。这世上古往今来单有一种人,天生好奇心极强。这种好奇心倘换一个说法儿,也就是"是非",无论跟自己有关还是无关的事,都要削尖脑袋打听。但真打听清楚了,对自己又没任何用处。可即使没用处也想知道,好像知道了心里才踏实。

胡掌柜也就是这种"是非"人。

搁平时,胡掌柜这样问,秦大夫一笑也就过去了。可这个下午,秦大夫刚在镇上喝了酒。秦大夫平时最爱吃"驴三件儿"。所谓"驴三件儿",也就是驴鞭、驴蛋和驴乳房。桥头镇上有一家"兰记汤锅",做的味儿最好,老板是保定人,酱出的驴鞭、驴蛋不骚，驴乳房也不腥。秦大夫是大夫，深知这三件东西倘再配上"浮河老烧"对男人是如何的大补，就如同是往灶里添干柴。这个中午，秦大夫在"兰记汤锅"一边跟兰老板聊着天，不知不觉吃了一盘"驴三件儿"，又喝了半斤"浮河老烧"。出来时虽没觉着大，但脚下也有些轻飘飘的。这时，胡掌柜这样一问，也就顺嘴说出来，病人是官宅没过门儿的二少奶奶。秦大夫这样说，当然也是有点儿谝的意思，想让胡掌柜知道，自己是官宅的常客，官宅的人有病也请他去看。可他就不知道，胡掌柜这样问，其实还有一层目的。甘草自从八月节以后，总觉着下身发痒，渐渐还有东西流出来。先是以为来了月经，再看，不红，还有一股腥糊糊的臭味儿。甘草毕竟从小在医家长大，知道这不像好病，再想八月十五那晚上的事，二少爷这几年在外面的种种胡闹，她也一耳朵一耳朵的听到一些，心里也就越来越害怕。但又不敢确定，于是就凭着自己知道的，偷偷来镇上的"回春堂"买药。药铺的胡掌柜眼毒，人也精，知道这来的是官宅的女人，一见她要买的药，更来了兴趣。于是好心好意地说，保险起见，还是摸一下脉象，药家虽不是医家，只能看个大概，至少该寒则寒，该温则温，别把药吃反了。甘草自己偷偷来镇上买药，本来就提着心，只想赶紧买了赶紧回去，胡掌柜这一说，也就只好把手伸出来。胡掌柜虽是开药铺的，但这些年坐堂，也已经有些医道。当时摸了甘草的脉象就有些怀疑，再看甘草买的药，就更怀疑了。可毕竟是官宅的女人，又不敢确定。这时秦大夫要买龙胆草，再一说，是为官宅还没过门儿的二少奶奶治病，心里立刻就明白了。胡掌柜当然清楚龙胆草是干什么用的，这时也已打听清楚，前几次来买药的女人，正是官宅没过门儿的二少奶奶。但这个下午，秦大夫还是没喝大。他清楚这胡掌柜是个是非之人，所以话一出口就后悔了。可后悔也没用，既然已说了，再想收是收不回来，于是拿了药就赶紧走了。

这种事自然传得比风还快。这天晚上，旺福正在自己房里喝闷酒。这时我太爷已明确说了，不让他再住牲口棚。我太爷倒没说别的，只是说，牲口棚人多，也杂，以后家里经常有事找他，那地方不方便。旺福也明白我太爷的意思，就搬回自己房里来住了。这个晚上，祁顺儿匆匆跑来，一进门就说，二少爷，先说下，这事儿可真没我的事儿。

旺福心里正烦，也喝得有点大，瞪他一眼说，有话快说。

祁顺儿这才把刚听来的事说了。祁顺儿说，那天晚上一听说这事，他就嘱咐春来了，她敢把这事说出去，就撕烂她的嘴。春来也说，这么大的事儿，当然不敢乱说。可这个晚上，春来告诉祁顺儿，现在府里上上下下都已知道了，不光府里，连外边的人也知道了。听厨房洗菜的一个老妈子说，这事还是从外面传进来的。上午厨子老胡去河边买鱼，回来的路上听几个人议论，说官宅这回真出丑事了，还没过门儿的二少奶奶，不知从哪儿染上了脏病。厨子老胡脾气大，一听就上去揪住那人问，这事儿是听谁说的。那人先还不知老胡是官宅的厨子，说在村里听说的，村里都传遍了。又见身边的几个人都撒腿跑了，才明白是怎么回事，趁老胡不注意也挣开跑了。厨子老胡是个大炮，一回来就跟身边的人说了。前边的厨房人多，谁都去，工夫不大就在府里传开了。下午，管家王辰儿打发手底下的陈胖子去镇上买几刀草纸。陈胖子平时好喝两口儿，这次好容易去镇上，买了草纸，就跑去一个小馆儿喝酒。一边喝着酒，也听人议论这事。陈胖子一回来就赶紧跟管家王辰儿说了。管家王辰儿这时也已听说了这事，本想再压一压，先不告诉我太爷，这时一见闹大了，才赶紧来后面跟我太爷说了。我太爷一听就明白了，这事儿再想捂是捂不住了。傍晚，秦大夫又来给甘草看病。这时甘草吃了秦大夫的几副药，病情已见好。秦大夫给号了脉，又把方子做了加减，正要告辞，有人来叫，说老爷正在后花园的花厅等他。我太奶这时也已听说，这事已在家里外面传开了。一见我太爷让秦大夫去，就知道要问这事。于是也跟过来。我太爷一见秦大夫，劈头就问，这事是不是他说出去的。秦大夫正亏着心，已料到我太爷要问，索性也就都说了，自己怎么去的镇上"回春堂"买药，胡掌柜怎么套自己的话，自己又怎么因为喝了酒，一溜嘴就说出来了。秦大夫毕竟跟官宅是这些年的关系，事情已然如此，再说什么也于事无补。

我太爷叹口气，就让人把秦大夫送走了。

送走秦大夫，我太爷立刻让管家王辰儿把底下的人都叫到后花园。我太爷面沉似水，但声音还算平和，您对众人说，官宅有官宅的规矩，不该传的话，不要传，不该议论的事也不要议论。又说，官宅这些年，对每个人都不薄，可不薄也得守规矩，谁要犯了规矩，就不是薄不薄的事了，官宅是一刻不留的。我太爷的这番话好像说得不明不白，但每个人都能听懂，也知道指的是什么事。只有祁顺儿，在底下越听越摸不着头脑。

祁顺儿这个晚上刚从上游的柳集回来。柳集的吴老贵自从那次花秃子带人去找他，让他把当年欠的杀猪钱连本带息都合成粮食，然后派人拉走了，本来心里已经踏实了。可后来才听说，花秃子来拉粮食的那几个人，回去的路上碰上日本人，都给打死了，粮食也让日本人抢了。吴老贵一听心又提起来，唯恐花秃子再来找麻烦。后来不知从哪儿打听到，这花秃子跟官宅的二少爷是把兄弟，就想走走这个关系。吴老贵跟我太爷也认识，但没交情。当年官宅逢年过节，用的猪肉都是从吴老贵这里进。我太爷只见过吴老贵两次，后来就让管家王辰儿跟他打交道了。我太爷不喜吴老贵这种人，长得像个耗子。不光模样儿像，胆子也像，还精于算计，整天把日子过得吓吓叽叽抠抠搜搜。吴老贵也知道我太爷不喜跟他来往，这回也就没敢惊动我太爷，只让人给旺福送来一封信。信上先说了花秃子跟他的旧怨，又说了这次本已经把当年欠的工钱连本带息一文不少的都合成粮食还给了花秃子，花秃子也已派人把粮食拉走了，可回去的路上怎么碰上了日本人，让日本人怎么把这几个人打死了，又怎么抢走了粮食。吴老贵最后表白说，这事儿真跟他一点儿关系没有，他再怎么老糊涂，也不可能跟日本人有牵扯，所以还请二少爷跟花秃子说说。又说，听说二少爷跟这花秃子是磕头兄弟，说的话，花秃子肯定听得进去。吴老贵已打听了，这官宅二少爷最爱喝酒，还特意让人带来几坛陈年的"浮河老烧"。旺福看了信，说三天以后，让吴老贵听回信儿。然后就打发送信的人回去了。但旺福寻思了两天，还是不想管这事。吴老贵是什么人先放一边儿，他只是不想再跟花秃子这些人有来往。吴老贵这一说，他也才明白是怎么回事，敢情这花秃子突然跟河那边的日本人干了一仗，是因为日本人打死了他的人。可花秃子为打这一仗，也差点儿把滹沱河的大堤挖开，为堵这口子还扒了我家一座砖窑。这一想，这笔账就不光是记在日本人的头上，应该也有花秃子的事，再想，还有这吴老贵的事。第三天，旺福就让祁顺儿去给吴老贵送信儿。送的只是个口信儿，说，自从花秃子跟日本人打了那一仗，日本人一直找他，他带着人也就更神出鬼没。眼下没处去找，等见了他，一定会把吴老贵的话转给他。于是祁顺儿也就带着这口信儿去了柳集。但祁顺儿知道，这吴老贵胆小如鼠，好嘀咕，倘按二少爷交待的这么说，他心里肯定不踏实，不踏实自然就还要来麻烦二少爷。这种人如同狗皮膏药，一旦粘上了就撕撸不清。于是到了柳集就擅自做主，把这口信儿改了一下，对吴老贵说，二少爷说了，你跟官宅毕竟有这些年的交情，这点小事不叫事儿，这几天花秃子就过来，等见了他，跟他说一声就行了。祁顺儿又说，到时候，他也会提醒二少爷。吴老贵一听千恩万谢，还特意留祁顺儿住了一晚，使劲招待了他一下。

这个晚上，祁顺儿一回来就被叫到后花园，听我太爷说了这样一番话，也就越听越糊涂。等来到前面一问春来，才知道是怎么回事。春来赶紧又咬牙跺脚指天发誓，说这事绝不是她说出去的。然后就把厨子老胡和陈胖子回来说的话，都告诉了祁顺儿。祁顺儿听了心里一惊，连忙问，二少爷知不知道这事。春来想想说，二少爷知不知道，还真说不好，不过估计他还不知道，听老爷说话的意思，好像也是刚知道的。祁顺儿一听，这才赶紧来这边报信儿。

旺福听了，知道自己这回这祸惹大了，一下也没了主意。

祁顺儿上一眼下一眼地看看旺福，想说什么，又咽回去。

旺福说，你有话就说，这事儿，咋办？

祁顺儿问，二少爷，您那下边儿？

他说到这儿就停住了。

旺福明白了，说，我也正纳闷儿，没啥事啊。

祁顺儿又问，一点事没有？

旺福说，一点事没有，该尿尿还照样尿尿。

祁顺儿说，要真没事，您就咬死口儿。

旺福看看他，不承认？

祁顺儿点头，不承认！

祁顺儿又说，您这么说，对谁都好，老爷也会同意。

祁顺儿的脑子确实灵透。他这一说，旺福才意识到，倘自己真咬死口儿，就来个死不承认，也许事情反倒简单了。两人正说着话，底下的人来叫，说老爷让二少爷去一下。

旺福听了看一眼祁顺儿，就跟着来到后面。

梨树小院敞着门。我太爷正站在迎门桌的跟前，见旺福进来，把手里的茶盅慢慢放下了。

旺福没说话，看看我太爷，就立在一边。

我太爷瞥他一眼，问，最近，觉着咋样？

旺福不知我太爷这样问，指的又是什么，愣一下说，挺好。

我太爷又问了一句，挺好？

旺福说，是，挺好。

我太爷说，不用叫秦大夫来看看？

旺福一下明白了，立刻说，我，没啥病。

我太爷又说，有没有病，你自己该知道。

旺福说，没病。

我太爷又问，是没病？

旺福说，是，没病。

我太爷点点头，就把外面的人叫进来，让去把管家王辰儿叫来。

一会儿，管家王辰儿来了。

我太爷没看管家王辰儿，又对旺福说，明天秦大夫过来，让他也给你看看？

旺福这时已明白我太爷的意思，就又说了一句，我没病，不用看。

我太爷抬起头，又问他，不用看？

旺福说，好着呢，不用看。

管家王辰儿是何等机灵的人，心像一盏灯，一拨就亮，于是赶紧说，二少爷没病是好事啊，眼下家里外头，就指着二少爷了，前些日子大堤决口，要不是二少爷就毁了。

我太爷嗯了一声。

旺福看看我太爷不说话了，就退出来。

管家王辰儿毕竟已在我家干了这些年，我太爷平时不用说话，一个眼色，一声咳嗽，也就心领神会。这个晚上，我太爷当着他这样问旺福，旺福又这样回答，他也就明白，该如何对底下的人说了。其实事情到了这一步，已经简单了。这件事之所以叫个事，且在家里外面风传，无非是因为三点，一是这是个脏病；二是得这个脏病的人，是官宅还没过门儿的二少奶奶；三是既然是还没过门儿的二少奶奶，那么最有可能的也就是从官宅二少爷的身上传的。这一下，本来是一个人的事，也就变成了两个人的事，又由两个人的事变成了整个儿官宅的事。现在好了，脏病虽是脏病，但二少爷的身上并没有。这也就是说，这个脏病不是从二少爷这里传的，不光跟二少爷无关，跟官宅也无关，于是一个人的事就还是一个人的事。倘这个染上脏病的女人再不是官宅没过门儿的二少奶奶，别的也就都无所谓了。

这时，我太爷已想好下一步该怎么办了。

35

这就要说到一个叫王茂的人了。

很多年前，有个盗贼，深夜潜来我家行窃。待搜罗了细软，打个包袱斜背在身上，再想走却找不到来时的路了。在院里东撞一头西撞一头，只觉着到处都是一样的月亮门儿。就这样一直撞到天亮，被我家的家人发现时，还像个老鼠似的到处乱转。当时我的老太爷刚好从北平来乡下，听说此事，就命人把这盗贼带来。这盗贼一夜连急带吓，且又累又饿，捆来时已经浑身筛糠，面如土色。我老太爷打量了一下，觉着这人还算面善，是个敦厚相，就没让捆去见官。索性让他留下，在我家看宅护院。我老太爷还特意为他取名，叫王槐。后来到我太爷时，见这王槐在我家一直忠心耿耿，就把家里的一个老妈子配了他。这老妈子先给他生了个儿子，没落住。后来又生了一个，又没落住。到第三个才落住了，取名王茂。

这王茂长得比他爹王槐周正，方头方脸，中等身材，像个男人样子。就是从小儿不会乐，过年见了炖肉烙饼也没乐过，一张方脸总跟门帘子似的耷拉着。比他爹也更有心路，整天闷着头不言不语，却不知什么时候偷偷学了一门泥瓦匠的手艺。后来他爹王槐死了，我太爷给发送了，就把王茂叫来。我太爷对王茂说，你爹在府里这些年，临死时说，只担心你，还没成个家。不过你放心，我太爷说，你是官宅长大的，日后官宅都会给你安排好。我太爷本以为说了这番话，身穿重孝的王茂会按礼数跪下，给我太爷磕几个响头道谢。但王茂没跪，也没道谢，只对我太爷说，如果老爷真看在他爹的分上，就放他出去吧。我太爷一听有些意外。王茂说，他有这门泥瓦匠的手艺，到哪儿也饿不着。我太爷虽有些不悦，也就同意了。这以后，王茂就离开了官宅。听说先去了青县，几年后回来，一直住在村里。

我太爷跟我太奶商量，甘草跟旺福的事只能就此打住了。接着，就说到这个王茂。王茂毕竟是官宅长大的，也算知根知底，且这人没毛病，不抽烟，不喝酒，也不爱说话。我太奶到了这时也明白，事已至此，这也只能是不叫办法的办法了。这时秦大夫刚从亳州回来，正好来给我太奶送桂花。据秦大夫说，这王茂出外几年，好像也挣了点儿钱，回村盖了三间瓦顶砖基的坯房，平时找他做活儿的人也不少，日子倒挺宽绰。我太奶一听，倘把甘草说给这样的人，也算放心了。于是送走秦大夫，就来跟我太爷商量，这事也只能这样了。

我太爷一听，就让人去把王茂叫来。

王茂这时已三十多岁。在溥沱河边，三十多岁还没成家的男人只有两种，一是穷，娶不起老婆；二是有毛病。有毛病的男人也分两种，要么人有毛病，偷鸡摸狗，或吃喝嫖赌；要么身上有毛病，这病或那病。王茂都不是。王茂这些年干泥瓦匠，出的是力气，也就身强力壮。手艺人不愁吃喝，日子自然也过得去。但王茂毕竟是官宅长大的，虽说后来离开了官宅，外面的女人一般的也就看不上眼。可他看上眼的女人又未必跟他，这就应了那句话，高不成低不就。我太爷本以为甘草再怎么说，也是官宅半仆半主的表小姐，说给这王茂也算下嫁，他应该求之不得。但把王茂叫来，跟他一说这事，王茂虽没说不同意，却连一句感激的话也没有，不光没有，连表示也没表示。我太爷的心里立刻有些不悦，但还是没发作。既然决定不发作，也就不打算计较。作为甘草的陪嫁，还要送他们二十亩上好的水浇地。但王茂当即耷拉着脸表示，他不要任何陪嫁。不过只有一个要求，甘草既然跟了他，以后就永远不要再跟官宅有任何来往。这个要求让我太爷没想到，我太奶更没想到。倘真这样，也就等于甘草这辈子跟我家彻底断道儿了。这时我太爷就有些忍不住了，心想，官宅从当年的王槐到你现在的王茂，对你们爷儿俩不说有恩，至少也一直不薄，你哪儿来的这么大仇？现在要把甘草说给你，你同意也行，不同意也行，可这事儿总不至于是招了你吧。这么想着，脸上就有些不挂了。我太奶在旁边看出来，也是担心事情闹僵了不好收场，就说，这事还是问问甘草，看她自己的意思。但我太奶一问甘草，甘草连犹豫也没犹豫就说，行。

就这样，王茂把甘草领走了。

很多年后，王茂以村干部的身份带着人来我家挖王家坟时，曾对我太爷说，你知道我当年领着甘草从你官宅出来时是怎么想的吗，我想，早晚有一天，我会带着人来刨你家的祖坟。

36

　　这年冬天，下第一场雪时，又出了一件事。

　　一天夜里，外面有人砸门。先是家人陈胖子起来了，一听这砸门的动静不对，不敢开，赶紧去叫管家王辰儿。这时王辰儿听见声音也已起来，来到大门跟前，问外面是谁。外面说，是二少爷的兄弟，进去再说话。王辰儿一听，就让陈胖子赶紧去叫二少爷。旺福这时还没睡，正一个人喝闷酒，一听陈胖子说，就跟着出来了。把门打开，立刻拥进几十个人，都拎着刀扛着枪，有的身上还带着血。管家王辰儿没见过这阵势，立刻吓得说不出话了。这时花秃子走过来，一见旺福就说，兄弟，日本人正追我，我的人得在你这儿忍一宿，天一亮就走。旺福一听，先告诉管家王辰儿，不要惊动家里人，然后就让人带着这伙人去了旁边的东跨院儿。又把厨子老胡叫起来，连夜给这些人做饭。花秃子这伙人看来是跑了不少路，都累了，吃了喝了，在屋里横七竖八地躺了一地。天一亮就走了。

　　接着，这个上午，日本人就来了。

　　日本人是跟着雪地上的脚印来的。先砸开门，进来一个军官模样的人，身边跟着几个端大枪的日本兵。我太爷闻声从后面出来，问怎么回事。这军官不会说中国话，朝身后看了看，一个中国人凑过来。旺福一眼认出，这人是桥头镇"祥和号"当铺的刀螂。没想到，这刀螂不知什么时候学会说日本话了。这日本军官是个刀条子脸，窄的也就一巴掌宽，不过看着挺和气，低声跟刀螂说了几句，刀螂就问，昨天夜里，花秃子那伙人是不是来过？我太爷并不知夜里发生的事，摇头说，我家昨晚没来过任何人。窄脸儿的日本军官微笑着摆摆手。刀螂说，你们可以出去看看门外的脚印儿，你家昨天夜里至少来过几十个人，应该是一个队伍，不是花秃子还能是谁。我太爷听了，回头看看管家王辰儿，又看看旺福。

旺福没说话，一直盯着刀螂。刀螂显然还怵旺福，跟旺福的目光一碰就赶紧避开了。这时，管家王辰儿好像突然想起什么，看看这日本军官，对刀螂说，你们等等。

说完就回里面去了。

一会儿，王辰儿又出来，对这日本军官说，我家大少爷，现在还在你们日本。说着把一张照片递过去。这是我爷长贵从日本鹭沼寄来的一张照片。他留着日本男人的短发，身穿日本和服，盘腿坐在一个榻榻米上，手里拿着一本书，看样子正在喝茶。这个日本军官接过照片仔细看了看，还给管家王辰儿，又冲我太爷敬了个军礼，就带人走了。

我太爷看一眼管家王辰儿，没说话就转身回后面去了。

王辰儿凑过来对旺福说，二少爷，我幸好想起这照片。

旺福黑着脸，瞪着王辰儿，突然抡圆了扇了他一个耳光。这是旺福第一次在家里打人，也是管家王辰儿第一次挨打。王辰儿一下给打愣了，用手捂着脸，看着旺福。

旺福没再说话，转身就朝后面来了。

旺福以为，他这天夜里没经过我太爷同意，就擅自让花秃子这伙人在我家住了一夜，我太爷得跟他发脾气。可他来到后面的梨树小院时，我太爷正坐在堂屋喝茶。愍见旺福进来，没立刻说话，只是把手里的茶盏慢慢放到桌上。

旺福说，昨晚的事……

我太爷摆摆手，你不用说了。

旺福说，当时是半夜，花秃子说，日本人正追他，天一亮就走。

我太爷摇摇头，叹口气说，这个王辰儿啊。

说罢，又挥了挥手。旺福就退出来了。

37

我太爷并不知道，日本人来我家时，长贵已从日本回来了。

据我四爷说，长贵去日本的这段经历始终是一个谜。若干年后，我太爷一直想问清楚，但长贵后来很少回家，每次问起来，也总闭口不谈，再问就故意岔开说别的事。一次我太爷急了，冲他发脾气说，我当年花钱送你出去，学成没学成搁一边儿，跟我有没有交待也搁一边儿，你总该告诉我，在那边究竟是怎么回事。可就是我太爷发火儿，长贵也没跟我太爷说过一个字。但我四爷说，他跟大哥的关系很好，感情也深，两人相差二十几岁，几乎是两代人，也就格外敬重他。所以这些年，长贵还是带带拉拉地跟他说了一些在日本的事。

长贵刚到日本时，本想去早稻田大学。但他在燕京大学结社时的两个同学已经先来日本，都在东京帝国大学。据这两个同学说，帝大是日本九所国立大学之一，将来毕业的出路也会好一些。长贵刚到日本，还两眼一抹黑，也就去了帝大的预科。

据我四爷说，长贵的性格一直很内向，不喜交往。但在日本跟在国内不同，认识的人多，朋友多，真遇到什么事也就总能多一些办法，所以那段时间，他也认识了很多当时正在日本留学的中国学生。这些人后来回国很多成了名人，有作家、有政治家，也有著名的社会活动家。

但让长贵没想到的是，他渐渐发现，自己并不喜欢日本。这个国家，跟他来之前想象的完全不一样。日本人看着彬彬有礼，见谁都鞠躬，其实都是一根筋。尤其男人，脑子不会拐弯儿。一根筋不拐弯儿的人脾气都大，说着好好儿的话，说翻脸就翻脸，动辄冒出一句"巴嘎"。起初长贵还不知这"巴嘎"是怎么回事，后来听同学一解释才明白，本来是指一种叫"马鹿"的动物，也就是笨的意思，但用中国话翻译也就是"混蛋"。长贵这一明白了，反倒觉得有些可笑，其实日本人说自己"巴嘎"，才是沿儿可沿儿的合适。

长贵来日本之前并没认真想过，将来学成之后是留在这里，还是回国。但他越来越感到与这个国家格格不入，读完预科，也就不想再读下去了。这时长贵先来的两个同学也都不想再读。几个人一商量，就决定提前回国。

但就在这时，发生了一件事。

长贵先来的这两个同学，一个叫徐景，一个叫陆天。陆天是山东济南人，徐景是河北黄骅人。徐景在国内时有个绰号，叫"白板"。起初长贵不知这"白板"是什么意思，后来才明白，说的是徐景的牙。徐景是一口黄牙，怎么刷也刷不白，看上去跟麻将牌一个颜色，如同长着一嘴的"白板"。据徐景说，在他老家，这种黄牙很常见。但有一天，长贵突然发现，徐景的黄牙竟变成了一口雪白的小白牙，看上去不仅漂亮，也很干净。长贵自己的牙也不好，不仅黄，还有龋齿，就问徐景，他这牙是怎么弄成这样的。徐景这才告诉他，在浅草的猿若街有一家叫吉原的口腔诊所。日本人把牙科叫齿科，这个吉原诊所的齿科很有名，不仅能治牙，也能洗牙。徐景说，他也是去了这家诊所才知道，他的这口黄牙在医学上叫"氟斑牙"。据齿科医生说，一般是因为喝的水含氟量过高造成的。他的牙，也就是在这个吉原诊所的齿科洗干净的。长贵一听，就想在回国之前，也去这个诊所把牙洗一洗。

　　一天上午，长贵来到浅草，在猿若街上很顺利地就找到了这个叫吉原的口腔诊所。来到齿科，接待他的是一个年轻漂亮的女医生，她说自己叫纯子。纯子医生先为长贵检查了牙齿，然后自言自语地小声说了一句什么。长贵的日语不太好，这纯子医生又戴着口罩，说的什么也就没听清。旁边端器械盘的小护士却噗哧笑了。长贵用日语问她，纯子医生说的什么。小护士又看一眼纯子医生，才说，纯子小姐说，您的样子很帅，如果不把牙齿治好，真是可惜了。小护士这一说，纯子医生虽戴着口罩，也能看出脸红了。长贵的脸也立刻红了。

　　这以后，长贵就三天两头去浅草的吉原诊所治牙。最初看出问题的是徐景。一天中午，长贵又从浅草回来，徐景和陆天拉他来街上喝酒。一边喝着酒，陆天说，徐景说了，他当初去那个诊所洗牙，只要三次就行了。徐景说，是啊，我给你数着呢，你已经去了七次，还没看见头儿呢。长贵的脸就红起来，说，你是洗牙，我还要治牙。徐景就笑着说，别说治牙，你就是拔了再长，这么长时间也该又长出来了。接着又摇头艳羡地说，这是好事啊。

长贵看看他。

徐景说，我就喜欢日本女人，可惜没这个艳福啊。

这时陆天就说，看来，我们得先回国了。

陆天的话只说对了一半。长贵和陆天、徐景三个人，本来已在准备回国的事。他们这样急着回国还有一个原因，这时日本已对中国发动全面战争，大批的中国留学生已经纷纷离开日本回国。可就在这时，一天晚上，长贵回来对徐景和陆天说，你们先走吧，我恐怕真要再等一等了。徐景和陆天听了，倒没感到意外。陆天说，再等等就再等等，这种事我们理解，不管怎么说，总要处理好，不过，你也得想好了，现在回国的船票已经越来越难买，最近都在传，说去中国的商船，军方马上要接管了，到那时再想回国恐怕就更难了。

徐景说，难也不怕，我要是有纯子医生这样的女人，就宁愿不走了。

长贵说，我把这边的事一处理好，就尽快回去。

长贵这时正在和纯子医生反复商量。纯子医生一脱下医生的白大褂儿就不再是纯子医生，而是纯子小姐了。纯子医生是一个很矜持，且做事认真的人，在为长贵治疗时一丝不苟，不仅治疗一丝不苟，言笑也不苟，经常从头到尾一个治疗都不说一句话。但一脱掉医生的外衣，从诊所出来，就变成纯子小姐了。这时的纯子小姐就像是另外一个人了，一说话脸就红，还经常会把头一低，扎进长贵的怀里。这也是最让长贵心醉的。长贵在国内时，知道中国女孩儿的性格。尤其北方女孩儿，不光泼辣，也大大咧咧，大都是难过就哭，高兴就笑，别扭就说，生气就嚷，至于你怎么看她，她不在乎。当然，这样的女孩也很可爱。可相比之下，长贵还是更喜欢纯子小姐这样的女孩儿。纯子小姐已对长贵说了，她是九州人，老家在宫崎县，但浅草的这个吉原诊所，她父亲是最大的股东，所以将来，她不会再回宫崎，而是要在东京一直生活下去。她对长贵说，希望他能留下来，将来和她一起经营这个诊所。但长贵也向纯子小姐明确表示了，他不可能留在日本，这个国度除了纯子小姐，没有一点值得他留恋的。他说，如果纯子小姐真的爱他，希望能和他一起去中国。也就在这时，形势已经越来越吃紧。纯子小姐也就明白了，让长贵留在日本已经不可能。长贵这时也没隐瞒自己的计划，他告诉纯子小姐，已经在和几个同学准备回国的事。但最让长贵感到无奈的是，这已是摆在两人面前无法回避的问题，而且越来越亟待决定，可每当说起这事，纯子小姐就不说话了，只是把头扎在长贵的怀里不停地流泪。她一这样流泪，长贵也就没主意了。

几天以后的一个下午，纯子小姐告诉长贵，她的三哥特意从九州赶过来，说要跟长贵当面谈一谈。长贵也就知道，决定他和纯子小姐命运的最后时刻到了。这个晚上，长贵来到纯子小姐的住处。纯子小姐的三哥叫夏川，已经在等他。夏川是个海军军官，马上要随船开赴中国的上海。他是典型的日本军人做派，穿着紧绷绷的白色军服，留着半寸的短茬子头，跪坐在长贵面前，两手扶在膝盖上。他称呼长贵"欧桑"，也就是"王君"的意思。他说，欧桑，我是军人，说话直截了当，我只有这一个妹妹，我已听说了，你不肯留在日本，可是我，也包括我的家人，绝不允许纯子跟你去"支那"。长贵一听这个夏川把中国称为"支那"，心里立刻很不痛快。他对这个夏川的样子本来就很反感。长贵是个脾气很偏的人，无论跟谁，喜欢就是喜欢，不喜欢就是不喜欢，绝不将就。这时一听就起身说，好吧，明白了。

纯子小姐送他出来时，他说，既然这样，我就尽快回国了。

纯子小姐又把头扎进他的怀里，流着泪说，我在东京等你。

长贵硬着声音说，你不要等了，我不会回来了。

说完，就把纯子小姐从自己的怀里轻轻推开了。

20 世纪 90 年代的一个秋天，我去东京的代代木开会，特意到浅草去寻找这条猿若街。据当地人说，猿若街还在，但现在已是浅草的六丁目，当年还真听说过，这里曾有一个叫吉原的口腔诊所，后来东京大轰炸时已被烧毁了。我走在浅草六丁目的街上，心里算着，如果当年的纯子小姐还在，应该已将近九十岁了。我发现，六丁目的街上到处是弯腰驼背的老人。我想，在这些老人里，有没有纯子小姐呢？如果她还在世，当然不会真在这里等长贵，但有一点可以肯定，当年的"欧桑"，她应该是不会忘记的。可是这时，我爷长贵已不在人世了。

当年的那个晚上，长贵从纯子小姐那里回来，对陆天和徐景说，我决定了。

陆天问，决定什么了？

长贵说，一起回国。

徐景摇头，可惜啊。

38

这年开春，滹沱河边彻底乱起来。先是日本人在桥头镇设了据点。接着北岸就冒出各种队伍，有穿军服的，也有不穿军服的，打的都是抗日旗号，专找大户人家征钱征粮，收缴各种枪支弹药。有的队伍干脆开进有钱人的家里驻扎，把私宅当成兵营。一时闹得乌烟瘴气。

一天晚上，我太爷把旺福叫到后面的梨树小院。

我太爷说话的习惯向来是说半句，留半句。说出的半句能听懂，留下的半句却让你自己琢磨。这种说话习惯有个最大的好处，就是可以让说的话增值。已经说出的半句话是怎么回事，就是怎么回事。但没说的半句意思就不一定了，也许几个人能琢磨出几个意思，这一来也就把一个半句话变成了几个半句话。但这个晚上，我太爷第一次把话说得很明确。他告诉旺福，从现在起，就是有天大的事，也不要再出大门一步。不让他出去，一是现在不比从前，外面兵荒马乱，倘再惹事肯定就不是小事；二是家里说不定哪会儿就又会有什么事，他得在家里顶着。旺福一听就明白了，说，这些日子，已在家里的下人中挑了几个身强力壮的年轻人，也准备了一些应手的刀枪棍棒，没事教他们练一练，倘真有事也能顶一气。我太爷听了点头，立刻让人去把管家王辰儿叫来。我太爷对王辰儿说，从现在起，家里所有的事都听二少爷的，有事，不用再来后面禀报，二少爷怎么说，照他说的办就是了。

管家王辰儿听了赶紧点头说，知道了。

王辰儿这些日子已经蔫了。那次日本人闯进我家，王辰儿情急之下把大少爷在日本的照片拿出来给日本军官看。虽说这一招挺灵，日本人果然走了，但事后却让二少爷扇了一耳光。就这一耳光，差点儿要了王辰儿的命。还不仅是当着家里所有的下人，他这个管家让少东家扇耳光，面子没处搁；王辰儿觉着自己从年轻就来到官宅，一直小心做事，不要说挨打，东家跟自己都没大声儿说过话，现在已是五十多岁的人，却让二少东家这样不当人。王辰儿觉着一口气窝在心里，像堵了个大疙瘩。那次因为祁顺儿，二少爷让他去窑上，用小车儿推了半窑砖，再怎么说还没几个人看见，但这回可是当着一府的人。王辰儿本来没有喝酒的嗜好，可这事儿以后，越想越想不开，连着几天天天晚上喝酒。一天晚上也是喝大了，越想越憋屈，就借着酒劲儿来后面找旺福。旺福在自己房里，也正让祁顺儿陪着喝闷酒。王辰儿耷拉着脸进来，让祁顺儿先出去。旺福立刻说，你有话就说，在我这儿，没有背祁顺儿的事儿。

祁顺儿这时不想惹事，还是起身出去了。

旺福看一眼王辰儿说，行了，有话说吧。

王辰儿说，我不想活了。

旺福一听乐了，说，活得好好儿的，不想活了？

王辰儿说，一头扎的河里，死了算了。

旺福说，行啊，大河没盖盖儿，去吧。

王辰儿摇头说，没脸了。

旺福不乐了，看着他。

王辰儿一屁股蹲的地上，鼻涕一把泪一把的就哭起来，哭了一会儿才吭哧着说，我这么大岁数的人了，让少东家扇耳光，我这张老脸还往哪儿搁啊，我把祖宗八代的脸都丢尽了啊。

旺福不说话，就这么看着他哭。

又哭了一会儿，王辰儿不哭了。

旺福这才说，现在，你要是还这么说，那天的打就算白挨了。

王辰儿慢慢抬起头。

旺福说，我现在告诉你，你听清了，你家二少爷的混蛋脾气，你应该知道，下次，你再敢跟日本人这么说话，拿着我大哥的照片在日本人眼前晃，我就不是扇你耳光了。

王辰儿眨巴着眼，看着旺福。

旺福说，我能把你脑袋按的屎坑里，你信不信？

说着，抓起手边的一块汗巾扔给他，把脸擦擦，去吧。

王辰儿接过汗巾，一边擦着脸，起身出去了。

39

每年的阴历三月初三，古时叫上巳节。据我四爷说，我太爷很重视这个日子，毕竟已有暮春的意思，春去则夏来，夏来则万物繁茂。所以每年这天，官宅都要庆贺一下。

但这年的上巳节，我家又出事了。

这天晚上，旺福按官宅以往的规矩，让厨房做了一桌菜。晚饭时陪我太爷喝了两杯。我太爷这时对旺福的态度已不像从前。您也看出来了，这旺福虽不像老大长贵爱读书，也不像老三云财会来事儿，可还是靠得住。老话儿说，好狗护三村，好汉护三林。眼下这样动荡的年月，家里有旺福在，毕竟比长贵和云财更踏实。这次甘草的事，自从让王茂把甘草领走了，又把府里下人的议论压下去，也就没人再提。我太爷也没跟旺福提。这个上巳节的晚上，事情已过去半年了，我太爷一边喝着酒才对旺福说了一句话。您先把酒盅放下，看了旺福一眼，又沉了沉才说，以后不比先前了，酒要少喝，误事，也坏事，懂吗？

旺福当然懂，也明白，我太爷说这话，有一半儿指的甘草的事。

但旺福不想再提甘草的事。自从甘草走了，他一个字也没提过。

我太爷也看透旺福的心思，话锋一转又拐到别的事上，问，花秃子那边，你回复了？

花秃子几天前让人送信来，说让官宅准备五百斤大米，两头生猪。花秃子在信上的口气很大，也不客气，已经没有一点结拜兄弟的意思，就是个征粮。旺福看了心里很不痛快。但我太爷说，这花秃子的队伍毕竟是打日本人的，这种时候就不必计较了。这时，我太爷一问，旺福就说，回复了，告诉他都准备了，也说好，今晚后半夜，他派人来取。

我太爷说，要小心，别让对岸知道。

我太爷说的对岸，是指日本人。

这晚后半夜，花秃子果然来了。但不是带人来取那五百斤大米和两头生猪，而是把队伍都带来了。当时管家王辰儿打开大门，一见拥进一院子人，赶紧让人去叫二少爷。这时旺福已从后面出来。花秃子一见旺福，上前抱拳拱手说，兄弟，我得打扰你几天了。

旺福说，说吧。

花秃子说，队伍最近累了，得在你这儿休整几天。

花秃子既然这样说了，过去也带人来过，旺福也就不好拒绝。花秃子看出旺福有些犹豫，就又说，我听说了，上次来住了一夜，第二天日本人就追的这儿来了，不过这次你放心，肯定不会再有这事儿，我的队伍既在你家住，就能保你一家的平安。

旺福没再说话，就让管家王辰儿带他们去了旁边的东跨院儿。

天一亮旺福就来后面跟我太爷说了。我太爷看出旺福心里不痛快，也知道他不想再跟这些人打交道，就说，现在就别想这些了，这花秃子再怎么说，眼下他的队伍还抗日，咱不看他别的，只看他这个抗日，要住就让他们住吧，既是休整，估计日子也不会长。我太爷又吩咐管家王辰儿，把通往东跨院儿的门都锁上，别让那些人过来祸害。又让去告诉厨房，一天三顿饭都往好里做，只让他们吃大米白面，顿顿有酒有肉，到时候让人给送过去。

这以后，花秃子这伙人就在我家住下了。

旺福这时已不想再跟花秃子称兄道弟，平时也就极少过去。花秃子这时也已板起脸，跟我家说话一副公事公办的样子。这一来也好，旺福觉着没了人情，有些话反倒好说了。这私宅毕竟不是兵营，到了该往外请的时候，也就只管往外请了。

但就在这时，又出了一件事。

这天晚上，东跨院儿那边传过话来，说再要一坛子酒。管家王辰儿赶紧让家人陈胖子给送过去。陈胖子送了酒回来，跟王辰儿说，他过去时，看见花秃子正跟一个人喝酒，这人看着面熟，好像来过。又想想说，对了，就是上次跟着日本人一块儿来的那个翻译。

管家王辰儿立刻问，你看清了？

陈胖子说，应该没错，他是镇上"祥和号"当铺的少东家，我去镇上见过他。

管家王辰儿一听就有点糊涂了，花秃子这伙人是抗日的队伍，怎么又跟日本人的翻译搞到了一块儿？于是赶紧来后面跟旺福说了。旺福听了也很意外。倘真像陈胖子说的，花秃子这伙人到底怎么回事，就得另说了。这时旁边的祁顺儿想出个主意。官宅的房子大都是连着的，踏着房顶就可以过去。只要上了房顶，在近一点的地方找个高处，就能看见东跨院儿里的动静。旺福一听，让祁顺儿赶紧上去。祁顺儿三两下上了房顶，从上面就朝东跨院儿那边摸过去。一会儿回来了，从房顶下来说，看清了，就是刀螂。管家王辰儿不知刀螂是谁。旺福说，陈胖子看对了，就是那天来的那人，镇上"祥和号"当铺的少东家。

管家王辰儿听了一惊，忙问，那花秃子这伙人，到底怎么回事？

旺福想想说，先别声张，该怎么送饭，还照样怎么送饭。

管家王辰儿走了，祁顺儿说，我去打听打听吧，看到底怎么回事。

旺福问，你去哪儿打听？

祁顺儿说，想办法。

第二天傍晚，祁顺儿果然打听来了。祁顺儿常去镇上的"兰记汤锅"给旺福买驴板肠儿，跟汤锅的一个小伙计很熟。这小伙计叫顺溜儿，是正定人，跟汤锅的东家兰老板也算老乡。祁顺儿这天下午去镇上的汤锅，把顺溜儿叫出来，本想让他帮着打听一下。可顺溜儿一听就乐了，说这事儿他知道。刀螂跟汤锅的兰老板虽不算朋友，当初兰老板跟刀螂他爹，也就是"祥和号"当铺的老东家还为生意上的事闹过别扭，但刀螂最爱吃"兰记汤锅"的"驴三件儿"，也就常到这边来。话说是刚开春儿的时候，一天刀螂来汤锅，一张口就要二十套"驴三件儿"，且立等要拿走。二十套"驴三件儿"也就是二十根驴鞭，四十个驴蛋和四十个驴乳房，这可是一笔大买卖。兰老板一听挺高兴，一边赶紧吩咐后面去做，就招待刀螂喝酒。这时正好"回春堂"药铺的胡掌柜也在这儿喝酒。胡掌柜本来就是个是非人，好打听事儿，一听就凑过来，一边喝着酒问刀螂，一下要这么多"驴三件儿"是送人还是自己吃。又乐着说，要是自己吃，这些东西吃下去，恐怕一个桥头镇的女人都不够用了。刀螂起初只是笑而不答，后来喝了几杯酒，才凑近了说，这二十套"驴三件儿"是日本人要。胡掌柜一听更乐了，说那些日本人本来就都是驴，他们还用吃这东西。刀螂说，日本人要了也不是自己吃，是送人。胡掌柜听了更好奇了，问，日本人到哪儿都是爹，他们还用送别人东西？这时刀螂朝四周看看，才压低声音说，他们是要送花秃子。胡掌柜一听这里还有花秃子的事，立刻不敢再问了，一边喝着酒就扯到别的事上去了。这会儿顺溜儿对祁顺儿说，他也是后来听汤锅兰老板说的，日本人已买通了花秃子，以后花秃子的队伍，军饷全由日本人给出，作为条件，花秃子是当地人，对这一带熟悉，所以要在河这边给看着动静，一有情况立刻报告日本人。

旺福这时才明白了。如果说这花秃子过去是土匪，还只是个土匪，而且后来毕竟还打过日本人。现在就不一样了，他已给日本人做事。倘这样，我家就不能再留他了。

也就在这时，又发生了一件事。

这回这事，终于让旺福彻底下定决心了。花秃子的队伍刚来我家时，我太爷就叮嘱管家王辰儿，这伙人虽然不是乱兵，也是一些草寇，所以到东跨院儿送饭只准男人过去，府里的丫头老妈子不论年长年幼，一概不许抛头露面。这天晚上也是合当有事。厨子老胡带人把饭送过去，过了一会儿，花秃子又让人传过话来，说炖肉不够，让再送一盆过去。这时厨子老胡手头正有事，跟前又没闲着的人，就让一个择菜的老妈子盛了一盆猪肉给送过去。这老妈子多少有些姿色，人又年轻，不料这一去竟半天没回来。起初厨子老胡也没在意，后来要用择好的菜，才发现这老妈子还没回来。正要跟管家王辰儿说，就见这老妈子衣衫不整地回来了。众人一看就知道出事了。这时管家王辰儿也来了，忙问是怎么回事。这老妈子不说话，只是低着头不停地哭。再问，才咬着牙说，这个天杀的花秃子，他不是人！然后就要寻死觅活，说没脸见人了。厨子老胡一听就急了，这老妈子是他的相好，现在相好出事了，抓起肉墩子上的菜刀就要去找花秃子拼命。管家王辰儿一见立刻喝住他。然后想想说，这事儿不能让二少爷知道，得先跟老爷说，让老爷看怎么办，倘二少爷先知道了，就他那脾气，说不定会闹出多大的事来。这时我太爷已在后面歇了。这事也就先放下了。可后半夜，这老妈子在厨房的门框上搭了根绳子，就把自己吊死了。第二天一早，我太爷起来听说这事，就知道事情要闹大了。连忙问管家王辰儿，二少爷知不知道这事。管家王辰儿说，还没敢告诉二少爷。但王辰儿并不知道，这时旺福已经去了东跨院儿。这个早晨，旺福一起来就听说这事了。来到前面看了看，先让厨子老胡把这老妈子安放好，又去厨房转了一遭，就径直来到东跨院儿。花秃子这时正坐在正房门外的台阶上，看着两个手下人在院里操练。他一回头，见旺福来了，只用眼角扫了一下，然后大模大样地吩咐说，中午让厨房给烂烂的炖一个猪头，不想喝"浮河老烧"了，再弄十斤"衡水老白干儿"来。

旺福没说话，径直走到他跟前。

花秃子皱皱眉问，没听见？

旺福说，听见了。

花秃子说，听见就去吧。

旺福说，没现成的猪头。

花秃子一听乐了，堂堂官宅，没猪头？

旺福说，是。

花秃子说，没有就去想办法。

旺福说，办法有，你这个就现成。

花秃子一愣，好像明白了旺福的意思。可还没等反应过来，旺福一撩小衫儿的衣襟，已从裤腰里拽出一把明晃晃的菜刀。这菜刀是厨子老胡专门用来劈猪头或剁猪骨头的，六寸多长，五寸多宽，背儿有一指多厚，刃儿却飞薄，沉甸甸的非常应手。花秃子眼快，顿时大惊失色，两脚一点地就从凳子上蹦起来。

他这时的意图很明显，是想跳到院里，扑向墙边的刀枪架去抄家伙。但就在他跃身跳起的一瞬，旺福的菜刀已经挂着风声横砍过来。只听咔嚓一声，花秃子的这颗光头就从脖子上给砍下来。由于旺福用力过猛，这颗秃头也随着菜刀的方向横飞出去，一边转着直到撞上青砖院墙才掉的地上，又骨碌碌的一直滚到院子当中。花秃子的身体一下就变得好看了，如同一支巨大的烟花来回摇晃着。脖颈口儿被砍得齐刷刷的，一下喷出几尺高的血沫子。花秃子的队伍有几十个人，这时除了在屋里睡觉的，都在院里。一看花秃子被杀了，一下都愣住了。只有花秃子那个叫"臭四儿"的远房外甥，突然大叫一声就抄起一把大刀朝旺福扑过来。旺福看着他，站着没动。等他来到跟前，抢刀砍过来，只把手里的菜刀平过来，当地一拍挡住他的刀。菜刀和大刀碰在一块儿，"臭四儿"立刻被震得脱了手。旺福一脚把他踹在地上，上去踩住了。这时我家几个年轻力壮的家人也拎着刀枪棍棒闯进来，把这些人手里的家伙都下了。旺福用脚把花秃子的脑袋踢到一边儿，对这些人说，你们不用怕，冤有头，债有主。这些人相互看了看，慢慢都稳住神。旺福又说，眼下官宅也正是用人的时候，想走的，给一块大洋，立马可以走，不过这一块大洋也不是白给，出去不许再提这事，否则再抓着跟这花秃子一样；不想走的，可以留下，官宅有吃有喝有住。花秃子的这伙人本来都是滹沱河边种地的，这些年跟着花秃子，也就是混个吃喝。这时一见花秃子已死了，也就都表示，早已知道二少爷的为人，既然如此，以后听二少爷的就是了。

于是就这样，除了青沧两县的几个人拿钱走了，剩下的就都留下来。

40

　　旺福那些年究竟杀过多少人，始终是一个谜。他自己不说，别人也就无法知道。不过据我四爷分析，花秃子至少是第二个。因为在此之前，他在滹沱河对岸的张家坟还杀过一个叫"黑蛤蟆"的人。但这次杀花秃子，只是一个开始。接着他就大开杀戒了。

　　他再次杀人是为冯寡妇。这次杀的是刀螂和几个日本人。

　　当初村里的罗铁匠从船老大于德海的手里接了个大活儿，一下要铸三十个船锚。罗铁匠就把化铁炉子安在冯寡妇家的门口儿，一边铸着船锚，跟冯寡妇商量好，等把这一季的活儿干完了，拿着钱，两人就成亲。后来冯寡妇也把这事跟旺福说了。旺福心里虽不是滋味儿，但也替冯寡妇高兴，罗铁匠是个本分的手艺人，跟了他，这辈子也算有了归宿。但罗铁匠把这三十个船锚铸出来，也拿着钱，人却病倒了。先是咳嗽，后来又一口一口地吐血，再后来就起不来炕了。把村里的秦大夫请来，说是劳累过度，加上白天黑夜地在化铁炉子跟前烟熏火燎，吸进太多的烟气，内火攻心。冯寡妇要把他接过来，照顾也方便。但罗铁匠也是个犟脾气，偏又不同意，非要等着跟冯寡妇正式成了亲，才肯住过来。冯寡妇一见罗铁匠这么拿自己当回事，心里当然感激，可该照顾还得照顾，索性就拉下脸，每天在自己家里做好饭，熬好了药，再给罗铁匠送过来。这一下倒好了，罗铁匠跟冯寡妇的这点事不用再说，村里人也就都知道了。其实冯寡妇虽名声不好，在这滹沱河边也是远近闻名的美人儿，前两年都知道跟了官宅的二少爷，已经算是从良，后来守节又守得干干净净，也就都说，这罗铁匠看着蔫蔫尬尬儿，平时像个闷葫芦，倒真有艳福，到了儿把这么个漂亮女人娶到手了。罗铁匠虽躺在家里，村里人的议论也一耳朵一耳朵的都听见了。想想自己也真是如此，打了半辈子光棍儿，不想后半辈子竟找了这样一个可心的女人，不光模样俊，还对自己这么知冷知热。心情一好，加上冯寡妇的精心照料，过了些日子病也就好了。这时青县那个叫于德海的船老大又来找罗铁匠。这回不是铸船锚了。这于老大在河里跑船儿这些年，手里也攒下几个钱。一上五十岁就不想再在河上漂了，回青县老家开了一个造船的作坊。虽说是造木船，可木船上也有铁活。于老大就想把罗铁匠请去。罗铁匠一听，起初不太想去，说自己已是四十大几的人了，不想再出门奔波，以后就待在家里踏踏实实过日子了。于老大对罗铁匠说，你听拧了，不是请你过去长干，只想让你给带几个徒弟，等把徒弟带出来就回来。又说，份儿银好说，半年一算，每半年结十块大洋。罗铁匠一听半年十块大洋，就动心了。但冯寡妇还是不愿意。冯寡妇说，半年十块大洋是不少，可人比钱值钱，你这身子刚好，又跑的青县那么远，没人照顾，再病了怎么办。这时罗铁匠又反过来劝冯寡妇，说去也去不了太多日子，船上的铁活就那几样东西，也就是带几个徒弟，这些徒弟也不会是生坯子，手把手儿地教有个一年半载也就教出来了。这回再挣他二十块大洋，一回来就成亲。冯寡妇知道这罗铁匠的脾气，也是一根筋，只要他想好的事说也白说，也就只好答应了。

罗铁匠走了没多久，冯寡妇就出事了。

一天晚上，刀螂带着三个日本人来到冯寡妇家。刀螂这晚上先和这三个日本人去镇上的"兰记汤锅"喝酒。几个人一边喝着吃了一盘"驴三件儿"，觉着味儿挺好，又要了一盘儿。等吃完了，刀螂就问这几个日本人，有啥感觉。几个日本人没明白。刀螂就又说，这"驴三件儿"对男人，就像摩托车的汽油。几个日本人懂了，立刻都哈哈笑了。这时刀螂就说，河对岸有个花姑娘，很漂亮。几个日本人一听顿时来了兴趣，就跟着刀螂过河，直奔冯寡妇的家来。其实刀螂这么干也是成心。刀螂这一段一直跟着日本人跑，并不知道冯寡妇这时已跟了罗铁匠，以为还是让官宅的二少爷占着。刀螂对这官宅二少爷当初把自己从冯寡妇家里踹出来，一直耿耿于怀。这回花秃子带着队伍驻进官宅，也是他给出的主意。这天晚上也是灵机一动，心想你二少爷不是要独占这冯寡妇吗，行，这回就给你来个样儿瞧瞧，弄几个日本人去，看你怎么着。刀螂又让汤锅伙计切了一包"驴三件儿"，带了两瓶六十七度的"衡水老白干儿"，就领着这三个日本人过来到冯寡妇家。冯寡妇这时已睡下了，一听有人敲门，知道没好事，也就没应声。外面还一直敲，越敲声音越大。冯寡妇不想让村里人听见，只好问是谁。外面说，开门吧。冯寡妇听出是刀螂，就说，已经睡下了。这时门又响起来，且已不是敲，是砸，而且听出不是一个人。冯寡妇只好穿衣裳起来，开门一看，是刀螂带着几个浑身酒气的日本人。冯寡妇这时已听说了，刀螂在为日本人做事，有心不让进，可刚要关门，这几个人已经闯进来。刀螂也不客气，把小桌扔的炕上，拿出切好的"驴三件儿"，就和几个日本人跳的炕上接着喝起来。冯寡妇心里憋着气，又不敢说，只好在一边看着。这几个日本人这时已欲火攻心，一边喝着酒，一个矮胖子就过来搂住冯寡妇。冯寡妇不从，矮胖子一急把刀拔出来，硬逼着冯寡妇行了事。接着另两个日本人也都提着裤子过来，轮番在冯寡妇的身上行事。刀螂在旁边眯起眼看着，一边喝着酒问冯寡妇，你的二少爷呢，他这会儿在哪儿啊，赶快叫他来啊。冯寡妇这时已挣扎得没了力气，只是一声一声地叫着。

但刀螂并不知道，旺福这时正带着祁顺儿赶过来。这个晚上，旺福心里烦闷，又想喝酒，就让祁顺儿去镇上的汤锅买驴板肠儿。祁顺儿来到汤锅，汤锅的伙计顺溜儿一见祁顺儿就说，刀螂和几个日本人在这儿喝了酒，刚走。顺溜儿知道官宅二少爷跟冯寡妇的关系，当初祁顺儿也常来给冯寡妇买驴肉。这时顺溜儿就告诉祁顺儿，刀螂已带着这几个日本人去了冯寡妇家。祁顺儿一听就知道冯寡妇要出事，驴板肠儿也顾不上买了，赶紧跑回来告诉旺福。旺福这些天也正憋着刀螂的火儿。这次杀了花秃子，花秃子那个叫"臭四儿"的远房外甥才告诉旺福，他们这次来官宅，就是刀螂给出的主意，说官宅地方宽绰，家底儿也厚，还说这府里上上下下的女人都漂亮。花秃子曾来官宅住过，知道是怎么回事，这回也就是听了刀螂的话才带着队伍过来。这个晚上，旺福一听刀螂带着几个日本人去了冯寡妇家，立刻就奔村里来。

这时，几个日本人又喝了一会儿酒，已开始第二轮儿在冯寡妇的身上行事，老远就能听见冯寡妇一声一声的惨叫。旺福立刻直冲过来，一脚踹开门，见一个腮边长着一撮黑毛儿的日本人正趴在冯寡妇身上。旺福扑上来，伸手薅住这黑毛儿的脖梗子。黑毛儿挣扎着回过头，一见屋里突然出现个牛犊子似的大脑袋壮汉，还没弄清是怎么回事，旺福已经拎起他，另一只手抓住他的一条后腿，咕嚓一声就大头儿朝下扽进墙边的水缸。这黑毛儿有些水性，刚扎进缸里只是呛了几口水，然后就手脚乱蹬地朝外挣。旺福一见，索性将他连胳膊带腿窝到一起，囵囵个儿地硬塞进缸里。就这样，后来大队的日本人来时，再想把这黑毛儿弄出水缸却怎么也弄不出来了。最后不得不把缸砸破，才将黑毛儿硬拽出来。这黑毛儿出来时像个婴儿，两手抱脚团在一起，整个身子像个巨大的肉球，掉到地上还骨碌碌地滚了几滚才停下来。

这个晚上，旺福把这黑毛儿塞进水缸时，另两个日本人已经回过神来。其中一个呀呀叫着就冲旺福扑上来。旺福回头看见炕上的小桌儿，顺手抄起来就砸在这日本人的头上。只听啪嚓一声，小桌儿在这日本人的头上碎了，旺福的手里只剩了一条桌子腿儿。这日本人一下给砸蒙了，原地转了一个圈儿，一屁股坐在地上。旺福跟过来，抢起手里的桌子腿儿又砸在这日本人的头上。这回再砸就不一样了，桌子腿儿细，也更应手，抡起来带着呼呼的风声往下一砸，这日本人的脑袋就开花了，头顶先是瘪下去一块，接着花儿红脑子就飞溅出来。旺福扔下桌子腿儿，转身看看剩下的这个日本人。这日本人是个三角儿脑袋，尖儿朝上。他这时正倚着墙，瞪着眼，已经吓得说不出话了。旺福回手抄起靠在门边的顶门杠，一使劲就朝这日本人的裆里杵过去。这日本人哇地惨叫一声，两手捂着裆就一蹦一蹦地跑出去逃了。

刀螂一直缩在旁边看着，这时也想跟着跑。旺福抢上一步伸手抓住他的后脖领子。冯寡妇艰难地从炕上下来，一步一步走到灶屋，拿了一把柴刀进来。这柴刀是罗铁匠特意为她打的，有三寸多宽，一尺多长，只是刃儿钝，还没磨出来。

冯寡妇把刀递给旺福，咬着牙说，杀了他。

旺福接过柴刀。

刀螂一听，一拧脖子挣开旺福的手就朝门外奔去。旺福拎着柴刀追上来，跟着横里一砍。但这一刀砍偏了。还不是偏了，这刀螂比旺福矮，所以是砍高了。旺福本想砍他的脖子，却砍在脑袋上，这柴刀的刃儿虽钝，但旺福用力过猛，这一下半个脑袋砍下来，跟着就像一顶帽子似的飞出去。刀螂只剩了半个脑袋又跑了几步，才一头栽的地上。

但旺福这时还没意识到，这件事才只是开始。

接下来的事发生在后半夜。大约三更天，对岸炮楼上下来十几个日本人，带路的是那个跑回去的三角儿脑袋，一过河就直奔冯寡妇的家来。冯寡妇这时迷迷糊糊地歪在炕上。这伙日本人闯进来，先是里外搜寻了一阵，自然没找到旺福，只在水缸里发现了还泡着的黑毛儿。弄出了黑毛儿，又拽起冯寡妇。于是冯寡妇还不知怎么回事，就被这伙日本人扒光了衣裳扔在炕当中，然后这些日本人排成一队，轮番上来当众表演。可怜这冯寡妇，前半夜刚被折腾了还没缓过气，这时突然又遭此蹂躏，加上连惊带吓没一会儿就奄奄一息了。这伙日本人就像一群牲口，每从炕上跳下来一个就提着裤子又跑到后面去继续排队。就这样歇驴不歇磨地一直干到天亮。早晨，村里有个叫罗老茶儿的出来拾粪。这罗老茶儿是罗铁匠的远房大伯，背着粪箕来到村外，在一截矮墙上发现了冯寡妇。这时冯寡妇的身上一丝不挂，软绵绵的身子连同一头乱发像块揉搓烂了的破布搭在墙头上。一股粉红色的血水还在紧一阵慢一阵地顺着墙山嘀嘀嗒嗒地流下来。罗老茶儿哪见过这种阵势，吓得一屁股坐在地上。跟着又蹦起来，一边大呼小叫着就跑回村去了。村里人得着消息也都来到村口，但都不敢过来，只是远远地看着。快到中午时，旺福才听到消息，立刻带着祁顺儿赶来。这时村里人还都远远地围着。旺福过来看了看，又用手试了试冯寡妇的鼻息。显然，早已没气了。于是吩咐祁顺儿，让他带几个人，用一领席把冯寡妇裹了抬去村外埋了。

吩咐完，没再说话，就转身回去了。

41

接下来的事就有案可稽了。

据我四爷说，20 世纪 70 年代初，旺福已经又回到官宅。这时的官宅已是官宅庄。一天上午，县里几个穿制服的人来家里找旺福，说是有人揭发，当年旺福曾带着一伙土匪在桥头镇轮奸了十几名日本妇女。经他们翻阅有关的历史档案，果然查到一份资料，与揭发人说的基本相符。来的这几个人，领头的是一个叫王长生的人。这王长生，就是当年甘草和王茂的儿子。当时他是县里"专政小组"的副组长，穿一件褪了色的绿上衣，腰扎武装带，袖子挽起来露出里面的小白粗布衬衣，很像当年的农会干部。旺福一见这王长生的样子就哈哈大笑起来，说，你甭跟我来这套，你不就是王茂的儿子么，当年我打小鬼子时还没你呢，你说有人揭发我，怕是你爹揭发的吧？王长生也不吃旺福这一套，立刻正色说，不管当时有我没我，现在镇上和村里的老人都可以作证，你当年确实干了这个事。旺福一听倒乐了，用手摸着自己脑门上的鹅包说，没错儿，我是干了，干了他们十一个还是十二个日本女人，已经记不清了，反正是一口气干的！王长生沉着脸说，你当时不光带人轮奸了这些日本妇女，有的还被你杀害了，你知道这是什么性质的问题吗？旺福一听脸就黑下来。他这时由于上了年岁，脑门上的鹅包已经蔫了，也瘪了，这时却一下又直挺挺地充了血，在脑门子上雄赳赳地竖起来。他瞪着王长生说，啥性质的问题？这在当时也是抗日问题！许他日本人祸害中国女人，就不许我祸害他日本女人？你懂个屁！你知道那些日本娘们儿都多凶吗，当时你不杀她，她反过来就得杀你！滚！回去找个明白人来跟我说话！

据我四爷分析，那次的所谓"轮奸日本妇女事件"，应该是旺福人生中的一个重大转折。从这以后，他就彻底离开了官宅，走上一条看似偶然其实却是必然的道路。我四爷说，那时旺福的思想应该是混沌的，还没有一个清晰的想法，比如先做什么，再做什么，最终要达到一个什么目的等等。他只是走一步说一步，走一步看一步。换句话说，他在当时也许只是在不知不觉中，是被一件又一件的事逼到这条路上来的。

在那个上午，旺福没说任何话就回到官宅。这次他没跟我太爷打招呼，一回来就点齐当初花秃子留下的那伙人。现在这些人都已成了我家的家人。旺福给他们每人发了应手的家伙，就从家里出来，直扑河对岸的桥头镇。桥头镇这时仍很繁华，驻扎着一个中队的日本人。但这个中队经常出去执行任务，平时只有一个小队驻守。街上还有一个娼寮，里面有十几个日本随军妓女。旺福在这个上午带人直扑到镇上，就直奔这个日本娼寮来。这天正是集日，街上做生意的赶集的来来往往已经有一些人在走动。旺福也不躲闪，就这样带着这伙人闯进那间日本人的娼寮。这时娼寮里的日本女人工作了一夜，刚都歇憩，一个个儿正裹着大花儿缎子被睡觉。旺福踹门进来，用手里的大刀一指榻榻米上的这些日本女人说，都躺着别动，也不许穿衣裳，谁动先宰了谁！这些女人从睡梦中惊醒，见眼前站着一个大脑袋的中国汉子，身后还跟着一伙拎刀的男人，一下都给吓愣了。有几个胆小的女人嗷儿地一声就把头缩进被窝儿里，团起身子突突地打颤。一个烈性子的长发女人不听这一套，突然光着屁股跳起来，扑过去想抓挂在墙上的东洋刀。旺福抢上一步手起刀落，就把这女人斜着从肩膀劈下来。这女人就像个树杈儿，咔嚓一下就裂成了两半。旺福用脚把她踢开，回头对带来的人说，都给我使出爷们儿的真劲，弄出动静来！这些东洋婊子更没好货，操死一个少一个！花秃子手下的这伙人过去都是干惯了这种勾当的，又已经很多日子没有女人，进了这娼寮一见眼前的情形早已按捺不住，这时一听旺福这样招呼，立刻都如狼似虎地跳上榻榻米，顿时衣裤横飞，跟着榻榻米上的日本女人就都鬼哭狼嚎地小呼小叫起来。直到把这十几个日本女人都干得软稀稀的瘫在榻榻米上动弹不得了，旺福才朝地上吐了泡口水骂道，这些狗日的日本娘们儿，她们还落个舒坦！然后就命祁顺儿带人放火，把这娼寮烧掉。这娼寮里的榻榻米都是木板，墙山隔段也是木棂子上糊的粉连纸。这时只一把火就烧起来，熊熊的火苗儿眨眼间就噼噼剥剥的蹿上了屋顶。这些日本女人先还都瘫在榻榻米上，这时一见火势起来了，而且越烧越大，一下就都跳起来，也顾不上穿衣裳，一边吱吱哇哇地叫着就光着屁股冲出门跑上了大街。

这大概是滹沱河边的人们最开眼的一次。直到很多年后，曾目睹了这事的人再说起当时的情形还津津乐道，说不是看了西洋景儿，是看了东洋景儿。据说当时，起初街上赶集的人并没注意，只觉着眼前突然白花花的一片，还都以为是看花了眼。但接着就看得真绰儿了，只见十几个精赤条条的日本女人一边叽里哇啦地叫着从人群里裸奔出来，如同一群打惊的大白鹅在街上乱跑。集市上顿时大乱起来。这些光屁股女人所到之处，立刻鸡飞狗跳车倒人翻地乱成一团。日本人的炮楼是在镇边上，挨着滹沱河的码头。这时炮楼上的日本人看见镇里的娼寮冒起大火，立刻一边乒乒乓乓地放着枪就从炮楼上下来了。

这时，旺福已带着人出了桥头镇，朝对岸的青纱帐去了。

42

旺福这次把事彻底闹大了，已经没有退路了。

祁顺儿也说，到了这一步，已经不能再回家了。

旺福这时才意识到，自己犯了一个错误。那天晚上杀黑毛儿和刀螂时，不该放走那个三角脑袋的日本人。留了这个活口儿，后来才出了这些事。祁顺儿说，就算日本人知道这事儿是咱干的，咱不回去，他追到官宅找不到人，也没办法。但旺福不这么想。旺福考虑的毕竟比祁顺儿更多一些。自己这次把事情闹成这样，我太爷还一点不知道。如果日本人追到家里，您又不清楚是怎么回事，说不定还得出大事。但祁顺儿坚持说，这时回去太危险了，倘日本人真去了家里，凭老爷的身份应该也能应付。

祁顺儿一边说着，就看出来了，二少爷平时就很固执，到了这时，自己再怎么说也是白说。这天夜里，也就只好跟着旺福回来了。

也就在这天夜里，又出事了。

日本人是深夜来我家的。我太爷已睡下了，听管家王辰儿来禀报，就起身来到前面的院子。这时已站了一院子的日本兵，都端着刺刀大枪。我太爷借着火把认出来，领头的还是上次来的那个刀条子脸的日本军官。这军官还跟上次一样和气。这时刀螂已死了，身边跟着个会说中国话的日本人。这日本翻译走到我太爷跟前说，不用怕，这次是来找你家的二少爷，让他跟我们走，你家就没事了。我太爷一听就明白了，肯定是旺福又在外面惹事了。于是问，怎么回事。这日本翻译就把前前后后的事大概说了一遍。我太爷听了先沉一下，然后摇头说，他没回来，也不知在哪儿，你们要抓就只管去抓吧，抓着了算你们的，抓不着算他的。这时，日本军官说了几句话。这日本翻译就说，老先生这话说得太轻巧了，今天既然来你家，就是要人来的，如果不交人，恐怕就不好办了。他说着朝旁边的一个日本兵看一眼。这日本兵突然哇地大叫一声，把手里的刺刀大枪朝站在旁边的家人陈胖子扎过去。陈胖子没防备，立刻疼得浑身一颤。这日本兵又哇地大吼一声，把刺刀猛地往上一挑，陈胖子一堆热咕嘟的肠子和内脏就都被挑出来。陈胖子立刻倒在地上，一边疼得嘶嘶地叫着，用手抓着地。这个日本军官仍面带微笑，看着我太爷，又朝地上的陈胖子指了指和气地说，如果你让二少爷出来，我可以让士兵立刻打死他，这样他就不会痛苦了。说着，又回头看了看。这时，我家上上下下几十口人都站在院子里。刚才的日本兵又端着大枪朝管家王辰儿走过去。王辰儿立刻面如土色，一步一步往后退着。

就在这时，黑暗里突然有人说，不是找我吗，我来了。

跟着，就见一个人影儿从墙上跳下来。

这跳下来的不是旺福，是祁顺儿。

这天夜里，祁顺儿见旺福执意要回来，就只好跟着回来了。但来到官宅附近，祁顺儿想了想，还是让旺福找个地方躲起来，他一个人先回去看看，没事，再来叫他。旺福想了想也就答应了，叮嘱祁顺儿快去快回。祁顺儿一来到官宅跟前，就觉出不对了。于是没敢去大门，绕到旁边顺着一棵大树爬上院墙。朝里一看，吓了一跳，只见满院子都是端着大枪的日本兵，陈胖子已经倒在血泊里，还没死，只是浑身一抽一抽的。接着就看见那个日本兵又端着大枪朝管家王辰儿走过去。祁顺儿顾不上多想，喊了一声就纵身跳进院子。这日本军官虽说上次来时见过这官宅的二少爷，但当时天黑，也匆忙，没看太清，也就没什么印象。这时一见祁顺儿从墙上跳下来，看样子倒真像是官宅二少爷，就随手抓过一个家人问，他是二少爷吗？这家人点点头。又抓过一个问，又点点头。再想想，就把那个三角脑袋的日本兵叫过来。这三角脑袋头天晚上让旺福往裤裆里戳了一顶门杠，这杠子也是太粗，用的劲也太猛，裆里的东西都已被戳烂了。原来男人的脑子跟底下的东西是连着的，上边是大脑袋，底下是小脑袋，小脑袋一出事上边的大脑袋也就不灵了，这时还不光大脑袋不灵，看人也看不清了。这日本军官把他叫过来，让他辨认。三角儿脑袋使劲眨巴着眼，看了一会儿说是，又看了一会儿，又说不是。祁顺儿说，跟着我的，是我的家人，叫祁顺儿，他白天在桥头镇，已经让你们乱枪打死了，尸首就漂在滹沱河上，天亮你们去看看就知道了。

这日本军官点点头，就让人把祁顺儿捆上带走了。

也就在这时，旺福还一直躲在我家附近的暗处。他看看祁顺儿左等不来，右等也不来，就有点不耐烦了。正要回去看看，就见一伙日本人把祁顺儿拖出来，拴在一匹马的鞍子上趄趄撞撞地带走了。旺福赶紧又躲到黑暗里，等这些日本人走远了，才闪身回到家里。这时，我太爷还站在原地，瘦削的身子让夜风吹得一晃一晃的，脸上已经老泪纵横。管家王辰儿蹲在旁边的地上呜呜地哭。旺福问底下的家人，才知道祁顺儿是顶替自己让日本人抓走的。显然，祁顺儿这一去凶多吉少。我太爷又在院里站了一阵，没说话，也没看旺福，就转身回后面的梨树小院去了。旺福看着我太爷进去了，没敢跟过去，只在小院的门口候着。过了一会儿，一个家人出来，冲他招招手。旺福就低头跟着来到后面小院的上房。我太爷面无表情地坐在迎门八仙桌的旁边。旺福一进来，就在当屋跪下了。我太爷沉了一会儿，让底下的人从旁边拿过一个包袱，递给旺福，又摇摇头，重重地叹了口气，就起身回后面去了。旺福两手捧着包袱，仍不敢起身，低着头一直听我太爷的脚步进了里面，才把手里的包袱慢慢打开。包袱里有几件换洗的衣裳，两双鞋，这是我太奶让杏春准备的，一摞大洋，还有一支蓝汪汪的勃朗宁手枪。

这支手枪还是长贵临去日本时，特意买了给我太爷留下的，说时局动荡，让您带着防身。这时我太爷把这支枪给了旺福，含义也就不言而喻。旺福的眼泪顿时流下来，手捧着包袱，冲我太爷的里间屋重重地磕了几个头，就起身出来了。

这天夜里，陈胖子死了。陈胖子的肠子和内脏都让日本人用刺刀挑出来，活活流血流死了。管家王辰儿让人把陈胖子的内脏都塞回肚子里，用一条白布缠裹在他的腰上，又连夜去镇上买了口棺木装殓了，就抬到村外去埋了。第二天一早，祁顺儿的尸首也被扔在我家的门外。管家王辰儿一听赶紧出来，让底下的人把他抬进来。但祁顺儿看着好好儿的，是完整的一个人，用手一抬就散了。这才发现，他已经被砍成几块，胳膊、大腿、头和身子，都切得整整齐齐，然后趁着血热又对在了一起。这时一搬就又变成了一块一块的，惨不忍睹。我太爷闻讯出来。这时春来已哭死过去几回。我太爷让人把祁顺儿一块一块地搬进来，重新对好，先用缝麻袋的粗线小心拼着缝起来，又用一口厚厚的上好棺木装殓了，就埋进我家的墓地。所以，今天再去王家墓地，仍可以看到一个奇异的景象。在我老太爷的墓旁，有一个不大的坟包。这是当年遵您的遗嘱，葬的祁发。而在我太爷的墓旁，也有一个小坟包，这里埋的就是祁发的儿子祁顺儿。后来，旺福还特意为他立了一简碑。碑上写的是："祁顺兄弟之墓"。

43

　　旺福离开官宅的几天以后，长贵回来了。

　　长贵是在一天夜里回来的。当时官宅上上下下的人都已睡下了。管家王辰儿一听有家人来报，说外面有人敲门，赶紧披衣裳起来。王辰儿这时也已吓出了毛病，想着大半夜敲门，怕又没什么好事。来到大门跟前小心地问，谁。外面敲门的声音不大，又敲了几下。王辰儿一听敲门是这个敲法儿，心才有些放下了。慢慢打开门，一看竟是大少爷站在外面。

　　长贵看样子不像是刚从日本回来的，头发挺乱，身上也有土，只斜背了一个灰布的长包袱，像是匆忙背在身上的。管家王辰儿忙把他迎进来，问，大少爷这次是住些日子，还是待一下就走。王辰儿问的意思，是看长贵不像要长住。倘长住，就天亮再去禀报老爷，如果待一下就走，就只能赶紧去后面让老爷起来。长贵说，长住不长住，现在还说不好，不过至少一两天不走。王辰儿一听，就先让厨房给大少爷烧水做饭，又说，那就天亮再禀报老爷吧。

　　天亮时，我太爷起来了。听说长贵回来了，正在自己房里睡觉，就告诉底下人，大少爷睡就让他睡吧，别叫，看样子是累了，等睡醒了，让他来后面就是了。

　　长贵这趟回来显然是累了，足足睡了一天。直到傍晚才起来，收拾了一下，就来后面见我太爷。他这趟是从山东济南回来的。当初和陆天、徐景一起从日本回来，路上一直商量回来之后的打算。徐景的家里是个盐商，在黄骅虽不算首富，也很有钱，而且他父亲跟沧州和天津的一些政要都有来往。徐景就建议，让长贵和陆天跟他一起去天津。但长贵和陆天知道徐景家里的背景，现在又是这样的时局，就不想再搅到那些事里去。徐景也看出来了，就说，没关系，人各有志，人生何处不相逢，将来大家要是有缘，他处再相见就是了。这样一回国，他就去了天津，只剩下陆天和长贵。陆天见长贵一时还没具体打算，就让他先跟自己回济南。陆天的家里是做茶叶生意的，买卖虽不大，但在社会上也有一些关系。到了济南，陆天先给长贵找了个住处安顿下来。过了几天，就跟他说，他跟家里商量了，现在济南也乱，要出去做事也没什么好做，不如先找个学校，一来学校毕竟不像社会这么乱，可以安静一些，二来一边上着学，也可以看看时局的发展再做决定。但自从日本人进了中原，济南的大学基本都已内迁了。留下的学校也已经不能正常上课。于是两人只好勉强找了一所学校。这时已经炮火连天，街上都是逃难的流民。学校里也已热闹起来，到处是唱着救亡歌曲的学生，还经常手挽手地去街上游行。长贵和陆天都是年轻人，一到学校也就热血沸腾，顾不上再想学业的事，立刻都被卷进学潮当中。陆天家在济南，所以经常回家。起初长贵没注意，后来才发现，陆天回家不是去看父母，而是在谈恋爱。长贵认为，现在正是国难当头的时候，陆天不该去搞这些儿女私情的事。平时说话也就难免带出来。这让陆天很不悦。陆天认为这是自己的私事，长贵不该干涉。其实这时，陆天和长贵的矛盾还不只这一件事。陆天一直觉着自己是在济南长大的，济南毕竟是大都市，对滹沱河边长大的长贵就有些不屑，觉得他没什么见识，家里不过是个土财主。但长贵对这些事倒不在意，对陆天时不时流露出的态度也并不放在心上。长贵一点自卑感也没有，自己是书香门第，官宦之后，陆天的家里不过是做小买卖的，真要论买卖，我家在北平前门的买卖比他家大得多，身世不光不比陆天低，反而是他无法相比的。两人虽然从没明着说过这些话，但心里也就难免有些疙疙瘩瘩的。出事是在一天下午。长贵和几个同学刚从街上募捐回来，突然有人跑来说，来了一个人，要找王炳礼。王炳礼是长贵的大号。这个跑来的同学表情有些怪异，看看他又问，你跟日本人，有关系？长贵当时也没多想，只随口说了一句，我去日本留学，在那边认识一些人，不过后来都没来往了。这个同学又半开玩笑地说，现在可正挖学贼呢。长贵听出这不是好话，看看他，就立刻来见这个要找自己的人。学生宿舍的下面有一间会客室。说是会客室，也就是一张桌子，几把木条椅子，墙边还有两个旧沙发，都已破得不能坐。长贵进来一看，来的竟是徐景。徐景这时穿了一身日本人的黄军服，头戴战斗帽，脚蹬黑马靴，一副耀武扬威的样子。这在当时，正到处唱着救亡歌曲的大学校园里，扎眼的程度也就可想而知。长贵一见徐景这副样子立刻有些来气，皱着眉问，你怎么弄这么一身打扮？徐景对长贵的态度倒不在意。他告诉长贵，他现在已在天津的日本驻屯军司令部谋了个翻译的差事，条件很好。

长贵不怀好意地看看他问，条件怎么好？

徐景说，管吃管住，比在日本待遇还好。

长贵没说话。

徐景又说，这次来济南，是专为来找长贵和陆天的。天津的日本驻屯军司令部现在还缺人手，要的就是会说日语的中国人，他已经向日本人推荐了长贵和陆天，日本人很感兴趣。如果他俩去了，待遇肯定也不会错。又说，日语这点特长，现在总算有用武之地了。

长贵听了冷笑一声说，跟谁用武，跟自己的同胞吗？

徐景脸红了，说，其实，我这趟来，也是为你俩好。

长贵说，为我俩好，就是让我俩跟你一样，也穿上这穿衣服，去给日本人做事？

徐景说，你俩如果听我一句劝，就是不去天津，也赶快离开这里，这是个是非之地。

长贵看看徐景，竭力放平了声音说，当初在日本，你知道我为什么要急着回来吗？

徐景说，是啊，你不说我倒忘了，我前些日子回日本办事，又去了一趟浅草的吉原诊所，人家纯子小姐还在那儿苦苦地等你呢，我回来时，她还特意让我给你捎来一封信。

长贵打断他说，你别再提纯子小姐，我当初急着回来，就是因为讨厌日本人。

徐景不以为然地摇头说，日本人哪儿不好？人家比咱先进，还不光是先进在技术上，也是文明，咱现在离不开日本，将来你等着看吧，再过几十年更离不开人家！

也就是徐景的这几句话，把长贵彻底激怒了。

据我四爷说，很多年后，我四爷去杭州开会，无意中竟在那里遇到了长贵。当时长贵是去宁波开会，路过杭州。兄弟俩在西湖边吃了一顿饭。饭后喝茶时，长贵又聊起他当年在济南的那一段，就说到了这件事。长贵说，在那个下午，他心里憋的火已经一忍再忍，又听徐景说了这样一番混账话，就终于忍不住了。他当时一抬手就在徐景的脸上给了一下。他本来是想扇他一个耳光，但不知怎么手是直着出去的，而且手掌没张开，反而攥在了一起，于是也就变成了拳头打在他脸上。由于这一拳用力过猛，徐景没防备，被打得一个趔趄就栽倒了。也就在他栽倒的一瞬，太阳穴撞在尖硬的桌子角上，顿时撞开一个大洞。我四爷说，据长贵说，他当时真没想到，一个人的太阳穴竟然这么不结实，只在桌角上一撞，就这么轻而易举地撞开了。当时徐景倒在地上，伤口里的血不是流出来，而是汹涌地喷出来。他嘴里好像又嘟囔了一句什么，然后两眼一翻，用力蹬了蹬腿，就气绝死了。

这件事立刻发生了逆转。本来一个穿着日本军服，戴着日本战斗帽的人招招摇摇地来找王炳礼，一下就在学校传开了。很多人都不知这王炳礼怎么回事，刚刚还跟大家一起去街上唱歌，演活报剧，为抗日救国募捐，一回学校怎么就跟日本人有了勾连。于是都拥到会客室的门口，等着王炳礼出来向他要个说法儿。这时发觉屋里的动静不对，推门进来一看，见这个穿日本军服的人倒在地上，已被王炳礼打死了，立刻就把他围起来。王炳礼在学校里消灭了一个日本人，这事儿很快就在校园传开了。于是，长贵也就一下成了英雄。但第二天，一个叫宋雨纯的同学来找长贵。这宋雨纯是四川口音，可谁也不知他是四川哪儿的，也没人说得出他是怎么来的这个学校，只知道他在学生救亡会里担任文书，平时很少出头露面，只做些文案工作。宋雨纯对长贵说，现在学校的情况已经越来越复杂，学生里混进很多来历不明的人。一个穿日本军服的人在学校被杀了，这件事日本宪兵队已经知道了，上午刚来了几个人，要调查这件事，后面恐怕要有大麻烦。所以，宋雨纯对长贵说，学生救亡会研究了一下，让他暂时离开学校，先找个地方躲避一下，留下地址，以便后面有什么事，可以找到他。

于是长贵匆匆收拾了一下，就离开了学校。

我太爷听了沉吟片刻，问他，你这次回来，除了这个宋雨纯，还有谁知道？

长贵说，没人知道了，从学校出来时，留的是燕京大学"爱莲社"的地址。

我太爷点头，既然没人知道，就先住下吧，不过这边也乱，平时还是少出去。

长贵应了一声，就退出来了。

44

我太爷娶的姨太太叫秋蕊，也就是我四爷的生母。秋蕊的娘家是上游柳集的，家里是个农户。她爹也姓王，叫王麦根儿，是个种田的行家。他这行家不是一般的行家，抬头看看云彩，就知道有雨没雨，开春儿蹲的河边尝一口河水，就知道这一年是旱是涝。在滹沱河边，把这种种田的行家叫庄稼把式。但这王麦根儿跟别的庄稼把式又不一样，他不光会种田，脑子也比一般人好使。滹沱河边种庄稼，一年是两季，一季春庄稼，一季秋庄稼。大秋以后收了庄稼，也就农闲了。别的庄稼把式一农闲，入冬也就不出来了，俗话叫"猫冬儿"。王麦根儿不是，他不光不"猫冬儿",入了冬反倒比农忙时更忙。王麦根儿还有一手绝活儿,老话儿叫"袖里吞金"。这"袖里吞金"是一种古老的计算方法,只用一只手,褪的袄袖儿里,就能顶一个算盘使,不要说几十几百,就是成千上万的账也能算得飞快。王麦根儿练就这手绝活儿当然不是闲着玩儿的。每年一到农闲,牲口市上也就忙起来。买卖牲口的中间人叫牲口牙子,牙子给两头儿来回说合儿,不能用嘴。王麦根儿跟青海那边过来的牲口贩子学了一句话,叫"拉特",也就是"拉手"的意思。两头儿的心气儿怎么样,这边打算要多少,那边打算出多少,王麦根儿只要让两边的人在自己袖里一拉手,也就全明白了。所以这王麦根儿一个冬天过来,远比春秋两季种庄稼挣得多。家里虽是小门小户儿,日子也就挺宽裕。

我太爷娶这秋蕊,是村里秦大夫给搭的桥。秦大夫早知道我太爷有再娶个姨太太的心思,只是一直没找到合适的。一年冬天,王麦根儿的背上生了个痈。长了痈不光疼,王麦根儿的心里也急,一年就这冬天一季儿是牲口牙子挣钱的时候,耽误了时候也就是耽误了钱。于是把秦大夫请来,说不管吃多贵的药,只要赶快把病治好。秦大夫只去了三趟,就把王麦根儿的痈治好了。去了这三趟,也就看明白王麦根儿家里的意思,又见这王麦根儿的闺女十八岁,长得像模像样,一下就想起我太爷。到第四趟去时,其实已是可去可不去,去也就是为的说这事。等看完了病,临走像是有意无意,就问王麦根儿,家里的闺女说没说婆家。王麦根儿的脑子好使,一听就明白了。又想,这秦大夫是行医的,串百家门,谁家的门高户低也就一清二楚。赶紧就说,还没说婆家。王麦根儿这话,也只说了一半儿的实话。这时并不是还没说婆家，而是一直没找到合适的人家儿。王麦根儿给女儿定的条件也太高，一般的小门小户儿不行，就算不是大宅门儿，最不济也得是个大户人家。可要找大户人家，倘明媒正娶，又有个门当户对的问题，于是也就一直高不成低不就地拖下来。王麦根儿看看秦大夫，试探着问，听先生的意思，想给搭个桥儿？秦大夫是个大夫，看病行，说别的事就有点儿迂。可迂也知道，自己这事管成管不成另说，只是让人家的闺女去做小，这是招骂的事，倘王麦根儿一翻脸，把自己从家里轰出去，以后这柳集也就没法儿再来了。

这么一想，就又有些犹豫。

王麦根儿看出秦大夫好像锛嘴，就笑笑说，先生要有觉着合适的人家儿只管说，没关系，俗话说，一家女百家问，问问也不犯逮，成了更好，不成就只当没说。秦大夫一听王麦根儿这么说了，才把我太爷的事说出来。不料王麦根儿一听就同意了，连连点头说，行啊，这官宅可已不是大户人家，人家祖上是在朝里做官的，咱这小门小户儿的闺女，配得上人家吗？秦大夫一听王麦根儿这样说话，心里才松口气，于是说，我看差不多，去说个试试吧。

秦大夫来我家，跟我太爷一说，我太爷也同意。这事就成了。只是这一下，秦大夫就把我太奶得罪了。本来我太爷想再娶个小，也跟我太奶商量过。我太爷一直想再生个儿子，可我太奶自从生了老三云财，就再也生不出来了。再后来还吃素，每逢初一十五还要烧一炷香。我太爷一说这事，我太奶也就没有不同意的道理。可同意是同意，我太爷真这么干了，心里还是不痛快。再一听，这事儿竟是秦大夫给牵线搭的桥，也就开始烦秦大夫。一次秦大夫去亳州进药回来，像往常一样，又给我太奶带了一些亳州的桂花。不过自从秋蕊过门，秦大夫知道秋蕊爱吃亳州曹街子的萝卜，也特意带了几个一块儿送来。我太奶看了，冲他不咸不淡地说了一句话，你一个行医的大夫，治病才是正业，别整天净管些没用的闲事儿。秦大夫听了脸一红，知道我太奶指的是什么事，这以后也就不常来了。

我太爷是个好面子的人。娶了这房姨太太，虽说心里满意，可这姨太太比自己小儿子的岁数还小，更要命的是，自己反倒比这老丈人的岁数大，且也姓王，就觉着说不清，也抹不开脸儿，翁婿见面实在叫不出口。所以逢年过节，虽礼数丝毫不差，也就尽量不跟王麦根儿打交道。但王麦根儿倒不在乎，自从有了官宅这门亲戚，反倒觉着有了靠山。这靠山倒不是指的势力，而是做买卖的信誉。牲口市上只要一提跟官宅是亲家，别人也就没话说了。

我太爷当初娶秋蕊时，时局还没大乱。后来越来越不太平，加上我太奶自从这秋蕊进门儿，也就不出屋了，偶尔见了我太爷也没几句话。再加上后来家里又接连出了这些事，我太爷的心思也就越来越不整。就在这时，云财从北平捎信来。当年何家父子在绸缎庄时，用铺子里的钱又偷偷在古北口开了一爿"德升货栈"。后来云财把何家父子打发走了，古北口的这个铺子也就留下来，又把字号改成"洪德利"。这次云财捎信来说，现在古北口那边也乱起来。这"洪德利货栈"自从接了手一直在那边撂着，大栅栏儿这边的生意忙不过来，也就没顾上那边。云财说，现在只有两个办法，一是索性就把这买卖关了，倘不关，就得派人过去。铺子得有人打理，不打理没生意，人吃马喂的干赔，还不如不开。云财说，让我太爷拿个主意。我太爷想了一晚上，就想到了王麦根儿。这王麦根儿自从把秋蕊嫁过来，索性就不再种庄稼，在牲口市上做起了专业的牲口牙子，且生意越做越大，在牙子行儿里已经是说话占地方的人。我太爷想，这王麦根儿做生意倒是把好手儿，倘让他去古北口打理"洪德利货栈"，应该是个合适的人。这时已经有了我四爷。秋蕊刚来我家时，还总是小心翼翼，生怕自己小门小户儿出来的，在官宅失了礼，偶尔见了我太奶也是低眉顺眼。可自从生了这儿子就不一样了，再出来进去头就扬起来。我太爷已看出来，照这样下去，还别说外面不太平，家里也得越来越乱。倘这王麦根儿真答应去古北口，索性就让秋蕊也带着孩子跟过去。秋蕊在自己娘家爹妈的跟前，自然不会受委屈，这样也就放心了。后面的事，只能看一看时局的发展再定。这么想了，就让管家王辰儿去找王麦根儿，跟他把这事说了。王麦根儿一听古北口有个现成的铺子，且还是个货栈，自然求之不得，当即满口答应了。我太爷这才又跟秋蕊商量。秋蕊一听是跟娘家爹妈一块儿去，心里也高兴，立刻就同意了。

这次长贵回来，我太爷就又想起让王麦根儿带秋蕊去古北口的事，一天晚上，把长贵叫到后面的梨树小院，问他，在家已住了这些日子，后面怎么打算。长贵说，也没啥具体打算，当初从济南回来时，给学校同学留的地址是燕京大学"爱莲社"，只是不太放心，不知现在"爱莲社"还有没有人，倘济南那边真有事，来社里找他，这边又没人，就把事耽误了。

我太爷问，你的意思呢？

长贵说，我想去北平看看，倘有济南的消息，就去济南，没消息再回来。

我太爷一听点头说，这就正好了，家里有件事，正要让你去办。

然后，就把让他送秋蕊去古北口的事说了。长贵一听，这事虽有些麻烦，但自己这些年从没为家里做过什么正经事，况且又是秋蕊一家，还带着自己同父异母的兄弟，也就答应了。

45

长贵送秋蕊一家去古北口，路上还算顺利。到了地方，看着王麦根儿把全家在铺子里安顿下来，秋蕊也没什么事了，就赶紧一个人又回北平这边来。

长贵果然担心对了。这时"爱莲社"早已没人了。当初社里是在西郊燕园附近租了一处民房，现在早又转租了别人。长贵来时，这民房的新租户是个五十多岁的男人，山东潍坊口音，看样子是做小生意的。这男人一听长贵问，就说，想起来了，前些日子是有人来过，留下话说，如果有个姓王的来打听消息，就告诉他，让他赶快回济南，有急事。这男人说，自己是潍坊人，一听是山东的事，都是老乡，也就记住了。长贵一听连连道谢，就赶紧出来了。

显然，这是学生救亡会的宋雨纯让人捎来的话。长贵没在北平停留，立刻赶到前门，也没顾上去大栅栏儿看看云财，在火车站买了张车票就直奔济南来。

长贵赶到济南，在学校先见到了陆天。陆天这才告诉他，他离开济南以后，打死徐景的事果然闹大了。不光学校，连社会上也都在议论，还上了当地的报纸。后来学校在日伪警方的压力下，才不得不表态，王炳礼在学校无故伤人致死，校方宣布，开除他的学籍，听凭当局发落。这一来，警方也就正式发出通缉，开始四处搜寻这个叫王炳礼的学生。

这时宋雨纯听说长贵来了，也匆匆赶来。宋雨纯说，现在情况越来越紧急，已经不仅是长贵杀徐景这一件事。发生了这事以后，日伪警方开始注意到这个学校，就在几天前，突然来了一伙日本宪兵，到学生救亡会抓走了几个人。学生救亡会对外一直是以学生结社的名义，叫"鸣湖社"，现在日本宪兵来这里抓人，就说明他们已知道了这个社团的底细。所以，宋雨纯说，现在上级决定，为了保存这部分宝贵的有生力量，尽快把大家转移走。具体去哪儿，现在不能说，走多久，去干什么，也不能说。然后问长贵，是否同意跟着走。长贵立刻说，当然同意。宋雨纯说，好吧，你来得太及时了，应该就是这几天，就要出发了。

长贵这次出发是在一个下雨的夜里，一起同行的还有十来个年轻人。但就在出发前，突然发生了一件事，陆天自杀了。陆天本来表示，要跟长贵这一行一起走。按事前约定，出发的人分成几个小组，每组两到三个人，以小组为单位分头出发，然后到黄河边的一个码头会合。长贵、陆天和宋雨纯三个人分在一组，碰头地点是在南门附近的一个小市场。这里人多，也杂，所以也不显眼。但这个下午，长贵和宋雨纯一直等陆天，可左等不来右等也不来。最后宋雨纯有点儿急了，看看还有点儿时间，就问长贵，还有没有别的办法能问到陆天的情况。长贵忽然想起来，陆天的家里有个茶叶店，就在这南门不远的地方，陆天曾带他来这里拿过茶叶。于是就和宋雨纯一起来到这个茶叶店。茶叶店的伙计一听要找陆天，就赶紧进去了。一会儿，又出来个人，上下看看长贵和宋雨纯问，你们要找陆天？

长贵说，是。

这人问，找他有事？

宋雨纯立刻说，我们是朋友。

这人说，要是朋友，没正经事，就别找他了。

长贵问，怎么？

这人说，少爷自杀了。

两人听了一愣。长贵还要再问，宋雨纯拉了他一下，俩人就出来了。

宋雨纯出来之后对长贵说，现在的情况已经越来越复杂，咱就别搞得更复杂了，陆天自杀的原因有很多种可能，可对我们来说，也就是不能一起走了，我们只要别再等他就是了，别的一概不用再问，问了跟咱也没关系。这时天已黑下来，两个人就朝黄河边的码头赶过来。等人都到齐了，正要出发，陆天竟然匆匆地赶来了。

宋雨纯只问了他一句话，你出来，家里知道吗？

陆天说，没人知道。

宋雨纯点头嗯了一声，就向大家宣布纪律，每人都要严守机密，遵守规定，绝不允许单独行动，如果路上遇到意外情况，要沉住气，服从命令听指挥。

他这样说完，又问大家，都听清了？

大家说，听清了。

宋雨纯说，出发吧。

陆天说要自杀，其实只是说说，想也确实这么想过，但并没真的自杀。陆天交的这个女朋友叫方倩倩，家里是开茶馆儿的。当时大明湖边的几个茶馆儿，都是她家开的。开茶馆儿要用茶叶，陆天的父亲是做茶叶生意的，这样方倩倩的父亲方老板跟陆天的父亲陆老板先是生意往来，后来也就成了朋友。但生意上的朋友毕竟是另一回事，论朋友，彼此心里都明白，也就是为的谈生意方便。倘不是朋友，总有些生分，谈好了行，谈不好也许就不欢而散，甚至一拍两散，从此断道儿谁也不认识谁都有可能。常说买卖不成人义在，其实这是骗人的鬼话，连买卖都谈不成了还何谈人义。可论了朋友也未必就真是朋友。茶行也有茶行的说道儿，卖茶叶的看不起开茶馆儿的，开茶馆儿的也看不起卖茶叶的。卖茶叶的觉着自己才是真买卖，甭管明前雨前的龙井还是小叶儿双熏的花茶，行家提鼻子一闻就知道真假，明码实价骗不了人。开茶馆儿的偷手就大了，不光有偷手，也是指着水分赚钱；开茶馆儿的则认为自己不比酒馆儿饭馆儿。吃饭喝酒是俗事，喝茶却是雅事。而卖茶叶的不过是左手进，右手出，赚个从中骑驴的钱，也就跟别的买卖没什么两样。这陆老板和方老板一边做着生意，彼此心里瞧不起，表面还爱开个玩笑。一次两人喝着茶，陆老板说，咱们结个亲家如何啊。当时两人也是刚谈成一笔买卖，彼此都有赚，心情也好，方老板就随口答音儿地说，好啊，要真成了亲家，这茶叶生意不用出门，咱两家儿一合手也就干了。这话说完，方老板也就扔的脖子后头了。但陆老板却当真了，一回家就跟儿子陆天说了。陆天曾有一次跟着父亲去方家，见过这方小姐，不光人漂亮，身上也透出一股像茶叶一样的清新雅气。这时听父亲一说，也就满心乐意。但陆老板跟儿子说完，却迟迟没再跟方老板提这事。陆老板是生意人，生意人有生意人的心计，虽是儿女亲事，跟生意也是一样的道理。生意场上有一句常说的话，叫一赶三不买，一赶三不卖，谁上赶着，将来在生意上就得认头吃亏。虽说自己这边是男方，但陆老板也不想太主动，否则将来谈彩礼的时候，说不定这方老板就得狮子大开口。这以后陆天也就去了日本。陆天在日本，心里还一直惦记着这个方小姐，后来急着回国，也有这方小姐的原因。但从日本回来了，方小姐反倒主动让人偷偷送来一封信，说是想听陆先生说一说在日本的见闻。陆天这才明白，现在自己的身价已不一样了，是个有见识的人了。这以后，也就经常跟方小姐出来私会。既然已有当初的背景，两人的关系也就发展很快，两边的家里早已有话在先，也就不算私定终身。这次宋雨纯说了转移的事，起初陆天的态度有些含糊，没说跟着走，也没说不跟着走，其实就因为一直没跟方小姐说好。陆天想的是，自己走也不会走太远，出去一段时间，等时局稍稍一稳定也就回来了，所以让方小姐等他。方小姐这时已经又有了别的人选。方小姐的父亲方老板新认识了一个做面粉生意的熊老板，而且还是华庆面粉公司的大股东，这熊老板的小儿子是当时济南有名的熊四公子，不仅一表人才，也风流倜傥，这时也已经看上了方小姐。陆天一听说这事，立刻让方小姐表态。方小姐却并不表态。这个不表态的意思就有两种可能了，或是还没考虑好，或是已经属意这熊四公子，只是不好对陆天说出来。陆天则认定，是后者。倘是后者，这事就严重了，已经不是自己走不走，方小姐等不等这么简单的事了。可是再追问方小姐，方小姐的态度仍很坚决，就是不表态。这一下，陆天的判断也就坐实了。陆天立刻万念俱灰，把自己在屋里闷了一天。到晚上，给家里留下一封遗书就跑出来。陆天想的是跳河，此时这样葬身滔滔黄河，一路沉浮东流去，也符合自己的心情。但来到黄河边，在岸上溜达了一夜，又溜达了一天，到傍晚时还是下不了决心。这时身上已经让雨浇透了，想想再跳的河里，肯定更凉，也就不想再跳了。接着才突然想起来，宋雨纯曾说，如果自己决定走，就跟他和王炳礼分在一组，且这个晚上就要出发，会合地点就在这附近的一个码头。再想，与其这么窝窝囊囊地跳河随着波涛滚滚东流去，还不如跟着宋雨纯这伙人远走他乡，彻底忘掉眼前的烦恼。这样一想，也就立刻赶到会合地点。这时长贵倒高兴了，拍着陆天的肩膀说，好啊，当初我们一起回国，现在又在一起了。

但这次出发，很快就出了问题。陆天一路上一直垂头丧气，不光打不起精神，还总是一个人呆呆的愣神。这时雨已经越下越大，行进的速度很慢。宋雨纯看看还没完全走出济南，就改变了计划，先找个地方住下来，等雨停了，看一看情况再决定走不走。长贵和陆天在一组，也就分在同一个房间。来到房间里，长贵就准备抓紧时间休息了。但陆天还是坐立不安，一直在屋里走来走去。过了一会儿就说，他要出去一下。长贵一听爬起来说，出发前宋雨纯已宣布了纪律，谁都不准擅自离队，更不许私自出去单独行动。

陆天说，你不说，没人知道。

长贵说，可这事，我必须说。

陆天无奈，只好对长贵说了自己跟方小姐的事。又说，他现在才知道，他有多爱方小姐，如果这次失去了她，也许这辈子就再也找不到这样值得他爱的女人了。所以，他摇着头说，他还是不死心，要回去再找方小姐谈一谈，做最后一次努力。长贵一听就说，现在是大半夜，你怎么去找这方小姐，就是去了也没法儿见面。陆天说，方宅很大，有一个后门，当初方小姐从家里出来跟他私会，就是走这个后门，从这里可以直通后花园，方小姐就住在花园里，现在去，不会有人看见。长贵说，那也不行，如果宋雨纯知道了，肯定不会同意。

　　陆天冷笑一声说，他到底是干什么的？我为什么要听他的？

　　这一下长贵无话可说了，只能眼睁睁地看着他走了。

　　但长贵是个很认真的人，这个晚上，还是把这事告诉了宋雨纯。宋雨纯一听，立刻意识到事情的严重性。上次长贵在学校失手打死徐景，也就把学生救亡会的真实身份彻底暴露了。日伪警方和宪兵队已经在严密监视学校里的很多人，陆天肯定也在被监视的范围之内。而这个方小姐家里的背景又这么复杂，陆天这一去，一旦被警方发现就会让所有的人都陷入险境。倘真出现意外情况，再想转移就更困难了。于是当即决定，立刻冒雨动身。大家正在商量，就见陆天满脸是伤一瘸一拐地回来了。原来他在这个晚上去了方宅，从后门溜进去真见到了方小姐。可还没说几句话，就被方家的人发现了。这时熊四公子正在方府里做客，一听家人说，立刻带人来到后花园。这时陆天已从方小姐的屋里出来，被熊四公子的人拿了个正着。于是把他拉到街上，在雨里一顿暴打。最后，这熊四公子告诉他，下次再敢来找方小姐就不是打断他的腿了，要拧断他的脖子。

宋雨纯听了，感到情况紧急，立即带上所有的人连夜出发了。果然，在雨里一边走着，就听到警笛声大作，看样子已有警车朝这边赶过来。

陆天这次还没出发，就先受了一个处分。从此，也就跟长贵结了仇。

46

我四爷说，在他们兄弟几个里，他之所以最尊重大哥长贵，是因为他很像兄长。20世纪70年代初，他生第二个儿子时，大哥的生活已经很困难，每天抱着个竹苗儿大扫帚扫家属宿舍大院，月收入只有十几块钱。但他孩子满月时，大哥还是寄来二十块钱，说这是大伯的一点心意。我四爷说，二十块钱，已是大哥一个多月的工资，当时他从邮局出来，拿着这个钱，心里不知是什么滋味儿。但是，我四爷又说，他对三哥云财就不是尊重了，而是佩服。佩服和尊重当然不是一回事。对一个人佩服，是因为这个人做的事自己做不到，或没能力做，或是虽然有能力，但做不出来。所以佩服也分两种，一种是发自内心的佩服，还一种是咬着牙的佩服。我四爷说，今天想起来，他对三哥云财，这两种佩服还是都有。

我四爷为什么这样说云财，这就是后话了。

我四爷说，他对二哥旺福就不是尊重了，也不是佩服，而是爱。他说，虽然旺福在我们家一直是个有争议的人，后来在外面也有争议，直到晚年回官宅庄，仍然有争议，但可以这样说，在他们兄弟几个里，旺福是最可爱的人。我四爷这话应该很公允。旺福抛开别的不说，他虽然性子粗，人也粗，却是个很重情义的人。在那个晚上，他背着我太爷给的包袱离开官宅，先干了两件事。第一件事是第二天中午，让人备了香烛纸表，去给陈胖子上坟。按溽沱河边的风俗，上坟一般要在午前，否则亡人收不到。旺福赶在午前去祭奠陈胖子，是因为陈胖子对祁顺儿有恩。当初他跟冯寡妇的事发了，我太爷要责罚祁顺儿，让人把祁顺儿吊在荷花池边的树上，命陈胖子用藤杆儿抽打。后来祁顺儿告诉旺福，倘陈胖子使出真劲来打，他的小尿脬儿非给打爆了不可，这辈子也就甭想再娶媳妇儿了。旺福在陈胖子的坟上祭奠完了，就又来看祁顺儿。这回旺福就哭倒在祁顺儿的坟上了。后来哭的动静儿太大，身边的人不住提醒他，别让对岸的日本人听见。给祁顺儿上完了坟，旺福先带着手下的几十个人过河来到张家坟，安顿下来，然后就带上两个人直奔桥头镇来。这时已是傍晚，旺福径直来到镇上的"兔儿芳斋"。"兔儿芳斋"的佟掌柜一见旺福吓了一跳，赶紧拉他来到后面，脸上变颜变色地说，你二少爷的胆子也忒大了，上回带人把这镇上搅得天翻地覆，日本人一直记着这事儿，还到处找你呢，你敢这么来镇上。旺福说，这回不是他找我，是我要找他。

佟掌柜没听懂，看看旺福。

旺福说，祁顺儿，还记得吗？

佟掌柜说，当然记得，怎么不记得，整天跟着你。

旺福说，让他们砍了，砍成七块八块的，已经看不出人样儿了。

佟掌柜听了一愣，摇头叹息说，那是个好小子啊，挺机灵。

旺福说，这事儿，不能就这么算完。

他说着从怀里换出个油纸包，放到佟掌柜面前。

这油纸包里是一种特殊的耗子药。有一年涝灾，官宅里闹耗子，管家王辰儿先是下夹子。但后来耗子实在太多了，夹子打不过来，就又下耗子药。但耗子药也不行。药确实管事儿，可一下药弄得到处都是死耗子，有看得见的也有看不见的，反倒更脏。后来秦大夫来了听说这事，才说，其实耗子药也分几种，一种是一吃就死，哪儿吃哪儿死，也就是现在用的这一种，弄得到处都是死耗子。还一种是外面吃了药，回窝去死，这种药也不好，耗子窝说不定在哪儿，倘在厨房的墙洞，反倒更脏。秦大夫说，他有一种祖传配方，这种药的药力强，可是慢，也是热性的，耗子吃了不是马上死，而是跑的野地里去，找个没人的地方再死。管家王辰儿一听，就按秦大夫给的配方试着配了这种药，掺的粮食里再点上香油，撒在府里的各处，没几天出去一看，果然，官宅附近的野地里，到处都是死耗子。旺福这次从家里出来时，就把管家王辰儿剩下的这些耗子药全拿来了。"兔儿芳斋"的佟掌柜到底是有见识的，一看旺福手里的东西就明白了，朝外面看一眼，低声说，二少爷这是又要惹事啊。

旺福说，放心，惹事也招不到你身上，我惹的我搪。

佟掌柜笑了，二少爷哪儿的话，就是招了我也不怕。

佟掌柜这里也刚出了事。铺子里的一个伙计，媳妇儿刚让几个日本人祸祸了。这女人觉着没脸活了，就跳了滹沱河。这伙计心疼得死去活来，几次也不想活了，要跟着媳妇儿一块走。可佟掌柜嘴上不说，心里更心疼，这女人是佟掌柜的相好，已经跟了佟掌柜几年。这伙计是北平大兴人，几天前，佟掌柜刚给了这伙计一些钱，打发他回去了。直到这时，佟掌柜一想起这事儿，还恨日本人恨得牙根儿痒痒。旺福这一说，也就大包大揽地说，二少爷怎么想，只管说吧，只要我能办的，肯定给你办。旺福说，让你办的事儿不难，再过几天是八月节，正好是个机会。这包儿里是耗子药，你把它拌的月饼馅儿里，做成一百块百果儿月饼，别的就不用管了。佟掌柜一听说，这简单，啥时候要？

旺福说，当然越快越好。

佟掌柜点头，明儿晚上。

旺福从"兔儿芳斋"出来，又来到后街的"兰记汤锅"。汤锅的兰老板跟旺福也熟。祁顺儿当初经常来汤锅给旺福买驴板肠儿，加上这回冯寡妇出事，刀螂和几个日本人也是在他这儿喝了酒走的，后来的事也就全清楚。兰老板一见旺福大白天的带着两个人过来，就知道有事。旺福告诉兰老板，要五斤酱驴肉，五斤驴板肠儿，十套"驴三件儿"，明儿晚上准备出来。说罢一回头，跟来的人就把两块大洋递给兰老板。兰老板把一块大洋在手里掂了掂，说，二少爷先说下，这点儿东西要是你自己吃，钱我收着，要干别的使，我奉送。

旺福乐了，说，甭管吃的人肚子里还是狗肚子里，钱你拿着，明儿晚上我要。

说罢就带上人走了。

第二天晚上，旺福又带人来了。先到"兔儿芳斋"取了做好的一百块百果月饼，又去"兰记汤锅"拿了酱驴肉、驴板肠儿和十套"驴三件儿"，然后让人找来两张长条桌子。驻扎在镇上的日本人，把炮楼修在镇西河边的码头跟前。这样靠着水路，运送停泊都方便。镇西边有一条西关街，一直通向炮楼。过去这条街上有几家饭馆儿，还有一家点心铺，"祥和号"当铺也在这街上。后来日本人经常下来，在饭馆儿喝酒胡闹，也去点心铺抢东西，饭馆儿和点心铺开不下去就纷纷关门了，只还剩了"祥和号"当铺。当铺里的东西不能吃，马掌柜也精明，值钱的好东西都收起来，外面只摆些旧棉袍儿旧衣服破瓶子烂罐子，日本人没兴趣，也就不来了。这个晚上，旺福让人把两个长条桌子抬到西关街上来，放在街边，又把月饼和驴肉都摆的桌上，还特意放了两坛"浮河老烧"。天一亮，"祥和号"的马掌柜出来，一见街上多了个月饼摊儿，还卖驴肉和烧酒，心里就觉着不对。倘卖月饼，这镇上有"兔儿芳斋"，卖驴肉有"兰记汤锅"，烧酒也有几家老字号的烧酒坊，现在把这几样东西凑的一块儿，又摆得离日本人的炮楼这么近，不光不怕他们下来抢，好像还成心要引他们过来似的。马掌柜看着是开当铺的，其实比一般开当铺的眼更毒。这行人的眼毒，也就是见多识广，一件东西拿过来，眼一过，手一掂，心里的价儿也就有了。但马掌柜不光眼毒，心计也深。心计深的人眼再毒就是另一回事了，还能审时度势。早在若干年前，马掌柜就已看出日本人有要打过来的势头。当时儿子想跟南边来的商船去扬州，但扬州只是玩儿的地方，花天酒地。马掌柜就硬让他去天津，进了一所日本人开的学校。几年以后，马掌柜的这一步果然算对了。日本人真打过来了，儿子也就给日本人当了翻译，可马掌柜的这一步算是算对了，也把儿子的小命算进去。他那天让人把儿子的尸首从冯寡妇家里拉回来，又把那半个脑袋对上，直到下葬，才听说，儿子是让官宅二少爷杀的。马掌柜也知道，儿子这是成心作死。冯寡妇虽是卖大炕的，可滹沱河边的人都知道，一直是让官宅的二少爷占着。他现在弄了几个日本人去找冯寡妇的麻烦，这不是作死吗？官宅二少爷是个混世魔王，别说几个日本人，就是再来几个他也不怕。可马掌柜又咬着牙想，再怎么着这官宅二少爷也不该下这样的狠手。自己就这一根独苗儿，这一下也就绝根儿了。这个早晨，马掌柜发现守着这月饼摊儿的是两个生脸儿。但再仔细看，就认出来，这两个人当初都是花秃子的手下。马掌柜已听镇上的人在传，说花秃子也让官宅二少爷砍了脑袋，他手下的几十个人都已成了二少爷的人。后来二少爷带人大闹桥头镇，还烧了日本人的娼寮，就是带着这伙人干的。马掌柜这一想，也就明白了，给儿子报仇的机会来了，这回借着日本人的手，非把这官宅二少爷千刀万剐了不可。于是赶紧回来穿衣裳，准备去镇西边的炮楼。可刚一出门，迎面过来两个人，其中一个伸手掐住马掌柜的脖子使劲一推，就把他又推回到屋里。接着马掌柜就看见，官宅二少爷也跟进来了。

旺福是故意让人把这月饼摊儿摆在"祥和号"门口的。"祥和号"的马掌柜跟日本人有来往，摆在他门口儿，日本人也就不会怀疑。这时，旺福跟进来，看着马掌柜问，这是要去哪儿，给炮楼上的日本人送信儿啊？马掌柜这时已吓得说不出话。旺福就让人把他像个粽子似的捆起来，拎到后面扔的仓屋儿里了。这时天已大亮，站在炮楼顶上放哨的日本兵远远看见这西关街上的月饼摊儿，就告诉了底下的日本人。一会儿，出来几个日本人，来到"祥和号"门口的月饼摊儿跟前，先仔细看了看，又伸着鼻子闻了闻，就跟两个守摊儿的比画，让他们把这些东西都给搬到炮楼上去。这两个人就把东西收拾起来，打了几个大包，又拎上两坛子酒，跟着送到炮楼上来。日本人看着把这些东西一样一样放下，就把这两个人轰出来了。

傍晚在张家坟，旺福让人炖了一大锅肉，大家吃饱喝足，就又奔桥头镇来。先来到西关街，远远朝炮楼看去，没动静。待来到跟前再看，只见炮楼底下的院子里横躺竖卧的都是日本人的尸首。旺福带人过来，把这些尸首拖到河边，挖个大坑都埋了。又让人去附近的村里找来铁锨镐头之类的工具，就动手拆炮楼。花秃子当初的这些手下再早都是庄稼人，干这种活儿自然都是内行。到半夜时，一个炮楼就拆成了一堆破砖烂瓦。当初日本人盖这炮楼时，这些砖瓦木料本来就是从附近村里抢来的。这时人们得着消息，一下又都来了。有推车的，有挑担的，转眼之间就把这些本来准备盖房或垒猪圈的砖瓦又弄回去了。天大亮时，旺福带人打扫干净，把剩下的杂乱东西都扔的河里，这些烂东西就都随着河水漂走了。

这个炮楼平时驻扎着一个小队的日本人，其实编制是一个中队，只是大部分日本人一直在外面执行任务。过了几天，当初曾去我家的那个窄脸儿日本军官带着人回来休整，到桥头镇西面的码头跟前，却怎么也找不到炮楼了。开始以为记错了地方，可再想，就是这儿，现在却已经成了一片平地。这时想起西关街上的"祥和号"当铺，就来找马掌柜。

可这时的马掌柜已关了铺子，收拾起东西不知去向了。

这以后，旺福就带着人出没在滹沱河两岸，经常偷袭日本人的过往船支，也杀小股或零星的日本人。因为心狠手辣，脑门上又顶着个鹅包，"王大脑袋"的绰号也就叫响了。渐渐传得神乎其神，有人说他这鹅包上还长着一只眼，是千里眼，闭着两眼打枪也能百发百中。日本人对他恨之入骨，曾几次下决心围剿他，却一直未果。后来见硬的不行，又想收买，许以高官厚禄，听说他喜欢女人，又要送他日本美女。但旺福虽然从小好色，这时却显示出中国爷们儿的气概，不为日本美女所动。后来他这支队伍被滹沱河边的抗日独立团收编，正式改为"滹沱河独立大队"。

1945 年日本人投降时，出了一件有意思的事。当时在滹沱河边举行受降仪式，旺福作为中方代表之一，也去参加了。在这个受降仪式上，旺福和当初那个窄脸儿的日本军官终于又见面了。这个日本军官还坚持认为，官宅的二少爷早已被他用军刀整整齐齐地切成几块处死了。所以见到旺福，就用半生的中国话说，你比你的主人幸运。

旺福问他，你说我的主人，我主人是谁？

这军官说，当然是那个官宅的二少爷。

旺福故意又问，那我是谁？

这日本军官很自信地说，你当然是他的家人，你那次在桥头镇负伤，掉进河里没淹死，用你们中国话说，你的命很大。旺福一听就哈哈大笑起来，说事到如今，我让你死也死个明白，实话告诉你，我才是官宅二少爷，那个让你们切成几块的是我的家人，叫祁顺儿！

这日本军官听了，惊得张大嘴，眨巴着两眼看着旺福，半天没说出话来。

旺福又说，你以为就你们日本人不怕死吗，中国人不光不怕死，还能拿死跟你们闹着玩儿，你没想到吧？

这日本军官听了，低头嘟囔了一句。

后来听说，这日本军官在回国的船上，剖腹自杀了。

47

据我四爷说，旺福虽然当了一辈子军人，但不是将才。他就是天生爱打仗。用他自己的话说，一沾打仗的事，连后脑勺儿都乐了。据说旺福当年打仗永远身先士卒，对方的炮火越猛，他的火儿也就越大，好像对面开枪开炮是在成心跟他斗气。自己这边的冲锋号一响，他永远是左手提枪右手拎刀迎着炮弹往上冲。后来滹沱河边的人说，王大脑袋敢用脑袋去撞炮弹。就这样，直到晚年，他的脑袋没撞上炮弹，两个耳朵却被大炮震聋了。

旺福晚年时，曾对我四爷说，凭他的资历和打过的仗，本来官职可以更高，至少应该是个师长。但他后来犯了错误，而且是一个很严重的错误。

不过他说，虽然当时挨了处分，但至今也不后悔。

这就又要说到那个王茂了。王茂，也就是甘草后来的男人。王茂后来改叫刘茂。他改姓刘，是因为听了滹沱河上的摆渡老朱说的一句话。摆渡老朱自从日本人来了，就不撑船了。船让日本人征了，没了饭辙，就上岸来到村里。起初四处打零工，好歹糊弄口饭吃。后来王茂的泥瓦活儿忙不过来，就来给王茂当小工子。老朱比王茂大，两人相差十来岁，但挺投缘，也能说的一块儿，晚上干完了活儿就经常一块儿喝酒。一天晚上老朱喝着喝着酒，突然嚎啕大哭起来。王茂一下让他哭愣了，以为是喝大了。可老朱哭了一会儿才说，跟你说个事儿，藏的心里有些日子了，实在藏不住了。王茂一听，这不像酒话，就说，你说吧，别憋着，憋的心里也是病。老朱这才说，咱们本是一家人啊，论起来，你还应该叫我一声爷。王茂一听更糊涂了，不知他这爷是打哪儿论的。老朱擦了把眼泪说，其实他不姓朱，王茂也不姓王，他俩本来都姓刘。老朱姓的这个朱，是当年他太爷改的。王茂跟老朱喝酒时，曾说过当年他爹潜到官宅偷东西这一段。所以老朱说，王茂姓的这个王，应该是因为这一段。当年他爹让官宅的人抓着了，又留在府里当家人。官宅姓王，家人自然也就姓王。但老朱说，王茂他爹姓王以前姓什么不清楚，可再早，祖上肯定也姓刘。老朱为了证明自己的说法儿，就从身上掏出一块瓦碴儿。这瓦碴儿有一个鸡蛋大小，深褐色，看着像一块瓮碴儿。老朱问，你是不是也有一块？王茂一愣，果然也拿出一块儿。王茂是泥瓦匠，对这种东西在行。把两块瓮碴儿放的一块儿比着看了看，颜色一样，材料也一样，真像是一个瓮上下来的。

老朱问，你这瓮碴儿是哪儿来的？

王茂说，我爹留下的。

老朱点头，这就对了。

老朱说，一次喝酒，王茂拿出这东西回手放的桌上，他一看就明白了，应该是一家人。

王茂问，这到底是咋回事？

老朱叹口气说，河对岸有个张家坟，知道吗？

王茂说，知道。

老朱又问，这张家坟的来历，你知道吗？

王茂说，当年有个刘快庄。

老朱一拍大腿，就是这个刘快庄。

然后说，你我的祖上，都是这刘快庄的人。

老朱说，他也是当年听他爹说的。这刘快庄有个财主叫张无数，家里的房产无数，田产无数，骡马也无数，到后来一村的人都得租他家的地种，不租地的也得给他家扛长活。后来有一年大旱，村里天天饿死人，官府让他家放粮，可张无数一粒米不拿。村里人眼看着再这么熬下去都得饿死，一天夜里商量好，就把这张家上上下下几十口儿都杀了。闹出这么大的事，村里自然待不下去了，大家只好各奔东西。可刘快庄一村毕竟是同一个刘姓，当年是一个宗祖，大家这一散，他日再相见恐怕就无法相认了。这时有人想出一个主意，据在张家扛过长活的人说，这张无数也知道自己钱财太多，怕有人惦记，就想了个办法。他让人专门给烧了一口两人多高的大瓮，这瓮里不搁水，只搁财宝。这样也就不怕贼偷了，贼就是想偷也爬不进去，就是爬进去了也别想再出来。出主意的人说，不如把这瓮砸了，每家各拿一块瓮碴儿，日后在别处相见，只要凭着这瓮碴儿就知道是自家人。

老朱说，他曾听王茂说，他爹改叫王槐之前是叫喜，老朱本名叫寿，按刘姓的排字，"寿"字该比"喜"字大一辈，所以论着王茂该叫他爷。王茂一听这才明白，敢情自己祖上是刘快庄的人。这以后就改回来，又姓了刘。

这王茂比他爹有骨气。当年他爹没饭吃，饿得不行了就偷东西。王茂刚从官宅出来时也挨过饿，可宁愿饿死也不偷，不光不偷，也不乞，一辈子不吃手心朝上的饭。无论到哪儿，给东家干完了活儿，最后算账时从不伸手接钱，而是扣着手把瓦刀伸出来，让东家把钱放的瓦刀上。当初领回甘草，王茂就把西屋收拾出来，让她一个人睡西屋，自己还睡东屋。这时我太爷给了村里秦大夫一笔钱，但不让他说，只让他仍来王茂的家里给甘草治病。后来甘草的病好了，一天晚上，王茂从外面买了酒菜回来，把甘草从西屋叫过来。他让甘草发毒誓，这辈子不再跟官宅的人来往。甘草发了誓，王茂又让她诅咒官宅的人，一个个儿都不得好死。这回甘草不肯说了，逼了她几次都不肯说。王茂一下急了，抄起酒盅扔在她头上，顿时血流如注。王茂还不算完，又找来一根手指粗的棕绳抽打甘草。甘草哭着说，你当初不想答应这门亲事，可以不答应，也没人逼着你要我，何苦把我领回来，再这么折磨。王茂听了冷笑一声说，我不答应？我凭啥不答应？你要不是让那官宅二少爷给玩儿的染上杨梅大疮，我能有机会娶官宅的女人么？王茂说到这里，就又说了一句话，他哼一声，一个字一个字地说，十年河东，十年河西，等着看吧，这滹沱河也有改道的时候，说不准哪一天，他官宅的人就得犯我手里，到那时所有的账，再跟他们一笔一笔都算清楚！

出事是在那年秋天。这时我太爷已把东西跨院都卖了，田产也卖了大半。家里的家人和长工只留下眼前的几个，剩下的也都遣散了。一天上午，突然又有人敲门，管家王辰儿听出动静不对，小心地过去开了门，立刻闯进一伙大兵。这时才发现，屋顶和墙上也都已站了人。我太爷从后面出来，看看这些人问，有什么事？这时，一个挎着盒子枪的人走过来。这人一身硬挺的军服，戴着白手套，看着很精干。旁边一个大兵说，这是陈连长。这陈连长是苏北口音，上下看看我太爷说，现在政府正搞清查，当初所有给日本人做过事的人，一律视为汉奸，都要严惩。我太爷听了这才松出一口气，说，我家里没有给日本人做事的，不光没有，我家老二还是这一带抗日独立大队的大队长，就是有名的"王大脑袋"，你们应该听说过。陈连长冷冷一笑说，你家老二是你家老二，你是你，这种事谁也替不了谁。我太爷一听话茬儿不对，连忙说，我也没给日本人做过事，我的家人，还让日本人杀了两个。

陈连长说，是啊，我正要问，当初有个叫祁顺儿的，是你的家人吗？

我太爷说，是。

陈连长问，他现在人呢？

我太爷说，死了。

陈连长又问，怎么死的？

我太爷说，让日本人杀了。

陈连长微微一笑，恐怕，还是你亲手交给日本人的吧？

我太爷一听这话，脸顿时涨红起来，瞪着陈连长说，你这是听谁说的？祁顺儿是舍身救主，当时挺身而出，不光救了我家老二，也救了我全家上下几十口人，这在当时是都知道的。陈连长不慌不忙地说，我既然这样问你，当然不会无凭无据，实话告诉你，现在已经有人检举，否则我们也不会来。我太爷一听，读书人的犟脾气也上来了，赌气说，既然这样，是谁检举的？你现在就把他叫来，我可以当面跟他对质！倘果有此事，听凭政府发落就是！

陈连长点头说，好啊。

说罢朝身后一挥手。就见王茂面无表情地走进院子。

他来到我太爷的跟前，先叫了一声，老东家。

我太爷一见王茂，面色苍白地摆手说，别这么叫，你千万别这么叫，我不是你东家，也从来没是过。

王茂的嘴角挂着一丝冷笑，声音不大不小地说，老东家，当初那晚的事没过几年，你不会忘了吧？

我太爷说，我当然没忘，你倒说说看，我是怎么把祁顺儿亲手交给日本人的？

王茂说，当然不是你亲手交的，可日本人把祁顺儿兄弟当成二少爷，你当时就在跟前，你怎么不把实情告诉日本人呢？你不是就这么眼睁睁地看着祁顺儿兄弟给抓走了吗？

这一下，我太爷被问得张口结舌了。

王茂又说，老东家，你别怪我绝情，我这也是如实向政府禀报，眼下正搞清理，严惩汉奸，我刘茂虽是个平头百姓，可也懂匹夫有责的道理，这也是秉公办事。

我太爷叹口气，点头说，你既然已经改姓，我就叫你刘茂，且不说官宅对你们父子爷儿俩有什么恩德，我实在想不出，这些年，我家的人究竟在哪儿得罪你了？

王茂眯起一只眼看着我太爷说，你官宅的恩德，我刘茂一辈子不会忘。说罢微微一笑，转身就走。走出几步又站住，回头对我太爷说，哦对了，你不说我倒忘了，甘草还问你官宅上的人好呢！恐怕你已听说了，她给我生了个大胖小子，现在已经能满地跑了。

说完又一笑，就转身走了。

这时陈连长走过来，对我太爷说，现在有证人在，你还有何话说？

我太爷长吁一口气，摇摇头说，听凭政府发落吧。

陈连长当即在我家设了岗，临走撂下一句话，闲人不准随意出入。

旺福的"滹沱河独立大队"这时已正式编入"滹沱河独立团"，属第三营，且已是营长。由于长年在这一带活动，跟当地百姓的关系很密切，堪称"鱼水情"。滹沱河两岸的百姓都以为"王大脑袋"做点事为荣。我家出了这样的事，旺福第二天就知道了。旺福正在上游的柳集一带，一听到这个消息登时就急了。当天晚上，就带上几个人骑马回来。当时已是后半夜，旺福带人来到村里，直奔王茂的家。王茂直到从被窝里被拖出来，冰冷的马刀架在脖子上，才明白是怎么回事。这王茂果然有些胆识，歪头看看自己脖子上的马刀，冲旺福笑笑，怎么着，堂堂的官宅二少爷杀日本人没杀够，又要来杀自己的老百姓？

旺福本来嘴就笨，一生气就更使不上劲，抓过衣裳扔给他，就让人拉的院子里来。

旺福对他说，我知道你恨我，可打盆说盆打碗说碗，咱俩的事跟旁人无关，你犯不着坑害我家的人。说着就从手下人的腰上抽出一把马刀，扔给他说，今天我来，就是要把咱俩这点事儿了结清楚，你现在砍我三刀，我决不还手，食言就不是你家二少爷！

说罢，又回头对跟来的手下人说，我要是真让他砍死，你们谁也不许动手，把我尸首搭的马背上，驮到村外挖个坑埋了就行了。

几个手下人听了，都点点头。

旺福这才对王茂说，来吧。

说着，又把地上的马刀朝他踢了一下。王茂捡起马刀，一下有些不知所措，想想这官宅二少爷的脾气，知道就是不动手，今天也躲不过去。于是咬咬牙，索性眼一闭，哇地叫了一声就抢着刀朝旺福砍过来。旺福站在原地没动，等王茂的刀到眼前只一侧身，就让过去了。王茂跟着回身又是一刀。旺福头一歪，又让过去了。这时王茂就出汗了，两手攥着刀把，一喘一喘地看着旺福。旺福仍然两手抱着肩，若无其事地站在那儿。王茂一咬牙又举着马刀砍过来。就在他的刀锋快挨到旺福脑门上的鹅包时，甘草突然在门口叫了一声。王茂一迟疑，旺福已经站在了他的身后。王茂这时已收不住脚，两手举着刀跑出几步，一下就扑倒在地上。这时，旺福慢慢抽出自己身上的马刀，走到王茂跟前，又回头看一眼面色死白的甘草，突然挥刀朝旁边砍过去。只听咕隆一声，一颗麦斗大的驴头滚落到地上。那头拴在香椿树上的毛驴突然没了脑袋，一下变得像一个巨大的板凳，就那样呆呆地立着。过了一会儿，又像被折断了四条腿，身子一瘫就卧在血泊里了。

旺福把马刀上的驴血在王茂身上蹭了蹭，牙咬得咯吱咯吱地说，你听清了，你我的账，从今天一笔勾销，以后再找事，就别说我不客气了。

说完就跳上马，带着人走了。

48

我四爷说，从这件事就能看出，旺福当时虽已当了营长，在政治上还是不成熟。他并没意识到，王茂不过是个普通百姓，当时的这个陈连长不会轻易就听信一个普通百姓的话，他带人来我家，一定还有别的目的，换句话说，就算王茂的检举真起了作用，但要想反嘴，再否认自己的话，也没这么容易。所以，他在那个晚上这样来找王茂，除了出一口气，没有任何意义。好在这个陈连长带人来我家，也确实是醉翁之意不在酒。询问审查了几天，也没弄出个所以然。我太爷又花了一大笔钱，让这个陈连长满意了，这件事也就不了了之了。

但这件事，后来还是让旺福的上级知道了。

在此之前，旺福经常挨领导的批评，说他脱不掉"王大脑袋"的土匪习气，还说他缺乏组织纪律性，就因为群众基础好，在滹沱河一带深受百姓爱戴，上级才一直没什么话说。但这一次，他竟然跑到一个百姓的家里干出这种事，不光是为自己的封建地主家庭撑腰，还杀了人家的一头驴，这问题就严重了。于是领导先详细了解了情况，然后就把旺福找来谈话。旺福的脾气又偏，觉得领导这样批评很难接受。当初在封建地主家庭被看作是另类，现在到了革命队伍，如果再被看成是另类就没道理了。于是一时冲动，就跟领导顶撞起来，后来还拍了桌子。也就从这以后，他就当上了"铁帽子营长"。后来直到去朝鲜参加"抗美援朝"，才勉强提了个团长，据说还是因为当时的团长在战斗中被打死了，他才临时顶上去。后来由于资历早就到了，在朝鲜战场的表现也很英勇，才保住这个"团长"，军衔没再下来。

旺福并没意识到，他这次去找王茂，也就把王茂的仇恨更激发起来。如果说王茂原来的仇恨，主要还是对官宅的仇恨，这以后也就又增加了对旺福的仇恨。而对旺福的仇恨和对官宅的仇恨合在一起，这仇恨也就更加深了。用王茂在"土改"时的话说，是苦大仇深。

"土改"本来是一件让人高兴的事。但村里闹"土改"时，却发生了一件事。这事差一点就要了王茂的命。当时"土改"有一个重要内容，就是"平坟"。所谓平坟，也有两种平法儿，一是只把坟堆平了，恢复土地原貌。还一种则是把坟里的尸骨也挖出来，挖出来不是迁的别处重新埋了，而是随便扔了。显然，这后一种平坟就带有感情色彩了。当时野地里到处是随便扔的尸骨，有头骨，胸骨，也有腿骨，到了晚上泛着一闪一闪的磷光，看着瘆人。

官宅的祖坟离滹沱河很近。水和山一样，也分阴阳。但水的阴阳与山正相反。山是以南坡为阳，北为阴。水则是以北岸为阳，南为阴。所以官宅的祖坟是在北岸，且地势很高。这个坟址还是当年我老太爷亲自选的。坟址选定，您就把祖上几代的坟都迁过来。后来您自己也葬在了这里。所以，到"土改"时，王家的祖坟就已是很大一片。这时王茂已是村里的风云人物。当年有一部叫《暴风骤雨》的电影，在国内影响很大，里边有个苦大仇深的"赵光腚"，与地主老财誓不两立。王茂跟这"赵光腚"当然是两回事，但他在村里的"土改"大会上也坚决表示，跟官宅誓不两立。

平坟的风是在那年冬天刮起来的。当时有个标准，家里的房屋田产在多少以上，祖坟都要被平掉，而且不是一般的平，要挖。据我四爷说，他一直怀疑这是当地的土政策，因为据他了解，那时好像并没有这样成文的规定。但要挖祖坟，毕竟是一个惊天动地的大事。我太爷一听到这个消息就寝食难安。但还是叮嘱家里人，挖就让他们挖，不要说任何话。

王茂是腊月的一天早晨来我家的。当时扇披着一件露了棉花的黑粗布袄，腰里扎了一根一指多宽的皮带，还挂了一颗美国造的"香瓜瓣儿手雷"。一进院就说，再过几天就要过年了，大年初一这天，让官宅满满地炖上一锅猪肉，再大大的蒸几屉馒头，熬一锅稀饭，说是到这天，村里人要来平坟。当时管家王辰儿没听懂，问，平谁家的坟？王茂一听乐了，说堂堂的官宅大管家，怎么问这么糊涂的话，当然是平你官宅的坟，平别人家的坟能来你家吃饭么？王茂想了想又说，你官宅的坟实在太大了，恐怕十天半月也平不完，这样吧，这个正月，你家就一天炖一锅肉，天天在这院里开饭，这样也方便。临走又嘿嘿一笑说，告诉你家二少爷，这回平你官宅的祖坟不光是我出的主意，过几天，我还要亲自带人来，他要是有种就再来找我，不用他再杀我的驴，这回我王茂把脖子洗干净了，等着他来砍。

说完就晃着肩膀走了。

这时旺福已随大军南下，正一路往长江边上打。偶然听到担架队里的同乡传来消息，说官宅的祖坟马上要让王茂带着人挖了。当时旺福正准备参加一场大战役，就哈哈笑着说，好啊，我在前方流血流汗打老蒋，解放全国受苦人，他王茂倒在后方刨我的祖坟，行，刨就让他刨吧，等打完了老蒋，看我回去再怎么跟他算账！旺福的几个旧部下听了这事，都气不过，于是背着旺福，连夜派了一个从滹沱河边出来的战友骑快马回去，把旺福说的这番话一字不落地跟王茂说了。不料王茂一听也哈哈大笑，然后脸又唰地一沉说，他"王大脑袋"别说等打完了老蒋再来找我，就是现在来我也不怕！他官宅的祖坟我这回还非挖不可！挖定了！

但让王茂没想到的是，这年的大年初一，他带着村里人来官宅挖坟。大家先蹲在院里吃炖肉馒头，等吃饱喝足，该干活儿了，这些人把嘴一抹，只给我太爷拜了个年，就一哄而散了。王茂兴冲冲地扛着铁锨来到官宅的坟地，再一回头，身后竟一个人也没有了。

平坟这事，让王茂受了很大刺激。他后来不甘心，又挨门挨户去动员，让每家出一个人跟他去平坟。再后来见说不动众人，就站在村当中骂起了海街，说村里的这些人天生都是贱骨头，就应该受穷，受穷活该活该万世活该！有时候骂着骂着就嚎啕大哭起来，哭着哭着又唱，又笑，笑完了又骂。秦大夫来给他看了，说这叫痰迷心窍，再严重了就是癔病，癔病再发展就不好治了，俗话说就是神经病。村里人看他这样下去不是办法，也怕他真急出神经病来，就联名向当时的区政府递交了一份请愿书。大致意思说，这个村的"官宅"确系地主，但他家已将所有田地房产及各种财产登记造册，连同房契和地契一起交给村里的农会听候处理，念其次子王炳义当年抗日有功，现在又正随大军南下，在前方杀敌，他家的坟是不是就可以不平了。当时的区政府考虑再三，最后经研究决定，破例将王家坟保留下来。

当然，这王家坟最终也没能保住，若干年后，还是毁在了我三爷云财的手里，这就是后话了。

王茂听说政府已正式决定，要保留王家坟，一时恼怒急火攻心，竟真的疯了。整天扛着一把破铁锹在街上走来走去，嘴里喊着，平坟啦，平坟啦，农会的人全他妈的给我出来集合，上王家坟平坟去啦！就这样，终于在一个下雨的晚上，跌进村外的水坑淹死了。开始村里都没人注意，只觉着突然清静了，后来才意识到是不见王茂了。

几天以后，王茂的尸首在水坑里漂起来。这时已泡得像一块豆腐，白得耀眼，浑身上下也糟得像一只煮落了挂的鸡。人们把他捞上来，本想弄的坟地去埋，但几个人捧着这尸首走了几步就不行了，浑身的皮肉已经离了骨儿，眼看要散。只好赶紧放下，就地挖个坑就草草地埋了。

49

我四爷说，云财当年做了一些事，到今天想起来也有些说不过去。但他并不记恨他。在他们兄弟几个里，最精明的是云财，头脑最灵活的是云财，甭管遇到什么事，最能干的也是云财。所以，可以这样说，云财到什么时候也饿不死，他总能想出办法。我听得出来，我四爷这话不像好话，他嘴上说不记恨云财，可隐隐的已不仅是记恨，还有些怨恨。但我四爷说，不对，说记恨怨恨就太浅了。他只是觉着，云财不像王家的人。

云财一直在北平打理我家在大栅栏儿的两个铺子。后来生意越来越难做，只是勉强支应。再后来"洪德仁货栈"就关了。当初王麦根儿去古北口，云财和他说好，把"洪德仁货栈"和在古北口的"洪德利货栈"两边的生意连起来，这边有生意从那边走，那边有生意从这边走，这样肥水不流外人田，有钱也赚不到外人的手里。开始的时候这么干，两边生意都挺好，也都有钱赚。但后来北平城里乱起来，物价也一涨再涨，有时早晨的物价是一样，到了晚上就另一样。但古北口跟北平城里还不一样。古北口再往北是蒙古草原，那边的人做生意不习惯用钱，都是用东西换东西，这样也就可以绕开物价。王麦根儿是精明人，到了古北口没几天就明白这边的事了，也就很快把"洪德利货栈"的生意做起来。但后来渐渐发现，跟城里的"洪德仁货栈"连手做生意，其实是让自己这边补那边的亏空。这就像两个连着的水坑，自己这边水位高，那边水位低，水就总得往低的那边流。慢慢的也就不想再这么干了，城里那边再有生意，也就能拖就拖。云财当然明白王麦根儿的心思。开始王麦根儿拖，云财还不好说别的，秋蕊毕竟是我太爷后娶的，得叫小娘，况且眼下秋蕊也在古北口，这王麦根儿是秋蕊的爹，不光是长辈，论着还得叫声姥爷，说话也就不好太过分。但后来王麦根儿总这么拖，有几笔本来能赚钱的生意，也让王麦根儿生生给拖黄了，云财就急了。不管怎么说，这古北口的"洪德利货栈"还是王家的，让你王麦根儿来，不过是帮着打理一下，说白了也就是来给看着铺子，当初连个掌柜的名分也没给你，现在你这么干就没道理了。于是就让人给王麦根儿捎去一封信，话虽没说得这么明，也把该说的意思都说出来了。

王麦根儿一看这信，反倒笑了。当初这层纸没捅破，大家还都局着面子，现在一捅破也就好办了。古北口不是北平城，过去两边的铺子连手还勉强凑合，现在只有两条道儿，要么那边的"洪德仁货栈"关张，要么"洪德仁货栈"关张的同时，把这边的"洪德利货栈"也一块儿拖下水，大家一块儿关张，一块儿死。王麦根儿当年上过几天私塾，肚子里有点文墨，就给云财回了一封信，把自己这两条道儿客客气气也明明白白地摆出来。云财看了信，没想到王麦根儿会说出这么一番气人的话。但也得承认，他说得确实有道理。可承认是承认，心里还是跟王麦根儿结了梁子。这以后，"洪德仁货栈"的生意实在撑不下去，也就只好关张了。

接着，又出了一件事。

当年我家"洪德义绸缎庄"的斜对门是"正和兴绸缎庄"，老板叫麻广泰。麻广泰曾伙同小舅子杜二奎先用铺保坑了我家的铺子，后来又反手勾结何掌柜父子，暗中合伙做买卖。事情败露以后，云财把这何家父子打发走，也就跟麻广泰彻底断了。再后来杜二奎在街上认识了一个侯老板，说是做黑生意的。杜二奎起初一听吓了一跳，当年说黑生意，指的是鸦片。杜二奎做鸦片生意吃过亏，不敢再沾这行。后来一听这侯老板解释，更吓了一跳，敢情现在说的黑生意已不是鸦片，是军火。不过侯老板说，做军火生意比鸦片生意保险，他在各方面都有朋友，能确保只赚不赔。杜二奎回来跟麻广泰一说，麻广泰知道这小舅子不靠谱儿，一开始不敢信。后来杜二奎拉着麻广泰去见了一回这侯老板，又吃了一次饭。麻广泰觉着这侯老板倒还可靠。但侯老板也说了，黑生意不比黄生意和白生意，黄生意是金条，白生意是私盐，这黑生意看着买卖不大，其实也大的没边儿，往小了说长短枪枝子弹炮弹手榴弹，大了说飞机大炮轮船坦克，所以一般的小本生意就别做了，冒一回险，不值，要做就得是大的。麻广泰回来想了几天。眼下街上的生意已越来越难做，听说战事已快到天津，再往这边一走就到北平了，看样子只是早晚的事。这次不如冒一回险，真成了，就此收手，后半辈子也就不用再干别的了；不成，就跳护城河。于是跟杜二奎一商量，两人就把手里所有的本钱都押上了，一点退路没留。结果真赔了。这侯老板倒是真的，干的黑生意也是真的，只是说的话半真半假。他在各方面确实有朋友。但朋友跟朋友也不一样，有的朋友是真朋友，真朋友就真办事。可也有的朋友虽是朋友，也真办事，但得先拿钱。拿了钱是朋友，不拿钱就不是朋友了。这次侯老板就是钱没花到，这批运到天津塘沽的军火，还没出码头就给扣了。货扣了不说，侯老板也跟着进去了。这种事不用问，进去就甭想再出来。杜二奎情知没脸再见姐夫，一跺脚跑了。麻广泰在护城河边溜达了几趟，还是没舍得跳，思来想去又回来了。这时"正和兴绸缎庄"已经抵押出去，再回来也没了去处，手里又分文没有，不到一个月就跟街上的要饭花子混在了一处。麻广泰又好面子，混成花子也不能在前门大栅栏儿这块地界儿混，于是就去了虎坊桥儿。到虎坊桥儿才知道，当年在前门大栅栏儿擂砖的"瘸拐儿李"，现在已是这一带的花子头儿。"瘸拐儿李"虽是擂砖的出身，也挺念旧，一看麻广泰这副模样儿就知道，是败家了，老北平叫混打瓦了，二话没说就收留了他。这时北平城的街上已经一天比一天乱，"瘸拐儿李"手下的这群花子也就不光行乞，还经常趁着乱跨行去

干抢铺子的生意。麻广泰一入伙，就出了个主意，说当初他的
铺子跟"洪德仁绸缎庄"斜对门，知道这家铺子的底子厚。
"瘸拐儿李"一听，立刻想起当年这"洪德仁"的二少东家在
街上的一个茶摊儿跟前当众砸了自己一茶碗，也就因为这，自
己在大栅栏儿没法儿混了，才来到虎坊桥儿。当即就决定，带
人去抢"洪德仁绸缎庄"。"瘸拐儿李"抢铺子还不像别人。别
人抢铺子都是在晚上，或在夜里，趁着黑干。他不是，大白天
就砸明火。这天中午，云财正在后面歇着，就听前边的铺子乱
起来。出来一看，一伙人正往外搬东西。也不是见什么搬什么，
只搬值钱的，架眼儿上的绸缎布匹转眼间都已给搬空了。铺子
门口放着几辆小拉车，已经装得满满当当。街上的人见这些人
不慌不忙地往外搬货，以为是"洪德仁"碰上了大买主儿。有
好事的还围在旁边看热闹。云财一回头，发现有人进了账房，
赶紧追过来。这时几个人已把账房里的现洋钞票都搜罗出来，
用个包袱皮儿一兜包起来。云财立刻喊人。可铺子里的伙计这
时都已吓傻了。有胆儿大的过来阻拦，三两下就让这些花子打
得头破血流。别的伙计也就更不敢动了。这时一个大长头发满
脸渍泥的人走过来说，王老板，还认得我吗？云财仔细看了看，
才认出竟是麻广泰。麻广泰一笑露出两排白牙，回手一指说，
看见了吗，我现在混整啦，兵强马壮。云财这时已说不出话来。
麻广泰又说，生意场上有句俗话，叫有钱大家赚。现在把这话
拐个弯儿，受穷也别我一个人，有穷大家受。说完一乐，就转
身出去，招招呼呼地带上人，推起门口的几辆小车走了。云财
这时再看，好好儿的一个绸缎庄已经只剩了一个空壳儿。

　　云财也知道，眼下世道乱，已不是做生意的年月。既然货

栈关了，现在绸缎庄又成了这样，索性一咬牙，就把这两个铺子都盘出去了。盘了铺子，歇了两天，忽然又想起古北口那边的"洪德利货栈"，就带上剩下的两个伙计奔古北口来。

这时王麦根儿已知道城里发生的事。王麦根儿是灵透人，肚子里点根蜡烛浑身都是亮的，一见云财带人来，心里就明白了。于是干脆把话挑明说，云财来得正好，这"洪德利货栈"后面到底怎着，就商量一下吧。王麦根儿这话显然说得很硬气。当初这"洪德利货栈"只是半死不活地在古北口扔着。是王麦根儿来了，才把这铺子经营起来。古北口做生意跟北平城里也有相近的地方。城里做生意讲回头客，古北口这边虽多是草原上的人，也认熟人。跟熟人做生意省事，不费口舌，上回一块羊皮换多少酒，多少茶叶，这回就还换多少。日子一长，这"洪德利货栈"也就有了不少主顾。但云财一听，就觉着王麦根儿这话有点儿不挨着了。再怎么说，这铺子还是王家的，不管你王麦根儿把它干成啥样，它该是谁的还是谁的。你领个孩子回家养着，养成多大，人家该有爹妈还有爹妈，再怎么着你也成不了人家的亲爹亲妈。云财前面已跟王麦根儿结了梁子，这时再说难听话，也就拉得下脸了。

于是一笑问，这铺子的事，还有要商量的吗？

王麦根儿一听话头不对，反问，没有要商量的吗？

两人一搭话，碴口儿就对不上，后面反倒更好说了。

云财说，你说说，我听听，你要怎么商量？

王麦根儿说，我倒想先听听，少东家这趟来，有啥打算？

云财笑了，好，你还承认我是少东家，这话咱就好说了。

王麦根儿立刻意识到，自己说走嘴了。

云财说，挑明了说吧，我这回来，要收回这铺子。

王麦根儿没说话，看着云财。

云财又说，你想回乡下就回乡下，不回，在这儿当掌柜也行。

王麦根儿听了先咧嘴笑笑，接着就黑下脸问，让我给你当掌柜？

云财说，眼下生意不好做，就不找大掌柜了，要干，你一个人顶着就行了。

王麦根儿盯着云财，半天没说出话来。王麦根儿经营这铺子几年，来的人都叫他王老板，没人不知道，这铺子就是他王麦根儿的。现在云财突然来了，却让他当掌柜，还说因为生意不好做，就不找大掌柜了，看意思要是生意好做，他王麦根儿连大掌柜也轮不上，只能当个二掌柜。但王麦根儿的心里虽然有气，既然是灵透人，一件事也就不会只看一面，而是前后左右都看到了。这时，他当然明白，自己跟这云财的关系也看怎么说，倘在生意上，他是东家不假，自己再怎么说也只能算个伙计，可要在家里论，自己是秋蕊的爹，他还得叫自己一声姥爷。倘这时跟一个小辈儿杠起来，自己不光占不到便宜，还得失身份。

这么一想，也就退一步说，我再想想吧。

王麦根儿说想想，其实是想跟秋蕊商量。秋蕊自从跟爹来到古北口，日子倒不愁吃不愁穿，这边空气也好，比滹沱河边也清静。可一个人的时候也想，自己这算怎么回事呢，嫁到官宅没两年就来到这边，眼看着爹在这里做生意，做得挺起劲，看样子一时半会儿还不想回去。接着又传来消息，我太爷在乡下病重，想看看四维。四维也就是我四爷。秋蕊心里急，想带孩子回去，可这样的时局，她一个妇道人家路上不安全，那边没人接，这边又没人送，也就一直拖着动不了身。就在这时，王麦根儿来跟她商量铺子的事。这次云财带人来，秋蕊已在后面听了。这时再听爹一说，也就劝他，干脆算了，古北口也不是啥好地方，整天跟口外的人打交道，那边的人都生性，两句话不爱听就动刀子，跟他们做生意，这钱也不是好赚的。秋蕊跟云财并不熟，自从过门，云财一直在北平，没怎么见过面，也就是来古北口以后才打了几次交道。但秋蕊的心性随她爹，灵透，只打了几次交道就看出来，这云财难对付。王麦根儿本来还想再跟云财争竞一下，这时听女儿这一说，也就作罢。

于是带着秋蕊母子，一家人就回来了。

50

我四爷说，他这次跟他娘，也就是秋蕊回来，我太爷已说不出话了。几天以后，我太爷就去世去了。我太爷一辈子不抽烟，不喝酒，只喝茶。最后的几天，也就是秋蕊回来以后，竟然从床榻上起来了。先让管家王辰儿去镇上买了一根烟袋，又让买些上好的烟叶。管家王辰儿买了烟袋，但这时上好的烟叶已买不起，只买了一小包。拿回来，我太爷就让秋蕊给他装烟。秋蕊这时一步也不离我太爷。您抽一袋烟，就给装一袋。接着，我太爷又要喝酒。我家过去有个地窖，存的都是陈年的"浮河老烧"。后来"土改"时，都让村里来的人挖走了。但挖地窖的人还是偷偷给我太爷留了一坛。这时，我太爷让人把这坛酒打开。您喝酒不吃菜，抽一口旱烟，喝一口酒。一天晚上，我太爷坐在桌前，一直这么坐着。秋蕊去给我太爷打了洗脚水回来，见您两肘挂着桌子还这样坐着，像在想事。秋蕊先以为是这袋抽完了，就过来想拿下烟袋。可拿了两下没拿动。再细看，您已经殁了。

发送我太爷时，有一件很离奇的事。我太爷咽气之后，还保持着坐的姿态。家里人想让您躺平，可已经僵住了，浑身的每一个关节都不能动了。把村里的秦大夫请来，秦大夫摆弄了一阵也没办法。最后摇头说，这叫"仙坐"，只能是有德行、有造化的人，仙逝以后才会这样。这就没办法了，只能这样下葬。可这时家里人才发现，我太爷在世时，为自己准备的不是寿棺，只是木料，而您备下的木料，刚好可以打一口让您坐着的寿棺，似乎您早就知道，将来有一天自己会这样下葬。村里来帮忙的人好心提醒，下葬时，动静别太大。

一天夜里，就把我太爷的这口坐棺抬到王家坟去埋了。

我太奶早在我太爷之前两年，就已去世了。我四爷说，他娘，也就是秋蕊，发送了我太爷的两年以后也去世了。当时我四爷已去北平读书。其实这时，我家已拿不出钱让他出去读书。但我太爷在世时做了一件事。关于这件事，只有管家王辰儿一个人知道。管家王辰儿发送完了我太爷，就准备离开我家了。临走来跟秋蕊辞行，突然跪下了。秋蕊一见忙要扶他起来。王辰儿说，姨奶奶，你就让我跪着说吧。王辰儿一边说着就哭了。他说，老爷本来给四少爷留了一笔钱，这笔钱是当年卖东西跨院儿时留下的，知道以后会败家，四少爷还没成人，这钱是留给他将来读书用的。可这笔钱除了他，没人知道。现在老爷殁了，他本想把这笔钱自己留下，毕竟在官宅干了一辈子，到了儿败家了，是空着两手走的，自己留下这点儿钱也不为过。可这两天一边收拾东西准备走，心里越想越不是滋味儿。其实自己这条命，当初还是祁顺儿给的，当时那个日本兵刚挑了陈胖子，又端着刺刀大枪朝自己过来。要不是祁顺儿这会儿从墙上跳下来，说他是二少爷，自己肯定也让这日本兵挑了。王辰儿一边说着，快七十的人就呜呜地哭起来。哭了一会儿，就把身上的包袱放到地下，打开，拿出一个小布包，里面是大洋。他说，这就是老爷给四少爷留下的，让四少爷念书用吧。秋蕊打开这布包看了看，说这样吧。然后，就把这大洋分成两份儿。秋蕊说，我虽来得晚，这几年又一直在外头，也知道你在官宅这些年，忠心耿耿，总不能让你空着两手走。

王辰儿又给秋蕊磕了个头，千恩万谢，就收拾起东西走了。

据我四爷说，云财一年以后也回乡下来了。这时他已在北平读书，只是听说。云财还是把在古北口做生意的事想简单了。这边做生意跟在北平大栅栏儿不同。大栅栏儿是城里，多少年都是天子脚下，就是再浑的人也有分寸，多少讲个规矩。古北口虽离北平只有二百多里，却已是天高皇帝远，生意上的规矩跟北平是两回事。云财从一学买卖，就没离开过京城，到了这边也就两眼一抹黑，有的来人连说话也听不懂。也有过去的老主顾，一看这铺子换了生脸儿，当初的规矩也就不讲了，有的不光不讲规矩，干脆就不讲理了，铺子里看上什么想拿就拿，拿了就走，倘有二话就亮出刀子。王麦根儿当初在时，他是牙子出身，跟草原上的牲口贩子经常打交道，到了这边也就入乡随俗，如鱼得水。云财却不行，跟这地方格格不入，慢慢就觉着这哪是做生意，简直到了土匪窝儿。看出这么下去不是办法，一咬牙，干脆把这铺子也盘出去了。这时北平城的附近已响起炮声，古北口的铺子卖不上钱，三瓜两枣儿也就出手了。但云财犯了一个错误。他当初从北平大栅栏儿出来时，刚把两个铺子盘出去，这回离开古北口，又把这边的铺子也盘了，手上就有些现洋。这时时局很乱，什么都不如现洋保准，但他为了更保准就又把这些现洋兑成了金条，想的是这样带在身上方便。可他在古北口兑金条时，却让人盯上了。盯上他的是兄弟俩，都三十来岁，赶着一挂大车。云财兑了金条一出来，这兄弟俩已等在外面，一个就过来问，雇不雇大车。云财一看正好，于是讲好了车钱，把收拾的东西都装在车上，就从古北口出来了。一出来走得挺顺，可到了平古，这兄弟俩要住店。云财说这才走出多远，天还这么早，到三河再住也不晚。兄弟俩就又走。到了三河，找个店住下了。云财自己住一间，这兄弟俩为省钱，就去大屋儿挤通铺。到了夜里，云财起来撒尿，到院里一看发现不对，那兄弟俩的大车没了。赶紧出院子看，还是没有，在月亮地儿里追出一里地也没追上。等再回来，才发现屋里包袱也没了。云财登时傻了，包袱里都是细软，这些年在北平挣的这点钱全在里边，这一下就真是两手空空了。原来这兄弟俩事先有分工，一个先赶着大车把东西拉走，知道云财一发现就得出来追，另一个则埋伏在他屋子的附近，等他一出去，就进来把屋里细软拿走，来个卷包儿烩。

就这样，云财要着饭回来了。

51

据我四爷说，从时间推算，他娘，也就是秋蕊，应该是云财回来的第二年死的。具体怎么死的，没人知道。据他姥爷，也就是王麦根儿说，一天夜里，云财突然来送信儿，说他小娘不好了。王麦根儿一听感到奇怪，秋蕊一直好好儿的，没听说有什么病。就去村里叫了秦大夫，一块儿赶过来。秦大夫这时眼已不行了，但鼻子还管事。进来先提鼻子闻了闻，又摸了脉，出来摇头对王麦根儿说，人怕不行了，去我家抓付药吧，只能试试，不一定管用。果然，药还没抓来，秋蕊人就殁了。但事后秦大夫说，他当时闻见一股味儿，来之前，秋蕊一定是吐过。王麦根儿问，是什么味儿。秦大夫好像想说，又不太想说，最后就还是没说。

再后来，秦大夫也病死了。

这时经过"土改"，官宅已七零八落地分出去，只还剩下我太爷当年住的梨树小院。这小院里种满了梨树，一到春天梨花大放，白得耀眼，晚上院子里都是亮的。云财回来，也就住在这小院里。云财从小精明，但跟旺福正相反，不好女色。据他自己说，也不是有病，就是没兴趣，一看女人就烦。在北平这些年没成家，也是不喜北平城里的女人，用北平话说就是"事儿事儿的"，难弄。回乡下以后，还是娶了镇上一个烧酒坊家的闺女，叫云香，也就是我后来的三奶奶。有句老话说，不是一家人，不进一家门。云财娶这云香也正应了这句话。云香也很精明。但女人精明跟男人精明又不一样。男人精明是在大处精明，只算大账。女人精明则是大处小处都精明，也就大账小账都算。她嫁了云财，夫妻俩也就滴水不漏。云财回来已经没地种，他在北平这些年一直做买卖，就是有地也不会种，也就只靠卖过日子。这梨树小院有的是梨树，且这些梨树跟一般的梨树又不一样。一般的梨树为了多结果，都矮，杈儿也多，树干也就不成材。我太爷当初种这些梨树不为结果，只为看景，都没嫁接。这一来树干就都长得挺高挺直，有的已经有一海碗粗。云财把这些树一棵一棵砍了，扛到集上去卖。外面的人知道这是当年官宅里出来的梨树，觉着吉利，打了家具能避邪，也就都愿意买。

就在这时，旺福回来了。

旺福当年从滹沱河边带出去的队伍，除了在战场上战死的，剩下的还都一直跟着他。这时，这些人又跟着旺福参加了"抗美援朝志愿军"，临出国，被批准回来探家。旺福这次回来，一直住在区上，不知没时间还是别的原因，直到走时也没回家。但云财得着消息，立刻赶到区里。这时区政府大门口的墙上贴着鲜艳的大红喜报，上面写着参加志愿军的人员名单。云财走过来，从头到尾看了几遍，却怎么也找不到旺福的名字。那天我三奶奶云香也去了。云香灵机一动说，别是二哥在外面改了名字。云财这才恍然大悟。再看，果然找到了，有个名字叫"王丙一"。旺福原来的大号叫王炳义，"義"这个繁体字很难写，大概他嫌麻烦，索性就把这个"義"改成了"一"。云财找到旺福的名字，却没去见他，扭头就回来了。就在这天下午，云财干了一件事。他拎着铁锹去王家坟，把我老太爷的老太爷，也就是我八世祖的坟给挖了。其实云财早就动了挖坟的心思，只是一直找不到理由，担心村里人说闲话。现在旺福回来了，而且马上还要走，这回又是出国打仗，家里总要给准备点儿盘缠，这一下也就有了理由。当年我老太爷是朝廷命官，而且有财力建了官宅这样大的一个庄园，自然正是家里最鼎盛的时候。再往上捯，应该也不会差。就算差，上几代的坟都是我老太爷选了坟址之后亲手迁过来的，随葬品应该也不会少。我的八世祖，也就是云财的六世祖。在这个下午，云财把他六世祖的坟挖开，立刻吓了一跳。他把事情还是想简单了。起初以为，再怎么说也就是个坟，挖出棺材肯定都已朽烂了，只能在碎木头渣儿里找点值钱的东西。可这时才发现，他六世祖的这口棺木竟然一点没朽，仅棺材盖就有一尺多厚。云财本来不想惊动村里人，这时没办法了，只好回去叫人。等村里人来了，大家撬开棺盖，五六个年轻人竟然抬不动，且当初迁坟时，迁的只是尸骨，棺木的里面也就丝毫没有糟朽，看上去还完好如初。

云财这回收获很大，棺材里果然有很多随葬品。云财在北平待了这些年，又是做买卖的，虽跟珠宝玉器隔行，也知道这都是值钱的东西。几天以后，他又来到区上。这回径直来见旺福。旺福刚开完欢送大会，从会场出来时，胸前还戴着大红花。云财迎上去。兄弟俩已经多年不见，互相看着，都已不是当年的样子，不免有些感慨。这时云财递给旺福一个包袱。旺福打开一看，里面有一身新衣裳，两双布鞋，还有一摞大洋。旺福奇怪。他这次回来，已听村里来人说了，云财眼下的日子挺难，只靠卖着吃，现在怎么一下有了这么多钱。云财又拿出两件小东西。一件是个翡翠乌龟，还有一块田黄玉。云财说，这个你也拿着吧，带在身上，都是值钱的东西，到关键时候兴许能派上用场。旺福看看这两件东西，又抬头看看云财，问，哪儿来的？云财先还不想说，旺福再问，才说，是坟里刨出来的。旺福听了脸憋得通红，瞪着云财半天没说话。云财知道旺福心里怎么想，赶紧又说，埋的坟里也是埋着，刨出来，就能用上，这也是祖上的福荫。旺福点头说，没想到，王家的祖坟，最后让你给刨了！

说罢，把这两个物件儿往云财手里一塞，就转身进去了。

云财在王家坟挖出他六世祖的棺木，费了很大劲才弄回家来。这显然是一种很稀有的木材，弄回来之后，放在小院里，立刻满院奇香。但云财一直想不好，这么好的棺木能派上什么用场。这时云香灵机一动，出主意说，这木头能做风箱啊。滹沱河边的人做饭都烧柴灶，家家用风箱。云财一听，觉着确实是个主意。用棺材做风箱，当然不能让外人做，倘把这事儿说出去，做的风箱也就没人敢买了。云财就把家里的一个旧躺柜拆了。村里有个木匠，叫罗傻子，是当年罗铁匠的亲叔伯侄子。罗铁匠无后，把这侄子过继过来，本想教他铁匠手艺。可这罗傻子对铁匠手艺没兴趣，却喜木匠，无师自通就会了一门精湛的木匠手艺。云财把这罗傻子叫来，说，这躺柜没用了，想改成四个风箱。罗傻子调量了一下说，四个料不够，只够三个。云财说，三个就三个。于是讲好工钱，罗傻子就在小院里做风箱。等三个风箱做成了，云财在旁边也看明白了。可看是看，做是做，偷艺跟动手还是两回事。但云财毕竟脑子灵透，又拆了一个炕箱，等歪歪扭扭地把两个风箱做出来，也就把这门手艺学会了。

云财有了这门做风箱的手艺，用六世祖的这口棺木一口气做了二十几个风箱，拿到集市上很快就全卖了。这以后，也就一发而不可收，从六世祖的坟刨到五世祖，又从五世祖刨到四世祖，再刨到三世祖。这时已能看出来，当年我老太爷把您上辈的几世先人迁来时，确实财大气粗，不仅随葬品一个比一个多，从这些随葬的物件也能看出，这些先人当年都是做官的，且都是文官。云财刨坟以后，又给官宅带来一段"中兴"。坟里的东西都是硬通货，真金白银，棺木又能打成风箱，也就行成一条附加值很高的产业链。后来云财用这些钱，又在梨树小院的旁边盖起两个大院子。这两个院子是为他两个儿子盖的。云财的这两个儿子，也就是我的两个亲叔叔，从小都秉承了云财的精明，刚十多岁跟着他们的母亲，也就是我三奶奶云香去集上卖风箱，就都显露出做生意的天赋。据我四爷说，我这两个叔叔对付讲价钱的人都有各自的独门绝技，一个是软，一个是硬。这两个叔叔大的叫桐林，二的桐森。桐林叔一见有买主儿来还价，不说同意，也不说不同意，只是眼泪汪汪地说自己的爹怎么不容易，怎么拖着病身子，又怎么起五更睡半夜，为做这些风箱，还把一根手指锯掉了，直说得买主儿也跟着长吁短叹，不好再回嘴，最后也就只好要多少钱给多少钱了。桐森叔则不费这个口舌，要买就撂下钱，风箱扛走，不买，也别站的这儿碍事。其实买东西的都有一种心理，你越是上赶着，他反倒含糊，觉着你这里边肯定有利可赚。而如果带搭不理，爱买不买，他也许就自己凑上来了。所以，我桐林叔和桐森叔的这两手绝活，在集市上也就屡试不爽。

　　但我桐林叔也没完全说瞎话。我三爷云财做风箱时，确实把一根手指锯伤了。虽然这手指没掉，伤口却感染了。起初没在意，后来伤口开始溃烂，慢慢从手指烂到手掌，又从手掌烂到胳膊，一直烂到肩膀。后来整个人就都肿起来。这时再去医院，已经没办法了。医生反复询问，我三奶奶云香才说，是做风箱弄破了手。再问，又说，做风箱的木料是从坟里挖出的棺木。大夫们听了都大吃一惊，用棺材做风箱，还从没听说过这么恐怖的事。然后就告诉我三奶奶，这样看，应该是被棺材板上的细菌感染了，当时还没有控制这种细菌的特效药物。

我三爷云财去世时，四十六岁。

52

这就又要说到甘草了。

还不是甘草，是甘草的儿子长生。

王茂为自己改姓叫刘茂，也就让儿子跟着改姓，叫刘长生。但王茂死后，甘草又让长生把姓改回来，还叫王长生。甘草对长生说，不管你爹怎么说，他当初是从官宅出来的，他自己的爹也在官宅一辈子，他爹叫王槐，他就应该叫王茂，他改姓是他的事，但你不能改，你也是官宅出来的，就得姓王，就叫王长生。长生倒无所谓，姓刘姓王都一样。

长生的性格随他爹王茂，从小不笑。不是不想笑，是不会。甘草见他总不笑，觉着这么下去不是办法。到大一点儿，就试着让他高兴。长生最高兴的事就是杀鸡。小的时候不敢杀，爱看，一到杀鸡时就攥着拳头瞪大两眼，看着菜刀在鸡脖子上一抹，血出来了，鸡一边扭来扭去地拍着翅膀在地上扑腾，就兴奋得手脚乱动。可手脚怎么动还是不笑。到大了，就喜自己动手杀。长生杀鸡跟别人不同，不是一刀让它死，而是钝刀子，慢慢的，一下一下拉，这样鸡死得慢，扑腾的时间也长，甩得满地都是血，长生也就越看越高兴。甘草为了让儿子高兴就总养一院子鸡，隔三差五让他杀一只。杀了不为吃，就为高兴。

长生直到十几岁，只笑过一次。那回是他爹王茂死了，让人们从村外的水坑里捞出来。捞的人捧着尸首走了几步，捧不住了，人要散，就赶紧放的地上刨个坑埋了。长生在旁边看着，突然笑了。后来去县里上学，曾有人问他，当时看他爹那样，笑啥。长生眨着眼说，那个脑袋抱不住了，要掉，一按又安上了。他这话说的，不光让问的人，连旁边听的人头发根儿都立起来。

长生中学毕业就留在县里了。先在供销社，表现好，又调到商业局。在商业局表现也好，就调到了县政府。再后来在政府办公室当了干事。这么年轻就当干事，当时在县里很少见，也就有些显眼。一天下午，突然来两个人找他，说是搞"外调"的，要了解情况。这两个人都穿着制服，戴着干部帽，一看就不像一般人。长生问，要了解谁的情况。这两个人说，了解王炳礼。长生听他娘说过，当年官宅有个大少爷，叫王炳礼，一直在外面念书，还去日本留过学，后来也就一直没回来。但长生只是听说，没见过这人。这两个人中，有一个戴圆眼镜的，看样子是头儿，问长生，你了解这个王炳礼的情况吗？

长生奇怪，说，我又不是他家的人，你们要了解这王炳礼，该去他家问。

圆眼镜说，已经去过了，现在王炳礼的三弟王炳廉已经过世，他的弟媳和两个侄子都没见过他。

长生一听就笑了，长生在县政府工作，说话就冲，上下看看这圆眼镜说，他家的人都没见过他，我就更没见过了，你们来问我，这不是瞎耽误工夫儿吗？

这时圆眼镜就问，你母亲见过王炳礼吗？

长生想想说，应该见过。

圆眼镜问，在哪儿见过？

长生说，我娘当初是从官宅出来的。

圆眼镜立刻又问，如果她是从官宅出来的，应该不光见过，恐怕还认识吧？

长生说，是，当然认识。

圆眼镜问，认识，是什么关系呢？

这时长生就觉出来，这话越问越不对，上下看看这两个人问，你们，到底想了解啥？

跟圆眼镜一块儿来的是个矮胖子，比圆眼镜年轻，一直在旁边往本子上记录，这时抬起头说，你别误会。长生立刻说，我没误会，你们这么黑不提白不提地问来问去，现在又问到我娘，到底咋回事？你们不说清楚，就赶紧走，我没工夫陪你们。

圆眼镜赶紧说，你的心情可以理解，不过组织上也有组织的纪律，外调时该说的说，不该说的就不能说。

矮胖子合上手里的本子，也说，事情就是这么个事情，我们只管外调，不负责解答问题。

这两个人说完，就告辞走了。

长生这个下午回到家，甘草正喂鸡。长生还没说话，甘草就问，下午有人去找你了。长生说是。长生一听就明白了，那两个外调的人应该也来家里了。长生等着娘往下问。娘一往下问，他也就好问娘，这个叫王炳礼的到底是怎么回事。可娘没问，也不说话了。长生从一懂事，就听爹跟娘吵，还不是吵，是打。爹跟娘打是打死架，爹往死里骂娘，还动手，也把娘往死里打。开始的时候娘是骂不还口，打不回手，就这么挨着。后来不行了，娘开始还口了。再后来不光还口，也还手。但娘的劲儿小，打不过，有一次就抄起了杀鸡的菜刀。这一刀砍偏了，把爹的一个耳朵尖儿削掉了，流了一肩膀子的血。从这以后，爹再骂，娘只要看一眼手边的菜刀，立刻就停嘴了。不过这几年他们骂着，长生听着，虽还不太懂，但已记事了。后来爹死了，再回想，慢慢也就明白，当年娘从官宅出来时，肯定发生过什么事。

这个晚上，长生吃了饭，又要回县政府。长生从县政府回来骑车要十几里，回去还要十几里，但每天宁愿来回跑，不在家里住，不管有事没事，晚上总在办公室值班。但刚要走，甘草把他叫住了。甘草说，等等，还有几句话，跟你说。

长生站住了。

甘草说，当年的事，该告诉你的，也该告诉你了。

长生说，不想听。

甘草说，我当初，跟官宅是亲戚。

长生说，我不想听。

甘草说，你不想听，也得告诉你，这王炳礼的娘，我论着叫姑。

长生拧过脖子看看甘草，说，我说了，我不想听。

甘草说，王炳礼的爹，当初，想我把说给他，可他没同意，就这点事。一边说着想了想，又摇摇头，这回这两个人来，估计他是在外面摊上事了，恐怕还不是小事。

长生没再说话，头也没回就推上车走了。

53

甘草猜对了，长贵这回真摊上事了。

长贵这时已经又回北平，应该是第一批进城干部。当时正是百废待兴、百业待举的时候，各行各业都需要有经验有能力的干部。长贵在解放区时做过的事很杂，负责过卫生，管理过文艺，也在新闻部门干过，进城以后，就被派到"文艺领导小组"担任副组长。长贵第一天走马上任，一进办公室，突然愣住了。他的顶头上级，也就是"文艺领导小组"的正组长，正面带微笑地从办公桌后面站起来。长贵立刻认出来，这人竟是陆天。

长贵跟陆天已经几年不见。那次从济南转移出来，到解放区只在一起集训了几个月，然后被分派到不同地方，大家也就各奔东西了。后来长贵也听人说过，陆天已改名叫陆擎天，虽然出身不太好，从济南出来又背了处分，但一到工作岗位表现积极，也很勤奋，经过一段时间的努力不光入了党，还很受领导器重。长贵知道，陆擎天是个记仇的人。这时跟他见面，两人一握手，就明显感觉出来，陆擎天对当年的旧事还没忘，心里还存着芥蒂。

陆擎天脸上笑得皮松肉紧，声音还挺热情。问长贵，咱们当年一块儿从济南出来的还有几个人，后来都没他们的消息了，你跟这些人还有联系吗？长贵说，他们后来大都参加了作战部队，大部分随大军南下，有的牺牲了，有的陆续就留在地方了。

　　陆擎天连连点头说，好啊，大家进步都很大啊。

　　然后又问长贵，这几年锻炼得怎么样，过去剥削家庭的资产阶级思想是不是都已经改造好了。长贵这几年，已见过各种世面，也就不像从前了，嘴到不饶人的时候也不饶人，就说，是啊，思想改造是长期的，不会一蹴而就，你不也一样，我们以后一块儿工作了，还要互相提醒。陆擎天的家里当初是做茶叶生意的，长贵这说的其实只是半句话，陆擎天听得出来，后面没说的半句就深了，细咂摸能勾出很多往事。脸一下就红起来。陆擎天当初虽是跟长贵一起从济南出来的，但这些年的经历比长贵丰富多了，也就更能吃话，只稍稍沉了一下，就哈哈大笑起来，然后意味深长地说，你的老脾气还没改，以后在这么重要的岗位，头脑可要灵活一些啊！

　　长贵也笑笑说，是啊，该灵活灵活，不过我这人原则性很强，到原则的事上不会灵活。

　　陆擎天点头，嗯一声说，那就祝我们合作愉快吧。

　　但长贵跟陆擎天之间，很快就发生了不愉快。先是陆擎天突然有几天没来上班。陆擎天是正职组长，他不来，有些事没人拍板，工作也就陷入了停顿。长贵等了几天，见陆擎天还没有来的意思，就把单位的小车司机叫来问，陆组长这几天在忙什么。司机姓马，当初在部队是个汽车兵，后来才转到地方上来。小马先还不想说，长贵再问，才说，陆组长这几天来客人了。长贵一见司机小马吞吞吐吐，就问，男客人还是女客人？

小马又支吾了一下说，女客人。

长贵问，从哪儿来的，是家里的亲戚吗？

小马好像挺为难，又吭哧了吭哧才说，王副组长，您就别问了，陆组长嘱咐过，不让我说，您想知道就去问他自己吧。

长贵一听，心里就明白了。

这次来找陆擎天的，是当年的方倩倩小姐。方小姐从济南来北平，是要寻找她的熊四公子。当初方小姐嫁给熊四公子，也过了几天安生日子。方小姐知道熊四公子风流成性，但既然已嫁了他，也就睁一只眼闭一只眼。方小姐是个有主意的人，心里明白，其实要说嫁，最合适的还是陆家的少爷，可时局越来越不太平，一个做茶叶生意的人家儿，能有多大势力。这熊家就不一样了，别看只是开面粉公司的，可还是华庆公司的大股东。华庆当时在济南是最大的面粉企业，由此可见，熊家不光有财力，肯定也有很深的背景。这熊四公子也是一表人才，又对自己追得这么紧，所以家里一说，方小姐也就推开陆家少爷，一头扎进这熊四公子的怀抱。既然这样决定，方小姐也就前后左右都想过了，这一进熊家，还不光是自己，也就把全家都装进了一个巨大的保险柜，只要这熊四公子别出大格儿，他胡闹也就由他去胡闹。可让方小姐没想到的是，这熊家并不是什么保险柜。她嫁过来没一年，熊家的面粉公司就让日本人抢去了。把公司抢了还让熊家给干，只是力气由熊家出，赚的钱却归日本人。熊家不光赚不到钱，还总得往里搭钱，这一下这面粉公司也就成了一个填不满的黑窟窿。最后为了筹钱，连在华庆公司的股份也卖了。可这时，熊四公子该怎么玩儿还照样怎么玩儿，又连着娶了两房姨太太，一个在外面安外宅，另一个干脆就带回家来。这一下方小姐就实在忍无可忍了，跟熊四公子大闹起来。熊四公子早跟这方小姐玩儿够了，正等着她这样闹，也就干脆把她打发回娘家了。可现在方家的日子也一天不如一天。方家是开茶馆儿的，眼下济南人连吃饭都发愁，谁还有心思出来泡茶馆儿。方家的茶馆儿本来有七八家，慢慢也就全关了，只还剩了大明湖边的一家惨淡维持着。方小姐在娘家呆了几年，日本人投降走了，日子还是难。物价越涨越疯，眼看过去能买一袋面粉的钱，现在也就够买一袋牙粉。方老板是生意人，一看这不是办法。自己的女儿当初是明媒正娶嫁到熊家的，现在这么乌漆抹黑的回来算怎么回事，还别说让外人怎么看，至少他熊家不能就这么黑不提白不提了。于是就拉下脸，来跟熊家交涉。可这时才知道，这熊四公子早已把后来的两个姨太太也扔下，自己跑的北平去了。熊四公子他爹抖搂着两手说，现在这孽畜在哪儿，连家里也不知道。这一下就没办法了。方小姐又在家里呆了两年，这回也是偶然听说，有人在北平见着这熊四公子了，才赶紧来到北平。方小姐这次来北平不是要寻找熊四公子，当然也是找他，但找他不是为破镜重圆，而是找他要生活费。当初毕竟是正式嫁过来的，现在他不能就这么不管了。可来了北平几天，一直没找到这熊四公子的踪迹。方小姐是只身一人来的，眼看身上的钱也快用完了，这才想起了陆擎天。方小姐在济南时就听说，当年的陆家少爷现在已在北平当了干部。可当年毕竟跟人家是那样分开的，最后还让熊四公子的人在雨里把人家暴打了一顿。当时方小姐打着伞，站在花园的后门里都看见了。她看着陆少爷在雨里一瘸一拐地走了，就知道，自己跟他的这点情分，这辈子算是彻底完了。所以这次来北平，不到万不得已，方小姐就不想来找陆少爷。可这时已经到了万不得已的时候，那个千刀万剐的熊四公子没处去找，身上的钱也要用完了，眼看连回济南的车票都没钱买了。方小姐万般无奈，这才不得不来找陆少爷。

让方小姐没想到的是，她这次见了陆少爷，陆少爷竟不计前嫌。一见面就拉着她的手，先说她瘦了，又问她怎么这么憔悴。听说她还没吃饭，立刻就带她来到全聚德烤鸭店。一边吃着饭，问起方小姐这次来北平的目的，才知道是怎么回事。当即气得拍了桌子，把旁边吃饭的客人都吓了一跳。然后就说，这个事他一定要管，管定了，他会利用自己在北平的所有关系，通过各种渠道寻找这熊四公子的下落。当晚吃完了饭，陆擎天知道方小姐已没钱住店，就带她来到前门饭店，开了一个房间。这时方小姐对这当年的陆少爷已经感激得无可无不可。两人来到房间，陆少爷嘴上不说，但看得出这个晚上不想走了。方小姐就赶紧主动说，陆少爷别走了。于是陆擎天就这样住下来，一住就是几天，班也不去上了，白天领着方小姐逛北海颐和园，去王府井，又看故宫，晚上就在一块儿睡。可就是不再提找熊四公子的事。这方小姐心里急，又不敢说，只能是带她去玩就去玩，晚上要睡就陪着睡。

这时单位里已经积压了一堆事。陆擎天觉着跟这方小姐也住得差不得了，就对她说，自己做的不是一般的工作，在单位还担任领导，总不能一直不去，让方小姐先回济南，他在北平接着帮她打听熊四公子的下落，一有消息立刻告诉她。方小姐虽是个有主意的人，这时也已看出陆擎天的心思。可当初毕竟是自己对不起人家在先，现在也就只好忍气吞声地回去了。

长贵来找陆擎天时，陆擎天已经送走方小姐，刚从前门火车站回来。陆擎天几天没见精神焕发，红光满面，看得出心情很好。但一见长贵还是有些不高兴，问，听说你一直找我？

长贵说，是找你，你不来，也不说一声，单位不知怎么回事。

陆擎天看他一眼说，还能有什么事？

长贵说，就算没事，工作上的很多事也都等你做决定。

陆擎天笑了，你平时不爱向我请示啊，这回怎么回事？

长贵说，不是我，是下面的人。

陆擎天点点头，这事，领导不会知道吧？

长贵说，恐怕已经知道了。

领导确实已经知道了。当然是长贵汇报的。但长贵不是故意去给陆擎天打小报告，他只是心里没底，陆擎天陆组长突然不来上班，也没任何消息，去他的宿舍找，听说也已经几天没回来。当时社会治安还很乱，各方面的情况和来自境外的势力也很复杂，每个机关单位都很注意安全保卫工作。长贵这样向领导汇报，应该不算过分。如果陆擎天一直找不到人，是不是要视为失踪。倘是失踪，就要向有关部门报告了。当时这种事并不少见。但后来，上级领导还是了解清楚具体是怎么回事了，不过是从别的渠道了解到的。领导认为这不是一件小事，而是很严重的生活作风问题。还不仅是生活作风，这个方小姐出身资产阶级家庭，虽然陆擎天也出身同样的家庭，但这几年接受组织教育，经过思想改造，已经跟过去的家庭画清界线。可现在，突然又跟这样一个女人搅在一起，还跑到前门饭店去开房间，一起吃喝玩乐同居了几天，这问题就严重了。于是立刻把陆擎天找来。陆擎天先还矢口否认，说来的是他一个远房亲戚，这次是因公出差，他只是利用工作上的便利帮她做了一些事。领导当即严肃地指出，如果犯了错误，还撒谎不承认，这就不仅是错误本身的问题了，欺骗领导，说严重了就要罪加一等。接着，领导就把这次来的这个女人，姓什么叫什么，家里是干什么的，这次来北平的目的又是什么，一样一样都给陆擎天说出来。陆擎天这一听，才无话可说了，接着也就认定，自己当年在济南的这点事，只有当时一起转移出来的几个人知道。可现在那几个人已经死的死，走的走，也就剩了王炳礼。不言而喻，这事肯定是王炳礼告诉领导的。

但很多年后，长贵再见到陆擎天时，才告诉他，当时这些事确实不是他说的。

54

陆擎天这次又受了一个处分，职务也由"文艺领导小组"的组长降为副组长，跟长贵平级了，正职组长空缺。上级领导本来想让长贵担任正职组长。长贵和陆擎天的资历相同，行政级别也一样，所以让两人调换一下位置。但陆擎天几天以后，又主动来找领导。陆擎天说，有一件事，他在担任正组长时，为工作着想，也是出于团结的考虑，一直没跟领导说，但现在既然已离开正组长的位置，也就无所谓了，而且他要再次向领导检讨，这件事无论从哪个角度考虑，都应该及时向领导汇报，这样迟迟没说，无论对工作还是对同志，都是不负责任的。领导听他说了半天，还没明白他到底要说什么。

陆擎天这才说，是关于王炳礼的事。

陆擎天说的，是成立"新曲艺创作组"的事。当时急需一批题材新、内容新的曲艺作品，但没有这方面的创作人才，舞台上演出的就还是一些过去的老段子，很多段子里还含有一些旧社会的糟粕。于是就决定，组织曲艺界有演出经验，也有创作能力的专业演员，成立一个"新曲艺创作组"，专门编写鼓曲和相声的新段子。长贵是"文艺领导小组"的副组长，也就负责这项工作。当时北平的天桥儿还有一些小园子，长贵就来这里寻找这方面的人才。不料竟在这里见到了当年的"小面人儿"。一天晚上，长贵来到一个叫"聚华馨"的园子，刚在台下坐稳，就认出正在台上说相声的两个人，其中一个是"小面人儿"。"小面人儿"是演员，也就很注意外表，这时看着还那么精神。等演出完了，长贵立刻来到后面。"小面人儿"在台上演出时，也已看见了坐在台下的长贵，这时一见就挺激动。俩人从园子出来，找了个茶馆儿。"小面人儿"这时已不喝酒，说夯头念了，再喝就怕不出声儿了。长贵对"小面人儿"说的行话多少懂一些，知道"夯头"是指嗓子，夯头念了，意思是嗓子不行了。"小面人儿"这些年一直在天桥儿说相声，也已经收了不少徒弟。长贵跟他在这儿喝茶说着话，不时有徒弟跑来，问他这事那事，看得出来，现在的"小面人儿"已经不仅有长者风范，也有点"角儿"的意思了。长贵这才把来天桥儿的目的说了。"小面人儿"一听就笑了，说好啊，你找我算找对人了，不就是写相声，写鼓曲吗，能攥叨这些活的人我都认识，明儿把他们都领你那儿去，随你挑，看上得留下，没看上的就让回来，怎么着都行。长贵一听也笑了，说不用这样，你是内行，你帮我看一下就行了，人不要多，要精，关键是尽快出作品。

"小面人儿"办事挺麻利，第二天就带几个人过来，说都是经过他精心挑选的，不光会演、会写，也都有新思想。长贵跟这几个人分别谈了谈，听说话的意思，还都是这么回事。这时"小面人儿"又说，一会儿还来个人，你一准儿想不到。

长贵问，谁？

"小面人儿"笑笑，来了你就知道了。

长贵跟这几个人见面，是在机关会议室。一会儿，又进来一个女人。长贵抬头一看，一下愣住了。来的这女人竟是"一千红"。现在的"一千红"剪着齐耳短发，上身是新式的短款上衣，下面是卡其布的裤子，方口偏带儿黑布鞋，看着挺素。"一千红"显然已听"小面人儿"说了，知道今天要来见谁。但进来一看见长贵，脸还是一下子红起来。不过很快也就平静了。这时"小面人儿"已把来的人都带走了，会议室里只剩了长贵和"一千红"。"一千红"这才说，王组长，当年你的一句话，就改变了我一辈子，要不我也成不了今天这样儿。

"一千红"当年送走了长贵，也没在那个园子唱多久。后来乌三儿就不耐烦再带着人来园子里捧了，干脆让人来跟"一千红"说，要娶她做二房，条件"一千红"可以提。"一千红"一口回绝了。第二天晚上，乌三儿的人就把园子砸了。从这以后，"一千红"在这园子就不能唱了，唱一回砸一回。给"一千红"弹弦儿的叫吴老合。这吴老合是个老实人，不抽烟不喝酒，整天就知道弹弦儿，弦儿一架的腿上，两个眼皮一耷拉，外边就是炸弹响了他该弹也弹。可就一样，好赌。"一千红"知道吴老合一直对自己有意，也为让乌三儿死心，一咬牙就嫁给了吴老合。这时这园子是不能再唱了，别的园子又不敢要，哪个园子要了，乌三儿就去砸哪个园子。"一千红"又是个宁死不服软儿的人，跟吴老合一商量，两口子干脆就去天桥儿"撂地儿"。可"撂地儿"也不行，后来还是让乌三儿知道了。乌三儿跟他兄弟乌四儿商量，看怎么治这个"一千红"。乌四儿一听说，这好办。乌四儿是警察局的科长，派人去天桥儿转了两趟，把"一千红"办了个"妨碍社会秩序"就抓起来。"一千红"在局子里蹲了几个月，乌四儿一看也实在没什么意思，就把她放出来。这时"一千红"才知道，她进去以后，吴老合没事干，就整天去泡赌局，最后不光把他俩的家底都输光了，连三弦儿也押进去，后来人也不知去哪儿了。

"一千红"告诉长贵，从那以后，她直到现在还是一个人，以后也不打算再找了，这辈子已经够了。当初长贵说过一句话，说她跟台上的那些人，不一样。

"一千红"感慨地点点头，说，就是这句话，她这些年一直记着。

这以后，长贵就把这"新曲艺创作组"成立起来。"小面人儿"是相声组的组长，"一千红"是鼓曲组的组长。很快也就写出一批新题材新内容的曲艺段子。但陆擎天对领导说，也就是这个叫"一千红"的女演员，跟王炳礼王副组长的关系一直不清不楚。据有的演员说，他两人从以前就认识，当年王炳礼还曾为这个女演员跟北平的地痞流氓争风吃醋。他当时就是因为这事，才离开北平去济南的。现在，他利用工作之便又把这个在旧社会就有来往的老相识弄来，两人整天眉来眼去，这已经在外面产生了很不好的影响。领导听了陆擎天的话，也将信将疑。领导毕竟是领导，也会分析。陆擎天刚因为王炳礼的汇报挨了处分，又降了职，现在他立刻就反过来反映王炳礼的情况，这事的真实性也就要大打折扣。但不管怎么说，既然陆擎天已反映了，总要核实一下。于是就把长贵叫来谈话，问他跟这个"一千红"到底是怎么回事。长贵一听就明白了。他已听创作组的人说了，这几天陆组长一直在组里了解情况。这时就对领导说了一句话，他说，清者自清，我不需要解释，既然有人把情况反映得这样具体，领导直接去问相关的人就行了。但是，还没等领导去找"一千红"，"一千红"自己先来了。"一千红"对领导说，我一个从旧社会过来的女艺人，别的不懂，但我们这行有句话，要想做好艺，先得做好人。我跟王炳礼王副组长当年就认识，这不假，那时我在园子里演，他去园子里看，也就这点儿关系，别的一概清清白白。谁说了不一样的话，让他来找我。接着又哼一声，他说的这些话王副组长能吃，我可不能吃，我们做艺的过去虽说叫唱玩艺儿的，让人瞧不起，可我们自己瞧得起自己。这么随便作贱人不行。上级领导没跟这种曲艺的艺人打过交道，一见来的这女演员柳眉凤眼，却是一脸的怒容，说话也伶牙俐齿句句不饶人，赶紧解释说，领导只是听到反映，核实一下情况，并没真的听信。"一千红"点头说，这可是名誉问题，现在新社会了，更不容许谁再胡说八道，还请领导调查清楚。

领导又一再好言相劝，才把"一千红"劝走了。

领导劝走"一千红",又把长贵叫来。说问题已经查清楚了，没有这回事。不过，领导又说，在文艺界当领导，女演员多，漂亮女人也多，以后还是要注意影响。接着又问长贵，还有什么要求。长贵本来是个不爱跟别人计较的人，但现在跟领导说，他只有一个请求，他知道，这回这话是陆擎天跟领导说的，别管他说这些话出于什么目的，但至少说明一件事，陆擎天不仅对自己有意见，对过去的事也还一直记恨。长贵说，如果这样，他和陆擎天就不适合再在一起工作了，或者自己，或者他，还是调开的好。领导一听就笑了，说，没这个必要，能跟不太融洽的同志在一起配合工作，这才体现一个人的素质和能力。

但尽管领导这样说，长贵这次还是没提正职组长。

55

这以后，长贵跟陆擎天的矛盾也就日益加深，到后来干脆表面化了。

起因是"文艺领导小组"的文书小刘。小刘是个二十来岁的女孩，本地人，刚从女子师范毕业。人有些内向，但相貌清秀，平时机关里的男同事就都愿意跟她接近。一天傍晚快下班时，小刘来找长贵。当时长贵刚让小刘准备了材料，正赶着要去外面参加一个会，就问小刘，还有什么事。小刘先是吭吭哧哧，见长贵急着要走，就说，那就回头再说吧。长贵平时对底下的人都很随和，索性站下说，事情要急，现在说也行。

小刘是想让长贵帮着拿个主意。这段时间，陆擎天副组长总是借各种理由找她谈话，要么就让她去他的办公室帮着整理材料，很明显有追求她的意思。小刘问长贵，这事她该怎么处理。当时在机关单位里，爱情问题已经很开化，哪个男同志如果看上了哪个女同志，或哪个女同志看上了哪个男同志，就可以堂堂正正地追求，不仅坦然，也毫不掩饰。但这次长贵接受了教训，想了想对小刘说，这是你和陆副组长个人的事，别人不好参与意见。没想到小刘一听这话，脸突然涨红了，跟着眼圈也红起来。她看着长贵说，这事儿我问你，你还不明白吗？长贵听了先一愣，跟着也就意识到是怎么回事了。

　　这时再想跟小刘说话，小刘已经转身走了。

　　接着没过多久，文化系统和政府的外事部门联合举办新年联欢会。其实这联欢会是专为招待来中国援建的苏联专家的。文化系统的女孩儿都打扮得花枝招展。在联欢会的最后还举办了一场舞会。舞会开始前，主持节目的小秦笑着走上台。小秦原来在文化局，最近刚调到"文艺领导小组"负责各种演出的组织工作。小秦上了台先向大家宣布，我们"文艺领导小组"的王炳礼副组长说了，舞会开始，要先邀请来自苏联伏尔加格勒的专家柳芭小姐跳第一支曲子，以表示对苏联专家的谢意和中苏两国人民的友谊。当时正是这样的热烈气氛，且小秦的嗓音又甜又亮，极富煽动性。她这样一说，在场的所有人就立刻都欢呼起来：中苏友谊万岁！万万岁！乌拉！乌拉！达兹特拉夫斯德乌耶特（俄语万岁的意思）！这时音乐《喀秋莎》响起来，苏联专家柳芭小姐已经滑着舞步朝长贵走过来。长贵并没说过这样的话，也没想到小秦会来这一手，一下有些措手不及。

好在他对这种交际舞也不陌生，见柳芭小姐已来到眼前，也就起身和她一起走下舞池。小刘一直在长贵身边，知道王副组长并没说过要请柳芭小姐跳舞，是小秦故意搞怪。这时看着王副组长被柳芭小姐拉进舞池去跳舞了，就扭过头来，一直狠狠地瞪着小秦。好容易等这个曲子完了，小刘刚要过去邀王副组长，小秦已经踩着舞步过来，一阵风似的又把王副组长裹走了。不过小刘也有优势，她是"文艺领导小组"的文书，这时就利用工作的身份，径直走过去，对长贵说，王副组长，有个事要跟您汇报一下。长贵一愣，还没反应过来是怎么回事，小刘就把他硬从小秦的手里抢走了。长贵这时已经明白了小刘的意思，也已知道她的心思。长贵也觉得这小刘是个好女孩儿，确实挺可爱。但既然小刘已经说了，陆擎天对她有意，长贵就不想再搅和到这件事里去。他知道，自己一旦搅进去就如同火上浇油，跟陆擎天的矛盾也就更白热化了。但小刘不管这些。这一晚在舞会上，小刘把长贵拉到旁边坐下，先给他倒了一杯饮料，然后说，王副组长，我要给您提个意见。

长贵一听笑了，说，好啊，提吧。

小刘说，您这个人，太虚伪了。

长贵更笑了，你这帽子可不小。

小刘说，您真不了解陆副组长的为人吗？

长贵说，陆副组长的为人怎么了，你指什么？

小刘哼一声，我知道您是聪明人，可我也不傻。

长贵摇头，又笑，你这话就说错了，你傻不傻我不知道，我是真笨。

正说着，小秦又踩着舞步过来了，一把拉起长贵，脚下一转就又把他裹走了。

　　也就是这个舞会，给长贵带来了没完没了的麻烦。这以后，小刘和小秦也就展开了一场拉锯式的争夺战。争夺的对象自然是长贵。长贵这时不到四十岁，正是一个男人最有魅力的时候，又有资历，有职务，在当时的女孩儿看来也就很抢手。小刘和小秦的争夺先还在暗中进行，渐渐就半公开化了。但长贵不是那种坐收渔利的卑劣小人，更不可能借这个机会两边讨便宜。他夹在两个女人的中间，越来越感到茫然不知所措。他的不知所措，一是不知该怎么处理，如何应对；二来也是不知该如何取舍。小刘自不用说，不仅相貌清秀，性格内向，也落落大方，从头到脚都是一副清纯的样子，属于那种男人看了都想怜惜一下的女孩。小秦则又是另一种类型。小秦的性格外向，热烈，有激情，要求上进，好像永远有用不完的工作动力，不仅是文化系统的骨干，还在全市歌咏比赛上得过女声独唱第一名。对于一个男人，这样的女孩也就更有吸引力。后来小秦经常给长贵打电话。但长贵办公桌上的电话不是直拨，要先由文书小刘接听之后，视情况再决定是否转过来。这一来小秦就吃亏了。只要小刘一听出是她的声音，立刻就说王副组长不在，要么说他正开会，要么就故意转到陆擎天副组长的办公桌上去。就这样，陆擎天渐渐也察觉了这件事。

　　这时陆擎天正对长贵一肚子气。文书小刘已经直截了当回绝了他，并坦率地承认，她并不喜欢他，喜欢的是王炳礼王副组长。这一下也就更刺伤了陆擎天陆副组长的自尊心。小刘当然可以说不喜欢他，这是她的权利，但她不该说不喜欢他而喜欢王炳礼王副组长，这就是另一个问题了，这话的意思是陆副组长不值得喜欢而王副组长值得喜欢，这就很难让人接受了。但小刘毕竟刚从学校出来，还不谙世故。她当然不会想到，一个男人是决不容许自己倾心的女人以肯定别的男人的方式来否定自己的，尤其像陆擎天陆副组长这种自信得有些自负，心胸又不是很宽的男人。所以这样一来，小刘也就在不知不觉中把王炳礼副组长给害了。当陆擎天副组长得知，刚刚调来的小秦也正在拼命追求王炳礼副组长时，更加怒从心头起，恶向胆边生，在心里喃喃地说，好啊好啊，你王炳礼的胃口也忒大了，吃着锅里的还想占着碗里的。于是当即决定，把这件事做大。

接着没过几天，长贵就又被领导叫去谈话。

这次领导跟长贵谈得很直接，一上来就问，你当年有过一次婚姻？

长贵说，是。

长贵说完愣了一下，不知领导怎么会突然问起这事。

长贵当年在燕京大学读书时，确实有过一次短暂的婚姻。他的这次婚姻家里人都知道，但时间太短，后来也就没人再提。当时我家在西四牌楼的老宅已没人住，让一个叫王上元的人给看着。这王上元的爹，是当年我老太爷时候的一个管家，后来死了，王上元就又接着当管家。这时王上元也老了，还带着家里人住在这老宅里，平时看宅子，以便我太爷随时过来住。那年冬天，我太爷给长贵捎来一封信，让他来这老宅看看。老宅的房子年深日久，到冬夏两季总漏。我太爷已吩咐王上元，让他找人修过几次。这年入冬又连着下了几场大雪。我太爷不放心，怕屋顶的积雪太厚，天一放晴雪化了，再漏。长贵一天下午没课，就来到这西四牌楼的老宅。这是王上元第一次见长贵。

跟他聊了几句，见这东家的大少爷仪表堂堂，说话也文质彬彬，就动了心思。王上元有个姐姐，当年也是嫁了个做官的，具体什么官职已不清楚。这时他这姐姐也已八十多岁，膝下有个重孙女，叫李然，读的是女校。这李然毕业回家以后，还整天不安分。家里怕她再出去乱跑，就想赶紧给说个婆家。但婆家好说，要想找个门当户对且人也合适的就难了。王上元这次一看这东家大少爷，觉着挺合适。先去跟他姐说了，他姐也同意。这才让人给我太爷捎来一封信，把这事说了。王上元是我老太爷时候的管家，当年我老太爷就很信任，我太爷也就知道，这人说话办事应该靠谱儿。于是回话说，先对一下两人的生辰八字，倘合，这事可以。后来生辰八字一对，果然合适。长贵跟这李小姐见了一次，两人也都满意，于是也就换了帖子。但这时李小姐又提出，既然男方在燕京大学读书，也是个学生，要喜事新办，只把两边的同学请来热闹一下也就行了。女方的家里本来已把这李小姐宠得没样儿，也就只好依了她。我太爷一直跟长贵不对付，现在人又在外边，平时无论什么事也没法儿左右，婚礼的事既然女方这么提了，也乐得省事。婚事也就按着女方的意思简单办了。长贵和这李小姐成亲后就住在这西四牌楼的老宅。但住了也就不到一年。李小姐生孩子时，得产后风很快就去世了。这生出的孩子，也就是我父亲。后来李小姐的娘家思女心切，就把我父亲接到那边去抚养。这就是另一个故事了。

这时长贵一听领导这样问，心里就明白了，自己的这次婚姻，当年只对陆擎天说过。领导又问长贵，你的这次婚姻，档案里没记录，也没对组织说过，这是为什么？

长贵说，这是我个人的私事，我认为，没必要说吧。

长贵这话说的，已经有些不好听了。

领导点头说，好吧，可后来，你家里又在农村给你说了个女人，有这事吗？

长贵说，有这事。

领导说，但你在日本留学时，又跟一个日本女人有来往，脚踩两只船，这又是怎么回事？

长贵说，我家里给我说的那个女人是一个远房亲戚，我从来就没有同意过，后来在日本和那个女人来往，早已是这件事以后的事，没一点关系，这算脚踩两只船吗？

领导说，好吧，这事等调查清楚再说吧。

56

其实事情很简单。外调的两个人一回来，也就全清楚了。

这次长贵没等领导找他，自己主动来了。他问领导，听说派人去我老家外调了，调查清楚了吗？领导说，调查清楚了。

长贵问，还有问题吗？

领导说，问题当然还有。

长贵本来已经要走，一听领导这话，又站住了。

领导说，干革命工作，不仅要有高尚的情操，还应该恪守起码的道德规范。说着，又意味深长地看看长贵，如果一个人连这最起码的都做不到，那就值得怀疑了。

长贵摸不着头脑，皱皱眉问，这是什么意思？

领导问，你最近，是不是在谈恋爱？

长贵想想说，我也不知道，这算不算谈恋爱。

领导点头说，你看，这就是问题了，谈就是谈，没谈就是没谈，如果你是认真的，怎么会说出"不知算不算"这样的话呢，别忘了，你是一个男同志，你玩儿够了，可以一拍屁股说不算谈恋爱，可人家女孩子怎么受得了，你考虑过这个问题吗？

长贵听出这话的话音儿不对，立刻问，我跟谁玩儿了？

领导说，如果你说，当年不是脚踩两只船，现在还不是吗？你一边跟文书小刘有瓜葛，另一方面又跟小秦纠缠不清，让她一天给你打八个电话，这已是公开的秘密，大家谁不知道？

这时长贵就忍不住了，冲领导瞪起眼说，这话是谁说的？怎么还是公开的秘密，都谁知道了？到现在为止，我跟小刘和小秦都没明确过恋爱关系，也没对她们说过什么，更没做过什么，如果不信，可以去问她们本人，你们当领导的说话得有凭据！

他这样说完，一摔门就走了。

这一来长贵就犯了大忌。当领导的最讨厌下级冲自己瞪眼，更讨厌摔自己的门。这次谈话之后也就陷入了僵局。僵了一段时间，领导就拿出杀手锏，又把长贵找来。领导干脆明确说，关于小刘和小秦的事，确实是陆擎天副组长汇报的。陆副组长还说，因为他跟你有矛盾，担心直接找你谈，会引起误会，让你觉着他是在故意整你，所以才把这事汇报到领导这里，希望领导跟你谈，能及时挽救你一下。领导说到这里，又很真诚地告诉长贵，陆副组长还说，当年你们是一起从济南出来的，他实在不忍心看你在生活上犯错误。

长贵这时已经不想再说任何话了。

领导又说，根据陆副组长的建议，当然也是组织上出于对你的爱护，经研究，还是决定把你从现在的岗位调开，这样你也就不用再夹在小刘和小秦的中间，影响自然也就消除了。

领导告诉长贵，准备调他去一个市属的戏校。

长贵笑了一下说，好吧，随便去哪儿都可以。

就在长贵处理善后，准备交接工作时，"一千红"突然来了。"一千红"还在"新曲艺创作组"，她的鼓曲组跟长贵的办公室在同一个楼。长贵一直负责抓新曲艺的创作工作，在一个楼，工作也方便。这时，"一千红"的鼓曲组工作很顺利，已创作出一批新思想新内容的鼓曲段子，在明场见观众，效果也很好。这天上午，"一千红"来到长贵的办公室，一进来就在靠墙的沙发上坐下了，看着长贵问，王副组长，听说你要调走？

长贵一边收拾着东西，冲她笑笑说，是。

"一千红"说，你的事，我都听说了。

长贵抬头，又冲她笑笑。

"一千红"说，不管别人怎么说，我信你。

长贵有些感动了，放下手里的东西，想说什么，又摇摇头，低头接着收拾。

"一千红"又说，我们这行有一句话，当年老先生经常说，台下狡猾成不了器，台上老实演不了戏。说着看看长贵，问，这话，你听说过吗？

长贵点头嗯一声，这话，"小面人儿"常说。

"一千红"说，我这人，台上台下都老实。

长贵慢慢抬起头，知道"一千红"有话要说。

"一千红"说，我来是想告诉你，我改主意了。

长贵看着她。

"一千红"说，对，咱这次一见面，我就说了，这辈子不打算再嫁人了。

长贵慢慢睁大眼。

"一千红"说，我今天来，是想告诉你，我打算嫁给你。

她说到这儿，突然哽咽了一下。

长贵没说话，还看着她。

"一千红"又说，我昨晚想了一宿，天快亮时想明白了，我觉着，我配得上你。

长贵笑了，点点头说，行啊。

"一千红"说，我就一个条件，咱的婚礼说办就办，还就在你这办公室里办。

长贵又点头说，行啊。

王炳礼副组长突然宣布，要跟鼓曲女艺人"一千红"结婚，这事儿就如同在机关里扔了一颗炸弹。最先来问的是陆擎天。陆擎天本来可以打电话，但电话也顾不上打了，直接就跑过来问，这事儿是不是真的？一听长贵说，不光是真的，还就在两天以后，婚礼要在这办公室举行，立刻一拍大腿说，老兄真有你的！可真有你的！这事儿的真相，你怎么早不说啊？

长贵一边整理着文件，抬头看他一眼，笑笑。

陆擎天又说，婚礼在这办公室举行，好主意，这么着，你们的婚礼就由我来主持！

长贵说，我当然同意，不过，还得问问她。

陆擎天知道长贵的意思，他说的她，自然是指"一千红"。

长贵知道，"一千红"对陆擎天很反感，曾说过，这个陆副组长眼挺馋，一见了女人就浑身上下睃来睃去。但长贵一问"一千红"，"一千红"立刻笑了，说好啊，那就让他主持吧，他主持最合适！

长贵直到这时，才明白了"一千红"要在这办公室举行婚礼的用意。

当时已提倡移风易俗，喜事新办，尤其在机关单位，很盛行新式婚礼。但长贵和"一千红"的这场婚礼还是把喜事新办做到了极致。婚礼只有烟和糖，水果都没有，就一杯清茶。但还是很热闹，几乎机关的所有人都来了，把办公室挤得满满当当。最显眼的还是"新曲艺创作组"的这些人也都到了。这些人都是演员，说相声的，唱鼓曲的，一来也就更热闹了，又都不光会演，还会写，在婚礼上现编现演，相声的行话叫"现挂""杂挂"，一下就把这场婚礼弄成了一场堂会性质的文艺演出，把来的人都逗得前仰后合。在这婚礼上，只有两个人没来，一个是小刘，另一个是小秦。其实所有人都注意到了，但谁也没说。

57

这个"一千红"，也就是我后来的奶奶。"一千红"跟长贵结婚以后，又生了一个跟我父亲同父异母的妹妹，也就是我姑姑。这个姑姑后来成了一名光荣的纺织女工。再后来由于"备战"需要，她工作的棉纺厂迁到一个三线城市，长贵和"一千红"也就跟着去了。

据我四爷说，长贵这次跟"一千红"结合，可以说是有得有失。得的当然是"一千红"，两人终成眷属，成就了一段十几年前险些断送的姻缘。但失的就不仅是小刘和小秦了。这个失才只是开始，真正的结果还在后面。20世纪60年代末，小刘和小秦分别属于两个群众组织。小秦的组织认为不破不立，尤其要砸烂以陆擎天为首的黑文艺，要把所有封资修的东西都扫进历史的垃圾堆。但小刘的组织则认为，一切问题都要辩证地看，不能一概否定，陆擎天为文艺事业还是做出很大贡献的，所以不能一棍子打死。当时把小秦这个组织的观点叫"造反"，小刘这个组织的观点叫"保皇"。但无论"造反"还是"保皇"，小秦和小刘有一个共识的观点，就是王炳礼有很严重的历史问题和政治问题，一定要把他揪出来，让他在群众面前示众，现出原形。也就在这时，陆擎天在向小秦的组织交代问题时，又提供了一个重要情况。当年，就在日军开始大举侵华，正在日本留学的中国学生纷纷回国时，王炳礼却在东京跟一个日本女人拉拉扯扯，不仅是谈恋爱，还一起同居，后来在这个女人的介绍下，王炳礼还跟这女人的哥哥见了面，这女人的哥哥是一个日本军人，当时正准备跟随军队开到中国来。陆擎天还提供了这个日本女人的名字，叫纯子。这显然是一个极为重要的情况。长贵的问题，本来定的是出身封建地主家庭，流氓成性，跟旧社会的女艺人乱搞男女关系，后来混进革命队伍，仍包藏祸心，借工作之便宣扬封建腐朽的资产阶级思想。这一下又多了一个里通外国，立刻被定为日本特务。也就在这时，"一千红"来找小秦。"一千红"问小秦，你们说王炳礼别的我不管，我不了解的也不说，我就想问你，你们说他跟旧社会的女艺人搞乱男女关系，这女艺人指的是谁？如果是我，我是她老婆，跟我甬管怎么睡觉算乱搞男女关系吗？如果这也算，那你爸跟你妈睡觉也算乱搞男女关系，你怎么不回去折腾你爸你妈？如果说的不是我，是别人，你们就给我指出来，还有哪个女艺人？告诉你们，当年这北平城从天桥儿到大大小小的园子，唱鼓曲的女艺人没我不认识的，你们只要说出名字，我去把她叫来，咱当面对质。小秦当然不吃这一套，冲着"一千红"啪地一拍桌子说，我警告你，你现在是包庇王炳礼，你知道这是什么性质的问题吗？小心把你也拉出去示众！"一千红"听了冷笑一声说，告诉你，跟我来这套你还嫩点儿！知道我当年是干嘛的吗，吃开口儿饭的，别说你，多不是人的我都见过！知道一刀扎肚子上什么样儿吗，见过吗？不是血，能扎出十二色（shai）来！

"一千红"的这一套话小秦哪听过，一下给说愣了。

但后来长贵还是被送去农场劳改了。"一千红"自从嫁长贵，就进了曲艺团，但不是正式的，只在学员班当老师，当时叫教学生，其实也就是带徒弟。长贵去农场以后，她也就跟着曲艺团去"五七干校"了。等长贵再从农场回来，已是满头白发。"一千红"也离开曲艺团，死活不想再干了。到他们跟着我姑姑迁到这个三线城市，生活也就安定下来。

长贵到晚年已没了文化人的习惯，不喜看书。平时家里呆不住，就在家属宿舍大院找了个扫地的活儿。工资不高，一个月就十几二十来块钱。但他高兴，每天总算有事儿干了，抡着竹苗儿大扫帚扫地，也能锻炼身体。他那时最大的乐趣，就是白天出去扫完了院子，晚上回来，听我奶奶"一千红"唱一段单弦儿，《风波亭》《风雨归舟》《黛玉悲秋》《五圣朝门》，听高兴了也能跟着哼哼两口儿。据我四爷说，他在棉纺厂的宿舍大院儿扫院子的那段日子，没人知道这个白发苍苍的老头儿当年是干什么的。但他人缘儿很好。人缘儿好，是因为拾金不昧。他扫院子那些年，到底都拾到过什么东西，拾了多少，没人能具体说出来。不过有一件事可以说明问题。当时的宿舍大院管理科专为他设了一个失物招领处，是一间不大的房子，里面有几张长条桌子，摆的都是他扫院子时捡来的东西。有值钱的也有不值钱的，值钱的有手表、钱包、金笔、戒指，不值钱的有衣服、帽子、手套、套袖、胶皮鞋。还有一些皮包或提包之类，但他捡了都不打开，直接就拿去交给管理科，让他们处理。

我四爷说，我爷长贵和我后来的奶奶"一千红"，晚年还算幸福。

长贵是先走的。长贵走了以后，"一千红"的单弦儿没人听了，也就不唱了。"一千红"早年就会抽烟。别的鼓曲艺人不敢抽烟，怕坏嗓子。"一千红"却说，抽烟养嗓子，她这些年的嗓子全是靠烟养着。我姑姑的家是在一楼，正好把着宿舍大院的一个路口，家里临这路口有个窗户。"一千红"每天的习惯，就是坐在这窗户的跟前，用个大把儿缸子酽酽的沏一缸子花茶，再在窗台上放一盒烟卷儿，一边抽着烟，喝着茶，有滋有味儿地看窗外的风景。

"一千红"长寿，长贵走了二十二年，她才走的。

58

　　我四爷说，长贵走时，他正在外面开会，没赶上。"一千红"走时，他也在外面开会，又没赶上。唯旺福赶上了，且还见了最后一面。可见，他这辈子跟旺福最有缘。

　　旺福确实是个有福之人，一辈子不同的时候，总能遇上不同的机会。但同是有福之人，同样遇到机会，有人能抓住，有人却总抓不住。旺福就总抓不住，有的时候还不是抓不住，是不想抓。他在朝鲜时，就又遇到一个机会。当时是参加一场很大的战役，旺福这个团的任务是攻占侧翼的一个无名高地。这时旺福已是代理团长，战斗一打响，他就带着自己的一个团往上冲。旺福还是老习惯，拎着枪跑在最前头，迎着对面的炮弹不管不顾。他身后的人一见团长这样，也就都不要命了，就这样冒着密集的炮火硬把这高地拿下来。当时一个首长来前线视察，在指挥所举着望远镜一直往前看。这首长已经身经百战，但还没见过旺福这么打仗的，就问身边的人，那个冲在最前头的是什么人。有人告诉他，是代理团长，外号叫"王大脑袋"，谁都知道，这"王大脑袋"敢拿自己的脑袋去撞炮弹。首长一听就笑了。战斗一结束，就让人把这"王大脑袋"叫来。首长问他，你本名叫什么。旺福刚打了胜仗，心气儿正高，张口就说，叫王丙一，甲乙丙丁的丙，一二三四的一。

　　首长点点头，没再说话。但王丙一这名字就记在心里了。

　　这个首长姓牛，当时是副军长，后来回国被提为正职军长。

牛军长回到北平，心里还一直记着这个叫"王大脑袋"的代理团长。等最后一批志愿军官兵回国了，就让有关部门按部队番号查一下，有个叫王丙一的代理团长，是在战场上牺牲了，还是也回国了。有关部门一查，说已经牺牲了。牛军长听了很惋惜，心想，这个"王大脑袋"的脑袋还是没撞过炮弹。但后来部队开庆功大会，会上一念表彰名单，又有王丙一。等上台接受颁奖时，牛军长一眼就认出来，这个王丙一就是在战场上见过的那个"王大脑袋"。原来有关部门查到的那个王丙一是重名。那个王丙一也是个团长，但是副职，在一次渡河战役中牺牲了。牛军长一见这王丙一还活着，很高兴。几天以后又特意在自己家里设宴，招待几个从朝鲜战场回来的老下级。但来的都是师职或副师职，只有旺福一个团职，还是个"代理"。军人吃饭都热闹，又是刚从战场下来的，能喝酒。一边喝着酒，牛军长就把自己的女儿叫出来，让她给大家朗诵魏巍的名篇《谁是最可爱的人》。牛军长的女儿叫牛阑珊，在广播电台当播音员。播音员的嗓音当然好听，清脆，也悦耳，读起这篇文章抑扬顿挫，也极富感情。但只有一样，这女孩儿的头和身子不成比例。牛阑珊是削肩膀，按说女孩儿削肩应该好看，俗话说，将军无颈，美女无肩。可她的肩膀太削了，头又比一般的女孩儿大，还有些长，这一来看着就有些头重脚轻。好在当时还没有电视，不用出镜，播音只是躲在话筒的后面，声音好听也就行了。

　　旺福这天倒没注意这个叫牛阑珊的女孩儿，只顾着喝酒。牛军长的家里当然都是好酒，除了茅台就是五粮液。当然，旺福在部队这些年已经学得有了分寸，首长家的酒再好也不能喝大。恰到好处，适可而止，也就跟着大家告辞出来了。

几天以后，一个副师长打电话，把旺福叫到师部。这副师长姓田，是浙江富阳人，说话软，也爱拐弯儿。把旺福叫来，先问他年龄，哪儿的人，又问家里的情况。转了一大圈儿，最后才问，结婚没有，家里有没有老婆。旺福说，没结婚，没老婆。田师长就说，已经这个年龄了，该有个老婆了。旺福明白了，田师长这是要给自己介绍对象。就说，是啊，这些年一直打仗，没顾上，再说也没遇到合适的。田师长立刻说，现在就有个合适的，你愿不愿意？

旺福问，谁？

田师长说，牛军长的女儿，牛阑珊。

旺福眨眨眼，你说，那天念报纸的那个？

田师长说，是啊。

旺福立刻嘎嘎地笑起来，连连摇头说，不行不行。

田师长问，怎么不行？

旺福越说越笑，那女孩儿，你不是也见过吗，脑袋太大了，像个冬瓜！

田师长的脸上一下变了颜色，冲着旺福连连摆手，意思是不让他再说了。可旺福没看懂，还接着说，一个女孩儿长那么个冬瓜脑袋，太吓人了，这以后要生出孩子，还不得像个西瓜？

田师长一听旺福越说越不像话了，赶紧说自己还有会，就让他出来了。

旺福这时还不知道，他已经惹祸了。田师长跟他说话时，牛军长就坐在师部里面的房间，旺福说的这些话，听了个满耳朵。但牛军长毕竟是军长。倘换别人，自己的女儿让人家这么作践，早冲出来扇大嘴巴子了。可牛军长没出来。但没出来却比出来的后果更严重。倘当时就出来了，甭管是打是骂，这股毒火儿发出来，也许还好一点。没发出来，憋在心里也就成了炸弹。牛军长觉着这个叫王丙一的"王大脑袋"已经不是不识抬举，简直就是不会说人话。自己让田副师长出面保媒，你可以同意，也可以不同意，就算不同意，这毕竟是首长的女儿，也总得留点儿口德，哪能说话这么损？脑袋大也就罢了，还像个冬瓜，以后生出孩子脑袋还像个西瓜，这也太过分了！牛军长本来想的是，自己女儿的脑袋确实大了一点儿，可这个"王大脑袋"的脑袋更大，这一来两人也就挺般配。将来一块儿走在街上，有这"王大脑袋"的脑袋比着，自己女儿的脑袋还可以显着小一点儿。其实牛军长已经开始做这方面的工作。这次从朝鲜回来，很多人在北平也就是停一下，然后就又要派到各地去，也有的就要转到地方了。牛军长已跟有关部门打了招呼，先让这王丙一留在北平，具体工作后面再安排。可现在，牛军长才意识到，自己把这事想得太简单了。搁一般人，首长主动招女婿，将来又能留在北平，这是求之不得的好事。可没想到，这个"王大脑袋"这么给脸不要脸。

几天以后，田副师长又把旺福叫到师部。

田副师长说，你惹祸了，知道吗？

旺福看看田副师长，还不知是怎么回事。

田副师长说，你那天来，在这儿胡说八道，牛军长就在里面。

旺福一听就急了，跺着脚说，你怎么不告诉我？这不是害我吗！

田副师长说，我当时冲你又挤眼又奴嘴的，你不明白啊？

旺福想了想，又噗的乐了，说，好啊，这也就省得我再说了。

田副师长叹口气，你先别乐，现在该你哭的时候了。

旺福一听话不对，就知道要有麻烦了。

田副师长说，倒不是麻烦，是关于你的去向。

旺福明白，这是决定自己命运的时候了，嗯一声说，说吧。

田副师长说，今天叫你来，是有两个去向，你自己挑一个吧。

田副师长说的两个去向，一是跟随大部队去黑龙江，那边要成立建设兵团，开垦边疆；二是考虑到他在战场上负过几次伤，耳朵也让大炮震聋了，索性带着按规定给的待遇回老家，说得更好懂一点，也就是回去养老了。旺福一听有这么好的事，立刻问，这是真的？

田副师长皱着眉说，你问的哪样是真的？

旺福说，回家务农。

田副师长说，都是真的。

旺福立刻说，那我就回家务农吧。

于是，旺福就从部队下来，回家务农了。

59

旺福回家也不用务农，每月有政府给的津贴。

他一回来，我三爷云财的两个儿子，也就是我的桐林叔和桐森叔都很紧张，担心他提出跟他们分财产。当年的官宅虽在"土改"时都分给了村里人，但还留下个梨树小院。后来这小院就到了云财手里。旺福却笑着拍拍我桐林叔和桐森叔的肩膀说，放心，你们该怎么住还怎么住，该干嘛还干嘛，我回来有个安身的地方就行，再说县里也会安排，不用你们操心。

果然，没过多久，县里就派人给旺福盖了三间房。

旺福安顿下来，做的第一件事就是来找甘草。这时旺福已听说了，王茂早死了，现在是甘草和长生娘儿俩过日子。旺福来时，甘草和长生正吃早饭。长生一见进来个大脑袋男人，脑门上顶着个大鹅包，还穿一身旧军装，不知是什么人，上下看看他问，你找谁？

旺福径直走过来，用手一指甘草说，找她。

这时甘草端着碗，已经愣住了。

旺福冲甘草说，我回来了。

甘草僵了一瞬，就平静下来，放下手里的筷子说，吃饭了吗？

旺福说，出来时，吃了。

这时长生已猜到这人是谁了，没再说话，扔下碗就起身走了。

旺福看着长生摔门出去，才走过来，抓住甘草的手，把她拉起来说，跟我回去吧。

甘草犹豫了一下，放下碗，就起身跟着旺福出来了。

这个上午，旺福带着甘草回来，把门一关就再也没出屋。有几拨村干部陆续来看旺福，到了门口，一听屋里的动静不对，就都捂着嘴走了。

直到傍晚，旺福才顾上跟甘草说话。

旺福呼呼喘着说，别走了。

甘草说，我再想想。

旺福问，还想啥？

甘草说，得跟长生商量。

旺福哼一声说，那小子，一看就不是好种！

甘草看一眼旺福。旺福就闭嘴了。

甘草从炕上起身下来，说，今晚跟他商量。

旺福刚要再说话，甘草已穿上衣裳走了。

这个晚上，甘草跟长生商量得很不顺利，还不是不顺利，就是谈崩了。甘草回来时，长生已经等在家里。长生平时从没这么早回来过。长生对官宅的大少爷不了解，可对这二少爷早已耳熟能详。这些年他爹王茂跟娘吵架，没少提这个人。这时一见娘回来了，就阴沉着脸说，我知道他是谁了。

甘草说，知道你知道了，猜也猜到了。

长生说，你要想跟我商量事儿，就别开这个口。

甘草说，你不让开口，我也得开。

长生说，好吧，那就告诉你，要么我，要么他。

甘草看看他，没明白这话的意思。

长生说，意思很明白，你要是跟他，咱俩就断。

甘草问，这么绝？

长生说，就这么绝。

甘草点头说，行，你以后就不用再住办公室了。

长生冲娘眨巴眨巴眼。

甘草说，这房子，以后是你的了。

这一下，长生倒没主意了。他没想到，娘这回也会这么绝。但很快就镇定下来，盯着娘又看了看，说，开弓没有回头箭，你想好了？

甘草嗯一声，想好了。

说完，就进里屋去收拾东西了。

甘草跟了旺福，也过了几年安生日子。后来闹度荒，村里别的人家儿都没吃的了。但旺福有待遇，虽然回乡了，政府的待遇该怎么给还怎么给，跟甘草两人的日子也就勉强还过得去。长生就难了，家里只剩一个人，平时也就懒得回来，后来干脆住办公室，有几次饿得就晕在办公桌上。旺福看出甘草的心里惦记儿子，就跟她说，给那小子送点儿吃的去吧，再拿点儿钱。可甘草去了几次，都抹着泪回来了。长生的脾气死像王茂，饿得已经快站不住了，拿过他娘送来的饽饽就扔的办公室外面去了，钱也从窗户扔出去。

甘草回来咬着牙说，别管这孽畜了，饿死都不多，死就让他死吧！

旺福明白，长生这仇儿不是冲他娘，是冲自己。这次回来，他从他的眼神里已看出来，他是没遇着机会，真遇着机会了，能比他爹还狠，倘手里有刀，真能一刀劈了自己。

后来这长生就真等来机会了。

这年秋天，先是又来了两个"外调"的人。这两个人没去县里，也没去公社，直接就来村里找到当年的摆渡老朱。摆渡老朱自从不撑船了，一直在村里给王茂当泥瓦匠的小工子。后来王茂死了，就又给罗铁匠的侄子罗傻子当木匠小工。两个外调的人看样子是省里来的，找到老朱就问，当年这一带有一支队伍，为首的叫花秃子，你听说过吗？

老朱这时虽已上了年纪，脑子还好使，一听就说，听说过。

外调的人问，这是个什么队伍？

老朱说，土匪队伍。

外调的人问，只是土匪吗，抗不抗日？

老朱翻着眼皮想了想说，好像，也抗。

外调的人追问，到底抗不抗？这个很重要。

老朱又想想，抗。

外调的人又问，这个队伍，后来是被谁消灭的？

老朱说，没消灭，后来还在。

问，在哪儿？

答，在官宅。

问，花秃子呢？

答，死了。

问，谁杀的？

老朱这才明白了，于是说，是官宅二少爷杀的。

外调的人立刻又问，具体怎么杀的？

老朱当年在河边撑船，经的人多，见识也多，这时已看明白了，自己说的话可能事关重大。老朱知道，当年的官宅二少爷自从回来，虽听说在外面做了大官，可对乡亲们很好，只要是能给大家办的事都尽量去办。这时说话也就加了小心。于是就把当年听说的，花秃子怎么带着队伍去官宅祸害，后来怎么把二少爷惹急了才把他脑袋砍下来，又收留了他的队伍，挑挑拣拣地说了一遍。但最后又强调，听说这时，花秃子已经暗中当了汉奸。

这两个外调的人把老朱的话做了笔录，就走了。

旺福在村里人缘儿很好，有人来调查他当年杀花秃子的事，他当天下午就听说了。听说了倒也不在意，用手胡噜着脑门儿笑着说，查就让他们查吧，就是现在见了这花秃子，我还得杀，见一次杀一次！但也有人提醒他，还是小心，这回外调这事，只怕又牵出别的事。

旺福说，牵出啥事我也不怕，好汉做事好汉当！

果然，没几天，这外调的事就又牵出了别的事。

一天下午，长生突然带着几个人来到旺福的家。这时长生已是县里"专政小组"的副组长，穿着已经褪了色的绿上衣，扎一根皮带，袖子挽起来露出里面的小白粗布衬衣，很像当年的王茂。长生是听说省里有人来调查王丙一过去的事，才引起注意的。于是特意在县里查了一下当年的资料。这一查果然就查出了更大的问题，当即带上几个"专政小组"的人来到旺福的家。这还是长生第一次来旺福的家。自从甘草跟了旺福，长生也就真跟娘断了，平时虽在一个村里，他不来见娘，娘也不回去见他。这时，旺福正在自己的院子里，仰在个躺椅上晒太阳，长生带来的人一进来就把他围上了。长生沉着脸走过来，这时已把腰上的皮带解下来，拿在手里指着说，王丙一，你现在老实交待当年杀害日本妇女的罪行！

旺福抬眼看看他，哈哈笑起来，说，甭跟我来这套，你是啥玩艺儿变的我还不知道，老子当年打小鬼子的时候还没你呢！

长生也不吃旺福这一套，正色说，说别的没用，现在镇上和村里都有人作证，当年的事就是你干的！

旺福乐了，点头说，没错儿，我是干了，干了他们十一个还是十二个日本女人，记不清了，反正是一口气干的！

长生说，你不光带人轮奸了这些日本妇女，后来有的还被你杀害了，你知道这是什么性质的问题吗？

旺福一听脸就黑下来。他这时由于上了年纪，脑门上的鹅包已经蔫了，也瘪了，这时却一下子又直挺挺地充了血，立刻在脑门子上雄赳赳地竖起来。他瞪着长生说，什么性质的问题？这在当时也是抗日问题！许他日本人祸害中国女人，就不许我祸害他日本女人？你懂个屁！你知道那些日本娘们儿有多凶吗？当时你不杀她，她就得反过来杀你！快滚！回去找个明白人来跟我说话！

也就在这时，长生干了一件谁也没想到的事。他突然抡起手里的皮带给了旺福一下。啪的一声，正抽在旺福的左脸上。旺福哪受过这个，用手捂着脸只愣了一瞬，突然大吼一声就从躺椅上蹦起来。他这时的手劲儿还很大，一回手抄起身后的躺椅抡起来就朝长生砸过去。长生还是不了解旺福，更没想到他会这么干，躺椅砸过来躲闪不及，一下给砸了个跟头。但他毕竟年轻，虽然砸懵了，还是一骨碌就从地上爬起来。可还没等直起腰，旺福的一脚又踢过来。这一下正踢在他下巴上。长生朝后一仰，又倒着翻了个跟头。旺福抄起靠在墙根的一把铁锨又跟过去。这一下要砍在他头上，非削下半拉脑袋不可。长生这时已经彻底转向了，仰在地上忘了起来，只是瞪着两眼看着旺福。就在旺福跟过来举起铁锨时，甘草突然在后面叫了一声。旺福这才把手里的铁锨扔在地上了。这一下事情的性质就严重了，旺福竟然殴打县里"专政小组"的人，这是公然对抗"无产阶级专政"。长生从地上爬起来，当即让人把旺福捆起来。

然后走过来，眯起一只眼说，不愧是当年的官宅二少爷，果然名不虚传。

旺福这时被抹肩头拢二背地捆着，已经不能动，只是用两眼瞪着长生。

长生又说，听说当初，你没人敢惹？连土匪都怕你？

旺福仍瞪着长生。

长生突然抡圆了给了旺福一个嘴巴，说，我今天就要惹惹你！

旺福的嘴角有一缕血淌下来。

长生又扇了旺福一个嘴巴，点头说，今天，我就在你这院子里，把全村的人都叫来，开你的批斗会！我要让所有的人都认识你，看清你是个什么东西！说着突然像疯了似的又在旺福的小肚子上踹了一脚，回头瞪着几个跟来的人说，去村里，把人都给我叫的这儿来！

几个人立刻去村里了。

这时，甘草走过来，看着长生说，你知道他是谁吗？

长生回头瞥一眼旺福，鼻子里哼一声。

甘草说，他是你爹。

长生突然转过脸，看着娘。

甘草又说，他是，你亲爹。

旺福也回过头，瞪着甘草。

甘草说，我当年跟了王茂，是带着你过来的。

长生看看娘，看看旺福，又看看旺福看看娘。愣了一会儿，就转身走了。

尾　声

据我四爷说，长生这一走，就再也没回来。没人知道他去了哪。

旺福去世前，我四爷得到消息。他当时正要出国去谈一笔生意，已经订好机票，又特意让人改签了。他赶回来时，旺福已经说不出话了，只是冲他笑笑。

我四爷说，这是旺福留给他最后的表情。

接着，一连下了几天雨。滹沱河水暴涨了。这时的滹沱河已经改道，河床朝南滚了几滚，已经离我家很远了。那天晚上，梨树小院里仅剩的一棵梨树突然倒了。这时我桐林叔住在这个小院。据桐林叔说，大概是树太老了，根也浅了，雨一大就站不住了。

也就在这天夜里，旺福走了。

2018 年 10 月 15 日凌晨 写毕天津木华榭

2018 年 11 月 2 日定稿

爷是谁的爷

（代后记）

这部小说在杂志上发表时，不叫《爷的荣誉》，把"爷"字去掉了，叫《荣誉》。但题目里没了"爷"字，小说里的这个"爷"仍无处不在。当然，这"爷"就不是一个爷了，是三个——大爷长贵，二爷旺福，三爷云财。再往上，还有"太爷"和"老太爷"。故事是从"老太爷"开始的，其实还提到了"老老太爷""老老老太爷"以及老老老老……如此看来，小说里的这个"爷"，横着看是三个，竖着就是一串儿。沿着这一串儿爷，也就如同进入了史蒂芬·霍金的超时空，上百年的风风雨雨，恩恩怨怨，坎坎坷坷和惊心动魄，一下都压缩在这样一部二十几万字的小说里，似乎时间就不是时间了，也失去了时间特有的性征，可以不连续，可以回溯，甚至可以切割、重组，犹如一幅随心所欲的拼图。

所以，我写这部小说时的感觉如果用两个字形容，就是酣畅。

但酣畅，却并不淋漓。我一直提醒自己，避免朝两个极端发展，一是叙述的狂欢，二是阅读的障碍。避免阅读障碍，是出于读者角度的考虑。我一向主张，小说一定要有一个好故事。

我们这个民族，是一个有故事的民族，我们这个国家也是个有故事的国家。远的不说，就说近代这一两百年，从红墙绿瓦下的帝王将相到市井坊间的黎民百姓，发生了多少难以想象又永远说不尽的故事。一个作家，身在这样一个民族，生在这样一个国家，如果写不出好故事就怪不得别人了，只能说自己没本事。在我看来，好故事的标准很简单，就是精彩，引人入胜。而我达到这个标准的惯常做法，是把故事写得惊心动魄。这种惊心动魄当然不是故意制造出来的。现实生活中，看似风平浪静，其实却处处有惊心动魄。可以这样说，生活中不乏惊心动魄，只是有没有发现的能力。或者再换句话说，生活中不乏惊心动魄的故事，只是有没有讲述出来的能力；所以，我不想把这样已经惊心动魄的故事写得过于艰涩，更不想故弄玄虚，让读者看得摸不着头脑。我的叙事，只有一种考虑，就是如何把这个故事讲得更好懂、更好读、更精彩。也就是说，一切都是从读者的阅读考虑的。当然，这与迎合读者是两回事。我只能这样说，一个作家处心积虑地设计好一个故事，又辛辛苦苦地写出来，却为读者的阅读设置重重障碍，这只能是跟自己过不去；我提醒自己不要进入叙述的狂欢，是想在从容的叙述过程中保持一定的智性，这不仅能使文字充满弹性，也可以让故事在波澜不惊的惊心动魄中充满张力。我现在越来越对这样的讲述方式着迷，大概也就是这个原因。

正因如此，我的每一部小说，都是对叙述的一次冒险。

尽管这部小说在杂志上发表时去掉了"爷"字，但还是有读者注意到，其实我在这个故事里说来说去，说的还是"爷"。有人问我，你这部小说里说的"爷"，真的是你的爷吗？这个问题看似简单，但真要回答起来，就得从这部小说的缘起说了。

　　缘起是两件事。一件是，我偶然看到一幅油画。这幅油画的题目是，《我们从哪里来？我们是谁？我们到哪里去？》。这是法国后印象派画家保罗·高更的代表作，一百多年前，在南太平洋的塔希提岛完成的。其实，这幅画我早就看过，而且看过不止一次。但我记不住这幅画的任何一个细部。可是，它整体弥漫的那种强烈的原始的神秘气息，却给我留下了深刻的印象。这次再看，我又一次被这原始的神秘气息震撼了。但这次被震撼的同时，我又想起柏拉图曾提出的那三个终极问题：我是谁？我从哪里来？要到哪里去？

　　我不知道，高更在19世纪90年代，独自在塔希提岛创作这幅画作时，是否想到过柏拉图在早他两千三百年就已提出的这三个终极问题。而更让我想不明白的是，为什么高更在他的这幅画作里，把这三个问题的第一个，放到了第二个？

　　这件事，让我一直耿耿于怀。

　　另一件事，在若干年前，我曾发表过一篇题为《英雄二爷》的小说，很短，也挺好玩儿，但发过也就过去了。后来，一次去山里，在一个叫"神堂峪"的地方，一天，一个朋友对我说，这应该是一部很有意思的小说，"有料"，这么写可惜了，你应该把它写成一部长篇，认真地写一下。又说，可以看出，这个小说之外应该还有很多故事。那是一个仲春的中午，我们在一条湍急的溪边刚刚吃过饭。午后的阳光暖暖的，植物尽情绽放着绿色。于是这个建议，和当时的溪水、阳光、植物的色彩，也像高更的这幅油画，留在我记忆里了。

　　这两件事，其实是倒过来的，后面的这件事更早一些。

有人说，一部小说的产生往往是偶然的。我同意这个说法。有时，一个瞬间兴奋一下的念头，就会固化成一个想法。作曲家把这叫"动机"。其实小说家写小说，也经常会有这样的"动机"。但小说家的这个"动机"不会凭空冒出来，它一定是有原因的。这个原因，也就是产生这个"动机"的动机。譬如这部小说，第一件事是"动机"，而第二件事，则是"动机"的动机。所以尽管它发生在前面，我却把它放到后面来说，也就是这个原因。

我还是搞不懂，高更为什么把柏拉图提出的这三个终极问题的第一个，在他的这幅画里却放到第二个。我也不知道，柏拉图提出的这三个问题，为什么到高更这里，"单数"就变成了"复数"，是高更有意为之，还是翻译家理解的偏差？但我相信，"我"和"我们"，应该不会忽略到模糊翻译的程度。如果这样说，也就可以这样理解，柏拉图的诘问是对自己，而高更则是对整个人类。

大概正因如此，高更才认为，第二个问题应该比第一个更重要。

话好像扯得有点儿远了。但在此之前，我确实一直为这个问题所纠结。在我看来，我还是更关心柏拉图的第一个问题。有一段时间，由于工作的需要，我经常到江西去。每次到那里，尤其到赣南，我最喜欢去的地方就是祠堂。无论宗祠还是家祠，当你走进正中的"享堂"，看到这个家族自下而上排列有序的先祖牌位，就会有一种走进时空隧道的感觉。其实就是不看这些牌位，这种祠堂独特的建筑结构，也会让人有一种时空的纵深感，似乎成百上千年，在这个不大的享堂空间里，一下都被容纳了；原因很简单，建这种祠堂的，大都是客家人。客家人有很强的宗族意识，他们到什么时候，都不想让后人忘记自己的根脉。我想，尽管这与客家人独特的身世有关，倘换一个角度，也是多么的难得。

我在瑞金，曾遇到一位姓谢的中学老师。他一口气可以说出自己十几甚至二十几世先祖的名字和身份。为了证明有案可稽，他还把自己的家谱搬出来，翻给我看。在这本家谱上，确实明明白白地记载着他历代先祖的名字和身世。这让我很吃惊。相比之下，我们生活在北方的人，似乎就没有这个意识。在中国北方的乡村，极少能看见祠堂。这就造成一个令人无可奈何，也有些悲哀的结果，今天，我们每一个在北方土生土长的人，如果往上能说出曾祖父的名字，就已经很了不起了。倘再往上呢？尤其是年轻人，他们有的恐怕连祖父的名字也不一定能说出来。设想一下吧，当我们走在街上，竟然不知自己的曾祖甚至祖父是谁，也就更不可能知道自己从哪里来，这是一种什么感觉？如果不知道他们是谁，那么，我们自己又是谁呢？当然，这个不知自己是谁，和柏拉图所诘问的"我是谁"还不是一回事。

但我说了，这只是一个"动机"。

这个"动机"的出现，也就触动了若干年前在神堂峪的那个动机。

有人说，创作是一个奇妙的过程，几乎无法言说。这有点故弄玄虚了。无论是一幅画儿、一首乐曲，还是一部小说，它诞生的过程也就如同一个生命的诞生，往往是极偶然的。由偶然产生的一个细胞，进而分裂，然后再以级数的速度增长。所以生命是分裂的结果。创作也如此，但创作的"分裂"也需要动机。而这个动机，往往是产生于一种轻松、放松而且愉悦的心境下。至少我是这样。就如同那个仲春的午后，在神堂峪的溪边。我这时才知道，在我的记忆里，一直有两幅画。一幅是高更的这一幅。而另一幅，就是若干年前的那个溪边，植物、色彩，还有那条幽深幽长的，蜿蜒曲折于山间的，似乎永远没有尽头的木栈道。也正是这条漫长的木栈道，似乎将时间弯曲，然后不动声色地折叠起来。它带来的两个结果是，首先，成为前面那个"动机"的动机。其次，也让这部小说进入了史蒂芬·霍金的时空。

有朋友追问，这究竟是不是你家的事儿？这个问法让我无法回答。这就像说相声，说"我"（指逗哏的自己），或者说"他"（指捧哏的），其实就是这么一说。说相声这样说，是为了尽快地把观众带入"规定情境"。而我这样写，也是为写着方便，也能让读者看得明白。如果有人把这当成真事儿，也未尝不可。哪个写小说的，不希望读者信以为真呢？

我只能说，在这里，把"复数"变成"单数"，我是故意的。

不过动机归动机，这里还是要交待一下。我的祖父当年在家里确实行大，也确实弟兄三个。他后来确实在北京读大学，再后来也确实有一个年龄悬殊得几乎差辈儿的弟弟。不过，我叫他五爷，至于"四"在哪儿，已无从考证。当年没想起问祖父，后来也没来得及问父亲，现在他们都已过世；另外，我的二爷当年确实曾带领一支抗日队伍活跃在滹沱河两岸，令日本人闻风丧胆。后来也确实参加过解放战争和"抗美援朝"战争，据我父亲说，也确实是个"铁帽子团长"。至于我三爷，也就是小说中的"云财"，当年也确实在北京前门的大栅栏儿为我家经营店铺，是个很精明的商人。其他事，这里就不说了。我还是想给先人留点脸面。

其实细想，这应该是一个很有意思的过程。本来"动机"挺高大上的，迫使我思考的问题，更高大上。已经追溯到古希腊最伟大的哲学家和思想家柏拉图提出的终极问题，还要怎么"高"，怎么"大"，怎么"上"呢？可是，一回归到这个"动机"的动机，就接地气了。在我心目中的这两幅画，一幅是那么的抽象，而另一幅，却又是如此的具象。这个由抽象到具象的过程，最后的结果，也就"分裂"出这样一部充满风俗、民俗乃至市俗的小说。

当然，这"三俗"不是那"三俗"。

我一直在想，有一句俗语，叫"雅到极致不风流"。那么俗呢，俗到极致又会怎么样？前者之所以不风流，皆因一个"装"字。而后者，只要不是那"三俗"，极致一下，似乎也未尝不可。未尝不可，是因为有趣。雅当然也可以，但雅，要雅得那么俗；俗也不是不可以，而俗，也要俗得那么雅。说到底，还是一个"真"字。惟真，才不亏心。

我们毕竟是饮食男女。既然如此，就得食人间烟火。高更的画也好，柏拉图的终极问题也罢，作为"动机"可以。但"动机"之后，终究不能当饭吃。

而另一幅画，就是神堂峪溪边的这一幅，才是真正的动机。

2019 年 3 月 23 日 改毕于天津木华榭